상편 1

안나 가발다 장편소설
허지은 옮김

문학세계사

옮긴이 · 허지은
연세대학교 주생활학과 졸업.
프랑스 파리 라 빌레트 국립건축학교 수료.
현재 전문 번역가로 활동중.
번역한 책으로『페데리고 · 로렐라이의 전설』
『결혼해도 좋은 남자 연애만 해야 될 남자』『롱기누스의 창』
『초콜릿을 만드는 여인들』『손을 씻자』 등이 있음.

위로 · 1
안나 가발다 지음

•

초판 1쇄 발행일   2009년 3월 12일

•

옮긴이 · 허지은
펴낸이 · 김종해
펴낸곳 · 문학세계사

•

주소 · 서울시 마포구 신수동 345-5(121-110)
대표전화 702-1800 팩시밀리 702-0084
mail@msp21.co.kr www.msp21.co.kr
출판등록 · 제21-108호(1979.5.16)
값 12,000원

ISBN 978-89-7075-451-2   03860
ⓒ 문학세계사, 2009

La Consolante

ANNA GAVALDA

La Consolante
by
Anna Gavalda

Copyright © Editions Le Dilettante—Paris 2008
Korean Translation Copyright © Munhak Segye-Sa Co. 2009

This Korean edition is published by arrangement with
Edition Le Dilettante through ShinWon Agency

이 책의 한국어판 저작권은 신원 에이전시를 통해
Edition Le Dilettante와의 독점계약으로 문학세계사에 있습니다.
저작권법에 의해 한국내에서 보호를 받는 저작물이므로
무단전재 및 복제를 금합니다.

이튿날
아기처럼
그리고 철민,
이 책을 사들며 하는
어린분께.

*표시는 옮긴이가 독자들의 이해를 돕기 위해 주를 붙인 것입니다.

그는 언제나 멀찌감치 서 있었다. 저기, 학교 울타리에서 한참이나 떨어진 곳, 우리의 손이 닿지 않는 곳에. 열에 들뜬 눈을 하고 팔짱을 낀 채. 팔짱을 꼈다는 말로는 부족할 듯. 걸쇠를 건 것처럼 꽉 끌어안은 양 팔. 추워서, 혹은 배가 아파서 그러는 것처럼. 혹은 쓰러지지 않으려 자기 몸을 움켜잡고 있는 것처럼.

사람을 두려워하지는 않았으나 아무도 쳐다보는 법이 없었다. 가슴팍에 종이봉투를 꽉 끌어안고 그저 단 한 사람, 한 소년의 모습만을 찾고 있었다.

그것이 초콜릿 빵이라는 것을 난 잘 알고 있었다. 그리고 늘 궁금했다. 저래서는 몽땅 짓이겨져 버리지나 않을까……

그렇다, 그가 참아내고 있었던 것은 멸시에 찬 눈초리들이었다. 그러려던 것이 아니었는데, 빵집에서 나오는 그의 소맷자락에 마치 훈장처럼 남아버린 얼룩덜룩한 기름자국을 감추려는 것이었다.

그러려던 것이 아니었는데……

하지만 나이도 어렸던 내가…… 어떻게 그런 걸 다 알 수 있었을까?

그때 난 그가 무서웠더랬다. 그의 신발은 너무 뾰족했고 손톱은 너무 길었으며 담배에 절은 집게손가락은 너무나 노랬다. 그리고 입술

은 너무도 빨갰다. 그가 입은 외투는 너무 짧았고 너무 꽉 끼었다.

그리고 눈언저리는 너무나 시커멓고. 그리고 목소리는 너무도 이상하고.

마침내 우리가 나오는 모습을 보면, 그는 양팔을 벌리며 환하게 웃었다. 그리고 아무 말 없이 몸을 숙여, 그 애의 머리를, 어깨를, 얼굴을 쓰다듬었다. 그리고 내 엄마가 나를 바짝 잡아끄는 사이, 나는 넋을 잃고 친구의 볼을 덮은 그의 반지들을 세어보았다.

그는 손가락마다 반지를 끼고 있었다. 우리 할머니들이 끼던 것처럼 예쁘고 비싸 보이는 진짜 반지들을⋯⋯. 매번 엄마는 질겁하며 뒤로 돌아섰고 나는 그런 엄마의 손을 놓아버렸다.

알렉시스, 그 애는 그러지 않았다. 절대 피하지 않았다. 그에게 책가방을 맡기고 간식을 먹으며 시장을 향해 멀어져 갔다.

알렉시스는, 뾰족구두를 신은 외계인, 시장의 괴물, 초등학교의 어릿광대와 함께 있는 그 애는 엄마와 있는 나보다 편안해보였다. 그 애는 더 사랑받고 있었던 것이다.

적어도 내 눈에는 그렇게 보였다.

어느 날엔가 나는 그 애에게 물어보았다.

"근데, 저어, 저기⋯⋯ 남자야, 여자야?"

"누구?"

"그⋯⋯ 아저⋯⋯ 아줌⋯⋯ 학교 끝날 때 너 데리러 오는 사람."

그 애는 어깨를 으쓱했더랬다.

분명 그 사람은 남자였다. 하지만 알렉시스는 그를 유모라 불렀다.

그리고 그 애는 자기 유모가 황금으로 만든 공깃돌을 가져다준다고 약속했다며 원한다면 내 구슬과 바꾸어주겠다는 등의 이야기를 했었다. 아니면, 어라…… 오늘은 유모가 늦네…… 유모가 열쇠를 잃어버리지 않았으면 좋겠는데…… 우리 유모는 뭐든 항상 잃어버리거든…… 자주 이런 말을 해, 언젠가는 미장원이나 슈퍼마켓 물품보관함에 자기 머리를 두고 올지도 모른다고. 그렇게 말해 놓고 막 웃는 거 있지. 그리고 또 뭐라는 줄 알아? 그래도 다리가 있으니까 얼마나 다행이냐는 거야!

하지만 우리 유모는 남자야, 보면 모르냐?

별걸 다 물어……

나는 그의 이름을 기억해 낼 수가 없다. 뭔가 특이한 이름이었건만……

연주회장 이름 같기도 하고, 닳아빠진 벨벳이나 찌든 담배냄새 같았던 이름. 지지 라모르 혹은 지노 셰루비니 아니면 루비 돌로로사 아니면……

더 이상은 모르겠다. 생각이 나지 않으니 화가 치민다. 나는 세상 끝으로 가는 비행기 안에 있고 잠을 자야 한다, 기필코 자야만 한다. 그래서 약을 먹었다. 선택의 여지가 없다, 잠을 못 자면 완전 그로기 상태가 될 테니. 너무나 오랫동안 눈을 감지 않았다…… 이제 난……

뻗어버릴 것만 같다.

하지만 아무 소용이 없다. 약도 고민도 피로도. 나는 삼만 피트 상공에서 바보처럼 덜 꺼진 기억의 불씨를 뒤적거리느라 애를 먹는다. 숨을 몰아쉴수록 눈이 따끔거리고 앞이 보이지 않을수록 나는 더욱

위로 〈1〉   11

더 깊은 곳으로 침잠(沈潛)한다.

옆에 앉은 여자승객이 내게 독서등을 꺼 달라고 벌써 두 번이나 말을 했다. 죄송하지만, 안 되겠는데요. 부인, 사십 년 전입니다. 사십 년, 이해하시겠어요? 저는요, 불빛이 필요하다고요, 그 늙은 여장남자의 이름을 기억해 내기 위해서란 말이죠. 내 기억 속에서 사라진 것이 분명한 그 기막힌 이름을. 잊었을 수밖에, 나도 그를 유모라고 불렀으니까. 나 역시 그를 무척이나 좋아했었다. 알렉시스의 집에서는 다들 그랬다. 모두가 그를 좋아했다.

어느 날 밤, 엄마를 병원에 빼앗긴 아이의 인생에 나타난 유모.
버릇이 나빠질 정도로 우리를 귀여워해주던 유모, 우리를 먹이고 씻기고 최면을 걸고 대략 천 번쯤 저주를 걸었다 풀던 유모. 손뼉을 치며 카드 점괘를 읽고 술탄처럼, 혹은 어느 나라의 왕처럼, 우리가 호박(琥珀)과 사파이어에 둘러싸여 살면서 멋진 사랑을 할 거라고 예언해주던 유모. 그리고 어느 날 아침, 한편의 연극이 끝난 것처럼 홀연히 사라진 유모.
그렇게 극적인 것이 당연하다는 듯. 그것이 그의 의무인 양. 자고로 이별은 그래야만 한다는 듯이.
하지만 난…… 아니다. 이야기는 나중에 하기로 하자. 기운이 없다. 그리고 말하고 싶은 기분도 아니다. 지금은 그 이야기를 다시 꺼내고 싶지 않다. 잠시만 더 의자에 앉아 알람브라 카바레 무대에 오른 유모의 터번과 사슬과 짙은 화장을 떠올려보련다. 아프리카 토인처럼 허리에는 천을 두르고 그럴듯한 칼도 하나 옆구리에 차고서.
내겐 잠과 불빛이 필요하다. 그동안 잃어버린 모든 것이 필요하다.

그들이 나에게 준 모든 것, 그리고 다시 앗아간 모든 것들이.

그리고 엉망이 되어버린 것들도……

그들의 세계에서는 그래야만 했으니까. 그것이 그들의 법이자 사도신경(使徒信經)이었으니까. 그들의 삶은 그러했기 때문에. 그들은 서로를 사랑했고, 치고받고, 울고 밤새 춤을 추었으며 그리고 모두 함께 얼싸안았다.

모두.

아무것도 남아 있어서는 안 되었다. 절대로. 아무것도. 씁쓸한 입맛과 쭈글쭈글한 입술, 침대보와 타고 남은 재, 수척한 얼굴, 목놓아 울던 시간, 혼자 견뎌낸 수십 년의 세월은 생각이 났다. 그러나 추억은, 추억만큼은 절대 허락되지 않았다. 그것은 나 아닌 다른 이들을 위한 것이었다.

추위를 타는 이들. 계산이 빠른 이들.

"얘들아, 제일로 아름다운 축제는 말이다, 아침이 되면 잊히는 법이란다." 그가 이런 말을 했었다. "축제가 제일로 아름다울 때는 축제가 한창일 때지. 다음날 아침엔 사라져버리고 없어. 아침이라는 시간은 다시 한 번 무장을 갖추고 첫 지하철을 타야 할 때니까."

그리고 그녀, 그녀. 그녀는 늘 죽음을 이야기했다. 언제나…… 빌어먹을 죽음에 도전하기 위해, 죽음의 항복을 받아내기 위해. 그녀는 그 사실을 알고 있었기 때문이었다. 누구든 죽음을 겪게 될 것임을. 일생동안 그녀는 그것을 생각하고 있었다. 그 때문에 서로 만지고 사랑하고 마시고 괴로워하고 즐기고, 그리고 모두 잃어버려야 하는 것이라는 사실을.

위로 〈1〉   13

"애들아, 불을 붙이렴. 내 모든 것을 불태워버려줘."
이 목소리…… 내게는 아직도 그 목소리가 들린다.
잔인한 그 목소리가.

★★★

불을 끌 수가 없다. 눈을 감을 수도. 그는 미쳐버리고 말 것이다. 아니 이미 미쳐가고 있다. 자신도 그 사실을 알고 있다. 비행기 창을 메운 어둠에 매달린 그는……
"저, 선생님? 괜찮으세요?"
스튜어디스가 그의 어깨를 살짝 건드린다.
어째서 당신은 날 버린 거지?
"어디 불편하세요?"
아니라고, 괜찮다고 대답하고 싶었으나 그럴 수가 없다. 그는 울고 있었다.

결국.

I

1

초겨울. 토요일 아침. 파리 샤를드골 공항 터미널 2E.
뿌연 햇살, 등유(燈油) 냄새, 엄청난 피로.
"짐은 없수?" 택시 운전수가 트렁크를 툭툭 치며 내게 묻는다.
"있는데요."
"저런, 잘도 감추셨네!"
재미있다고 웃는 운전수의 말을 듣고, 나는 뒤로 돌아선다.
"아, 이런…… 카펫…… 깜박해버렸군."
"어서 다녀오셔! 기다려 드릴 테니!"
"아뇨. 됐어요. 그럴 기운이 없어서…… 할 수 없죠, 뭐."
그는 더 이상 웃지 않는다.
"어! 그냥 두고 가시려고?"
"다른 날 찾으러 오지요…… 어차피 모레면 다시 올 텐데요…… 저야 뭐 공항에서 살다시피 하는 사람이니까. 전…… 아니…… 그냥 갑시다…… 아무래도 상관없어요. 지금은 다시 들어가고 싶지 않네요."

"헤이, 하나님, 짜잔 짜, 난 당신께…… 말을 타고 가렵니다!
오 예, 그렇지, 말을 타고! 헤이, 하나님, 짜잔 짜, 난 당신께……
자전거를 타고 가렵니다!

오 예, 그렇지, 자전거를 타고!'

클로디 아브구아하나 넘버 3786(그의 면허증이 택시운행 허가증 위에 스카치테이프로 붙어 있다)의 푸조 407 택시 안에 퍽 괜찮은 스윙 재즈곡이 울려 퍼진다.

"헤이, 하나님, 짜잔 짜, 난 당신께…… 기구를 타고 가렵니다!"

오예, 그렇지, 기구를 타고!'

운전수가 백미러를 들여다보며 느닷없이 말을 건다.

"찬송가가 거슬리시는 건 아니고?"

나는 미소를 짓는다.

"헤이, 하나님, 짜잔 짜, 난 당신께…… 로켓을 타고 가렵니다."

진작부터 이런 찬송가를 불렀더라면 우리도 신앙을 그리 일찍 잃지는 않았을 텐데.

오, 예!

아무렴……

"아니, 괜찮습니다. 듣기 좋은데요."

"어디서 오시는 길이쇼?"

"러시아에서요."

"아, 러시아! 거긴 되게 춥지 않수?"

"굉장히."

나도 양 무리에 끼어, 그들과 형제처럼 잘 지낼 수 있다면…… 그러나 나는 나와 함께 사는 여자조차 감당하지 못하고 있다.

다 내 탓이다.

나는 너무 멀리 헤매고 다녔다. 무리와 섞이기에 나는 너무나 지쳤

고 너무나 더러우며 너무도 메말랐다.

저 멀리에, 고속도로 나들목.

"선생, 하나님을 믿수?"

젠장. 예수라. 이런 공격쯤은 예상했었다.

"아뇨."

"그런 것 같더라니. 가방을 두고 오는 걸 보고 당장 알아봤다니까. 저 양반에겐 하나님이 함께 하시지 않는구나."

그가 운전대를 툭툭 치며 한 번 더 강조를 한다.

"하나님이 함께 하시지 않는구나."

"그래요……" 내가 고백한다.

"하지만 그렇지만도 않아. 하나님은 어디에나 계시거든! 하나님은 우리에게 길을 보여……"

"아니, 그건 아니에요." 나는 그의 말을 자른다. "내가 있던 곳에도, 내가 가는 곳에도 신은 없어요. 정말로."

"왜 그렇게 생각하는 거요?"

"불행하니까……"

"하지만 하나님은 불행 안에 계신걸! 하나님은 기적을 행하신다고, 그거 아쇼?"

속도계를 흘깃 본다. 90km/h, 그러니 문을 열고 도망친다는 건 불가능하다.

"나란 사람을 봐도 말이지…… 예전의 난…… 난 아무것도 아니었거든!" 그가 열을 낸다. "술을 마시고 노름을 했지! 이 여자 저 여자, 아무나하고 닥치는 대로 자고! 사람구실도 못하는…… 아무것도 아니었지! 그런데 주님이 나를 거두신 거요. 나를 한 송이 작은 꽃처럼 꺾으시더니 이렇게 말씀하셨지. '클로디, 넌……'"

위로 〈1〉   19

하나님이 그에게 뭐라 하셨는지 나는 모르겠다. 얼핏 잠이 들어버렸으니까.

운전수가 내 무릎을 흔들었다. 눈을 뜨니 집 앞이었다.

그가 내민 영수증 뒷면에는 천국의 위치가 적혀 있었다. 오베르빌리에 교회, 생드니 가(街) 46-48번지. 10-13시.

"이번 주일날 꼭 오셔야 해, 꼭! 이렇게 생각해 보시라고. 내가 이 차에 올라탄 건 절대 우연이 아니다, (눈을 부라린다) 우연이란 건 존재하지 않으니까."

조수석 창이 내려져 있었다. 나는 나의 목자에게 인사를 하기 위해 몸을 숙였다.

"그런데, 저기…… 음…… 그럼 이젠 여자와 잠자리를 안 한단 말입니까, 아무하고도?"

그가 벙긋 웃었다.

"주님이 보내주시는 여자들하고만 잔다우……"

"주님이 보내신 여자들이라는 건 어떻게 알아보는데요?"

씩 웃으며 한다는 말.

"제일로 예쁜 여자들만 보내주시거든……"

★★★

우리가 배운 건 죄다 틀려먹은 것들뿐이라고, 건물 대문을 밀고 들어가며 나는 생각했다. 내가 기억하는 한, 내가 진지했던 단 한순간은 바로 '제 안에 주님을 모시기에 합당치 않사오나'라는 고백을 외우던 때뿐이었다.

그렇다. 그 고백은 진심이었다.

그리고 헤이, 하나님 짜잔 짜, 5층에 있는 우리 집까지, 그래요, 하나님, 올라가는 동안 머릿속에 떡 달라붙은 이 빌어먹을 노래가사를 읊조리고 있었다. 택시, 그래, 택시라, 거 좋지.

오 예.

문에 안전 고리가 걸려 있었다. 십 센티미터쯤 벌어진 틈으로 보이는 내 집이 나를 거부하고 있었다. 나는 너무 멀리서 왔고, 너무나 지쳐 있었으며, 비행기는 심하게 연착을 했고 하나님은 너무도 까다로웠다. 내 안의 고리는 이미 끊어져버렸는데.

"나야! 문 열어!"

나는 문고리를 두드리며 고함을 질렀다.

"젠장, 문 열라니까!"

문틈으로 나의 스누피, 마틸드의 코가 보였다.

"알았어, 알았어…… 조용히 좀 해…… 열 내지 말고……"

문 걸쇠를 벗겨낸 아이는 내가 문지방을 넘기도 전에 등을 돌려버렸다.

"안녕, 잘 있었니?" 내가 말했다

마틸드는 한 팔을 들어 올리고 손가락 몇 개를 무기력하게 꼬물거려 보였다. 그뿐이었다.

'엔조이' 아이가 입은 티셔츠의 등판에는 이런 문구가 씌어 있었다. 허, 이것 봐라. 순간, 나는 그 애의 머리채를 잡아채 목을 뒤로 꺾어 내 얼굴을 쳐다보게 한 다음 두 눈을 똑바로 들여다보며 진부하기 짝이 없는 두 음절의 말을 따라하도록 윽박지르는 상상을 했다. 안-녕. 그 다음엔…… 에라 관두자. 어쨌거나 딸각 소리와 함께 아이 방

위로 〈1〉   21

의 문은 이미 닫혀버렸다.

집을 비운 지도 벌써 일주일째, 다음다음날엔 또 떠나게 되어 있으니, 아무래도 상관없었다. 그게 다 무슨 소용이냐 싶었다……

안 그래? 그래봤자 무슨 소용이 있겠어? 나는 그저 잠시 머물다 가는 사람일 뿐인 걸, 안 그러냐고?

나는 로랑스의 방으로 슬며시 들어갔다. 내가 알기론 그 방은 내 방이기도 했다. 침대는 완벽하게 정리되어 있고 이불에는 주름 하나 없었으며 빵빵하게 부풀린 베개들은 거만한 자세로 제 자리를 지키고 있었다. 슬퍼보였다. 나는 벽을 따라 걸음을 옮겨 침대로 다가갔다. 그리고 아무것도 구기지 않으려 침대 끄트머리에 엉덩이를 살짝 걸치고 앉았다.

나는 내 신발을 내려다보았다. 꽤나 오랫동안. 그리고 창밖을 바라보았다. 저 너머의 지붕들과 저 멀리의 발 드 그라스 성당을. 그리고 의자 등에 걸쳐진 그녀의 옷가지들을……

그녀의 책들, 그녀의 물병, 그녀의 수첩, 안경, 귀걸이…… 이 모든 것들이 뭔가를 의미하고 있는 게 분명했는데, 이제 나는 그것이 무엇인지 알 수가 없었다. 나는…… 알 수가 없었다.

나는 침대 머리맡 협탁 위에 놓인 길쭉한 알약통을 만지작거렸다.

눅스 보미카 9CH, 수면장애용.

그래, 당연하지, 이런 데서 무슨 잠이 오겠어, 나는 몸을 일으켜 세우며 이를 갈았다.

눅스 보미카. 역겹다.

늘 이랬다. 아니, 매번 더 나빠졌다. 나도 더 이상은 모르겠다. 양떼

22   안나 가발다 장편소설

는 흩어지고 나는……

자, 그만 해, 나는 내 자신을 나무랐다. 너무 피곤해서 무턱대고 트집을 잡고 있는 거라고. 그만 해.

물은 펄펄 끓는 듯 뜨거웠다. 나는 입을 헤 벌린 채 눈을 감고 뜨거운 물이 이 모든 개떡 같은 것들을 씻어 내리기를 기다렸다. 추위와 눈, 어둠, 꽉 막힌 도로 위에서 보낸 긴 시간, 병신 같은 파블로비치 자식과 벌였던 끝나지 않을 것 같던 논쟁, 시작하기도 전에 지고 들어간 싸움, 그리고 아직도 내 머리에서 떠나지 않는 이 시선들을.

지난 밤, 내 면상에 안전모를 던졌던 놈을. 알아듣지는 못했으나 그냥 감이 잡히던 그 말들을. 내 능력으로는 어찌 할 도리가 없는 현장의 상황…… 아무리 애를 써도 소용이 없는……

하지만 이 집에서 나라는 존재는 과연 무엇이었단 말인가? 이젠 잊혀져가는 존재일 뿐! 저 많은 화장품 속에서 내 면도기 하나를 찾을 수가 없다니! 귤껍질 피부의 모공을 조여 준다는 크림, 생리통에 먹는 진통제, 빛나는 피부를 위한 로션, 뱃살을 매끈하게 정리해주는 크림, 지성두피용 샴푸, 끊어지는 머리를 위한 영양제.

이 잡동사니들이 대체 무슨 의미가 있단 말인가! 대체 무슨 의미가!

누구의 손길을 기다리는 거지?

나는 물을 잠그고 그 허접한 물건들을 몽땅 쓰레기통에 처넣어버렸다.

"있잖아……커피 한 잔 만들어 줄까 하는데."

마틸드가 팔짱을 낀 채 욕실 문설주에 엉덩이를 반쯤 기대고 서 있었다.

"어? 그래, 좋지."

아이가 바닥을 뚫어져라 내려다보았다.

"저…… 그게…… 물건을 몇 개 떨어뜨렸어…… 놀랐지?"

"아니. 안 놀랐어. 아저씬 항상 그러잖아."

"내가?"

마틸드가 고개를 끄덕였다.

"한 주일 잘 지냈어?" 그 애가 다시 입을 열었다.

"……"

"자! 커피 마시러 가."

마틸드…… 내게 길들이느라 너무나 애를 먹었던 작은 아이…… 너무나 힘들었던…… 어느새 저렇게 커버리다니, 맙소사.

다행히, 나의 스누피는 언제까지나.

"이제 좀 괜찮아?"

"그러네." 커피잔을 불며 내가 말했다. "고맙다. 이제야 땅에 내린 기분이 들어…… 오늘은 수업이 없니?"

"으응……"

"엄마는 하루 종일 일하고?"

"응. 할머니 집으로 곧장 온댔어…… 아앗, 서어어얼마아…… 잊어버렸다고는 하지 마…… 오늘 엄마 생일인 거, 기억하고 있지?"

잊고 있었다. 로랑스의 생일을 잊은 게 아니라, 모두 모이는 따뜻한 저녁시간이 기다리고 있다는 사실을. 그래도 아직까지는 그런 자리에 함께 가는 사이였다는 걸. 가족들이 모두 모이는 진짜 저녁식사. 내게 정말로 필요한 것은 바로 그것이었다.

"선물을 안 샀는데."

"알아…… 그럴 줄 알고 레아네 집에 자러 가지 않았어. 아저씨가 날 필요로 할 것 같았거든……"

십대들이란…… 참 피곤한 존재다. 마치 요요 같은.

"마틸드, 너 그거 알아? 네가 이랬다저랬다 하는 바람에 난 늘 깜짝깜짝 놀란다는 걸……"

나는 커피를 더 따르려고 자리에서 일어났다.

"나 땜에 놀란다는 사람도 있네……"

"자……" 나는 아이의 등을 쓰다듬으며 대답했다. "그럼 우리, '엔조이' 해볼까."

마틸드가 자리에서 발딱 일어섰다. 아주 가벼운 몸놀림.

꼭 제 엄마처럼.

우리는 걷기로 했다. 조용한 길을 몇 블록 걸으며 내가 던진 질문을 점점 더 못 견뎌 하던 마틸드는 아이팟을 만지작거리더니 급기야는 이어폰으로 제 귀를 틀어막아버렸다.

그래, 좋다…… 개나 한 마리 길러야겠다. 나를 사랑해주고 여행을 마치고 돌아오면 나만을 위한 파티를 열어줄 개나 한 마리…… 박제(剝製)도 좋을 것 같다. 순진하니 큼직한 두 눈에 머리를 건드리면 꼬리를 흔드는 장치가 달린 놈으로.

아…… 벌써 녀석이 좋아지고 있다……

"아저씨, 삐쳤어?"

그놈의 기계 때문에 마틸드는 상식 밖의 큰 소리를 냈고 그 때문에 횡단보도에 함께 서 있던 사람들이 우리를 뒤돌아보았다.

아이는 한숨을 쉬더니 눈을 감았다. 그리고 다시 한 번 길게 숨을 내쉬고는 왼쪽 이어폰을 뽑아 내 오른쪽 귀에 꽂아주었다.

위로 〈1〉   25

"들어봐…… 아저씨 시대의 노래로 골랐어. 기운이 날 거야……"

그리고 거기, 소음과 꽉 막힌 차도 한가운데에, 멀어져버린 어린 시절과 나를 연결해주는 아주 가느다란 선 끝에 기타의 선율이 흐르고 있었다.

단순한 멜로디와 완벽하면서도 허스키한, 약간 늘어지는 목소리. 레너드 코헨이었다.

수잔은 강가에 있는 제 집으로 널 데려가지
보트가 지나가는 소리를 너는 들을 수 있어
그녀의 옆에서 밤을 지새울 수 있어
그리고 너는 알고 있지. 그녀가 반쯤 미쳤다는 사실을……

"기분이 좀 좋아졌지?"

하지만 네가 그곳에 머물고 싶은 이유는 바로 그 때문.

졸지에 변덕스러운 소년이 된 나는 고개를 끄덕였다.

"거 봐."
마틸드는 만족해하는 것 같았다.

봄이 오려면 아직도 멀었지만 팡테옹의 돔 위에서 느긋하게 기지개를 켜는 햇살 덕에 어느 정도 따뜻한 기운이 돌았다. 내 딸이 아니었으나 그래도 역시 내 딸인 소녀는 소리를 놓치지 않기 위해 내 팔짱을

겼고 우리는 파리를, 세상에서 가장 아름다운 도시를 둘이서 천천히 걸었다. 사실 파리를 여러 번 떠나 본 이후에 그 사실을 인정하게 되었던 것이지만.

위대한 인물들이 안치되어 있는 팡테옹을 등진 보잘것없는 우리 둘은 내가 그토록 사랑했던 지역을 거닐었다. 주말을 맞아 거리로 나온 조용한 사람들 사이에 섞여. 가라앉은 마음으로 경계를 풀고 '자신의 마음으로 그는 우리의 온몸을 어루만졌다' 고 노래한 코헨의 곡, 〈수잔〉의 리듬을 타며.

"신기하네." 나는 고개를 가로저었다. "요즘에도 이런 노래를 듣나 보지?"

"당연하지."

"삼십 년 전에 바로 이 거리에서 흥얼거리던 노래인데…… 저기, 저 가게 보이지?"

나는 턱짓으로 수플로 가(街)에 있는 화구상, 뒤부아를 가리켰다.

"내가 저 진열장 앞에서 침을 흘리면서 보낸 시간이 얼마나 되는지 넌 아마 상상도 못할 거다…… 가게 물건들을 보며 꿈을 꾸었지. 그것만 있으면 뭐든 할 수 있을 것 같았어. 종이, 붓, 렘브란트 물감…… 그런데, 어느 날인가 '예수는 항해자였다' 어쩌고 하는 코헨의 노랫말을 중얼거리면서 몸을 건들거리고 있는데 글쎄, 프루베(*Jean Prouvé, 1901-1984, 프랑스의 가구 디자이너, 건축가)가 저 가게에서 나오는 거야. 정말 굉장하지 않니? 정말 프루베가 틀림없었어. 아직도 그 생각만 하면……"

"그게 누군데?"

"단 한 명뿐인 우리 시대의 천재. 뛰어난 발명가이자 진정한 장인(匠人)인…… 놀라운 존재지. 나중에 그 사람 책을 몇 권 보여줄게……

그나저나 음…… 우리의 명랑 쾌활하신 가수양반 얘기로 돌아가자
면…… 내가 제일 좋아하던 노래는, 〈페이머스 블루 레인코트〉인데,
그 노래는 없니?"

"없어."

"없어? 아니, 학교에선 너희한테 대체 뭘 가르친다니? 그런 명곡을
안 가르쳐 줘? 얼마나 멋진 노랜 줄 알아! 난 테이프를 수도 없이 돌려
듣다가 카세트 라디오를 망가뜨릴 정도로 그 노래에 완전 미쳐 있었
는데……"

"왜?"

"글쎄…… 왜 그랬는지는 그 노래를 다시 들어봐야 알 수 있을 것
같고. 지금 기억나는 건, 노래 가사가 말이야, 어떤 남자가 친구에게
쓴 편지였는데…… 언젠가 자기 아내와 바람이 났던 친구를 이제 용
서한 것 같다는 이야기였어. 머리칼 한 줌이 어쨌다는 가사도 있었
지…… 아, 그래. 이제 생각났다. 난 여자라면 젬병이었거든. 어수룩
한 데다가 지독할 정도로 우울했었으니 어떤 여자가 나한테 넘어왔
겠니. 그래서 그 노래가 엄청나게 섹시하게 느껴졌던 거지. 가슴이
벅차오를 정도로. 아, 이건 바로 나를 위해 쓴 곡이구나 싶었으니
까……" 웃음이 나왔다.

"아버지를 조르고 졸라서 다 낡은 버버리를 얻어냈지. 그걸 푸른색
으로 물들였는데, 완전 망쳐버렸지 뭐냐. 거위 똥색깔이 되어 버린 거
야. 넌 상상도 못할 거다……"

마틸드가 웃었다.

"그렇다고 내가 포기했을 것 같니? 천만에. 그걸 꿰어 입고 깃을 바
짝 세운 다음 벨트를 풀어헤치고 양 주먹을 터진 주머니에 찔러 넣고
서는 닥치는 대로 쏘다녔단다. 랭보가 쓴 「나의 방랑」이라는 시의 첫

28   안나 가발다 장편소설

구절처럼."

나는 쇠부지깽이 같았던 당시의 내 모습을 그대로 흉내내어보였다. 전성기 때의 피터 셀러스(*Peter Sellers, 1925-1980, 영국배우. 핑크팬더, 닥터 스트레인지러브 등의 작품에 출연했다) 같은 모습을.

"……사람들 사이를 성큼성큼 큰 걸음으로 헤쳐 나가면서, 불가사의하고도 이해할 수 없는 표정을 짓고서는 다른 이들의 시선을 무시하느라 엄청나게 신경을 썼지. 날 쳐다보는 사람이 하나도 없었는데 말이야. 선불교 사원에 들어간 코헨이 날 봤다면 아마 허리가 끊어져라 웃었겠지."

"그 사람이 스님이 되었단 말이야? 그 다음엔 어떻게 됐는데?"

"글쎄…… 내가 아는 한 아직 죽지는 않았어."

"음. 그런데 그 레인코……"

"아, 그거! 날아가 버렸어…… 남아 있던 모든 것들과 함께…… 오늘 밤에 클레르한테 물어봐. 혹시 기억하고 있는지."

"응…… 그리고 나, 그 노래 다운받을래."

내가 눈살을 찌푸렸다.

"그럼 좀 어때? 그 사람은 돈도 많이 벌었을 것 아냐. 그런 걸로 뭐라고 하지 마."

"돈이 문제가 아니야, 잘 알면서 그러니…… 그건 더 심각한 문제야, 그건……"

"스톱. 알았어. 그 얘기라면 벌써 만 번은 더 들었어. 언젠간 가수가 한 명도 남지 않고 사라지게 될 거다, 그러면 우리도 다 죽는 거다, 어쩌고저쩌고."

"바로 그거야. 살아 있지만 죽어 있는 그런 날이 온다는 거지. 어, 마침 여기……"

위로 〈1〉   29

바로 앞에 지베르 서점이 있었다.

"자, 들어가자. 내가 사 주마. 푸른빛이 도는 아름다운 레인코트를……"

나는 계산대 앞에서 또다시 눈살을 찌푸렸다. 마치 기적처럼 다른 CD 세 장이 진열대에 나란히 놓여 있었던 것이다.

"와, 이것 좀 봐. 완전 운명의 장난이야, 이것들도 다운받으려고 했었는데……"

나는 값을 치렀고 마틸드는 내 볼에 닿을 듯 말 듯한 뽀뽀를 해 주었다. 재빨리.

우리는 다시 생 미셸 대로의 인파에 섞여 들어갔다. 나는 마음을 단단히 먹고 입을 열었다.

"마틸드?"

"예스."

"민감한 질문을 하나 해도 될까?"

"아니."

마틸드는 일단 그렇게 말해놓고서 몇 미터쯤 더 걸어가다가 옷에 달린 후드를 뒤집어써서 얼굴을 가렸다.

"이제 말해봐."

"우리 사이가 왜 이렇게 되었지? 이건 너무……"

침묵.

"너무, 뭐?" 그 애의 후드가 물었다.

"모르겠다…… 너무 뻔하고…… 계산적이고…… 내가 카드를 꺼내야만 네가 상냥하게 대해 주잖니. 애정이 담긴…… 표현이랄까. 네

30   안나 가발다 장편소설

뽀뽀 한 번에 얼마가 들었더라?'

나는 지갑을 열고 영수증을 확인했다.

"오십오 유로 육십 상팀. 그렇지……"

침묵.

영수증을 길가 도랑에 던져버렸다.

"이것 역시 돈 문제가 아니야. 너한테 선물을 해 주면 나도 기분이 좋아져, 하지만…… 좀 아까 내가 집에 돌아왔을 때, 네가 인사를 해 줬더라면 나는…… 난 너무 기뻤을 거야. 정말로."

"난 인사했어."

나는 마틸드가 나를 쳐다보도록 옷소매를 잡아끌었다. 그리고 손을 치켜들고는 그 애의 무기력한 손가락을 흉내내보였다. 아니, 그 애 손가락의 무기력함이라고 하는 게 옳았다.

마틸드는 거칠게 팔을 잡아 뺐다.

"넌 나한테만 그러는 게 아냐. 네가 엄마한테도 그런 식이라는 거, 알고 있어…… 내가 엄마한테 전화할 때마다, 나는 너무 멀리 떨어져 있고 듣고 싶은 이야기는 그게 아닌데…… 네 얘긴 항상 그 얘기뿐이야. 네 태도. 너랑 엄마 사이에 있었던 말다툼. 영원히 계속될 것 같은 일종의 협박…… 약간의 현금과 맞바꾼 약간의 친절함…… 늘 그 얘기들뿐이라고. 언제나. 그리고……"

나는 다시 마틸드의 팔을 잡으며 걸음을 멈추었다.

"대답해봐. 우리 사이가 왜 이렇게 된 거지? 엄마랑 내가 너한테 뭘 어떻게 했기에? 우리가 이런 대접을 받을 만한 무슨 짓을 하기라도 한 거냐? 나도 알아…… 사춘기 땐 다 그런 거라고 하겠지. 질풍노도의 시기, 어두운 터널을 통과하는 중이라고. 이해 못하는 게 당연하다고. 하지만 넌…… 마틸드, 너는. 난 말이지, 네가 다른 아이들보다 더

위로 〈1〉   31

똑똑하다고 믿었어…… 너만은 다를 거라고. 넌 약은 애니까 사람들이 말하는 그런 일반적인 케이스에 속하지는 않을 거라고……"

"사람 잘못 봤어."

"그런 것 같구나……"

나라는 존재를 받아들이느라 엄청난 고통을 겪은 아이가 이제는 안정이 된 것 같아서? 아이가 거름종이에 원두커피를 담고 전기스위치를 켜는 엄청난 수고를 해 주었기 때문에?

그러고 보면…… 나도 참 둔한 놈이다.

하지만 그래도……

마틸드가 일곱 살, 아니 여덟 살 때였나 보다. 승마대회 결승에서 낙방을 했던 때가…… 아이는 승마용 모자를 내던지고 고개를 푹 숙인 채 뜻밖에도 내게 와락 안겼더랬지. 어이쿠. 성벽을 부수는 기계 이름이 뭐였더라? 그 기계에 한 방 얻어맞은 것 같았다. 뒤로 넘어지지 않으려고 기둥을 붙잡아야 했을 정도였다.

애가 측은하기도 했고, 놀라기도 했던 터라 나는 짧은 숨을 몰아쉬었다. 그리고 두 손을 어디다 두어야 할지를 몰라 허공을 헤맸다. 결국 입고 있던 외투를 벗어, 있는 힘껏 내 가슴을 치며 셔츠를 눈물콧물 범벅으로 만드는 아이의 어깨를 감싸주었다.

그것도 '누군가를 안아주었다'고 할 수 있는 것일까? 그렇지, 맞다. 아이를 안아준 것이 맞는다고 나는 나름대로 결론을 내려버렸다. 그리고 그 애를 안아준 것은 그 때가 처음이었다.

처음으로…… 마틸드의 나이가 여덟 살이었다는 것도 아마 잘못 기억하고 있는지도 모른다. 나는 사람 나이를 절대 기억하지 못한다.

어쩌면 더 자란 후였는지도…… 하지만 그렇게 하기까지 몇 년의 세월이 걸렸었는지.

아무튼 마틸드는 내 품안에 있었다. 그 애는 내 옷에 폭 감싸여 있었고 나는 오래도록 아이를 안아주었다. 발이 저리고 다리가 아파왔지만 그 순간을 놓치고 싶지 않았다. 나는 아이를 품안에 감춘 채 바보같이 웃고 있었다.

잠시 후, 차 안에 올라탄 마틸드는 몸을 동그랗게 웅크린 채 뒷좌석에 앉아 있었다.

"네 망아지 이름이 뭐였더라? 피스타치오?"

대답이 없었다.

"캐러멜?"

헛수고.

"아, 알았다, 생각났어! 슈크림이었지!"

"……"

"생각해봐라. 못생기고 멍청한 데다가 슈크림이라는 웃기는 이름을 가진 망아지를 데리고 뭘 바랄 수 있겠니? 안 그래? 솔직히 그 뒤룩뒤룩한 슈크림이란 녀석이 결승까지 올라가는 건 이번이 처음이자 마지막일 게다, 내 말이 맞다니까!"

내가 나빴다. 말이 너무 심했고 망아지 이름도 확실히 모르고 있었다. 다시 생각해보니 녀석의 이름은 땅콩이었던 것 같다……

어쨌거나 마틸드는 이미 뒤로 돌아앉아 있었다.

나는 어금니를 악물며 백미러의 위치를 바로잡았다.

그날 우리는 꼭두새벽에 일어났었다. 나는 지쳐 있었고 날은 추웠

으며 부담되는 일을 맡아놓았던 터라 저녁에는 몇 번째인지도 모를 밤샘을 하기 위해 사무실에 다시 들어가야 했다. 그리고 난 항상 말이라는 동물을 무서워했었다. 작은 녀석들도. 아니, 작은 말들이 더……아아, 모든 것이 답답한 교통 체증과 더불어 나를 짓누르는 것만 같았다. 너무나도 무겁게……잔뜩 짜증이 난 데다가 온 신경이 곤두서서 당장이라도 폭발할 것 같았던 내 귀에 갑자기 이런 말이 들렸다.

"가끔씩은 아저씨가 내 진짜 아빠였으면 좋겠어……"

나는 아무 대답도 하지 못했다. 몽땅 망쳐버릴 것만 같아서. 난 네 아빠가 아니야, 혹은 난 네 아빠나 다름없잖니, 혹은 내가 네 아빠보다 낫잖아, 아니, 내가 하고 싶었던 말은, 난…… 휴우…… 나의 침묵은 이런 모든 말들을 대변해주는 것이리라 생각했다.

하지만 이젠…… 사는 게 너무나…… 너무나 벅찬 일이 되어버린, 서른네 평의 집 안에 당장이라도 불꽃이 일어날 것만 같은 요즘, 로랑스와 내가 더 이상 사랑을 나누지 않게 된 지금, 날마다 환상 한 가지씩이 깨지고 있는, 그리고 현장에서 보내는 하루마다 수명이 일 년씩 단축되고 있는, 스누피를 쳐다보며 공허하게 지껄이고 있는, 사랑받기 위해서 현금카드 비밀번호를 눌러야 하는 지금 같은 때에는 누군가가 날 구해주었으면 하는 바람이 간절할 뿐이었다……

물론 내 쪽에서 SOS를 보내야 했겠지. 그러나 나는 그렇게 하지 않았다.

한밤중에 사무실을 나와 살며시 아파트 문을 열고 발로 다시 문을 닫고 소리를 죽였다. 그리고 내 몸을 지탱해주는 안전띠만으로 만족해했었다.

그렇게 하지 않았더라면 무엇을 얻을 수 있었을까? 글쎄.

잃은 건 아무것도 없었다. 어차피 내겐 할 말이 없었으니까…… 결국…… 내가 놓친 장면이라고 해봐야 별 것이 없을 게 분명했다. 소리 없는 장면. 왜냐하면 나는 말(言)을, 그 빌어먹을 말이라는 것을…… 잘 하는 편이 못 되었기 때문에. 나는 여태껏 언어라는 갑옷과 투구 세트를 가져본 적이 없는 인간이다……

단 한 번도.

그리고 의과대학의 철창문 앞에서 마틸드를 향해 돌아서는 지금, 그 애의 얼굴을, 내가 물어보지 않은 단 한 가지 질문 때문에 굳어버린, 긴장한, 거의 흉해보일 정도로 찡그린 그 애의 얼굴을 바라보는 지금, 난 그냥 입 닥치고 있었던 편이 나았으리라고 생각하는 중이다.

마틸드는 고개를 숙인 채 성큼성큼 앞서 걸었다.

"으엄두아암아이은." 알아들을 수가 없었다.

"뭐?' 뒤로 휙 돌아서는 아이.

"그럼 두 사람 사이는 더 낫다는 거야?" 화를 냈다.

"두 사람 사이는 더 낫냐고? 응? 그렇게 생각해? 어떻게 될지 모르는 사이니까, 그러니까 더 낫다는 거야?"

"누구 말이야?"

"누구, 누구냐고…… 그걸 몰라서 물어? 엄마랑 아저씨! 두 사람 사이는 더 낫다고 생각해? 하나만 물어볼게. 대체 어떤 상태야? 곪을 대로 곪은 커플, 말하자면……"

침묵.

"말하자면, 뭐?" 이렇게 묻는 게 위험한 줄 알면서도, 난 바보처럼 되물어보았다.

"다 알면서……" 아이가 중얼거렸다.

위로 〈1〉   35

그렇다. 나는 알고 있었다. 그리고 바로 그 때문에 우리는 끝까지 입을 다물고 있었던 것이다.

참고 견뎌야 할 혼란만을 하나 가득 짊어진 나는 마틸드의 이어폰이 그렇게 부러울 수가 없었다.

잡음, 그리고 온통 좀먹어버린 나의 레인코트.

세브르 가(街)에 이르러, 그 거만한 자태로 벌써부터 나를 기죽게 만드는 백화점 앞에 멈추어 섰지만 내 몸은 카페 쪽으로 기울고 있었다.

"어때? 전투를 시작하기 전에 커피 한 잔이 필요한데……"

마틸드는 인상을 쓰며 내 뒤를 따랐다.

난 입술을 데었고 아이는 다시 한 번 제 물건을 만지작거렸다.

"샤를르 아저씨."

"응?"

"이 노랫말 좀 설명해줄 수 있어? 대충은 이해가 가는데 다는 알아들을 수가 없어……"

"어려울 것 없지."

그리고 우리는 다시 한 번 소리를 함께 나누어들었다. 마틸드는 돌비사운드, 난 스테레오. 각자 한 귀씩.

하지만 맨 처음 부분의 피아노 선율은 커피기계 소리에 파묻혀버리고 말았다.

"잠깐만……"

바의 반대편으로 자리를 옮겼다.

"이제 됐어?"

나는 고개를 끄덕였다.

36   안나 가발다 장편소설

다른 남자의 목소리. 더 강렬한.

그리고 나는 동시통역을 시작했다.

"만일 네가 길이라면, 나는…… 잠깐…… '도로' 라고 할 수도 있고 '길' 이라고 할 수도 있겠어, 문맥에 따라 달라지거든…… 시적인 분위기를 원하니, 아님 직해가 좋으니?"

"어휴……" 아이가 노래를 멈추고 인상을 썼다. "뭐야, 다 망쳤잖아. 난 영어수업을 듣고 싶은 게 아냐. 아저씬 이 사람이 뭐라고 하는지만 얘기해 주면 된다고."

"알았어." 나도 성질을 냈다. "그럼 나 혼자 먼저 듣고 나서 얘기해줄게."

나는 아이에게서 다른 쪽 이어폰을 빼앗아 내 귀에 마저 꽂은 다음, 양 손으로 귀를 막았다. 마틸드가 새치름하게 나를 째려보았다.

한 방 먹었다. 상상했던 것 이상으로 나는 노래에 압도당했다. 이런걸 바랐던 게 아니었는데. 나는…… 난 그 노래에 사로잡혀 버리고 말았다.

빌어먹을 사랑 노래는…… 늘 이런 식으로 엉큼하기 짝이 없다……4분도 채 안 되어 우리를 녹여버린다. 굳어버린 우리의 심장을 관통하는 젠장맞을 투우사의 검.

한숨을 내쉬며 이어폰을 돌려주었다.

"노래 좋지?"

"누구니?"

"닐 해넌(Neil Hannon). 아일랜드 가수야…… 이제 시작해도 돼?"

"그래."

"중간에 멈추기 없음. 알았지?"

"돈 워리 스위티, 잘 해낼 테니까." 나는 카우보이 흉내를 내며 나지막이 속삭였다.

마틸드가 다시 웃었다. 잘 했어, 샤를르, 잘 했어……

나는 좀 전에 가다만 '길'로 다시 접어들었다. 확실히 그건 '도로'가 아닌 '길'에 관한 이야기였기 때문에.

"만약 네가 길이라면, 나는 그 길의 끝까지 가겠어…… 만약 네가 밤이라면, 나는 해가 있는 동안 내내 잠을 잘 거야…… 만약 네가 낮이라면, 나는 밤새 울겠지……"

마틸드는 한 마디도 놓치지 않으려는 듯 나에게 바싹 다가와 앉았다……

"너는 길이고 진실이며 빛이니까. 만약 네가 한 그루의 나무라면, 나는 내 두 팔로 너의 몸을 감싸 안겠어…… 그래도…… 너는…… 넌 아무 말 못 하겠지. 만약 네가 나무라면…… 나는 내 이름 첫 글자를 네 몸통에 새겨 넣을 수 있을 거야, 그래도 넌 아프다고 울지 못해, 나무는 비명을 못 지르니까……(이 대목은 내 멋대로 해석한 것이었다. 직역하자면 '나무들은 울지 못하기 때문에'가 되겠지만, 이봐, 닐, 뭐 이 정도는 그냥 봐 줘, 응? 난 지금 안달이 난 십대 여자애와 이어폰을 나누어 끼고 있다고) 만약 네가 남자라면, 나는…… 그래도 난 너를 사랑할 거야…… 만약 네가 달콤한 음료라면 나는 너를 실컷 마셔주겠어…… 만약 네 이름이 '잭'이라면 난 내 이름을 '질'로 바꿀 거야…… 만약 네가 한 마리 말이라면, 나는 너를 타고 새벽녘의 들판을 달려갈 거야, 태양을 따라, 태양이 떠난 그곳까지(으, 문장을 다듬을 시간이 없다)…… 나는 내 노래 안에서 너를 부를 거야(이것도 별로다)…… (마틸드는 그런 것에는 별로 신경을 쓰지 않았다. 나는 내 볼

에 닿은 그 애의 머리카락을 느꼈다.)(그리고 그 애의 냄새도. 팔꿈치가 찢어진 옷을 입은 십대 소녀의 여드름 피부용 로션 냄새.) 만약 네가 나의 손녀라면, 난 너를 떠나보내며 가슴아파하겠지…… 만약 네가 나의 누이라면, 나는, (어…… '이중으로 느끼다' 라니 에라, 느낌대로 가보자.) 두 배의 고통을 느낄 거야. 만약…… 만약 네가 나의 개라면, 난 너를 식탁 위에 올려놓고 먹을 것을 주겠어.(쏘리) 나의 아내가 못 견뎌 한다 해도. 만약 네가 나의 개라면,(이 대목에서 가수는 크레센도로 노래하기 시작했다.) 나는 네가 그것을 좋아하리라는 것을 확신하고 있어, 넌 네 발을 가진 나의 충실한 친구가 되겠지, 그리고 넌 (이 친구, 이젠 거의 악을 쓰고 있었다.) 더 이상 생각을 할 필요가 없어, 그리고…… (이젠 확실하게 악을 썼지만 왠지 슬픈 느낌.) 그리고 우린 끝까지 함께 할 거야.(정확히는 끄으으으으으으읕까아지이이, 그러나 그의 뜻대로 되지는 않은 것 같았다…… 불쌍한 친구……) (*

닐 해넌(Neil Hannon), 〈만약에(If…)〉 중에서)

나는 마틸드에게 이어폰을 돌려주고 별로 마시고 싶지도 않은 커피를 한 잔 더 주문했다. 아이가 마지막 여운을 음미할 수 있도록. 영화가 끝나고 엔딩 크레디트가 올라간 다음, 다시 켜진 불빛에 적응할 시간을, 그리고 몸을 약간 움직일 시간을 주기 위해.

"나, 이 노래 너무 좋아……" 마틸드는 한숨을 내쉬었다.

"왜?"

"모르겠어. 나무는…… 나무는 비명을 못 지른다잖아."

"너, 사랑하는 사람이 생긴 거니?" 나는 조심스럽게 물어보았다.

입을 삐죽.

"아니." 마틸드가 솔직하게 대답했다. "사랑에 빠졌다면 이런 종류

위로 〈1〉   39

의 노래는 들을 필요가 없는 거잖아."

몇 분 동안 나는 커피잔 바닥에 남은 찐득한 검은 액체를 박박 긁어 대고 있었다.

"네 문제에 대해서 다시 얘기해보고 싶은데……"

마틸드는 눈을 들어 먼 곳을 바라보았다. 좀 전에 내가 던진 질문을 바라보는 듯.

나는 가만히 아이의 대답을 기다렸다.

"터널이니 뭐니 하는 것 말이지? 음…… 내 생각엔…… 시간이 필요할 것 같아. 이대로 좀더 있어야 할 것 같다고. 어쨌든 우리, 서로에게 너무 많은 걸 기대하지는 말기로 해, 무슨 말인지 알겠지?"

"음…… 정확히는 모르겠는데."

"그러니까…… 이를테면 난 아저씨가 엄마 선물 사는 걸 도와주고 아저씬 내가 좋아하는 영어 노래들을 우리말로 옮겨주는 거지…… 그리고…… 거기까지만."

"그게 다라고?" 나는 슬쩍 화가 났다. "나한테 제안할 것이, 그게 다란 말이니?"

그 애는 벌써 후드를 뒤집어쓰고 있었다.

"응. 지금으로선…… 하지만 음…… 사실 그것도 간단한 건 아니잖아. 그것만으로도…… 그래…… 벅찰지 몰라."

나는 아이의 얼굴을 뚫어져라 바라보았다. 웃음이 나왔다.

"왜 그렇게 바보같이 웃는 거야?"

"왜냐하면," 나는 문을 열어주며 대답했다. "왜냐하면 만약에 네가 내 개라면, 난 네게 남은 음식을 주고 넌 나의 충실한 프렌드가 될 테니까."

40   안나 가발다 장편소설

"하! 그거 되게 재미있네."

그리고 우리가 인도에 멈추어 서서 자동차들이 꼬리에 꼬리를 문 길을 건너갈 틈을 살피는 동안, 마틸드는 한 다리를 들고 내 바지에 오줌을 갈기는 시늉을 해 보였다.

마틸드는 내게 마음을 솔직하게 털어놓았다. 나는 에스컬레이터를 타고 올라가면서 나도 똑같이 보답해주리라 결심했다.

"마틸드, 너 그거 아니?"

"뭐?"(또 뭔데? 하는 투로)

"사실, 사람 관계는 다 돈으로 환산되는 법이야."

"알고 있어." 아이가 퉁명스럽게 대답했다.

마틸드가 마음을 열었다는 확신이 나를 방심하게 만들었다. 함께 레너드 코헨의 〈수잔〉을 듣던 때의 우리 사이가 더 좋았던 것 같았다……

적어도 서로 장난을 칠 수는 있었지.

아이는 내게서 한 발자국 멀리 떨어져 섰다.

"아저씨, 여기 분위기만 해도 부담스럽지 않아? 우리 무거운 얘기는 이제 그만 하는 게 어때?"

"그래."

"그럼 엄마 선물은 뭐로 할까?"

"네가 골라봐." 내가 대답했다.

아이가 샐쭉한 표정으로 어금니를 악물며 말했다.

"내 선물은 벌써 샀다니까! 아저씨 걸 사려고 왔잖아……"

"맞다, 맞아." 나는 애써 분위기를 띄웠다. "그럼 둘러볼 시간을 좀 줘봐."

위로 〈1〉   41

열네 살이라는 나이가 이런 것이었던가…… 저속한 이 세상에서는
모든 게 협상 가능하다는 사실을 깨닫고 있을 정도로 영악한 동시에,
어른 둘 사이에서 양쪽에 손을 내맡길 만큼 순진한 상태. 둘 사이에
머물기 위해. 이제는 그 둘에게 매달려 양 발로 허공을 차며 껑충 뛰
기 위함이 아니라, 두 사람을 엮어놓기 위해. 떨어지지 않도록 하기
위해. 어쨌거나 함께 있도록 하기 위해.

힘들지 않을까?
아름다운 노래로 위안을 삼는다 해도, 짓누르는 부담감이 버겁지
않을까……
그 나이 때의 난 어땠었던가? 어딘가 덜떨어진 놈이었던 것 같은
데……
위층에 도착했다. 나는 비틀거리며 에스컬레이터에서 내려섰다.
그게…… 뭐 중요하다고. 상관없잖아. 아무래도.
어쨌거나 기억조차 나지 않는걸.
아, 벌써 지겹다, 나는 난간을 꽉 붙들었다. 뭐든 얼른 찾아서 포장
을 하자, 그리고 여길 빠져나가는 거다.

또 핸드백. 핸드백 선물만 벌써 열다섯 번째인 것 같다……
"사모님께서 마음에 안 드신다고 하시면, 언제든 바꾸러 오세요."
물건 파는 여자가 친절한 척했다.
알겠습니다, 고맙군요. 우리 사모님도 참 까다로운 편이지요. 그래
서 내가 이렇게 고민하는 거 아닙니까……
하지만 나는 입을 꾹 다물고 계산을 했다. 돈을 치렀다.

가게에서 나오자마자, 마틸드는 어디론가 증발해버렸고 나는 신문 가판대 앞에 우두커니 서서 굵은 글자로 된 제목들을 아무 생각 없이 읽고 있었다.

배가 고픈 건가? 아니다. 산책을 하고 싶은 건가? 그것도 아니다. 가서 눈을 좀 붙이는 게 낫지 않을까? 그렇지. 하지만 그것도 싫다. 그랬다간 깨어나지 못할 게 뻔하다.

그럼…… 웬 남자가 잡지를 집으려다가 나와 부딪쳤다. 한데, 미안하다는 소리는 내 쪽에서 나왔다.

수없이 많은 사람들 속에서 짝을 잃은 채, 무기력하게 혼자 남은 나는 택시를 잡아타고 운전수에게 내 사무실 주소를 댔다.

나는 일터로 돌아갔다. 할 줄 아는 것은 일뿐이었기에. 내가 자리를 비운 사이 직원들이 벌여놓았을 일거리들을 확인해보고 또 무슨 일들을 하고 있는지 확인하는 것…… 몇 년 전부터 나는 대충 그런 일들을 해 오고 있었다…… 벽에 생긴 심각한 균열, 웃기게 생긴 장비, 그리고 엄청난 양의 방수용 도료.

장래가 촉망되던 건축가는 승진에 승진을 거듭하더니 결국 시시한 미장이가 되고 말았다. 영어실력이 좋아진 대신 도면에서는 손을 뗐고 마일리지를 차곡차곡 쌓아가며 멀리멀리 날아서는 CNN 뉴스가 들려주는 전쟁 소식을 자장가 삼아 혼자 자기엔 너무 큰 호텔 침대에서 잠이 들었다……

하늘이 어두워졌다. 나는 차가운 창유리에 이마를 대고 센 강의 색

깔과 모스크바를 흐르던 강물의 색깔을 비교해보았다. 아무 의미도 없는 선물을 무릎 위에 얹은 채.

신이 거기에 계셨던가?

답하기 어려운 문제였다.

2

다들 와 있다. 모두 모였다.

만나는 순서대로 소개를 할까 한다, 그 편이 더 간단할 테니.

대문을 열어주며 마틸드에게, 아니, 얘 큰 것 좀 보게, 이젠 아가씨가 다 되었구나 라고 말한 이는 내 큰누나의 남편, 즉 나의 큰자형(姉兄)이다. 내겐 자형이 한 명 더 있는데, 나는 큰자형이 더 좋다. 어이구, 자넨 머리가 더 빠졌네, 그가 내 머리를 헝클며 말한다, 이번엔 잊지 않고 보드카 좀 가져왔어? 그나저나 러시아에선 대체 뭘 하나? 코사크 춤이라도 추는 건가?

정말 멋진 형이지 않은가? 내 맘에 쏙 든다. 자, 큰자형은 잠깐 옆에 세워두고 꼿꼿한 자세로 바로 뒤에 서 있는 노신사를 주목하시라. 우리의 외투를 받아준 그 분은 바로 내 아버지, 앙리 발랑다 씨다. 큰자형과는 달리, 아버지는 별로 말이 없다. 뭔가를 포기한 양반이라고나 할까. 아버지는 왼쪽에 있는 콘솔을 가리키며 내 앞으로 우편물이 와 있다고 알려준다. 일단 난 아버지를 얼싸안고 볼에 입을 맞춘다. 아직까지 부모님 집으로 배달되는 내 우편물이라는 것들은 학창 시절 동기들이 보내는 쓸데없는 것들뿐이다. 동기 모임 안내장이니 이십 년 간 한 번도 읽어보지 않은 신문 정기구독 갱신 안내서, 혹은 한 번도 나가본 적이 없는 토론회 초대장이니 하는 별 쓸모없는 것들.

위로 〈1〉   45

알았어요, 나는 눈으로는 이미 폐지용 쓰레기통을 찾으며 아버지에게 대답한다. 내가 쳐다보고 있는 저 통은 폐지함이 아니다. 저기에다 편지를 버리면 어머니가 또 핀잔을 주겠지. 얘, 이건 쓰레기통이 아니야, 우산꽂이라고 몇 번을 말해야 알겠니. 안 봐도 뻔한 시나리오다······

복도 저 안쪽에 어머니의 등이 보인다. 거기가 부엌인데, 어머니는 앞치마를 두르고 고기에 라드를 바르는 중이다.

아, 드디어 어머니가 뒤로 돌아 마틸드에게 뽀뽀를 하며 어머, 얘큰 것 좀 봐, 이제 아가씨가 다 되었네!라고 말한다. 나는 내 차례를 기다리며 작은누나, 그러니까 아까 만난 세라펭 랑피옹의 아내가 아닌 저기 저쪽에 앉은 키 큰 말라깽이와 결혼한 다른 누나에게 인사를 한다. 작은자형은 좀 다른 부류다. 지방 소도시에서 대형마트 샹피옹(*챔피언이라는 뜻) 지점 하나를 맡아 운영하고 있는데 베르나르 아르노의 걱정근심과 정치경제적인 관점을 완벽하게 이해하고 있다는 사람이다. 그렇다, 여러분이 떠올린 LVMH그룹의 그 베르나르 아르노가 맞다. (*LVMH는 루이(Louis) 뷔통(Vuitton) 모에(Moët) 헤네시(Hennessy)의 첫 글자를 딴 명품 제조사. 베르나르 아르노는 그 그룹의 총수이다.) 말하자면, 그 둘은 비슷한 직종에 종사한다는 건데······ 그 얘기는 이만 하련다. 좀 있으면 제대로 된 장면을 보실 수 있을 테니.

작은누나 이름은 에디트. 이 누나의 주관심사는 아이들의 책가방 무게나 학부모 모임 등등이다. 보나마나 케이크 좀더 먹겠느냐는 말에 손사래를 치며 어쩜 다들 그렇게 인정머리가 없을까, 믿을 수가 없어, 어쩌고 하면서 열을 내겠지. 예를 들어, 연말에 열렸던 학교 자선바자 말이야, 글쎄 낚싯대 판매대를 나 혼자 도맡았던 거 알아? 교대할 사람이 한 명도 없었다고! 부모들이 그런 식인데, 아이들한테 뭘

바라겠어? 이런 여자에게서 뭘 바라겠는가, 남편은 이미 동네에서 그 엄청난 영향력이 입증된 샹피옹 지점장이고, 누나가 사는 세상의 끝은 톱밥이 풀풀 날리는 생 조제프 변두리인 것을. 그래, 더 이상을 바라선 안 되겠지. 피곤해도 좀 참아주자. 제발 그놈의 레퍼토리나 좀 바꾸어주었으면. 머리 스타일은 잘도 바꾸면서…… 작은누나를 따라 거실로 들어가 보니 누군가가 기다리고 있다. 프랑수아즈 누나, 우리 집 맏딸이다. 부업일이라면 질색을 하는 코사크 춤 사모님. 이 누나도 머리 스타일을 자주 바꾸는 편이지만 에디트 누나보다는 덜 변덕스럽다. 아무튼, 큰누나에 대해서는 별로 할 말이 없다. 누나가 내게 건넨 첫 마디는 이런 것이다. "아, 샤를르, 너 안색이 왜 그 모양이니…… 살도 좀 찐 것 같네." 이어진 말도 공개하련다. 그렇지 않으면 다들 날 옹졸한 놈이라고 공격할 테니. "정말이야! 지난번에 봤을 때보다 확실히 몸이 불었어! 그런데…… 너, 옷 입는 꼴은 여전하구나……"

날 동정하지는 마시길, 어차피 세 시간 후면 내 인생에서 사라질 여자들이다. 운이 좋으면 다음 크리스마스 때까진 안 보고 살 수 있다. 누나들은 이제 노크 없이는 내 방에 들어올 수 없다. 혹시 몰래 내 방을 뒤져보더라도 그 때 이미 난 멀리멀리 있을 테니 상관없다……

여형제들 중에서 제일 괜찮은 나의 누이동생은 맨 마지막에 소개하려고 아껴두었다. 아직 얼굴을 보진 못했지만 위층에서 그녀의 웃음소리가 들린다. 조카들과 함께 있는 모양이다. 재수 없는 여사님들은 끼리끼리 놀라고 하자. 난 누이동생의 기분 좋은 웃음소리나 따라가 봐야겠다.

★★★

"뭐야, 말도 안 돼!" 누이동생이 한 조카 녀석의 더벅머리를 쓰다듬으며 내게 말한다. "이 녀석들이 무슨 얘기를 하고 있었는 줄 알아?"

그녀의 양 볼에 입을 맞춘다.

"얘들 좀 봐, 오빠. 젊음이 역시 좋지? 아름답잖아…… 얘네 싱싱한 이 좀 볼래! (불쌍한 위고의 윗입술을 들어올린다) 이 젊음의 열기를 꺾을 수 있겠어? 수백만 킬로그램의 호르몬이 사방으로 뻗치고 있는 것 같아. 그런데, 이 녀석들이 무슨 얘기를 하고 있었게?"

"모르겠는데." 드디어 긴장이 풀린다.

"몇 '기가' 냐고, 젠장…… 다들 제 MP3를 흔들어대면서 몇 기가짜린지 서로 비교하고 있었어…… 기가 막히지? 이런 애들이 우리 노후 연금을 댈 거라고 생각하면 난 기절할 것만 같아. 야, 이젠 니들 휴대폰 요금제 비교할 차례지?"

"그건 벌써 다 했네요." 마틸드가 깔깔 웃는다.

"큰일일세, 큰일이야. 사랑하는 조카들아, 너희들 때문에 이 이모는 가슴이 찢어진단다…… 너희 나이 땐, 자고로 사랑 때문에 죽네 사네 해야 하는 거야! 시를 써야 한다고! 혁명도 준비해야지! 부잣집을 털고! 배낭을 꾸려서 떠나야지! 세상을 바꿔야 한단 말이야! 그런데, 뭐? 몇 기가? 이것들이 정말…… 왜? 장기주택 마련예금 계획들이나 세우시지 그러서?"

"그러는 이모는?" 어렸을 때부터 똑 부러진다는 소리를 들어온 조카 마리옹이 묻는다. "이모랑 삼촌은 우리 나이 때 무슨 이야기를 했는데?"

누이동생이 흘깃 나를 바라본다. "그야 뭐, 우리는…… 우린 이 시

48   안나 가발다 장편소설

간이면 벌써 잠자리에 들었었지." 내가 더듬더듬 말한다. "아니면 학교 숙제를 하거나. 그렇지?" 그럴싸하다.

"암, 당연하지. 오빠가 내 작문숙제를 도와줬었잖아. 주제가 아마 볼테르였을걸?"

"그래, 그랬던 것 같다. 다음 주에 배울 내용도 예습하고…… 그리고, 그것도 기억나니? 기하 공식을 외우면서 놀았던 것……"

"그럼, 그럼!" 클레르가 목소리를 높인다. "게다가 방정식……"

얼굴 정면으로 날아온 베개 때문에 말이 막힌다.

누이동생은 고함을 지르며 반격을 시작한다. 쿠션 하나가 날아가는가 싶더니 컨버스 운동화 한 짝이 날아오고 전쟁을 알리는 아우성 소리와 함께 돌돌 만 양말 한 짝이, 그리고 또……

클레르가 내 옷소매를 잡아끈다.

"자, 가자. 여기 분위기는 다 파악했으니까, 아래층으로 내려가서 언니들을 상대해줘야지……"

"그게 더 어려울걸."

"걱정 마…… '카지노'(*샹피옹에 버금가는 프랑스 대형마트 중 하나)에서 파는 물건들이 더 좋다고 막 우기면 엄청 약올라할 거야."

누이동생은 계단 쪽으로 돌아서며 한 마디를 덧붙인다.

"카지노에서는 아직도 비닐봉투를 공짜로 준단 말이야! 이제 샹피옹에선 달라고 해도 안 주잖아……"

그녀는 늘 이렇다. 클레르는 늘 이런 식이다. 누나들과는 다르게, 우리 둘은 잘 통한다. 나 혼자만 느끼는 것인지도 모르지만, 그녀의 존재는 나에게 위로가 되어준다.

위로 〈1〉   49

"여태 이층에서 뭘 하고 있었니?" 어머니가 앞치마를 벗으며 한 마디 한다. "왜들 이렇게 소리를 지르고 그래?"

"어어, 나 때문이 아니야. 범인은 피타고라스."

내가 위층에 가 있는 사이에 로랑스가 와 있었다. 소파 한 구석에 앉아 어머니 부엌의 양념칸 재배치용 도면을 들여다보며 이것저것 참견을 하고 있다.

그래, 좋다. 어차피 오늘 저녁 모임은 그녀의 생일을 축하해주기 위한 자리니까. 게다가 하루 종일 일을 했다니까, 하지만…… 그래도…… 서로 못 본 지 벌써 일주일쯤 지났는데…… 한 번쯤, 날 찾을 수도 있었지 않을까? 자리에서 일어난다든가, 좀 웃어준다든가…… 아니면, 그저 날 한 번쯤 쳐다볼 수도 있지 않을까?

나는 슬그머니 그녀의 뒤로 다가가 선다.

"아니, 아니지. 토마토 소스들하고 케첩을 같이 놓겠다는 데에는 나도 찬성이에요. 그게 맞는다니까……" 그녀의 어깨 위에 손을 얹었는데, 한다는 소리가 겨우 이거다.

엔조이.

모두 식당으로 자리를 옮길 때가 되어서야 그녀가 나를 '접수' 한다. 위층에서 조카들에게 배운 말이다.

"여행은 좋았어?"

"훌륭했지. 물어봐줘서 고마워."

"내 스무 살 생일 선물은 가져왔어?" 그녀가 내 팔에 매달리며 살짝 애교를 부려본다. "혹시, 파베르제(*1846-1920, 러시아의 보석 세공인, 세계에서 가장 비싼 달걀세공품으로 유명하다)가 만든 보석?"

50   안나 가발다 장편소설

과연. 이런 게 가족이라는 걸까……

"예쁜 러시아 인형을 사 왔어. 알지? 한 겹 벗겨내면 그 안에 더 작은 인형이 들어 있는……"

"그거, 나 들으라고 하는 소리야?" 그녀가 멀어져가며 농담을 한다. 아니. 나 들으라고.

그녀가 농담을 했다.

그녀가 멀어져가며 농담을 했다.

내가 그녀를 사랑하게 된 것은 그녀의 그런 엉뚱한 점 때문이다. 몇 년 전, 그녀의 남편이 시가 커터를 만지작거리며 새 집이 이러이러했으면 좋겠다는 설명을 하는 동안, 그녀의 발이 내 종아리를 타고 올랐더랬다. 나는 종이 위에 괜한 낙서를 하며 생각했다. 이건 너무 무모하다……

그래…… 다른 여자였다면, 어떤 반응을 보일지 얼마쯤 미리 눈치챌 수 있었으리라. 좀더 공격적으로 나왔겠지. 나 들으라고 하는 소리야? 내 말에 그녀는 빈정거릴 수도, 혹은 이를 갈 수도 혹은 비웃을 수도 혹은 비꼬아 줄 수도 혹은 눈을 흘길 수도 있었다. 차라리 그 편이 덜 잔인하다. 그러나 그녀는 그런 여자가 아니다. 저 아름다운 로랑스 베른느는……

때는 겨울이었고 나는 8구에 있는 삐까번쩍한 레스토랑에서 그들 부부를 만났다. "커피나 한잔 하지요." 그는 특히 '커피'라는 말을 강조했었다. 그러죠…… 커피나 한잔…… 어쨌거나 나는 고객이 아닌, 서비스를 팔아야 하는 입장이었다.

위로 〈1〉 51

고작 초콜릿 과자가 딸려 나오는 커피나 한잔 하자고? 그래 좋다.

마침내 나는 레스토랑 안으로 들어갔다.

커다란 몸집에 너절한 옷을 걸친 채 숨을 헐떡이며. 안전모를 손에 들고 겨드랑이 아래에 둥그런 도면통을 끼운 채. 친절이 지나친 나머지 아예 겁에 질린 듯이 보이는 웨이터가 내 뒤를 졸졸 따라왔다. 그리고 냄새가 풀풀 풍기는 나의 점퍼를 받아들고 연한 빛깔의 카펫 위에 혹시나 내 발자국이 남지나 않았는지 열심히 살피며 물품보관소를 향해 갔다. 아마 기계기름에 진흙에 개똥 새똥 같은 것들을 발견하고는 경악을 금치 못했으리라.

우리의 만남은 몇 초밖에 지속되지 않았다. 그러나 나는 그녀에게 빠져들고 말았다.

그렇다, 나는 비굴할 수밖에 없었다. 그리고 목에 두른 긴 목도리를 풀며 우연히 마주친 그녀의 시선에 몸을 부르르 떨었다.

상황이 어색해서, 그녀가 속한 세상이 혐오스러워서 나는 괜한 미소를 지었다. 그러나 그녀는 믿었으리라, 혹은 원했으리라. 그 미소가 자신을 위한 것이라고. 당시 나는, 빤질빤질한 가죽의자에 앉아 돈을 긁어모은 한 인간이 새로 사들인 복층 아파트를, 기존에 있는 대리석은 '건드리지 말고' 수리해달라는 의뢰에 일단 비위가 상해 있었다. 그런 건 내 취향이 아니었다…… 하지만 그가 제시한 설계비! (그 어마어마한 설계비 때문에 나는 내 안의 르 코르뷔지에를 죽였다!) (그이후로 나는 참 많이 바뀌었다. 사업상의 만찬 덕분에 혁대 구멍의 위치가 바뀌었고 세무서에 신고하는 소득액수도 바뀌었다. 정신을 놓지 않아야 한다는 것이 힘들다. 대리석을 짊어지듯, 나는 나의 정신을 힘겹게 떠메고 있었다……) 내 취향이 아니었지만, 권하지도 않은 자

리에, 얼룩이 묻은 테이블보가 깔린 자리에, 나는 앉았다. 나만큼이나 비굴한 웨이터가 테이블보 위에 흩어진 빵 부스러기를 치워주었다.

미소를 짓기에는 기분이 너무 엉망이었다. 그러니까 그녀는 착각을 한 것이었다.

첫 번째 착각.

꽤나 근사한 미소라는……

근사한 데다가 뭔가를 감추는 듯한 미소라고 생각했겠지. 그녀의 확신을, 그녀의 추파를, 그리고 노골적인 태도를 나는 꽤 빨리 알아차렸다. 아아, 그녀가 내게 열중한 까닭은 내가 매력적이어서라기보다는 그녀의 남편, 즉 테팅케라는 작자를 견딜 수가 없어서였다. 하지만 결국…… 무릎 뒤, 움푹 팬 부분에 그녀의 동그란 엄지발가락이 느껴졌다. 나는 그의 요구사항에 정신을 집중시키려고 애를 썼다.

구체적으로 부부 침실은 "뭔가 널찍하면서도 은밀한 기분이 들도록" 꾸며달라는 말을 여러 번 되풀이했다.

"그렇지 않소, 여보? 당신도 그게 좋다고 했지?"

"네?"

"침실 말이오! 참내, 대체 무슨 생각을 하고 있는 거요?" 그가 시가 연기를 소용돌이 모양으로 내뿜으며 투덜거렸다.

그녀도 좋다고 했다. 단지, 그녀의 예쁜 발이 다른 곳을 헤매고 있었을 뿐.

그런 그녀임을 알고 사랑한 내가, 이제 와서 어떻게 불평을 할 수 있겠느냔 말이다. 그녀가 농담을 하며 멀어져 갔다는 이유로……

위로 〈1〉   53

공사 현장에 쫓아다닌 사람은 그녀였다. 그만큼 우리의 만남은 잦아졌다. 그리고 공사가 진행됨에 따라, 나의 도면은 점점 더 막연해져만 갔고 악수를 하려고 내민 내 손을 잡는 그녀의 손아귀에는 점점 더 힘이 들어갔으며, 아파트 벽들은 더 이상 처치곤란의 애물단지가 아니었고 인부들은 점점 더 귀찮은 존재가 되어갔다.

마침내 어느 날 저녁, 그녀는 바닥에 간 마루 색깔이 너무 짙다는, 혹은 너무 밝다는, 아니 자신도 잘 모르는 애매한 이유를 대며, 한 시간 안에 나를 꼭 만나야겠다고 했다.

그렇게 우리 둘은 그 멋진 방에서 사랑을 나누었다, 주인이 아직 개시도 하지 않은 방…… 페인트를 칠하기 위해 깔아놓은 방수포 위, 널찍하고도 은밀한 공간, 여기저기 흩어진 담배꽁초들과 시너 통 사이에서……

그녀는 아무 말 없이 다시 옷을 입었다. 그리고 몇 걸음을 떼어 방문 하나를 열었다가 곧 다시 닫고는, 구겨진 치마를 매만지며 나에게 다가와 불쑥 이렇게 말했다.

"난 여기에 살지 않을 거예요, 절대로."

이번만큼은 그녀의 말에서 오만함이 느껴지지 않았다. 그 어떤 신랄함도. 여기에 살지 않을 거라고……

우리는 불을 끄고 희미한 빛에 의지한 채 계단을 내려갔다.

"아세요? 나에겐 어린 딸이 있어요." 계단 중간쯤에서 그녀가 내게 고백하듯 말했다. 그리고 내가 열쇠를 반납하기 위해 관리인실의 창문을 두드리는 동안, 그녀는 아주 낮은 목소리로 말했다. 마치 혼잣말처럼.

"이따위 아파트보다 훨씬 더 가치가 있는 아이예요……"

아! 좌석배치 시간이 다가왔다! 누가 어디에 앉느냐, 이야말로 우리 집 저녁모임 최고의 순간이다……

"어디 보자…… 로랑스는 내 오른쪽에 앉고, 그 다음에는 기, 그 앞이 자네 자리일세." 아버지가 자리를 정한다. (불쌍한 로랑스…… 썰렁한 냉장칸에 앉게 되었군, 게다가 정면에는 성가신 작은자형……) "그 다음엔 마도, 당신이 앉고, 그 옆에는 클레르, 그리고……"

"당신, 지금 뭐하는 거예요!" 어머니가 신경질을 내며 아버지가 들고 있던 종이를 빼앗는다. "그 옆에 샤를르를 앉히기로 했었잖아요. 그리고 프랑수아즈는 여기…… 아, 이게 아닌데. 뭔가가 잘못되었나 봐…… 남자가 한 명 모자라네……"

좌석 배치표가 없었다면 심심해서 어떡할 뻔했나?

클레르가 나를 흘깃 쳐다보았다. 그녀는 이미 알고 있었던 것이다. 남자 한 명이 모자란다는 사실을…… 나는 누이동생을 향해 미소를 지었다. 그리고 그녀는 나의 애정 어린 미소가 달갑지 않다는 듯 어깨를 으쓱해 보였다.

그러나 우리가 주고받은 눈길은 여기 오지 않은 '그'보다 훨씬 더 가치 있는 것이었다……

클레르는 더 이상 기다리지 않고 앞에 있는 의자를 잡아 빼더니 냅킨을 펼쳐 무릎 위에 얹고는 우리의 속물씨를 불렀다.

"자! 작은형부! 이리로 와요. 내 옆에 앉아서 다시 설명해 주세요. 샹피옹 포인트 3점이면 어떤 혜택이 있다고 했더라?"

어머니는 한숨을 내쉬며 두손을 들었다.

"휴…… 그래, 다들 앉고 싶은 자리에 앉도록 해……"

놀라운 재주라고 나는 생각했다.

정말 놀랍다……

위로 〈1〉   55

단 2초 만에 좌석배치표를 거부하고, 가족 모임을 그나마 견딜 만한 것으로 만들어주며 사춘기에 접어든 조카들의 자존심을 무너뜨리지 않은 채, 아이들을 휘어잡을 수 있는, 그리고 로랑스 같은 여자와도 친해질 수 있는(로랑스와 내 누나들의 관계에 대해서는 언급할 필요가 없을 것 같다. 계란 노른자와 기름이 자꾸만 분리되는 마요네즈 같다고나 할까. 그런 모습이 한편으로는 재미있기도 하다.) 누이동생의 재능이 사랑에 있어서만큼은 제 몫을 해내지 못했다. 동료들로부터 여자 보방(*1633-1707, 프랑스의 공병장교, 축성가. 프랑스 국경지역을 중심으로 한 150여 개의 도시에 성과 요새를 비롯한 수많은 건축물을 남겼으며 후에 축성 사령관이 되었다)이라는 소리를 들을 정도로 존경을 받는 그녀였으나(어느 날인가, 나는 명망 높은 도시계획 잡지에 실린 누이동생의 글을 읽었다. 그 기사들에는 '클레르 발랑다-포위', '클레르 발랑다-방어', '클레르 발랑다-난공불락' 같은 소제목이 달려 있었다.) 사랑에 관해서만큼은 추진력을 발휘하지 못했다.

오늘 밤에 나타나지 않은, 아니 몇 년 간 가족모임 자리에 오지 않은 그 남자는 아주 잘 살고 있었다. 지금쯤 저녁 식탁에 앉아 아내 곁에서 냅킨을 펼치고 있을 터였다. (클레르는 믿어주기에는 너무 의심스러운 미소를 지으며 그가 '자기 엄마 집'에 갔다고 둘러댔다.)

대단한 놈이다.

아마 발에 익은 실내화도 신고 있겠지.

그 돼지 같은 놈은 우리 사이를 이간질하는 존재였다…… "오빠, 그렇게 말하지 마. 그 사람, 살찌지 않았어……" 말만 번드르한 그 자식 얘기를 꺼낼 때마다 그녀는 소심하게나마 이렇게 나와 맞서곤 했다. 나도 참 무모했었다. 돈키호테만큼이나. 무작정 달려들어 설득을

하려 했으니. 그러나 이젠 다 포기했다. 모두. 그녀의 말이 옳다, 사실 녀석은 호리호리했다. 그리고 그 자식은 클레르 같은 여자에게 아주 침착하고도 진지하게 이런 말을 할 수 있는 놈이었다. "조금만 참아 줘. 딸들이 다 자라고 나면 아내와 이혼할 거야." 이런 새끼한테는 늙은 로시난테나 먹을 법한 말라빠진 풀조차도 주기 아깝다.

나가 뒈져라.

"어째서 넌 그 남자를 떠나지 못하는 거야?" 나는 누이동생을 붙잡고 윽박질러도 보고 달래도 보았다.

"나도 모르겠어. 아마 그가 나를 원하지 않아서가 아닐까……"

그녀의 변명은 이게 다였다. 그래, 우리의…… 우리의 똑똑한 막내, 법원의 여깡패가 자신을 변호하기 위해 했던 말은……

가망 없음.

하지만 이제 나는 포기해버렸다. 피곤해서, 그리고 더 이상 서로의 기분을 상하게 하고 싶지 않아서. 하긴, 내 앞가림도 못하고 있는 주제에.

사실 내게는 이것저것 따져 묻는 능력이 없다.

클레르와 나처럼 각별한 남매 사이에도 입 밖으로 내지 않은 채 포기한 것들과 어두운 부분과 건드리기에는 너무 민감한 것들이 있기 마련이다. 우리는 그 이야기를 더 꺼내지 않게 되었다. 그녀가 휴대폰을 꺼 버린다. 그리고 어깨를 으쓱한다. 산다는 건 다 그런 거라는 식으로. 그리고는 웃는다. 그리고 다른 데로 주의를 돌리기 위해 가족들의 식사를 챙기며 부산을 떤다.

그 다음 이야기는 생략하겠다. 너무 많이 보아온, 너무나 익숙한 장면이기에.

작은 연회. 훌륭한 가정교육을 받은 사람들이 씩씩하게 자기 몫의 악보를 연주하는 토요일 저녁의 가족 모임. 결혼식, 다리 짧은 강아지 모양의 끔찍한 나이프 걸이, 테이블 위로 넘어지는 포도주 잔, 식탁보 위에 엎질러지는 소금, TV로 방영된 토론 프로에 관한 토론, 주당 35시간 근무제 도입, 발뺌하는 정부, 우리가 갖다 바친 세금의 액수, 그리고 구경도 못해본 레이더, 아랍인들이 애를 너무 많이 낳아 문제라는 못돼먹은 발언들과 모든 아랍인들을 도매금으로 넘겨서는 안 된다고 말하는 사려 깊은 발언, 아니라는 소리가 듣고 싶어서 음식이 너무 익어 맛이 없을 것이라며 호들갑을 떠는 여주인, 포도주 온도가 적당한지를 걱정하는 가장.

자, 자…… 이런 것들은 그냥 넘어가겠다…… 분명 별 의미 없는 이야기인데도 나누다보면 그냥 가슴이 따뜻해지는 그런 말들은 굳이 설명하지 않아도 다들 잘 알고 계실 테니까. 가족이라는 약간 실망스러운 집단이 나누는, 지나온 세월이 얼마나 허무한지 돌이켜보게 해주는 그런 이야기들……

그러나 꼭 하나 말해 두고 싶은 것이 있다. 위층에서 들려오는 아이들의 웃음소리. 제일 큰 소리로 웃고 있는 아이는 바로 마틸드이다. 그 애의 깔깔 웃음을 듣고 있자니 보세주르 대로의 공사 현장이, 내 부유한 의뢰인의 멋진 아내가 나의 심장을, 내 모든 감각을 흥분시켰던 축축한 방수포가 기억난다. 그녀가 속내를 털어놓았던 그곳이.

마틸드가 로랑스에게 정확히 어떤 가치가 있는지, 딸아이 대신 버린 것이 무엇인지, 나는 앞으로도 결코 알지 못할 것이다. 그러나 그 애로 인해 일이 얼마나 쉬워졌는지는 잘 알고 있다…… 마지막으로 가진 '현장에서의 만남' 이후, 나는 그녀에게서 아무런 소식을 듣지

못했다. 이후로 그녀는 현장에 나타나지 않았고 연락이 두절되었다. 내가 더 괴로웠던 이유는, 그녀가 어디론가 사라져 버렸을 것만 같은 예감 때문이었다. 나는 그녀를 잊겠다고 허공에 대고 다짐했다.

그러나 그녀를 머릿속에서 지울 수가 없었다. 그녀의 모습이 자꾸만 떠올랐다. 내게는 너무 벅찬 그녀였기에, 나는 한 가지 수를 써보기로 했다.

트로이의 목마처럼, 내가 써먹은 방법 역시 나무로 만든 물건을 이용한 것이었다. 나는 몇 주 동안이나 그 일에 매달려 있었다.

그것은 내가 감히 끝낼 엄두를 내지 못했던 졸업 작품 프로젝트였다. 내 평생의 역작, 실현해 낼 수 없었던 나의 꿈, 우물 바닥으로 던져버린 나의 소중한 조약돌……

그녀를 다시 보고 싶은 마음을 꾹꾹 눌러 참기 위해 나는 더욱 더 일에 몰두했다. 생 앙투안 지구(＊장인들의 아틀리에가 많은 파리 바스티유 근처의 지구)에서 가장 솜씨가 좋다는 장인들의 것보다 훨씬 더 나은 작품을 만들겠다는 결심을 하고 모형 가게들을 전전했다. 런던으로 건너가 놀라운 재주를 가진 미시즈 릴리 릴리풋이 기르는 고양이들 사이에서 한동안을 지내기도 했다. 내게서 거액을 뜯어간 그 할망구는 버킹검 궁을 골무 안에 넣을 수 있는 신기(神技)의 소유자였다. 다시 생각해보니 할멈은 나에게 동으로 만든 꼭 무당벌레만 한 과자 틀 세트도 팔아먹었다. 부엌에 꼭 갖추어야 할 물건들이라나. 영수증을 써 주며 그런 말을 했었다. 그리고 어느 날, 나는 할멈의 말이 맞았다는 사실을 인정해야만 했다. 정말 손을 댈 필요가 없을 만큼 완벽한 작품이 탄생했다. 할멈을 다시 보게 되는 순간이었다.

나는 그녀가 샤넬에서 일한다는 사실을 알고 있었다. 두 주먹을 불끈 쥐고, '정복욕'과 '정욕'이라는 두 단어로 무장을 한 채 나는 캄봉

가(街)에 있는 샤넬 매장의 문을 밀고 들어갔다. 스스로에게는 호언장담을 했지만 사실, 큐피드의 화살이 박힌 나의 가슴 속에는 걱정이 한가득이었다. 너무 꼼꼼히 면도를 한 탓에 군데군데 벤 자국이 남아 있었으나, 그나마 옷깃이 깨끗한 셔츠를 골라 입었고 구두끈도 새 것으로 바꾸었더랬다.

매장에 있던 직원들이 부르는 소리를 듣고 나타난 그녀는 짐짓 놀란 척하면서 목에 건 목걸이의 진주알을 만지작거렸다. 샤넬의 상징인 긴 목걸이. 여전히 매력적이었고, 여전히 제멋대로였다…… 아, 그렇게 잔인할 수가…… 그러나 나는 아주 침착한 태도로 돌아오는 토요일에 내 사무실에 들러달라고 말했다.

그리고 그녀의 꼬마숙녀가 나의 선물을, 즉 그 애를 위해 준비한 선물을 풀어 보았을 때, 그리고 내가 세상에서 가장 아름다운 인형의 집 조명을 어떻게 밝히는지 보여주었을 때, 나는 모든 일이 순조롭게 풀리리라는 것을 예감했었다.

그러나 감탄의 탄성을 지른 후에도, 그녀는 무릎을 꿇은 채 조금 지나치다 싶을 정도로 오랫동안 움직이지 않았다……

감동의 표정이 가시고 당황한 기색을 보이기 시작한 그녀는 아무 말도 하지 않았다. 내 희망에 대해, 이 선물에 쏟아 부었을 그 시간을 보상해주기 위해 어떤 대가를 치러야 할지 곰곰이 생각하는 것 같았다. 마지막 비장의 카드를 내놓을 시간이었다. 나는 그녀의 흰 목덜미 위로 몸을 숙이며 말했다. "여길 좀 보세요. 여기, 대리석이 있군요……"

그러자 그녀가 웃었다. 그리고 내가 그녀를 사랑하도록 허락해주었다.

'그러자 그녀가 웃었다. 그리고 나를 사랑해주었다.' 라고 할 수만 있다면. 그 편이 더 강렬하고 좀더 로맨틱하게 들릴 텐데. 그러나 감히 그럴 수가 없다. 그녀가 정말 나를 사랑했는지…… 난 확신할 수가 없다…… 그건 지금도 마찬가지이다. 테이블 반대편에 앉아 있는 그녀를 바라보는 지금 이 순간에도. 그녀는 명랑하고 싹싹하다. 내 부모, 누이들과 너무나 편안하게 어울리고 있다. 그리고 언제나처럼 매력적이고, 언제나처럼…… 그렇다, 난 한 번도 확신을 가져본 적이 없다…… 레스토랑 브리스톨에서의 첫 만남과 알코올의 농간질에 이어, 마틸드가 우리 이야기의 세 번째 착각이었던 것이 아닐까……

이런 종류의 어지러움은 처음이다…… 우리 두 사람 사이를 이런 식으로 돌이켜보기는 처음이다. 그리고 이런 부질없는 의문들도. 이건 나답지 않다. 여행을 너무 많이 한 탓일까? 시차가 너무 커서? 잠들지 못하던 수많은 밤에 너무 여러 호텔방의 천장을 올려다보았기 때문일까? 혹은 너무 많은 거짓말…… 혹은 너무 많은 한숨 때문에…… 아니면, 내가 소리 없이 나타났을 때, 휴대폰이 급히 닫히는 소리를 너무 많이 들어서일까, 가식적인 태도와 종잡을 수 없는 변덕을 너무 많이 목격한 탓일까, 아니면…… 아니다. 솔직해지자. 이제 우리 사이에는 아무것도 남은 것이 없기 때문이라는 걸 인정하자.

로랑스가 다른 남자를 만난 건 처음이 아니었고 여태껏 그런 일로 내가 크게 손해를 본 것도 없다. 썩 기분 좋은 일은 아니었으나 앞서 이미 밝힌 바와 같이, 나는 내 옆을 지나가는 동물을 괜스레 건드리는 바람에 아주 위험한 모험에 뛰어든 케이스였다. 내겐 약간 큰 신발을 골랐다는 사실을, 나는 꽤 빨리 깨달았다. 그녀는 결혼하자는 나의 청

을 항상 거절해왔고 나의 아이를 낳고 싶어하지 않았다. 그리고 나는 일을 무척 많이 했고 툭하면 출장을 갔다. 그러니 나 역시…… 결국엔 점잖은 척, 나의 순수한 사랑이 어쩌고저쩌고 허풍을 떨며 그녀를 헷갈리게 하고 있었을 뿐이었다.

하지만 난 꽤 잘 해오고 있었다. 사실 그녀의…… 바람기는 우리가 커플 생활을 계속해 나갈 수 있도록 하는 훌륭한 연료 구실을 해 준다고도 생각한다. 덕분에 내가 늘 끌어안고 자는 베개만 신이 났다.

그녀는 남자들을 유혹하고, 그 품에 안겨 있다가도 내게로 돌아왔다.

돌아온 그녀는 어둠 속에서 내게 말을 걸었다. 이불을 젖히고 몸을 약간 일으킨 다음 내 등과 어깨와 얼굴을 천천히, 아주 오랫동안, 부드럽게 쓰다듬었다. 그리고 결국엔 언제나 이런 말을 중얼거렸다. "자기가 최고야, 알고 있지……" 혹은 "자기 같은 사람은 세상에 둘도 없어……" 나는 아무 말도 하지 않았다. 꿈쩍도 하지 않은 채, 내 몸 구석구석을 더듬는 그녀의 손길을 뿌리치고 싶은 마음을 애써 눌러 참았다.

그녀가 어루만지고 있는 그것은, 부드러운 손길로 달래려 하고 있는 그것은, 내 피부가 아닌 바로 자신의 상처였기 때문에.

그러나 이젠 그마저도 그만두었다…… 요즘 들어 그녀는 불면의 밤을 자연치료요법에 의존하고 있으며 어둠 속에서조차 딱딱한 갑옷을 벗으려들지 않았다. 그 아래에 무엇이 팔딱거리고 있는지, 아니면 어떤 상처를 입었는지, 절대 보여주려 하지 않았다……

대체 누구의 잘못이란 말인가? 훌쩍 커 버린 마틸드? 이상한 나라의 앨리스처럼 갑자기 커진 몸뚱이가 우리의 작은 집을 터뜨려버린

것일까? 이제는 말을 탈 때에 안아 올려주지 않아도 되는, 그리고 곧 나보다 영어를 훨씬 더 잘하게 될, 그 애 때문인가……

세월이 지나면서 웃어넘기게 되었지만, 한때 너무하다 싶었던 그 애 아버지의 무관심 때문일까? 아이는 아픈 마음을 떨쳐버리고 제 아빠를 빈정거리게 되었다. 차라리 잘 된 일이었다. 그렇지만 비교해 볼 때, 나도 썩 좋은 아빠 역할을 해주지는 못했다. 방학하는 날짜만큼은 절대 잊는 법이 없었지만……

이상하게 흘러버린 시간 때문인가? 당시의 난 젊은 청년이었다. 그녀보다 나이도 적었으니 세칭 '연하의 상대'였던 것이다. 이제는 그 나이차를 따라잡았다. 아니 내가 더 빨리 나이를 먹어버린 것 같다.

때로는 너무 늙어버린 기분이 든다.

너무 늙어버린 것 같은……

이겨야 하는 투쟁의 연속인 나의 직업 때문인가? 아무것도 이룬 것이 없는? 벌모레면 나이 오십인데, 아직도 나는 카페인으로 잠을 쫓아가며 횡설수설 "마감이 코앞이야, 시간이 없어!"라고 외치는 학생인 것 같은 기분이다. 몇 명째인지도 모를 심사위원 앞에서 몇 번째인지도 모를 프로젝트를 설명하느라 진땀을 빼는. 단 하나 바뀌는 것이 있다면 머리 위에 매달린 다모클레스의 칼이 해가 갈수록 예리해져 간다는 것뿐.

그렇다…… 이제는 학점이나 다음 학년으로 진급하느냐 마느냐 하는 것이 문제가 아니었다. 내 프레젠테이션의 성공 여부에 따라 돈이 왔다갔다했다. 그것도 아주 많은 돈이. 돈과 권력과 함께 과대망상증도.

정치적인 면은 두말할 필요도 없겠다. 암, 말해 무엇 하나.

위로 〈1〉   63

아니면, 혹시 사랑…… 때문일까?

"그런데, 샤를르. 넌 어떻게 생각해?"

"어?"

"원시예술 박물관 말이야."

"아, 그거! 글쎄, 하도 오랫동안 가 보질 않아서…… 건물 올리고 있을 때, 현장에는 여러 번 가 봤는데, 그 이후엔……"

"어쨌든," 큰누나 프랑수아즈가 하던 말을 계속한다. "오줌을 누러 가면, (어머, 고마워) 그 물건이 얼마짜린지는 모르겠지만, 화장실 칸막이벽에 돈을 너무 안 들였다는 느낌이 들어. 진짜라니까!"

그 박물관을 설계한 장 누벨(*프랑스의 건축가. 삼성 리움 미술관 설계에 참여하여 우리나라와도 인연을 맺었다)과 그의 팀원들이 이 자리에 있다면, 어떤 얼굴을 하고들 앉아 있을지, 상상해 보지 않을 수가 없다……

"음…… 그건 일부러 그렇게 한 거야." 큰자형이 끼어든다. "생각해 봐. 원시인들은 허리에 두른 천을 내리기만 하면 볼일을 볼 수 있었잖아. 벽은 무슨 벽? 풀숲에 들어가서 홀러덩 하면 끝인걸!"

장 누벨, 당신이 이 자리에 없어서 정말 다행이다.

"2억3천5백만이 들어갔다던데." 둘째자형이 냅킨을 손에 쥐며 말한다.

다들 심드렁하다.

"물론 유로로 말이지. 처형 말이 맞아. 그 물건을 짓느라, 어디 보자…… (안경을 걸쳐 쓰고 휴대폰을 만지작거리더니, 두 눈을 감는다.) 그러니까 15억 하고도 4천만 프랑이 들어갔다는 말씀. 그게 다 우리가 낸 세금 아니겠어?"

"옛날 프랑 말인가?" 어머니가 놀라 자빠진다.

"아뇨, 요즘 프랑이죠!" 작은자형은 좋아 죽는다. 이번엔 자기 말이

64   안나 가발다 장편소설

제대로 먹혀 들어갔으니까. 다들 벌집 쑤셔놓은 것 마냥 웅성댄다.

로랑스는 내가 안쓰러운지 어색한 미소를 지어 보인다. 이렇게 내게는 그녀가 아직도 존중해 주는 면이 남아 있다. 나는 시선을 거두고 내 앞의 접시를 내려다본다.

대화가 다시 활기를 띤다. 들어줄 만한 것도 있고 시시한 얘기들도 오간다. 몇 년 전에도 바스티유 오페라 극장과 국립 도서관이 도마에 올랐었지. 그때 했던 이야기들을 또 끄집어내다니.

옆에 앉은 클레르가 내 쪽으로 몸을 기울인다.

"러시아 쪽 일은 어떻게 돌아가고 있어?"

"베레지나 전투(*나폴레옹이 이끄는 프랑스 군은 폴란드와 러시아의 국경선인 베레지나 강에서 벌어진 이 전투에서 전멸했다) 상황이야."

"설마……"

"정말이라니까…… 강물이 녹기를 기다리고 있어. 그래야 전사자 숫자를 세어 볼 수 있으니까."

"똥 밟았네."

"맞아, 러시아 사람들은 이럴 때 '코르트'(*tchort, 검은 신, 악마라는 뜻의 러시아어)라고 하지."

"문제가 심각한 거야?"

"푸…… 회사로서는 별로. 하지만 나한테는……"

"오빠한테는?"

"모르겠어…… 난 나폴레옹같이 위대한 인물이 아니라서…… 나한텐, 뭐랄까, 영웅의 비전이 없다고나 할까……"

"아니면 광기가 부족하다거나……"

"아, 그건 걱정 마. 나, 미쳐가고 있거든."

"농담이지?" 그녀가 걱정스러운 눈길로 나를 바라본다.

위로 〈1〉   65

"아무렴!" 나는 셔츠 앞여밈 사이로 손을 집어넣으며 누이동생을 안심시킨다. "이런 패배에 굴해서는 안 되지. 난 40세기의 역사를 자랑하는 건축에 희망을 걸고 있다고(*나폴레옹이 이집트의 피라미드를 정복하기 전에 '병사들이여! 4천 년의 역사가 저 피라미드 위에서 그대들을 내려다보고 있노라!'라고 외친 연설문을 염두에 둔 말)."

"언제 다시 가는데?"

"월요일……"

"설마."

"정말이야……"

"왜 그렇게 빨리 가?"

"그게…… 지난번에, 기중기 몇 대가 사라졌어…… 하룻밤 사이에, 휙, 없어져버렸다고."

"어떻게 그런 일이 있을 수 있어?"

"그러게…… 그런 덩치들을 옮기려면 적어도 며칠쯤은 걸릴 텐데. 더 기가 막힌 건, 기중기 말고 다른 기계들도 함께 가져가버렸다는 거야…… 적재기랑 콘크리트 믹서랑 천공기…… 모두."

"지금 농담하는 거지?"

"아니."

"그래서? 어떻게 할 건데?"

"어떻게 할 거냐고? 거 참 좋은 질문이다…… 우선, 우리 회사를 맡고 있는 보험사를 감시할 보험사와 계약을 할 거고, 그 보험사마저 매수되면, 난……"

"오빠가, 뭘, 어떻게 하려고?"

"글쎄다, 코사크 전사들이나 모으러 가 볼까나!"

"난리났군……"

66   안나 가발다 장편소설

"내 말이……"

"오빠가 책임자야?"

"절대 아니지. 그런 상황은 책임지고 말고 할 게 없어. 아무것도. 내가 거기서 뭘 하는지, 정말로 알고 싶어?"

"술이나 마시겠지!"

"그게 다가 아니란다. 『전쟁과 평화』를 다시 읽고 있어. 삼십 년이 지났는데, 처음 그 책을 읽었던 때와 똑같이 나타샤를 사랑하게 되었지…… 그래. 난 『전쟁과 평화』를 다시 읽고 있어."

"어이구, 불쌍해라…… 거래처 사람들은 뭘 하는 거야? 쭉쭉빵빵 아가씨들을 좀 보내줘야 하는 거 아냐?"

"아가씨들은 구경도 못해봤다."

"거짓말……"

"그러는 넌? 그쪽 전선은 이상 무?"

"아, 나……" 누이동생은 포도주 잔을 들며 한숨을 쉬었다. "난 세상을 구하겠다고 이 직업을 택했어. 그런데 내 꼬락서니가 참 우습게 된 것 같아. 유전자 변형 잔디 속에 묻힌 사람들 똥이나 찾아내고 있는 것 같은 기분이 들어서. 뭐, 그런 고민만 빼면 별일은 없어." 그녀가 깔깔 웃는다.

"댐을 쌓는다고 했었잖아?" 나는 더 캐물어본다.

"그 계획은 접었어. 진전이 없어서."

"그럴 줄 알았어……"

"치……"

"'치이'? 잘 한 거라니까…… 너도 좀 '엔조이' 해봐!"

"오빠."

"어?"

위로 〈1〉   67

"사람들이 서로 도우면 좋겠어……"

"뭘 위해서?"

"이상적인 사회를 위해서……"

"우린 이미 이상적인 사회에 살고 있는 거 아냐? 너도 잘 알고 있잖아……"

"그렇지만……" 그녀가 입을 삐죽거린다. "아직 샹피옹이 없는 동네가 있거든."

이런! 샹피옹이라는 말에 샹피옹 주인이 재빨리 끼어든다.

"뭐라고?"

"아니, 아무것도 아니에요…… 지난번에 보니까 철갑상어알이 세일중이더라고요……"

"으응?"

클레르가 배시시 웃어 보인다. 그는 어깨를 으쓱하고 다시 연설을 시작한다. 대체 우리 세금은 어디로 새어나가고 있는 거야? 등등.

아…… 갑자기 피곤이 몰려온다…… 피곤, 피곤, 피곤하다. 나는 내 앞으로 돌아온 치즈 접시를 그냥 옆자리로 넘겼다. 시간을 조금이라도 벌기 위해.

나는 아버지를 바라본다. 언제나 신중하고 예의바르고 점잖은 분…… 나는 로랑스와 에디트 누나를 바라본다. 그 둘은 병적일 정도로 엄한 애들 학교 선생들과 칠칠치 못한 파출부에 관한 이야기를 나누고 있다. 아니면 그 반대인가. 그리고 나는 50년간 아무것도 바뀐 것이 없는 이 식당을 바라본다, 나는……

"선물은 언제 줘요?"

조카 녀석들이 계단을 뛰어내려온다. 그들에게 축복을. 덕분에 침

대로 갈 시간이 머지않았다.

"접시를 바꿔야 하니까 다들 부엌으로 날 따라와라." 애들 할머니가 명령을 내린다.

누이들이 각자 준비한 선물을 가지러 자리에서 일어난다. 마틸드가 핸드백이 들어 있는 쇼핑백을 들어 보이며 내게 윙크를 하고 펠릭스 록펠러 포텡(*펠릭스와 포텡은 프랑스의 대중적인 식료품점. 이들 이름에 미국의 기업인인 록펠러를 섞어 작은자형을 희화한 표현)은 입을 닦으며 거창한 그의 연설을 마무리한다.

"어쨌거나, 정면충돌을 해야 하는 거라고!"

자, 끝났다. 평소 같으면, 커피가 나올 때까지 떠들어댈 그였지만 전립선에 이상이 생긴 관계로 좀 일찍 일어난다.

그래…… 이제 입 좀 닥쳐줘.

말이 너무 심했다면 용서하시길. 하지만 나는 피곤하다. 이미 말했듯이.

프랑수아즈 누나가 카메라를 가져온다. 불이 꺼지고 로랑스는 살짝 머리를 매만진다. 아이들이 성냥을 긋는다.

"현관불이 아직도 켜져 있어!" 누군가가 소리친다.

내 한 몸 희생하기로 한다.

스위치를 내리려다 보니 내게 온 우편물 더미 맨 위에 놓여 있던 봉투 하나가 눈에 띈다.

길쭉한 흰 봉투, 그 위에 쓰인 까만 글자는 내가 너무나 잘 알고 있는 글씨체. 소인을 확인해보았으나 영 낯선 동네다. 지도를 찾아보아야 알 수 있을 것 같은 도시 이름과 우편번호, 그러나 이 글씨체는……

"샤를르! 뭘 하고 있는 거야?" 다들 난리다. 유리창에는 이미 초가 밝혀진 케이크가 반사되어 흔들리고 있다.

나는 현관불을 끄고 그들에게로 돌아간다.

하지만 나는 그곳에 있지 않다.

내겐 촛불 빛을 받은 로랑스의 얼굴이 보이지 않는다. 나는 생일축하 노래를 부르지 않는다. 박수를 치려고 하지도 않는다. 나는…… 난 마치 마들렌 과자를 한 입 베어 문 아이가 된 것 같다. 아니, 그것도 아니다. 이미 추억은 떠오르기 시작했으니까. 하지만 더 이상은 싫다. 잃어버린 세계가 내 발밑에서 입을 떠억 벌리기 시작한 것만 같다. 카펫 가장자리에 달린 술 장식을 들추면 끝없는 심연이 펼쳐질 것만 같다. 몸이 뻣뻣해진다. 나는 본능적으로 문기둥이나, 의자나, 몸을 의지할 수 있는 뭔가를 찾는다. 왜냐하면…… 그렇다, 나는 그것이 누구의 글씨체인지를 잘 알고 있기 때문이다. 그리고 뭔가가 잘못된 것 같기 때문이다. 내 안의 무언가가 그것을 거부하고 있다. 그것을 두려워하고 있다. 이미. 의지할 것이 필요하다. 나의 뇌가 작동하기 시작한다. 외부의 자극은 모두 차단되었다. 내겐 그들의 외침이 들리지 않는다. 불을 다시 켜라는 소리도 듣지 못한다.

"샤아르을르으!"

미안.

로랑스가 선물포장을 하나씩 뜯는 동안 클레르가 케이크 접시를 내게 내민다.

"어이! 뭐해? 서서 먹을 거야?"

나는 접시를 받아들고 자리에 앉아 작은 숟가락으로 케이크를 떠내

려다가…… 자리에서 벌떡 일어난다.

겉봉을 상하게 해서는 안 되기 때문에, 나는 열쇠를 이용해 조심스레 봉투를 뜯는다. 찢겨나가서는 곤란하니까. 편지지는 세 등분으로 접혀 있다. 맨 윗부분을 연다. 가슴 뛰는 소리가 들린다. 나머지 부분을 연다, 그리고 동작을 멈춘다.
두 마디.
보낸 사람의 이름이 없다. 아무것도 없다.
두 마디.
차악.

단두대의 칼을 올려라.

고개를 들다가 콘솔 위에 걸어놓은 거울 속에 비친 나와 눈이 마주친다. 거울 속 그의 어깨를 잡아 흔들고 싶은, 그에게 이런 말을 하고 싶은 마음이 울컥 치민다. 프루스트니 뭐니 하는 개소리로 우리를 다시 헷갈리게 하는 네놈의 저의가 도대체 뭐야? 다 알고 있었으면서……
넌 다 알고 있었잖아?
그는 대답할 말을 찾지 못한다.
거울 속의 그는 나를 바라보지만, 나는 꿈쩍도 하지 않는다. 결국, 그는 무슨 말인가를 중얼거린다. 알아들을 수는 없으나 그의 입술이 달싹거리고 있는 것이 보인다. 이렇게 말하는 것 같다. 그냥 있어. 그녀 곁에 머물러 있으라고. 내가 갈게. 그래야만 해, 알겠지. 넌 여기 그냥 있어. 내가 다 알아서 할 테니.

위로 〈1〉   71

그래서 그는 제 몫의 딸기 케이크가 있는 자리로 돌아간다. 목소리들, 웃음소리들이 들린다. 그는 누군가가 내민 샴페인 잔을 받아들고 미소를 지으며 다른 누군가와 건배를 한다. 수년간 그와 삶을 함께 해 온 여인은 테이블 주위를 한 바퀴 빙 돌면서 모두에게 입맞춤을 해 주고 있다. 그녀는 그에게도 입맞춤을 해 주었다. 백이 참 예뻐, 고마워, 라고 말하며. 그는 그녀의 상냥한 태도에 넘어가지 않기 위해, 스스로를 보호하기 위해 마틸드가 골라주었어, 라고 말해버린다. 그러자 마틸드는 마치 그가 자신을 배신하기라도 한 것처럼 펄쩍 뛰며 사실이 아니라고 말한다. 그녀의 향기를 맡자 그녀의 손을 잡고 싶어진다. 그러나 그녀는 이미 그를 내버려두고 딴 사람에게 입맞춤을 해주고 있다. 그는 다시 샴페인 잔을 집어 든다. 술병은 비어 있다. 자리에서 일어나 한 병을 더 가지러 간다. 마개를 너무 급하게 열었기 때문일까. 거품이 넘친다. 잔을 채우고, 비우고, 다시 같은 동작을 반복한다.

"괜찮아?" 옆에 앉은 클레르가 묻는다.

"……"

"무슨 일이야? 얼굴이 하얗잖아. 유령이라도 만난 것 같네."

그는 샴페인을 마신다.

"오빠……" 그녀가 낮게 속삭인다.

"아무것도 아니야. 너무 피곤해서 그래."

다시 마신다.

금이 간다. 균열이 생긴다. 갈라진다. 그러고 싶지 않은데.

니스 칠이 갈라지고, 경첩이 휘고, 볼트가 튀어나온다.

그러고 싶지 않다. 그는 견디기 위해 안간힘 쓴다. 그래서 마신다.

그의 큰누나가 그를 흘끔거린다. 그는 누나에게 건배를 하자고 한다. 그녀가 싫다고 한다. 그는 미소를 지으며 한 마디 한 마디에 힘을 주어 말한다.

"누나…… 한 번만, 누나 인생에서 딱 한 번만…… 내 기분을 잡치지 말아줘……"

그녀는 자신을 구원해 줄 용감한 기사에게 도와달라는 신호를 보내보지만 영문을 모르는 그녀의 남편은 아내의 눈짓을 이해하지 못한다. 누나의 얼굴이 이상야릇하게 일그러진다. 다행히…… 한 명이 더 있다!

에디트가 고개를 천천히 가로저으며 다가온다.

"샤를르……"

작은누나에게 잔을 들이밀며 한 마디 하려는 그의 손목을 잡는 손이 있다. 그는 손의 주인을 향해 고개를 돌린다. 그의 손목을 잡은 손에 힘이 들어간다. 그는 포기해버린다. 주변이 다시 웅성거린다. 손은 여전히 그의 손목을 쥐고 있다. 그는 그 손을 물끄러미 바라보며 묻는다.

"담배 가진 것 있니?"

"뭐야…… 5년 전에 끊었잖아. 왜 다시……"

"있어, 없어?"

목소리가 무섭다. 그녀는 잡고 있던 손목을 놓는다.

★★★

그들은 테라스 난간에 팔꿈치를 괸다. 불빛과 세상을 등진 채.
앞에는 어릴 적 뛰놀았던 정원이 있다. 타고 놀던 그네, 완벽하게

위로 〈1〉　73

손질된 화단이 옛 모습 그대로다. 낙엽을 태우던 소각로도 그대로, 지평선이 보이지 않는 것도 그대로이다. 늘 같은 풍경.

클레르가 주머니에서 담뱃갑을 꺼내어 돌난간 위로 밀어준다. 그가 손을 뻗었으나 그녀는 담뱃갑을 놓지 않는다.

"처음 몇 달 동안 굉장히 힘들었던 것, 기억하고 있지? 이걸 끊겠다고 엄청난 용기를 냈던 것도?"

그는 그녀의 손 위에 제 손을 겹쳐놓는다. 그리고 아플 정도로 힘을 꽉 주며 말한다.

"아누크가 죽었대."

3

담배 한 대 피우는 데에 걸리는 시간은 얼마나 될까?

5분?

그렇다면 그들은 5분간 아무 말도 하지 않았다.

먼저 침묵을 깬 것은 그녀였다. 그리고 그 첫 마디는 그의 심장을 꽉 죄어왔다. 그 말이 나올까봐 두려워하고 있었기 때문에. 그랬기 때문에……

"그럼 알렉시스 소식도 들었겠네?"

"네가 그렇게 말할 줄 알았어." 그가 몹시 지친 목소리로 말한다. "난 한 팔이 잘려나간 것 같은데, 넌 상상도 못하겠지, 네 말이 얼마나 나를……"

"오빠를 뭐?"

"날 괴롭히는지…… 날 화나게 하는지…… 난 네가 좀더 너그럽게 나올 줄 알았어…… 어떻게 죽었냐, 아니면 언제 그랬냐…… 적어도 그렇게 물어볼 줄 알았다고. 젠장, 그 자식, 그 자식 이름이 나와선 안 되잖아. 그렇게 아무렇지도 않게…… 말할 가치도 없는 놈인데."

다시 침묵.

"어떻게 죽었대?"

그는 안쪽 주머니에 넣어두었던 편지를 꺼낸다.

위로 〈1〉   75

"여기…… 그 자식 글씨체니 뭐니 하는 말은 하지 마. 그랬다가는 내가 널 죽이고 말 거야."

그녀가 편지지를 펼친다. 그리고 다시 접으며 중얼거린다……

"그러네. 알렉시스 글씨체가 맞네……"

그녀를 향해 돌아선다.

그녀에게 하고 싶은 말이 너무나 많다. 따뜻한 말, 심한 말, 상처 주는 말, 부드러운 말, 바보 같은 말, 그녀를 가장 잘 이해하는 오빠로서 해 줄 수 있는 말들. 아니면 그녀의 어깨를 잡고 거칠게 흔들고도 싶다. 그러나 그의 입에서 나온 말은 그저 한숨 같은 한 마디뿐.

"클레르……"

그리고 그녀는, 그녀는 아무렇지도 않다는 듯 웃는다. 허풍이다. 그러나 그는 그녀를 잘 알고 있기에 아무 말 없이 그녀의 팔꿈치를 잡아 끈다. 저 건너편으로 데리고 가려는 듯.

자갈밭을 걷다가 그녀는 발목을 접질린다. 그는 허공에 대고 혼잣말을 한다. 까만 어둠 속에서.

그는 그녀에게, 그에게, 소각로에게, 혹은 별들에게 말한다.

"이제…… 다 끝났어."

편지를 찢어 부엌 휴지통에 던져버린다. 휴지통 페달에서 발을 떼던 순간, 그리고 뚜껑이 다시 내려와 탁하고 닫히던 순간, 그는 판도라의 상자 같은 것을 다시 닫은 것 같은 기분이 들었다. 너무 늦지 않게, 적절한 때에. 그는 싱크대의 물을 틀고 신음을 하며 얼굴에 찬물을 끼얹는다.

다른 이들에게로, 삶으로 되돌아온다. 벌써 기분이 한결 나아졌다.

76   안나 가발다 장편소설

다 끝났다.

★★★

얼음같이 차가운 물을 지친 얼굴에 끼얹었을 때 느껴지는 상쾌함은 얼마나 갈 수 있을까?

20초?

그런 것 같다. 그는 술잔을 찾아 단숨에 비우고 다시 술을 채운다.

그리고 소파에 가서 앉는다. 자기 여자에게 몸을 기댄다. 그녀는 그가 깔고 앉은 옷자락을 빼낸다.

"음, 당신, 나한테 좀 잘 해 줘라…… 나 너무 많이 마셨거든……"

그녀는 그 말이 싫다. 하나도 재미없다. 그 말 때문에 화가 난다. 그의 말을 듣고 그녀는 제 머리를 헝클어트린다. 그리고 그런 그녀의 반응에 그는 술이 확 깬다.

그는 몸을 숙이고 그녀의 무릎 위에 한 손을 얹는다. 그리고 그녀의 얼굴을 올려다본다.

"언젠가는 당신도 죽어, 알고 있지? 그렇지? 당신도 어쩔 수 없이 콱, 죽는다는 걸?"

"정말 많이 마셨나보네!" 그녀는 화가 났지만 억지웃음을 웃는다. "손 좀 치워줄래? 당신, 날 아프게 하고 있어."

설탕그릇을 건네며 서로 눈치를 본다. 마도는 막내딸에게 눈짓을 한다. 무슨 일이 있는 거냐고. 클레르는 아무 말 말고 마시던 커피나 마저 마시라는 사인을 보낸다. 설탕 넣어, 엄마, 그리고 여기 숟가락. 나중에 다 말해 줄게. 코사크가 아무도 듣는 이 없는 농담을 하고 지방에 사는 상피옹 여주인은 안달을 하기 시작한다.

위로 〈1〉   77

"자, 이제 슬슬 가 봐야겠어…… 베르나르, 아이들 좀 불러올래요?"
에디트가 한숨을 쉬며 말한다.

"잘 생각했어!" 샤를르가 한술 더 뜬다. "차는 언제 바꿨어? 4륜구
동이던데, 응? 이봐, 챔피언, 차가 아주 멋지던걸! 차 유리에 선팅까지
하시고, 에, 또 ……"

"샤를르, 제발 그만해. 이제 재미없어……"

"난 원래 재미없는 놈이야. 그건 누나도 잘 알잖아……"

그는 자리에서 일어나더니 계단 아래에 서서 큰 소리로 외친다.

"마틸드! 우리 멍멍이, 냉큼 내려와 발치에 찌그러지지 못할까!"

그리고 기가 막혀 할 말을 잃은 배심원들을 향해 돌아선다.

"놀라지들 말아요. 우리끼리 하는 얘기니까."

너무나 불편한 침묵이 맹렬한 개 짖는 소리에 갑자기 깨져버린다.

"거봐. 내가 뭐랬어……"

그는 난간기둥의 놋쇠공에 몸을 의지한 채 한 바퀴를 빙 돌더니 오
늘 파티의 여주인공에게 말을 건넨다.

"당신 딸이 요즘 한창 골치를 썩이기는 하지만 말이야, 그거 알아?
당신이 내게 준 것 중에서 제일로 멋진 선물이 바로 그 애라는 사실
을……"

"가요, 집에 가자고." 참다못한 로랑스가 벌떡 일어났다. "차 열쇠
이리 줘. 그런 상태로 운전하게 내버려둘 수는 없어."

"네에, 그럽죠!"

재킷의 단추를 채우고 허리를 숙여 인사한다.

"여러분, 다들 안녕히 주무세요. 이제 난 죽었습니다."

78   안나 가발다 장편소설

4

"아니, 어떻게 죽었대?" 엄마가 바로 되묻는다.

"더 이상은 나도 몰라……" 모두 돌아간 후, 뒷정리를 돕기 위해 남은 클레르가 대답한다.

아버지가 더러워진 접시 한 무더기를 안고 막 부엌으로 들어온다.

"이 정신병원 같은 집에 또 무슨 일이 있는 거냐?" 그가 한숨을 내쉰다.

"우리 옛 이웃이 죽었대요……"

"이번엔 누구래? 베르디에 어머니?"

"아니, 아누크요."

아, 갑자기 접시들이 천근만근으로 느껴진다…… 그는 접시더미를 내려놓고 식탁 끄트머리에 앉는다.

"그래…… 언제?"

"우리도 몰라요."

"사고라던가?"

"모른다니까요!" 그의 아내가 짜증을 낸다.

침묵이 흐른다.

"나이도 별로 많지 않은데. 아누크는……"

위로 ⟨1⟩   79

"예순세 살이지." 그녀의 남편이 중얼거린다.

"아…… 그럴 순 없어. 말도 안 돼. 그 여잔…… 정말 강한 사람이었는데."

"암으로 죽은 게 아닐까?" 클레르가 조심스레 말해본다.

"그럴 수도 있지만……"

그녀의 어머니는 눈짓으로 빈 술병을 가리킨다.

"마도……" 그가 눈살을 찌푸리며 아내를 나무란다.

"왜요? 내가 뭐 틀린 말 했어요? 그 여잔 술꾼이었어요. 그건 당신도 잘 알고 있잖아요!"

"이사 간 지 한참 되었잖아…… 그 후에 그녀가 어떻게 살았는지, 그걸 우리가 어떻게 알아……"

"당신은 아직도 그 여자 편을 드네요. 그러는 이유가 대체 뭐예요?"

사람이 갑자기 이렇게 난폭해지다니. 클레르는 자기가 모르는 이야기가 있는 거로구나 싶었지만 오늘 밤에 그 이야기를 들을 수 있을 거라고는 생각지 않았다.

그녀, 샤를르, 그리고 이제는 아빠까지…… 멋진 팀이로군……

아…… 눈앞이 아득하다, 모두 다 뒤죽박죽…… 하지만, 이럴 순 없다, 이래서는 안 된다…… 오빠도 제정신이 아닌 것 같고, 그리고 아빠, 식탁 조명 아래에서 보는 아빠는 전에 없이 늙어 보인다……

아누크…… 아누크, 그리고 알렉시스 르망…… 당신들은 언제쯤 우리들을 놔 줄래? 날 봐, 두 사람 다 날 보라고…… 당신들이 떠나고 난 뒤, 풀은 더 이상 자라지 않고 있어……

갑자기 막 울고 싶어졌다. 입술을 깨물고 식기세척기를 마저 채우기 위해 일어섰다.

80   안나 가발다 장편소설

가버려. 이제 좀 꺼져버리라고. 제발 좀 비켜줘.

겨우 일어서려는 사람한테 총을 쏘는 법이 어디 있어.

"엄마, 거기 컵들 좀 이리 가져다 줘."

"믿어지지가 않는구나."

"엄마…… 그만해요. 아누크는 죽었어."

"안 돼, 그 여자만큼은……"

"무슨 소리야?"

"그런 사람들은 죽지 않는 줄 알았어."

"사람은 다 죽어! 그리고 아누크는 불쌍한 여자야…… 어서 치우게 좀 도와줘요. 나도 가 봐야 하니까."

침묵. 식기세척기 돌아가는 소리만이 요란하다.

"그 여잔 미쳤었어……"

"난 자러 가오." 아버지가 돌아섰다.

"내 말이 맞잖아요. 앙리! 그 여잔 미쳤었어요!"

그가 다시 돌아섰다. 몹시 지쳐 보였다.

"여보, 난 그냥 자러 가겠다고 했을 뿐이야."

"당신이 무슨 생각을 하고 있는지 다 알아요!"

그녀는 잠시 말을 잊었다. 그러다가 창문 너머 멀리, 이제 더 이상 존재하지 않는 그림자를 바라보며 억양 없는 목소리로 다시 말을 이었다. 누가 듣든 말든 상관없이.

"아직도 기억이 난다. 어느 날…… 그 여자를 잘 알기도 전이었던 것 같아…… 그녀에게 화분을 하나 선물했었지…… 꽃나무가 심겨져 있었던 거였던가…… 샤를르에게 잘 해줘서 고맙다는 뜻으로 샀던 거였지, 아마…… 보통 있는 일이잖니? 시장에서 사온 그냥 평범한

위로 〈1〉   81

화분이었어…… 그런데 며칠 후에, 난 화분을 줬다는 사실도 까맣게 잊고 있었는데, 그녀가 우리 집 벨을 눌렀지. 나가봤더니 어쩔 줄을 몰라 하면서 내가 준 선물을 돌려주더라. 막 들이밀더라고. '무슨 일이에요?' 나는 걱정이 되어서 물었어. '뭐가 잘못됐나요?' 그랬더니 그녀가 더듬거리며 말을 했어. '나는…… 이걸 가지고 있을 수가 없어요. 나무가…… 나무가 죽어버릴 거예요……' 얼굴이 꼭 침대보처럼 하얗게 변해 있었어. '왜 그런 말을 하세요? 나무가 아주 잘 자랐네요!' '아니에요, 보세요…… 여기 누렇게 변한 이파리가 있잖아요……' 그녀는 떨고 있었지. 난 웃으면서, 아무렇지도 않게 말했어. 그게 정상이에요! 그런 이파리는 떼어내세요, 그럼 되는 거예요!' 그랬더니 그 여자가 훌쩍훌쩍 울기 시작했어, 어제 일처럼 생생하게 기억나. 그리고는 나를 밀치더니 내 발에 화분을 내려놓더라.

말릴 수가 없었지.

'미안해요. 미안해요. 난 못해요.' 그녀는 딸꾹질까지 하면서 흐느껴 울었어. '못하겠어요, 이해해줘요…… 난 그럴 힘이 없어요…… 더 이상은 못해요…… 사람이라면, 그래요, 아이들이라면, 얼마든지 돌봐주겠어요…… 그것도 아무 소용없는 일이지만…… 나는…… 아이들도 언젠가는 떠나버리니까요…… 하지만, 나무가 죽어가는 것을 보니까, 나는……' 눈물을 펑펑 쏟기 시작하더라. '난 못해요…… 그리고 당신도 나에게 그런 일을 강요할 수는 없어요…… 그게 심각한 게 아니라는 이유로, 그러실 순 없어요, 아시겠어요?'

무섭더구나. 커피 한 잔 마시겠냐는 말도, 잠깐 들어와 앉으라는 말도 할 수가 없었어. 그 여자가 옷소매로 뻘게진 눈언저리를 닦아내는 걸 그냥 바라만 보고 있었지. 그러면서 속으로 생각했다. 이 여자는 미쳤어. 완전히 돌았어……"

"그래서?" 클레르는 걱정스럽다는 표정을 지었다.

"그게 다였어. 내가 어떻게 할 수 있었겠니? 화분을 도로 가져다가 다른 것들과 함께 거실에 두었지. 아마 몇 년 간 길렀던 것 같구나!"

클레르는 쓰레기봉투를 묶으려고 안에 담긴 것들을 꾹꾹 눌렀다.

"네가 내 입장이었다면 어떻게 했을 것 같니?"

"글쎄……" 그녀는 적당히 얼버무렸다.

편지…… 아주 잠깐 망설이다가 접시에 남은 음식을 쏟아 부었다. 비계 덩어리, 커피 찌꺼기가 알렉시스의 흔적을 덮었다. 잉크가 번졌다. 온 힘을 다해 봉투를 묶다가 끈이 찢어졌다. 젠장, 그녀는 한숨을 쉬며 식품저장실 안에 쓰레기봉투를 내동댕이쳐버렸다. 젠장맞을.

"클레르…… 너도 그 여자를 기억하고 있지?" 그녀의 어머니가 물었다. 아니라고 하면 실망할 것 같았다.

"당연하지…… 옆으로 좀 가 봐요. 식탁 좀 닦게."

"그 여자가 미친 것 같다는 생각은 안 해 봤니?" 그녀는 잠시만 가만히 있으라는 뜻으로 딸의 손 위에 제 손을 겹쳐놓았다.

클레르는 고개를 들고 눈을 찌르는 머리카락을 걷어내기 위해 입 한쪽 끝으로 후 하고 바람을 내불며 어머니를 마주보았다. 원리원칙과, 도덕과, 예의범절로 무장한 채 자신을 가르치던 여인의 눈을 똑바로 들여다보았다.

"아니."

그리고는 다시 나무 테이블을 열심히 닦았다.

"아니, 그렇게 생각한 적 없어……"

"그래?" 어머니가 약간 실망한 투로 대꾸했다.

"그냥, 난 늘……"

위로 〈1〉 83

"늘, 뭐?"

"아누크가 아름답다고 생각했어."

난감한 표정.

"물론 예뻤지. 그렇지만 그 얘기가 아니잖니. 나는 그 여자의 행동 거지에 대해 이야기를 한 거야."

알고 있어. 그러나 그녀는 아무 대꾸도 하지 않았다.

행주를 빨고 손을 문질러 닦았다. 순간 많이 늙었구나 싶었다. 아니 다시 아이가 된 기분이었다. 엄마의 막내딸.

이런 기분이 동시에 들 수도 있는 거로구나.

수척해진 엄마의 이마에 입을 맞추고 외투를 가지러 갔다.

현관에서 아빠 안녕히 주무세요라고 외쳤다. 그가 목소리가 들릴 만한 곳에 있다는 것을 그녀는 잘 알고 있었다. 그리고 등 뒤로 문을 닫았다.

차 안에서 휴대폰을 켰다. 물론 메시지는 하나도 없었다. 왼쪽 방향 지시등을 켜고 차를 빼려고 백미러를 흘끗 보았더니 아랫입술이 두 배로 부어 있었다. 그리고 피가 났다.

바보 같으니. 그녀는 제일 아픈 부위를 자근자근 깨물며 자신을 몰아세웠다. 바보, 변호사입네 하고 법의를 걸치는 네가, 그 엄청난 반대를 무릅쓰고 수백만 톤의 물을 막겠다던 네가, 눈물 세 방울을 못 막다니. 이제 곧 같잖은 고민에 빠져 허우적댈 테지.

가서 잠이나 자.

5

그녀가 욕실로 들어왔다.

"에어프랑스 카운터에서 메시지를 남겼어. 당신 짐을 보관하고 있대······."

그가 입안을 헹구며 몇 마디를 웅얼거린다.

"알고 있었어?"

"어?"

"짐을 공항에 놓고 왔다는 거."

그가 고개를 끄덕인다. 거울에 비친 그들의 모습에 그녀는 맥이 빠진다. 뒤로 돌아서서 블라우스의 단추를 끄른다.

그녀가 하던 말을 계속한다.

"왜 그랬는지 말해줄래?"

"너무 무거웠어······."

침묵.

"그래서······ 놓고 왔다고?"

"그 브래지어, 새 거네. 맞지?"

"무슨 일인지 말해줄 수 있어?"

그 장면은 거울 속에서 전개되었다. 상반신 두 개. 그 중 하나는 시

위로 〈1〉   85

시한 꼭두각시 인형. 두 사람은 그렇게 빤히 정면을 바라보았다. 아주 가까이서. 그러나 결코 서로 마주보는 일 없이.

"무슨 일인지 말해줄 수 있느냐고." 그녀가 다시 물었다.

"피곤해."

"사람들 앞에서 나에게 망신을 준 것도, 피곤해서 그랬던 거야?"

"……"

"샤를르, 왜 그렇게 말했어?"

"……"

"마틸드를 왜 그런 식으로……"

"감이 뭐지? 실크인가?"

그녀가 벌컥…… 아니, 그만두었다. 불을 끄고 욕실을 나가버렸다.

그가 신발을 벗기 위해 소파에 기대앉자 그녀가 침대에서 일어났고 그는 안심을 했다. 만일 그녀가 화장을 지우지 않은 채 잠이 든다면, 그것은 상황이 정말로 심각하다는 징조였다. 그러나 아니었다. 그녀는 다시 욕실로 들어갔다.

심각하게 생각하지 않는다는 거였다. 혼자서 눈물을 쏟을 수도 있겠지만, 눈화장을 말끔히 지우고 난 후에나 그렇게 하겠지. 지축이 흔들려도, 수분크림은 발라주어야 하니까.

피부 보습은 필수.

침대 가에 앉으니 자신이 굉장히 뚱뚱하다는 느낌이 들었다.

뚱뚱하다기보다는 몸이 무거웠다. 무겁다.

아누크…… 그는 한숨을 내쉬며 몸을 뉘었다. 아누크……

다시 만났다면, 그녀는 그를 어떻게 생각했을까? 그를 알아보았을

까? 그런데 그 주소는…… 도시 이름이 뭐였더라? 알렉시스는 그 먼데서 무엇을 하고 있는 것일까? 어째서 제대로 된 부고(訃告)를 보내지 않은 것일까? 회색 가두리를 친 봉투. 자세한 날짜. 장소. 이름. 어째서? 대체 이게 뭐란 말인가? 일종의 벌인가? 이렇게 잔인하게? 내어머니가 죽었다, 최후의 침을 뱉어주마, 이 소식을 네게 알리느라 내가 몇 유로를 쓰지 않았다면, 그런 선심을 베풀지 않았다면, 너는 아무것도 모르고 있었을 테지……

그는 어떻게 살고 있을까? 그리고 그녀는 언제 죽었단 말인가? 샤를르는 소인(消印)에 찍힌 날짜를 확인해 볼 여유가 없었다. 그 편지는 언제부터 부모님 집에 있었던 것일까? 그녀의 몸이 구더기로 덮였을까? 그녀의 무엇이 남아 있을까? 생전에 부탁했던 대로, 그는 제 어머니의 장기를 기증했을까?

그렇게 하겠다고 맹세해라. 내 심장에 대고 맹세해. 그녀는 이렇게 말했더랬다.

그리고 그는 맹세를 했다.

아누크…… 날 용서해 주길. 나는…… 당신을 죽인 건 대체 누구지? 왜 날 기다려주지 않았어? 어째서 나는 돌아가지 않았을까? 이유를 모른다고는 하지 않겠다. 그래, 난 알고 있다. 아누크, 당신은…… 로랑스의 한숨이 그의 망상을 깼다. 안녕, 영원히.

"지금 뭐라고 했어?"
"아니, 아무것도 아니야…… 미안해, 나는……"
그녀에게 팔을 뻗어 엉덩이에 손을 얹었다. 그녀가 숨을 멈추었다.

위로 〈1〉   87

"미안해."

"둘이서 날 너무 힘들게 하고 있어." 그녀가 웅얼거렸다.

"……"

"마틸드하고 당신…… 두 사람은…… 마치 사춘기 애들 둘하고 살고 있는 것 같아…… 나를 너무 피곤하게 만든다고. 샤를르, 난 지쳤어…… 두 사람에게 난 뭐지? 지갑을 여는 사람? 인생을? 이불을 들춰주는 사람? 대체 뭘까? 이젠 더 이상 모르겠어…… 나는…… 이해하겠어?"

"……"

"내 말을 듣고 있는 거야?"

"……"

"자?"

"아니. 미안해…… 너무 마셨나봐, 그리고……"

"그리고 뭐?"

그녀에게 뭐라고 말할 수 있을까? 그녀가 뭘 이해할 수 있을까? 왜 그녀에게 그 이야기를 한 번도 하지 않았던 것일까? 하지만 무슨 이야기를 해야 했단 말인가? 이만큼의 세월이 지나고 난 후 그에게는 무엇이 남았는가? 아무것도 없다. 편지 한 통뿐. 익명의 편지, 찢어서 부모님 집의 쓰레기통 안에 버린 종잇조각……

"누가 죽었다는 소식을 들었어."

"누구?"

"어릴 때 친구의 어머니……"

"피에르의 어머니가?"

"아니. 다른 친구. 당신은 모르는 녀석이야. 우리는…… 우린 이제 친구라고 할 수도 없어."

그녀가 한숨을 쉬었다. 학급 단체 사진이니 간식으로 먹던 버터 바른 빵이니 별자리니 하는 것들은 그녀의 관심 밖이었다. 옛 추억이라면 넌더리를 냈다.

"40년 동안이나 왕래가 없던 누군가의 어머니가 죽었다는 것 때문에 사람이 갑자기 이상해졌다, 이거야?"

정확했다. 모든 것을 정리하고 요약하고 분류해서 꼬리표를 다는, 그리고 곧 잊어버리는 그녀의 재능은 정말 놀라운 것이었다. 그녀의 그런 점을 그가 얼마나 좋아했던지…… 그녀의 분별력과 넘치는 활력, 그리고 본래의 의도를 파악하기 위해 모든 것을 뒤집어보는 능력을. 지난 세월 동안 그는 그녀의 그런 점에 매료되어 있었다. 얼마나 편리한 능력인가…… 게다가 사는 데에는 또 얼마나 도움이 되는지.

그는 그녀의 매력에 다시 빠져들었다. 그녀의 신랄한 말투에, 그를 꼼짝 못하게 하는 능력에 매료된 채 손을 움직여 그녀의 허벅지를 따라 내려갔다.

돌아누워, 그는 소리 없이 애원했다. 돌아누워. 날 도와줘.

그녀는 움직이지 않았다.

그는 자기 베개를 그녀의 베개에 바싹 붙이고 그녀의 목덜미에 얼굴을 파묻었다. 그의 손이 그녀의 슬립을 말아 올렸다.

긴장을 풀어, 로랑스. 움직여줘. 제발 부탁이야.

"그런데 그 사람 어머니가 좀 특별했나봐? 맛있는 케이크라도 구워줬던 거야?" 그녀가 빈정거리는 투로 말했다.

실크 브래지어의 고리를 끌렀다.

"아니."

"가슴이 무지 컸어? 당신을 무릎 위에 앉혀줬나?"

"아니."

위로 〈1〉   89

"그럼……"

"쉬……" 그는 그녀의 머리칼을 한 쪽으로 젖히며 말을 막았다. "쉿, 그만해. 아니야. 아무것도 아니야. 그녀가 죽었어, 그뿐이야."

로랑스가 뒤로 돌아누웠다. 그는 부드러웠다. 조심스러운 손길. 그녀는 그의 그런 면을 좋아했다. 그래서 이 상황이 싫었다.

"으음…… 누가 죽은 것도 당신한테는 도움이 되는구나." 그녀는 이불을 끌어올리며 신음을 했다.

그 말이 그를 뒤흔들어놓았다. 그리고 찰나의 순간, 그는 확신을 했다. 그러니까…… 아니, 그만두자. 이를 악물고 생각이 떠오르기도 전에 쫓아버렸다. 거기서 멈춰.

그녀는 잠이 들었다. 그는 침대를 빠져나왔다.

★★★

서류가방에서 노트북을 꺼내다가 휴대폰을 흘깃 보았더니 클레르의 전화번호가 찍혀 있었다. 여러 번 걸었던 모양이었다. 눈살이 찌푸려졌다.

커피를 내리고 부엌에 자리를 잡고 앉았다.

클릭 몇 번에, 컴퓨터는 그 도시의 위치를 찾아냈다. 현기증이 났다.

숫자 열 개.

겨우 숫자 열 개가 그들을 갈라놓고 있었다. 그토록 억척스럽게, 그 많은 날과 그 많은 밤 동안 구렁을 파고 또 팠건만.

삶은 얼마나 짓궂은지…… 숫자 열 개면 되는 것을. 그는 휴대폰을

90   안나 가발다 장편소설

열었다.

다시 닫았다.

그리고 제 누이동생처럼, 그는 자신을 몰아세웠다. 노트북 화면 위에는 그를 알렉시스에게로 데려다 줄 상세한 길 안내가 떠 있었다. 몇 킬로미터인지, 고속도로는 어디서 빠져나가야 하는지, 도로 요금은 얼마인지, 그리고 마을 이름은 무엇인지.

소름이 끼쳤다. 핑계 김에 그는 스웨터를 찾으러 갔다. 그리고 스웨터를 어깨에 걸친 김에 다이어리를 꺼냈다. 필요 없는 페이지를 찾았다. 예를 들면 8월. 그리고 떠날 것이라는 확신도 없는 그 길에 대한 정보를 대략 옮겨 적었다.

그래…… 아마도 8월쯤? 아마도…… 한 번 생각해보리라……

쓸모있어 보이는 연락처들도 옮겨 적었다. 마치 몽유병 환자처럼 멍한 상태로. 어쩌면 어느 날 저녁, 그에게 보내는 메모를 한 마디쯤 적을 수도 있으리라…… 아니면 두 마디?

그가 그랬던 것처럼.

단두대가 아직도 작동하는지 시험해보기 위해서……

하지만 그런 용기를 낼 수 있을까? 아니, 그렇게 하고 싶을까? 혹은 그렇게까지 약해질 수 있을까? 아니길 바랐다.

다이어리를 닫았다.

그의 휴대폰이 다시 울렸다. 전화를 받지 않고 자리에서 일어나 컵을 씻고 다시 노트북 앞으로 돌아왔다. 여동생이 메시지를 남겨놓았다. 잠시 망설이다가 한숨을 쉬고 포기하듯 메시지를 들었다. 괴로웠다. 욕을 했다. 화를 내고 저주를 퍼붓고 스웨터를 집어 들고 캄캄한 거실로 갔다. 그리고 소파 위에 몸을 눕혔다.

"내 아기, 석 달 후면 열아홉 살이 될 텐데."

더 나쁜 건, 그녀가 그 말을 아무렇지도 않게 했다는 점이었다. 아주 차분하게. 이런 한밤중에, 삐 소리 후에.

어떻게 기계에다 대고 그런 말을 할 수 있지?

어떻게 그런 생각을?

이제 만족해?

분노가 치밀어 오른다. 뭐야, 정신 차려, 유치한 신파극은 이제 집어치워.

그만둬, 그만두라고. 할망구같이 이게 무슨 짓이야.

한바탕 욕이나 퍼부어줄 생각으로 그녀에게 전화를 걸었다.

그녀가 전화를 받았다. 너, 아주 웃겨. 나도 알아, 그녀가 대답했다.

"나도 알아."

그녀의 목소리에 담긴 부드러움에 그의 마음이 약해져버렸다.

"오빠가 나한테 하려는 말, 이미 다 알고 있어…… 내 어깨를 잡고 흔들거나 나를 비웃을 필요도 없어. 나 혼자서도 다 할 줄 아니까. 하지만 오빠한테 하지 않으면, 누구에게 이런 말을 할 수 있겠어? 친한 친구라도 있으면, 그 애를 깨웠겠지…… 하지만 나의 가장 친한 친구는 오빠거든……"

"너 때문에 잠이 깬 건 아니야."

침묵.

"오빠도 하고 싶은 말이 있지?" 낮은 목소리로 그녀가 말했다.

"밤이라서 잠을 잘 수가 없었어." 그가 목소리를 가다듬었다. "밤이 괴로워서…… 아누크는 그런 얘기를 자주 했어, 너도 생각나지? 밤

이 되면 사람들이 얼마나 이상한지, 제정신을 잃는지, 사소한 일에 홍분하는지…… 하지만 내일이면 나아질 거야. 너나 나나 이제 잠을 좀 자야 해."

긴 침묵.

"오빠는……"

"넌……"

"그날, 나한테 했던 얘기, 기억하고 있어? 병원 앞에 있는 그 황량한 카페에서 했던 얘기."

"……"

"오빠가 그랬지. '아기는 다시 가지면 돼……' 라고."

"클레르……"

"미안. 이만 끊을게."

그가 자리에서 벌떡 일어났다.

"끊지 마! 그래, 그렇게 하면 쉽겠지! 하지만 네가 그런 식으로 빠져나가도록 내버려두지 않겠어…… 잘 생각해봐. 한 번만이라도 너에 대해서 생각해 보란 말이야. 넌 그렇게 할 줄도 모르지…… 아주 골치 아픈 서류를 본다고 치고 너를 분석해 봐. 내 눈을 똑바로 보면서 확실히 말해. 너는 그…… 그 결정을 후회하는 거야? 정말로 후회해? 솔직해져 봐……"

"난 곧 마흔……"

"시끄러. 그런 건 상관없어. 난 '그렇다' 거나 '아니다' 라는 대답을 듣고 싶은 거야."

"……하고도 한 살이 돼. 한 남자를 죽도록 사랑했고, 그 사람을 잊으려고 미친 듯이 일을 했어. 너무 일에만 매달려오다가 이젠 길마저 잃어버렸지." 그녀가 웃었다.

위로 〈1〉   93

"바보 같지?"

"네가 사랑할 만한 녀석이 아니었어……"

"……"

"그 녀석이 제대로 처신한 적이 딱 한 번 있었지. 너한테 그 임신을 바라지 않는다고 했을 때……"

"……"

"일부러 임신이라고 말했어. 클레르, 듣기 거북하다면…… 하지만 아무것도 아니었잖아. 아무것도. 그저……"

"그만 해." 그녀가 화를 냈다. "아무렇게나 말하지 마."

"너도 마찬가지야. 네가 무슨 말을 하는지, 너도 모르고 있다고."

그녀가 전화를 끊어버렸다.

그는 집요하게 다시 전화를 걸었다.

음성사서함으로 연결되었다. 집 전화로 다시 걸었다. 벨이 아홉 번 울렸을 때, 클레르는 못 견뎌 무너지고 말았다.

그녀는 무기를 바꾸었다. 목소리가 경쾌해져 있었다. 아마도 업무용 목소리이리라. 의뢰인을 상대할 때 내는, 꾸민 목소리.

"네에, SOS 파토스입니다, 안녕하세요오오…… 마샤입니다, 말씀하세요……"

어둠속에서 미소를 짓는다.

사랑할 수밖에 없는 누이동생.

"세상에 확신할 수 있는 일은 없어, 안 그래?"

"맞아……"

"그때 오빠 친구들하고 발토라는 술집에 갔었잖아. 술을 너무 마셔서 바보 같은 말조차 지껄일 수가 없었어…… 그리고, 기억나? 잠이 필요했어…… 깊은, 아주 깊은 잠이…… 아마 낮 열두 시까지 잤던 것

같은데……"

"두 시까지 잤으면서……"

"오빠 말이 맞아. 두 시, 두 시 십오 분……일어나보니 배가 고팠
지……"

"먹을 건 하나도 없었고……"

"그랬지…… 더 나쁜 건, 그때는 샹피뇽이 없었던 시절이었다는
거……" 그녀가 한숨을 쉬었다.

나는 제 방에서 웃고 있는 여동생을 상상해보았다. 침대 발치에 쌓
인 서류더미, 찻잔 속에 빠져 있는 담배꽁초, 그리고 그녀가 노처녀의
평상복이라 부르는 저 흉물스러운 플란넬 잠옷. 전화기 저편에서 코
푸는 소리가 들렸다.

"정말 엉터리 같지?"

"엉터리 맞아." 내가 맞장구를 쳤다.

"나는 왜 이렇게 바보일까?" 그녀가 애처롭게 말했다.

"내 생각엔 유전적인 문제인 것 같은데…… 누나들이 좋은 유전자
를 미리 다 물려받아버렸기 때문에……"

나는 그녀의 볼우물이 파이는 소리를 들었다.

"자…… 이제 그만 하자." 그녀가 마지막으로 말했다. "하지만 오
빠, 오빠도 자신한테 신경을 써……"

"아, 나……?" 나는 지친 팔을 들어 허공을 저었다.

"그래. 아무것도 말하지 않는 사람. 아무것도 털어놓지 않는 사람.
자기가 무슨 해결사인 줄 알고 중장비 기계나 쫓아다니는 오빠 말이
야……"

"그것 참 명언이다……"

"치이…… 내 직업이잖아, 몰랐어? 자, 그럼 잘 자……"

"잠깐만…… 마지막으로 할 말이 있어……"

"응?"

"너의 제일 친한 친구로 지목받은 게 좋은 건지 어떤 건지는 잘 모르겠지만, 그래, 뭐, 일단 좋은 거라고 치자고. 그럼, 이제 너한테 제일 친한 친구로서 얘기해도 되지?"

"……"

"그를 떠나, 클레르. 그 남자와 헤어지라고."

"……"

"네 나이 탓이 아니야. 알렉시스 때문도 아니고. 과거 때문도 아니야. 네가 괴로운 건 그 남자 때문이야. 언젠가 일 얘기를 하다가 네가 이런 말을 했었어. '정의를 지키는 건 불가능해. 정의라는 것은 존재하지 않으니까. 그렇지만 반대로, 불의는, 그래, 불의는 싸우기 쉬워. 왜냐하면 사람들한테 달려드는 그 불의라는 것은 눈앞에 당장 보이기 때문이지.' 라고. 네 말대로야…… 그놈이 어떤 놈이건 난 상관없어. 누군지 알고 싶지도 않고 뭐하는 놈인지도 관심 없다고. 내가 아는 건, 그놈이 네 인생의 불의라는 것뿐이야. 그놈을 구덩이에 던져버려야 해."

"……"

"내 말 듣고 있는 거야?"

"오빠 말이 맞아. 우선 다이어트를 좀 하고 담배도 끊은 다음에 그 사람을 처치할게."

"잘 생각했어!"

"식은죽먹기일 거야."

"자, 이제 가서 자. 좋은 남자 만나는 꿈꾸고……"

96   안나 가발다 장편소설

"4륜구동을 가지고 있는 남자……" 그녀가 한숨 쉬듯 말했다.

"어마어마하게 큰 걸로."

"그리고 평면 TV도……"

"당연하지. 자, 잘 자라."

"오빠도…… 자알, 흑, 자."

"젠장, 너무 심하잖아. 너, 아직도 우냐……"

"그래, 뭐. 하지만 괜찮아질 거야." 그녀가 코를 훌쩍거렸다. "괜찮을 거야. 아무튼 지금 내가 닭똥 같은 눈물을 흘리는 건 오빠 때문이란 말이야. 바보."

그녀가 다시 전화를 끊었다.

그는 쿠션 하나를 집어들고 스웨터로 몸을 덮었다.

토요일 밤의 드라마는 이것으로 끝.

★★★

키 1m 80cm, 몸무게 78kg, 맨발에 헐렁한 바지를 입은 샤를르 발랑다가 허리띠를 느슨하게 풀고 팔짱을 낀 채 낡은 파란색 쿠션에 코를 박고 그대로 잠이 들었다면, 이야기는 여기서 끝이 났으리라.

우리의 주인공인 그는 몇 달 후면 마흔일곱 살이 된다. 짧지 않은 세월을 살아왔지만 그는 아직도 세상 돌아가는 이치를 잘 모른다. 너무나도 서툴다…… 세상살이에 별 재주가 없었다. 전성기는 이미 지났다. 그 이야기를 장황하게 늘어놓진 않겠다. 잠깐, 전성기라니? 무슨 전성기? 그게 그러니까…… 아니, 그런 건 아무래도 좋다. 그는 너무 피곤하다. 말을 아끼는 게 좋겠다. 그가 짊어진 짐이 너무나 무겁

다. 그에게 더 큰 짐을 지우고 싶지는 않다. 그를 이해하니까.

이해하고 있으니까.

하지만.

조각난 말들이…… 아직까지 그를 붙잡고 있다. 소파에서 반쯤 죽은 채 웅크리고 있는 그의 얼굴 위에 물을 잔뜩 머금은 스펀지를 쥐어짤 때처럼 쏟아지는 말들.

죽은, 그리고 이미 패배한 그의 얼굴 위로.

그는 이미 패배했고 마음 둘 곳도 없었다. 얻은 것은 너무나 적고 장갑은 너무나 꽉 꼈으며 인생은 너무나도 뻔했다.

"석 달 후면."

클레르는 분명 이렇게 말했다.

그에게는 그 세 마디 말이 나머지 모든 말보다 훨씬 더 끔찍하게 느껴졌다. 그렇게 그녀는 처음부터 계산을 하고 있었단 말인가? 마지막 생리가 끝난 첫날부터? 그럴 리가…… 그건 불가능하다……

그리고 그 모든 말줄임표, 머릿속으로 계산한 불행, 암울하게 살아온 그 달과 그 햇수 때문에 그는 돌아누울 수밖에 없다.

어쨌든 숨이 막혀 질식할 것만 같았다.

그의 두 눈이 크게 떠졌다. 그녀가 석 달 후라고 말했기 때문이었다. 지금이 사월이니까…… 기계가 다시 작동하고 그도 손가락으로 공백을 다시 세어본다.

그렇다면 칠월…… 그때가 구월이었으니까 벌써 2개월이었던 거로군. 그래, 그랬군…… 생각이 난다.

여름이 끝나갈 무렵…… 발메르의 설계 사무실에서 막 수습을 마친 그는 곧 그리스로 날아가기로 되어 있었다. 마지막 저녁, 그의 친구들이 출발을 기념하기 위해 모였다. 그리고 누이동생이 우연히 그 자리

98   안나 가발다 장편소설

에 들렀다.

잘 왔어, 그는 무척이나 좋아했더랬다, 이리로 와, 내 친구들에게 소개해 줄게, 그리고 누이동생의 어깨를 안으려 돌아섰을 때, 그는 알게 되었다, 그녀가……

그랬다. 기억하고 있다. 기억하고 있기 때문에 이렇게 힘이 빠지는 것이다. 용납이 되지 않는 그녀의 메시지, 그것은 올가미였다. 손가락으로 아홉 달을 세었다. 스무 살. 어둠 속에서 그는 셈을 했다.

할 수 없다. 그가 딱하기는 하지만 할 수 없는 일이다. 그는 잠이 들지 못하리라. 그리고 이야기는 끝나지 않으리라. 그리고 그는 '석 달 후'라는 그 말이 그저 하나의 핑계에 불과하다는 것을 고백하리라. 그 정도로는 정직하니까. 만약 그녀가 그 말을 하지 않았어도 다른 이유를 찾아냈으리라. 이야기가 여기서 끝나서는 안 되니까. 공이 울렸다. 일어나야만 한다.

링 한가운데로 돌아가 가드를 올려야 한다.

아누크가 죽었다. 그리고 그날 밤, 클레르는 우연히 들른 것이 아니었다.

6

그는 거리를 걷는 그녀의 뒤를 쫓아갔다. 아름다운 저녁이었다. 부드럽고, 따뜻하고, 통통 튈 것만 같은. 자갈이 깔린 포장도로에서는 파리다운 냄새가 풍겨 올라왔고 카페 테라스마다 사람들이 그득 차있었다. 벌써 몇 번이나 배가 고프지 않느냐고 물었지만 클레르는 여전히 앞서 걸었고 두 사람 사이의 거리는 점점 더 멀어졌다.

"좋아." 그가 신경질을 냈다. "난 배가 고파. 그리고 이제 더 이상은 못 하겠어. 그만 가겠다고."

그녀가 되돌아오더니 가방에서 종이를 한 장 꺼내어 메뉴판 위에 놓았다.

"내일, 다섯 시야."

변두리 주소였다. 이런 곳이 있었나 싶을 정도로 낯선.

"다섯 시면 난 비행기를 타고 있을 텐데." 그가 그녀를 보고 미소를 지었다.

하지만 그 미소는 그리 오래가지 못했다.

그런 얼굴을 마주하고서 어떻게 미소를?

★★★

그리고 그녀는 허리를 잔뜩 구부린 채 카페로 들어왔다. 마치 조금 전 잃어버린 것을 붙잡아두려는 듯이. 그는 자리에서 일어나 그녀의 어깨를 감싸 안았다. 그리고 실컷 울도록 내버려두었다. 뒤에 서 있던 카페 주인이 걱정스러운 눈길로 바라보았으나 그는 손을 들어 괜찮다는 표시를 해 보였다. 그렇게 그는 그들을 둘러싼 분위기를 정리해보려고 했다. 그리고 잠깐이나마 불편을 끼친 대가로 팁을 후하게 남겨두었다. 그런 다음 그녀를 데리고 바다를 보러 갔다.

바보 같은 짓일 수도 있었다. 하지만 달리 무엇을 할 수 있었을까?

그는 화장실 문을 닫고 스웨터를 껴입은 다음 자리로 돌아와 털썩 주저앉았다.

달리 무엇을 해야 했단 말인가?

그들은 긴 산책을 했고 술을 잔뜩 마셨다. 온갖 종류의 연초를 피웠고 간간이 춤도 추었다. 그러나 대부분의 시간 동안은 아무것도 하지 않았다.

가만히 앉아 불빛을 바라보았다. 샤를르는 그림을 그리고 꿈을 꾸고 항구에서 싸게 사 온 저녁거리로 식사준비를 했다. 그러는 동안 클레르는 책의 첫 페이지를 읽고 또 읽었다. 그리고는 마침내 눈을 감아버렸다.

잠이 든 것은 아니었다. 만약 그가 뭐라도 물어보았더라면 그녀는 대답을 할 수 있었으리라.

그러나 그는 아무것도 묻지 않았다.

그들은 함께 자랐고 거의 3년 동안이나 작은 아파트에서 같이 살았으며 아주 오래 전부터 알렉시스를 알고 있었다. 숨길 것이 없었다.

그리고 바닷가의 높은 테라스에는 그늘이라는 것이 없었다.

위로 〈1〉   101

단 한 점도.

마지막 날, 그들은 레스토랑에서 저녁을 먹었다. 레스티나 포도주를 두 병째 마시면서, 그가 그녀의 맥을 집어보았다.

"괜찮겠니?"

"응."

"정말?"

그녀가 고개를 아래위로 끄덕였다.

"내 아파트에 와서 함께 지낼래?"

왼쪽에서 오른쪽으로.

"어디로 갈 건데?"

"친구 집에…… 대학 동창이야……"

"그래……"

그는 거리 풍경을 보기 위해 그녀 쪽으로 의자를 바싹 당겨 앉았다.

"어쨌거나 집 열쇠는 아직도 가지고 있잖아……"

"오빠는?"

"내가, 뭐?"

"오빠는 한 번도 여자 이야기를 한 적이 없잖아……" 그녀가 인상을 썼다. "그러니까, 연애 이야기 같은 거……"

"얘기할 만한 게 없어서가 아닐까?"

"그 기하학자는 어떻게 됐어?"

"근을 구하려고 떠났지."

그녀가 웃어보였다.

햇볕에 그을린 피부였음에도 불구하고, 그녀의 얼굴은 금방이라도 부서질 것만 같아보였다. 그는 두 사람의 잔을 다시 채우고 건배를 하

자고 했다. 더 좋은 날들을 위하여.

한참 후에, 그녀는 담배를 말기 시작했다.

"샤를르?"

"응."

"그 사람한테는 말 안 할 거지?"

"내가 그 자식에게 무슨 말을 할 수 있을 거라고 생각해? 명예로운 짓이 아니었다고?" 그가 쓰게 웃었다.

종이가 찢어져버렸다. 그는 그녀의 손에 들려 있던 말다가 만 담배를 빼앗아 조심스레 찢어진 틈을 막고 종이에 침을 바르기 위해 입으로 가져갔다.

"아누크한테 말하지 말라는 뜻이었어."

얼어붙었다.

"안 해." 그가 담배 조각을 뱉어내며 말했다. "안 해. 당연하잖아."

그녀에게 담배를 내밀고 바다를 향해 시선을 돌렸다.

"아직도…… 아누크와 연락하고 있지?"

"아주 가끔씩."

그의 안경이 콧잔등으로 미끄러져 내려왔다. 그녀는 더 이상 묻지 않았다.

★★★

파리에는 비가 내렸다. 택시를 함께 타고 고블랭에서 내렸다.

"고마워." 그녀가 그의 귀에 대고 나지막하게 말했다. "이제 다 끝났어, 약속할게. 다 괜찮을 거야……"

그녀가 지하철 입구로 사라지는 모습을 바라보았다.

그 말을 믿을 수밖에 없었다. 그녀가 중간에 뒤돌아서서 엄지와 검지로 동그라미를 만들며 한 눈을 찡긋했기 때문에.

그 작은 몸짓이 그를 안심시켰다. 모든 게 괜찮을 줄로만 알았다.

그렇게 믿고 가벼운 마음으로 제 길을 갔다.

젊고 순진했던 시절이었다…… 징조를 믿던……

바로 어제일 같은데 몇 주 후면 십구 년이 된다니.

그녀에게 감쪽같이 속고 있었던 것이다.

7

잠깐 졸다 깨보니 스누피가 아무 말 없이 그를 뚫어져라 바라보고 있었다. 예전의 그 스누피였다. 자다 깨어 부은 둥근 얼굴, 앞발로 귀를 긁는.

아침 햇살이 창문을 두드렸고 그는 아직도 꿈꾸고 있는 것이 아닐까 생각했다. 사방의 벽이 진한 장미색으로 물들어 있었다……

"여기서 잔 거야?" 우울한 목소리로 아이가 물었다.

안됐지만 꿈이 아니다. 이런 게 인생이다. 다시 링 위로.

"지금 몇 시지?" 그가 하품을 했다.

마틸드는 뒤로 돌아 제 방으로 돌아갔다.

"마틸드……"

뒤돌아보지 않았다.

"네가 생각하는 그런 게 아니야."

"난 아무 생각도 안 해." 아이가 대답했다.

그리고는 사라져버렸다.

6시 12분. 느릿느릿 커피메이커까지 몸을 끌고 가서 물을 곱절로 부었다. 기나긴 하루가 될 터였다……

추워 죽겠어서 욕실로 들어가 문을 꽉 닫았다.

엉덩이 한 쪽을 욕조 가장자리에 걸쳐놓고 주먹으로 턱을 받쳤다. 마음이 부글거리는 물과 훈훈한 수증기 속을 헤맸다. 그 마음 한구석에 숨어 있던 존재가 말을 건넸다. 발랑다, 지겹지도 않냐. 그만 좀 해라. 정신 차리라고.

여태까지 별 고민 없이 잘 해왔잖아. 이제 와서 돌이킬 수는 없어. 너무 늦었단 말이다, 알겠냐? 그런 식으로 무너지는 건 사치야, 네 나이가 몇인데. 그녀는 죽었어. 죽고 없다고. 이제 그만 막을 내리고 산 사람들에게 충실해. 이 벽 뒤에만 해도 그래. 자칫하면 깨져 버릴 도자기 같은 사춘기 여자아이가 있잖아. 강한 척하고 있지만 상처받은 아이. 나이에 비해 너무 일찍 잠이 깨는…… 빌어먹을 저 수도꼭지를 잠그고 어서 가봐. 그 애의 귀에서 이어폰을 빼 보라고. 단 일 분만이라도.

조심스럽게 문을 두드리고 아이 방으로 들어가 맨바닥에 앉았다. 그리고 침대에 등을 기댔다.

"네가 생각하는 그런 게 아니야……"

"……"

"충실한 내 친구가 어디로 갔지?" 그가 낮은 목소리로 말했다. "자니? 이불 밑에서 슬픈 음악을 듣는 거니? 아니면 저 바보 같은 샤를르 아저씨가 또 무슨 일로 귀찮게 구는 걸까 생각하는 중이니?"

"……"

"내가 소파에서 잔 건, 잠이 오지 않아서 그랬던 것뿐이야…… 엄마를 방해하고 싶지 않아서……"

돌아눕는 소리가 들렸다. 그리고 그 애의 뭔가가 그의 어깨에 닿았다. 아마도 무릎이지 싶었다.

106   안나 가발다 장편소설

"너에게 이런 말을 하다 보니까, 괜한 말을 하고 있다는 생각이 들기도 해…… 너에게 나를 합리화할 이유가 없다는 생각이…… 너하고는 관계없는 일인데, 아무 상관도 없을 텐데. 우리 일이니까. 내 말은 어른들 사이의 일이라는 거지, 그리고……"

아, 젠장, 또 제 무덤을 파고 있군, 하고 그는 생각했다. 이봐, 다른 이야기를 하라고.

고개를 들어 희끄무레한 벽을 쳐다보았다. 아이의 작은 세계를 들여다보지 않은 지도 한참 되었다. 그렇게 하는 것을 무척이나 좋아했었는데. 아이의 사진, 그림, 포스터, 어질러진 방, 아이의 인생, 추억들을 들여다보는 게 정말로 좋았다……

자라나는 아이의 벽을 관찰하는 것은 인성학(人性學) 수업을 듣는 것과 같다. 팔딱팔딱 뛰는, 그리고 만능 접착제를 한없이 집어삼키며 끊임없이 새로워지는 몇 제곱미터의 평면. 요즘엔 어떻게 변해버렸을까? 어떤 친구와 광대짓을 하며 스티커 사진을 찍었을까? 오늘의 부적은 무엇이며 껴안아도 비명을 지르지 않는 나무보다 더 좋은 남자친구의 얼굴은 어디에 감추었을까?

로랑스와 둘이서 찍은 사진을 보고 흠칫 놀랐다. 못 보던 사진이었다. 마틸드가 아직 어린애였을 때 찍은 사진. 그 애의 검지가 하늘 한 구석을 가리키고 있었다. 모녀는 행복해보였고 그들의 미소 너머로는 생트빅투아르 산이 보였다. 사진틀 앞에는 투명한 겉봉에 '즉석에서 스타가 되세요' 라는 영문이 적혀 있는 캡슐이 하나, 바둑판무늬의 종위 위에 베껴 쓴 프레베르의 시 한 편. 그 시의 마지막 구절은 이렇게 끝나고 있었다.

우주 속의 별
지구 위의
파리

금발머리에 아랫입술이 두꺼운 여배우들의 사진, 여섯 개들이 맥주 팩에서 베낀 인터넷 사이트 주소, 열쇠고리, 우습게 생긴 봉제 인형들, 꽤나 공들여 만든 고속전철 콘서트 전단지, 리본으로 만든 팔찌, 사랑하는 사람을 돌아오게 만들고 시험 문제를 족집게로 집어준다는 G선생에 관한 광고지, 코르토 말테제(＊이탈리아 아티스트 휴고 프라트가 창작한 애니메이션의 주인공)의 미소, 철이 지난 스키장 자유이용권, 그리고 그가 화해의 의미로 보냈던 칼리마크의 아프로디테 조각상이 들어 있는 그림엽서.

그들의 첫 번째 위기……

마틸드가 배를 드러낸 것을 보고 거의 미쳐버렸었다.

"염색이니 문신이니 피어싱이니 네가 원하는 건 뭐든 다 해도 좋아!" 그가 고함을 쳤다. "하고 싶다면 엉덩이에 깃털을 꽂아도 아무 말 않으마. 하지만 배는 안 돼, 마틸드. 네 배만은……" 아침마다 학교에 가기 전에 두 팔을 치켜들도록 시켜보았다. 그래서 아이의 티셔츠가 배꼽 위로 올라가면 곧장 방으로 되돌려 보냈다.

몇 주 동안이나 냉랭한 분위기가 계속되었지만 그는 고집을 꺾지 않았다. 아이와 대립한 것은 그것이 처음이었다. 처음으로 고리타분한 어른의 역할을 맡았던 것이다.

하지만 배만은 안 돼. 절대.

"여자의 배는, 세상에서 가장 신비한 부분이야. 제일 감동적이고 제일로 아름다운 것이지. 너희들이 보는 시시한 잡지에 나오는 표현

을 빌자면 가장 섹시한 부분이라고 할 수 있다고." 로랑스의 못마땅해하는 눈치 속에서도, 그는 횡설수설 이렇게 주워섬겼다. "그래서…… 안 되는 거야. 배는 감추고 다녀야 해. 아무나 훔쳐가도록 내버려두지 마라…… 난 지금 권위적인 아버지처럼 굴려는 게 아니야, 예의가 어쩌니 하는 소리를 하려는 것도 아니란다, 마틸드…… 사랑에 대해 이야기하고 있는 거야. 수많은 남자들이 네 엉덩이 사이즈나 가슴 모양을 알아내고 싶어하겠지. 다 좋아, 좋다고. 하지만 네 배만은, 네가 사랑하게 될 사람을 위해 남겨 둬, 내 말…… 이해하겠니?"

"됐어, 그 정도면 애도 다 알아들어." 아이 엄마가 퉁명스럽게 상황 정리를 했다. 다른 이야기로 넘어가고 싶은 것이겠지. "마틸드, 가서 수도복으로 갈아입고 와." 그는 고개를 가로저으며 그녀를 쳐다보았다. 그리고 마침내 입을 다물었다. 그러나 그 다음날 그는 루브르 박물관 안에 있는 기념품 가게에 가서 이 엽서를 골라 짧은 글을 적어 아이에게 보냈다.

"봐라, 넌 몰랐겠지만 여자의 배는 이렇게 아름답단다."

사춘기 소녀의 표정과 옷차림은 안정을 찾았으나, 아이는 그 엽서에 대해 일언반구도 하지 않았다. 그는 아이가 그 엽서를 버린 줄로만 알고 있었다. 그러나 웬걸…… 여기에 있었군…… 줄 팬티를 입은 여성 랩 가수와 반쯤 벌거벗은 케이트 모스 사이에.

탐험을 계속해나갔다……

"너, 쳇 베이커를 좋아하니?" 그가 놀란 투로 물어보았다.
"누구?" 아이가 웅얼거렸다.
"여기, 이 사람……"

"누군지는 몰라…… 그냥 너무 잘 생겨서."

흑백사진이었다. 젊은 시절의 쳇 베이커는 제임스 딘과 닮아 있었다. 그보다는 좀더 정열적인 분위기라고 할까. 더 지적이고 약간 더 여윈 모습. 그는 의자 등받이에 의지한 채 축 늘어져 있었다. 아래로 더 미끄러지지 않기 위해.

무릎 위에는 트럼펫이, 두 눈은 허공에.

마틸드의 말이 맞았다.

그냥. 너무. 잘생겨서.

"재미있네……"

"뭐가?"

그의 목덜미 가까이에 아이의 숨결이 느껴졌다.

"내가 네 나이였을 때…… 아니다, 조금 더 나이가 든 후였겠다…… 쳇 베이커에게 푹 빠졌던 친구가 있었어. 완전히 미쳐 있었지. 너무 하다 싶을 정도로. 이 사람이 입은 것하고 똑같은 흰 티셔츠를 입고 다녔어. 그 녀석은 이 사진을 아예 머릿속에 박고 있었을 거야…… 궁둥이가 시린데도 내가 소파 위에서 밤을 보낸 건 바로 그 친구 때문이었어……"

"어째서?"

"궁둥이 시린 걸 왜 참았느냐고?"

"아니…… 어째서 그렇게까지 이 사람 흉내를 낸 거냐고."

"그야 쳇 베이커니까! 위대한 음악가! 언어의 장벽을 허물고 트럼 펫으로 세상 사람들의 온갖 감정을 노래한 사나이! 목소리는 또 얼마나 감미로운지 아니…… CD를 빌려줄게, 네가 왜 이 사람을 보고 그토록 아름답다고 느꼈는지 알 수 있을 거다."

110　안나 가발다 장편소설

"아저씨 친구는 누구였어?"

샤를르는 서글픈 미소를 지었다. 절대로 도망칠 수가 없는 거로구나…… 어쨌든 지금으로선 불가능하다. 정면 돌파밖에는 방법이 없겠지.

"그 친구 이름은 알렉시스였어. 역시 트럼펫을 불었지…… 트럼펫만 했던 게 아니라…… 악기란 악기는 모두 다룰 줄 알았어…… 피아노, 하모니카, 하와이언 기타…… 그 친구는……"

"왜 지난 일처럼 말해? 그 아저씨, 죽었어?"

아무리 생각해도 이건……

"아니, 하지만 지금 어떻게 되었는지 나도 몰라. 음악을 계속 하는지도 모르겠고……"

"사이가 틀어졌어?"

"그래…… 이젠 다 잊었다고 생각했는데…… 그 친구의 존재조차 잊었다고 생각했는데……"

"그런데?"

"그게 아니더라. 녀석은 언제나 그 자리에 있었어…… 그리고 어제 저녁에 그 친구가 보낸 편지 때문에 거실에서 잠을 잔 거고……"

"편지에 뭐라고 썼는데?"

"정말 알고 싶니?"

"응."

"자기 어머니가 돌아가셨다고 알려왔어."

"음…… 별로 즐거운 소식은 아니네……"

"거봐."

"어이…… 샤를르 아저씨."

"헤이, 마틸드. 왜?"

위로 〈1〉 111

"짱 어려운 물리 숙제가 있는데 양도 무지 많거든. 내일까지 다 해야 되는데……" 얼굴을 찡그리며 침대에서 일어났다. 그 애의 등에는……

"잘 됐네!" 그가 기뻐했다. "반가운 소식이야! 나한데 필요한 게 바로 그런 거였거든. 쳇 베이커와 게리 멀리건을 들으면서 짱 어려운 물리 숙제하기. 꿈 같은 일요일이 되겠는걸! 자…… 좀더 자 두렴. 몇 시간 더 이불 속에서 뭉개라고, 꼬마 숙녀님……"

방문 손잡이를 잡으려는 순간, 아이가 물었다.

"그 아저씨하고는 왜 그렇게 됐어?"

"왜냐하면…… 그 자식이 말이야, 자기가 쳇 베이커라도 된 것처럼 굴었기 때문이었어…… 그를 똑같이 따라했거든…… 쳇 베이커를 따라 한다는 건, 이상한 짓을 많이 한다는 거였고……"

"예를 들면 어떤 짓?"

"마약 같은 거."

"그래서?"

"됐네요. 어이, 꼬오마 아아가아씨이~" 그는 양 손을 허리춤에 얹고 TV '꼬마 친구들, 잘 자요' 시간의 곰 아저씨 흉내를 내었다. "모래장수가 버얼써어 지이나 가았어어요오, 나는 구우르음 위로 올라갈 거예요오…… 내일 또 새로운 이야기를 해 줄게요…… 대신 차악하안 어린이여야지요. 폼 폼 포옴."

푸르스름한 라디오 자명종 불빛을 받은 아이의 웃음이 보였다.

더운 물을 다시 받고 욕조 밑바닥으로 몸을 가라앉혔다. 머리카락과 생각들까지 모두 물 속으로. 그리고 두 눈을 감은 채 수면 위로 다시 떠올랐다.

112   안나 가발다 장편소설

★★★

그런데, 모든 예상을 뒤엎고, 그 하루는 너무나도 아름다운 날이 되어주었다. 겨울 끝자락의 어느 아름다운 하루.

도르래와 관성의 원리로 가득했던 하루. '퍼니 밸런타인'과 '달은 어찌 그리 높은지'의 하루. 물리법칙 따위는 아무래도 좋았던 하루.

그는 잡동사니들로 가득한 작은 책상 밑에서 발로 박자를 맞추며 20센티미터 자를 손에 들고 틀린 대답이 나올 때마다 아이의 머리를 톡톡 때렸다.

몇 시간 동안, 그는 피곤함이며 서류 따위를 잊고 있었다. 현장 직원들이나 사라진 기중기들이나 이미 한참 지나버린 마감시일까지도. 몇 시간 동안, 운동의 힘이 작용하여 마침내 상쇄효과를 발휘했다.

휴전. 기권. KO. 금관악기 소리가 주는 치료 효과. CD 겉장에 씌어 있는 문구 그대로, 혈관을 타고 들어오는 노스탤지어와 '우울한 시(詩)'.

아쉽게도 마틸드의 컴퓨터에 연결되어 있는 스피커의 성능은 그리 좋은 편이 아니었다. 그러나 화면에 뜨는 곡 하나하나의 제목에 그는 그 모든 노래들이 자신을 위한 노래 같다는 느낌을 받았다.

그들을 위한 노래.

우울한 기분으로(In A Sentimental Mood). 나의 옛 애인(My Old Flame). 이런 바보 같은 것들(These Foolish Things). 어리석은 내 마음(My Foolish Heart). 그 여자는 창녀(The Lady Is A Tramp). 한

위로 〈1〉 113

번도 사랑을 해보지 못했다(*I've Never Been In Love Before*). 당신
밖에 없을 거예요(*There Will Never Be Another You*). 당신이 지금
날 볼 수 있다면(*If You Could See Me Now*). 나는 당신을 기다렸네
(*I Waited For You*) 그리고…… 내가 틀릴지도 몰라(*I May Be
Wrong*)……

참 편리하기도 하지, 라고 그는 생각했다. 그리고…… 그리고 어쩌
면…… 이건 축복의 기도 같은 것일지도 몰라.

흔해빠진 말들을 듣고 감동을 받으려면 얼마나 순진해야 하는 걸
까. 수많은 사람들이 하고 또 했던 말들. 지구상의 그 어떤 바보가 지
껄여도 그럴싸하게 보일 수 있도록 해 주는 말들. 하지만 어쩌겠는
가. 옛날에 그랬던 것처럼 이런 제목들, 이런 노래들 속에 푹 빠져 있
는 게 좋기만 한 것을. 다른 사람들의 감정을 빌어 자기 인생을 정의
하는 예전의 그 비쩍 마른 키다리 청년의 모습으로 되돌아간다는 것
이 좋기만 한 것을.

웬 남자가 트럼펫을 불고 있었다. 아, 제리코로군.

그는 '창녀'라는 말이 마음에 들지 않았다. 영어의 트램프(tramp)
라는 단어는 그 뜻이 좀 모호했다. '방랑자'라고 옮기는 것이 더 나을
것 같았다…… 그래, 맨발의 거지 여인, 하지만 그 외의 것들은 마음
에 들었다, 그러나 뉴턴은 지겨웠다.

셉템버 송, 9월의 노래.

손바닥을 좍 펴 보았다. 이 곡을 알렉시스와 함께 들었지……

아주 오래 전…… 뉴 모닝(*파리 동역 가까운 곳에 위치한 유서 깊은 재즈 클럽)에서였던가? 그리고 쳇은 얼마나 아름다웠던지……

처절할 만큼 아름다웠다.

그러나 이미 그는 심하게 망가져 있었다. 여위고 볼이 패이고 이가 빠지고 술에 찌들고. 그리고 금방이라도 공격을 당할까봐 두려워하는 사람처럼 조심스럽게 무대를 빠져나갔다.

콘서트가 끝난 후, 그 때문에 두 친구는 한바탕 말다툼을 벌였다…… 알렉시스는 제정신이 아니었다. 눈을 감은 채 황홀경에 빠져 몸을 앞뒤로 흔들어대며 술집 카운터를 두들겨댔다. 반면에 샤를르는 잔뜩 실망한 채 바에서 나왔다. 악보는 볼 줄 몰라도 음악을 듣고 볼 줄 알았던 위대한 음악가의 망가진 모습이 실망스러웠다. 그의 얼굴에는 고통스럽고도 지친 표정이 역력히 떠올라 있었다. 그의 음악을 들을 수가 없었다. 그가 너무 처절해보여서, 아무 말 없이 그를 바라보느라.

"보고 있을 수가 없어…… 그런 재능을 아무렇게나 내던져버리다니……"

그의 친구는 그의 멱살을 잡으려고 달려들었다. 애써 자리를 구해 줬더니 한다는 소리가 고작 그거냐고.

"넌 이해 못해……" 알렉시스가 쓴웃음을 지어보였다.

"그래……"

그리고 샤를르는 재킷의 단추를 다시 채웠다.

"난 이해 못해."

시간이 늦었다. 다음날 아침에는 다시 일어나야 했다.

일을 해야 했다.

위로 〈1〉   115

"머저리, 역시 넌 아무것도 이해하지 못했어……"

"네 말대로야……" 샤를르는 속사포처럼 말을 쏟아놓았다. "나도 알고 있어…… 그래, 점점 더 이해할 수가 없어…… 하지만 네 나이에, 그는 이미 멋진 작품들을 해냈다고, 그런데 넌……"

너무 낮은 소리로 말을 했기에 알렉시스가 못 알아들었을 수도 있다고 생각했다. 게다가 그는 이미 등을 돌리고 있었다. 그러나 그는 친구의 말을 들었다. 귀 하나는 밝았기에, 아주 예민한 귀를 가졌기에…… 그러나 신경 쓰지 않았다. 아무 일 없었다는 듯 바텐더에게 제 잔을 내밀었다.

마틸드의 지우개를 주우려고 바닥으로 몸을 낮추었다가 다시 올라오면서, 깨달았다. 결국에는 그에게 전화를 하게 되리라는 것을.

쳇 베이커는 파리 콘서트를 연 지 몇 년 후, 어느 호텔 창문으로 몸을 던졌다. 웬 술주정뱅이가 길바닥에서 자고 있는 거라고 여긴 사람들이 그의 몸을 성큼성큼 넘어 다녔다. 그렇게 암스테르담의 인도 위에서 밤을 보낸 그의 시신은 망가질 대로 망가져버렸다.

그럼, 그녀는?

알고 싶었다. 한 번만이라도 이해하고 싶었다.

이해를.

"아저씨?"

"……"

"응답하라! 응답하라! 여기는 관제탑이다, 샤를르, 내 말이 들리는가, 오버?"

"어, 미안. 자…… 어디 볼까? 이 운동질량에 반대되는 게 뭘까?"

116   안나 가발다 장편소설

"잠깐만."

"뭐?"

"이제 저 음악, 그만 듣고 싶어."

미소를 지으며 음악을 정지시켰다. 이제 됐다. 그는 자신이 바라던 것을 얻었다.

즉흥곡은 끝났다.

전화를 걸어야겠다.

★★★

로랑스가 친구 모드와 함께 터키식 목욕탕에 다녀온 후, 샤를르는 그들 모두를 길모퉁이에 있는 피자집으로 데려갔다. 그리고 유명한 칸초네 '코메 프리마(처음처럼)'를 들으며 그녀의 생일을 다시 한 번 축하했다.

그들은 로랑스 몫의 티라미스 위에 작은 초를 꽂았고 그녀는 의자를 그의 곁으로 바짝 끌어당겨 앉았다.

사진 때문에.

마틸드를 기쁘게 해 주기 위해.

그 애가 꺼낸 휴대폰의 작디작은 화면 안에 다 함께 웃는 모습을 담아주기 위해.

다음날 아침 일곱 시에 비행기를 타기로 되어 있었기 때문에, 그는 새벽 다섯 시에 자명종이 울리도록 시계를 맞추어두었다.

까칠한 양 볼을 손바닥으로 쓸어내렸다. 밤새 거의 잠을 못 잤다.

쳇 베이커가 창밖으로 몸을 던졌는지, 사고로 떨어진 것인지는 끝

위로 〈1〉   117

까지 밝혀지지 않았다.

물론 그가 묵었던 호텔 방의 테이블 위에는 헤로인의 흔적이 남아 있었고 사람들이 공기 같은 그의 시신을 뒤집었을 때, 그의 손에는 여전히 한 줌의 마약이 쥐어져 있었다……

네 시 반에 자명종을 꺼 버리고 면도를 했다. 그리고 문을 살며시 닫고 복도로 나왔다. 부엌 테이블 위에 남겨두는 메모 같은 것은 적지 않았다.

아누크는 어떻게 죽었을까? 그녀 역시 창문에 달린 빌어먹을 잠금 장치가 환자들의 기분을 상하게 한다며 울화통을 터뜨리지 않았던가?

수많은 사람들의 죽음을 보아온 그녀였다…… 창문이나 치미는 울화 문제가 아니었다…… 특히나 그 시절에는…… 뉴 모닝 클럽이 손님으로 꽉 차던 위대한 시절, 그 80년대 초반에는 에이즈라는 몹쓸 병이 멀쩡한 사람들의 목숨을 가차 없이 빼앗아갔다.

아누크와 그런 어두운 분위기에서 함께 저녁식사를 했다. 그리고 처음으로 그는 그녀가 흔들리는 모습을 보았다.

"제일 힘든 건, 사실대로 얘기를 해줘야만 한다는 것이란다……"

그녀는 벌써 숨이 막혀오는 듯 보였다.

"……옮길 위험이 있는 병이기 때문에, 이해하겠니…… 당신들은 개 같은 죽음을 맞이할 거예요, 그러나 우리가 해 줄 수 있는 것은 아무것도 없어요, 이런 이야기를 해 주어야만 한다고. 처음부터 말을 해 놓아야만 해…… 아무에게나 병을 옮겨주면 안 되니까…… 그래요,

118   안나 가발다 장편소설

당신은 곧 죽어요, 그러니까 시간을 낭비하지 말아요…… 어서 가서 당신과 사랑을 나누었던 이들에게 말해주세요. 그들 역시 곧 같은 신세가 된다는 사실을 알려주란 말이에요…… 가요! 뛰어가요! 그리고 다음 달에 다시 오세요, 알겠죠!

그런데 이런 일은 처음이거든…… 정말 처음이야…… 그 병에 걸리면 사람들이 다 똑같아져…… 돈이 있건 없건…… 모두 다 휩쓸려버리는 거라고, 젠장…… 몹쓸 놈의 병이 마구잡이로 포탄을 던지는 거지. 피할 수는 없어. 방법이 없어…… 그런 적이 없었는데…… 그래, 넌 내가 어떻게 살아왔는지 다 지켜보았으니까, 알 수 있겠지…… 시체를 냉동실로 내려 보내고 침대를 정리하고 이를 악물면서 다음 사람을 위해 새 시트를 깔았다. 그리고 다음 환자가 오면 그 환자를 보살폈지. 친절하게 미소를 지으며 병을 고쳐주었다고. 그래, 병을 고칠 수 있었어, 내 말 듣고 있니? 그 더러운 직업을 선택한 건, 바로 그 때문이었어……

하지만 이제는? 우리가 뭐하는 사람인지도 모르겠단다."

내 담배를 한 가치 빼 갔다.

"샤를르, 그때 난 난생 처음으로 시인이 된 것 같았다…… 처음으로 죽음의 신을 보았어. 그런 걸 뭐라고 하더라, 국어선생이 숙제로 내주는 것, 선생들이 아주 좋아하던 거 있잖니, 그걸 뭐라고 하지?"

"의인법이요."

"아니, 그건 너무 고차원적이고……"

"비유?"

"맞아! 난 비유라는 것을 했어. 죽음이 대담하게 머리를 치켜들고 빌어먹을 낫을 쥔 채 어슬렁거리는 모습을 보았다. 죽음을 보았어. 그걸 느꼈어. 환자들을 보살피고 있으면 복도에서부터 죽음의 냄새

위로 〈1〉 119

가 느껴졌지. 등뒤에서 나는 발소리 때문에 화들짝 놀라 뒤돌아본 적
도 있었단다……"

그녀의 눈에서 빛이 났다.

"내가 미쳐버린 거라고 생각하니? 너도 내가 정신을 놓았다고 생각
하는 거니?"

"아뇨."

"제일 끔찍한 건, 그것 말고도 또 뭔가가 있다는 거지…… 부끄러
움. 부끄러운 병. 호모 아니면 마약쟁이. 그래서 외로운 병. 죽음과 외
로움. 가족들도 외면을 하니까. 자식들 침대에 코를 대고 킁킁거리는
나약한 부모들을 혼란스럽게 만드는 말들…… 네, 부인, 폐가 감염되
었습니다, 아니오, 부인, 치료는 불가능합니다. 아, 선생님 말씀이 맞
습니다, 다른 조직에까지 감염된다고 할 수 있지요…… 통찰력이 대
단하시네요…… 소리치고 싶었다. 멱살을 쥐고 흔들고 싶었던 적이
몇 번이었는지 모른다. 그들의 빌어먹을 편견이 다 떨어져나갈 때까
지. 발치에 떨어져 납작해질 때까지…… 환자에게 남아 있는 것을 지
켜주고 싶었어…… 이름을 붙일 수도 없는 것…… 그런 상황이 싫어
도 힘이 없어서 눈조차 감지 못하는 환자의 침대 발치에……"

그녀는 고개를 푹 숙였다.

"자식을 낳는 게 무슨 소용이 있겠니? 그 애들이 자란 다음에 부모
가 서로 사랑했다는 이야기를 들려줄 수 없다면, 그럴 권리가 없다면.
응?"

자기 앞에 놓여 있던 접시를 밀어버렸다.

"응? 뭐가 남겠느냐고? 사랑이나 기쁨에 대해 서로 말하지 않는다
면 우리에겐 무엇이 남을까? 급여명세서? 날씨?"

흥분하고 있었다.

120   안나 가발다 장편소설

"아이들은 바로 인생 그 자체야, 젠장! 아이들이 세상에 나온 건 어른들이 사랑을 했기 때문이잖아, 그렇지? 상대방의 성별 따위가 무슨 상관이야? 남자 둘, 여자 둘, 남자 셋, 창녀 하나, 자위기구 한 개, 인형한 개, 채찍 두 개, 수갑 세 쌍, 천 개의 환상, 문제가 어디에 있을 것 같니? 뭐가 문제일까? 문제는 밤이야, 안 그러니? 그리고 밤은 어둡지! 밤이란 신성한 것이고! 하지만 대낮도, 그것도…… 그것도 좋지……"

횡설수설하면서도 그녀는 웃어 보이려고 애를 썼다. 그리고 의미 없는 질문을 한 개씩 던질 때마다 잔을 다시 채웠다.

"그래, 일을 시작한 이래 처음으로 나는…… 나는 아무짝에도 쓸모가 없었다, 아무런 도움도 주지 못하는 무력한 존재가 되어버렸어……"

나는 그녀의 팔꿈치를 잡았다. 그녀를 안아주고 싶었다, 나는……

"그런 말 하지 말아요. 만약 내가 병원에서 죽게 된다면, 나는 당신의 곁에서……"

그녀가 내 말을 막았다. 내가 다시 한 번 모든 걸 망치기 전에.

"그만. 그만하자. 우린 서로 다른 이야기를 하고 있는 것 같다. 나는 붉은 반점이며 설사 이야기를 하고 있는데 넌 젠장맞을 비유인지 뭔지를 들먹이고 있구나. 좀 아까 개들처럼 죽어간다고 했던 것은 잠깐 착각한 거였어. 개들은 말이다, 고통이 너무 심하면 아무나 물어버리거든."

우리 옆 테이블에 앉아 있던 손님들이 그녀를 이상하다는 듯이 쳐다보았다. 나는 그런 것에는 이미 익숙했다. 이미 20년 동안이나 그

위로 〈1〉 121

래 왔으니까. 아누크는 언제나 너무 크게 말했다. 아니면 숨이 넘어갈 듯이 웃었다. 혹은 목청껏 노래를 불렀다. 혹은 너무 일찍 춤을 시작했다, 그리고…… 아누크는 너무 지나쳤다. 사람들은 그녀를 흘깃거리며 쑥덕거렸다. 그 이야기는 그냥 넘어가도록 하자. 평소의 그녀는 잔을 높이 치켜들며 수군대는 그들을 향해 이렇게 외쳤다. "사랑을 위하여!" 그러면서 엄연한 한 가족의 순진한 아버지를 향해 윙크를 날렸다. 몇 번째로 치켜드는 잔인지에 따라 "엉덩이를 위하여!"라고 하는 때도 있었다. 하지만 그날 저녁은 아니었다. 그날 저녁에는 병원이라는 강력한 적수가 그녀를 꼼짝하지 못하게 했다. 건강한 사람들은 그녀에게 관심을 기울이지 않았다. 그녀를 구해주지 않았다.

나는 무슨 말을 해야 할지 몰랐다. 그녀가 몇 달 전부터 못 보았다는 알렉시스를 생각했다. 우묵하게 들어간 그의 두 눈과 늘 확장되어 있던 동공을. 백인으로 태어났지만 마일스 데이비스나 찰리 파커 같은 흑인들처럼 살기 원했던, 그래서 제 어머니를 원망하던 그를.
볼이 움푹 패어버린 녀석. 더 이상 발을 구를 힘조차 없던 녀석. 세상과 담을 쌓은 채 하루 종일 침대에 누워 있던 녀석을.
햇빛이 시려서 눈을 껌벅거리던 녀석을.

그녀가 내 생각을 읽었던 것일까?
"마약쟁이들은 또 달라…… 아무 연고가 없거나, 아니면 다 포기해버린 그 부모들까지 맡아주어야 하니까. 병원을 찾아온 마약쟁이들의 부모들이 제일 많이 하는 소리가 뭔 줄 아니?"
나는 고개를 가로저었다.
"다 자기들 잘못이라고들 한다."

그녀와 저녁식사를 함께 했던 그 때…… 85년도였던가, 아니면 86년도였던가, 알렉시스는 그나마 심각한 상태가 아니었다. 확실히 기억나지는 않지만 대마초 같은 것들을 자주 피웠던 것 같다…… 팔뚝을 고무줄로 묶고 주사를 찌르거나 긴 소매 옷을 입어야만 하는 상태는 확실히 아니었다. 그랬더라면 내가 뭐라고 대답했는지 기억하고 있을 것이다. 그때, 그녀는 다른 부모들에 관한 이야기를 했고 나는 덤덤하게 듣고만 있었다. 다른 이들의 이야기를……

내가 기억하고 있는 것은, 대화의 흐름을 다른 쪽으로 돌리는 데에 성공했다는 것과 훨씬 더 가벼운 이야기를 했다는 것, 이를테면 내 공부라든가 각자가 시킨 디저트의 맛, 혹은 지난 주말에 내가 보았던 영화 등에 관해 이야기를 나누었다는 점이다. 그런데 갑자기 그녀의 미소가 얼어붙었다.

"일요일날 당직을 섰는데," 그녀가 다시 시작했다. "그런데…… 그런데 그 청년이…… 네 나이밖에 되지 않았었지…… 무용수라더구나…… 내게 사진들을 보여주었어…… 무용수였대, 샤를르…… 몸이 정말로 멋있었는데……"

그녀는 고개를 뒤로 젖혀 천장을 쳐다보았다. 침과 콧물과 시야를 흐리는 눈물을 억누르기 위해. 그리고는 한 손으로 내 뺨을 쥐었다.

"……그 일요일에, 그 청년에게 근육주사를 놓으려고, 그러니까 아무 소용도 없는 도움을 주려고 들렀다가 돌아누우려는 그 청년을 도와주었거든. 등에 욕창이 생기면 안 되니까. 그런데, 그의 몸에 손이 닿는 그 순간, 내 손이 어떻게 되었는 줄 아니?"

그녀가 내게 그 손을 보여주었다.

"이 손이…… 20년 전부터 수천 명이나 되는 환자들에게 붕대를 감아주었던, 국가 자격증을 가진 간호사의 손이?"

위로 〈1〉   123

나는 아무런 반응도 하지 않았다.

"그······"

그녀는 잔을 비우느라 말을 잠시 멈추었다. 콧구멍이 벌름거리고 있었다.

"그 청년의 척추뼈 돌기에, 이 손이······"

나는 그녀에게 내 냅킨을 건넸다.

"······찢어져버렸다······"

★★★

짐을 찾은 그는 무거운 발을 이끌며 카운터 앞을 지났다. 주위에서는 벌써 러시아 말이 들려오고 있었다. 젊은 여자 셋이서 각자의 쇼핑백 부피를 비교하며 깔깔댔다.

배를 훤히 드러낸 채로.

커피 한 잔이 간절했다.

그리고 담배도······

책을 꺼내다가 책갈피 대신 꽂아두었던 지난번의 비행기 티켓을 떨어뜨렸다. 아쉬울 것 없었다, 몇 미터 앞에서 새 티켓을 나누어주고 있었으므로······

XXXIII

보로디노 전투의 주된 전투는 보로디노 마을과 바그라치온의 돌각보(突角堡) 사이, 2베르스타의 공간 안에서 행해졌다. (이 지역 외에도 그날 정오 즈음에 우바로프 기병대가 시범전투를 벌였고 한

편, 우치사 강 저편에서는 포냐토브스키가……

문제는 창문이 아니라……
그녀는 항상 어지럽다고 했다.

　……투츠코프를 위협했다. 그러나 이것은 전투지 한복판에서 행
해졌던 것에 비하면 미약하기 그지없는 고립된 전투에……

(＊톨스토이의 『전쟁과 평화』 중에서)

그는 읽고 있는 내용을 하나도 이해하지 못했다.

휴대폰이 진동했다. 사무실 번호. 이렇게나 일찍?
아니었다. 메시지는 어젯밤에 들어온 것이었다. 필립이었다. 파블
로비치의 심복 한 명이 메일로 연락을 해 왔다, 기초공사를 새로 해야
한다, 계산에 착오가 있었다, 보라딘 쪽 사람들은 아무것도 알고 싶어
하지 않는다, 그리고 서쪽 현장에서 시체 한 구가 발견되었다, 당연히
신원미상의 시체다, 경찰이 오기로 했다, 등등.
이건 또 뭐야…… 어째서 시체를 숨기지 않는 거지?
시멘트가 모자랐나?

열을 식히기 위해 숨을 크게 들이마시고 빈자리를 찾아 앉았다. 책
을 덮고, 두 황제와 양 진영 각 오십만 명의 전사자들을 서류가방 안
에 집어넣은 다음 서류를 꺼냈다. 손목시계의 시간을 확인한 후 시계
바늘을 두 시간 뒤로 돌렸다. 음성사서함으로 연결이 되자 영어로 지
껄이기 시작했다. 에라, 할 말 다 해 버리자. 어차피 이 빌어먹을 개자

위로 〈1〉　125

식은 끝까지 듣지도 않을 테니.

순간, 모든 게 떠올랐다. 마치 고삐가 풀린 것처럼. 알렉시스, 그의
우습지도 않은 잔인함, 클레르와 스코펠로스의 작은 예배당들, 로랑
스의 분노, 마틸드의 뾰로통한 얼굴, 그 애의 추억, 그들의 미래, 새록
새록 생각나는 과거, 흘러가는 모래. 애써 덮어두었던 것들이 전부.
그러나 현장의 사건들을 해결해야 한다는 현실이 그를 미치게 만들
었다. 인생, 그것은 나중에 생각하기로 하자.
미안하지만, 더 이상은 시간을 낼 수 없었다.

토목과 출신에 이학 석사, 파리 벨빌 국립 건축학교 졸업, 건축사
자격증 취득, 건축 협회 회원에 연구원 자격, 현상설계 당선, 모두가
부러워할 만한 자격을 갖춘 나, 샤를르 발랑다. 그렇다. 남들이 원하
는 건 죄다 갖추었다, 명함만 내밀면 다들 기가 꽉 죽어버릴 만한 경
력을 가지고 있잖은가.
아…… 기분이 좀 나아졌다.

모두들 그의 성공을 시기했다. 그의 약혼녀, 가족, 동료들, 부하직
원들, 고객들, 밤에 사무실을 치워주는 도우미 아줌마들. 한 번은 그
의 주치의까지도 그런 눈치를 보였다. 그나마 너그러운 이들은 조심
스럽게 그런 표현을 했으나 속좁은 이들이 그런 내색을 할 때면 어떻
게 대처해야 할지 알 수가 없었다.
벌써 몇 년째, 왜 그토록 일에만 매달려 있었던 것일까?
숱하게 지샌 밤들이 무슨 의미가 있단 말인가? 100분의 1 스케일로
줄어든 이 인생의 의미는? 금방이라도 무너져 내릴 것 같은 로랑스와

126   안나 가발다 장편소설

의 관계는? 목덜미에 느껴지는 뻣뻣한 긴장감은? 건물을 지어 올려본
들 무슨 의미가 있단 말인가?

시작하기도 전에 패배한 이 전투는?

그는…… 자신을 합리화하는 방법을 몰랐다. 감정에 솔직해질 필
요도 전혀 느끼지 못했다. 하지만 이건, 아니다. 아니었다.

"7시 10분, 모스크바 세레메티예보 국제공항으로 출발하는 에어프
랑스 AF1644편에 탑승하실 승객께서는 16번 탑승구로 와 주시기 바
랍니다."

오늘 아침, 침대를 빠져나오면서, 여권을 꺼내면서, 짐무게에 놀라
면서, 그리고 안내방송 소리에 또 한 번 놀라면서, 그는 마침내 정답
을 찾았다. 그건 숨을 쉬기 위해서였다.

숨을 쉬기 위해.

지나간 시간들, 지나가버린 보잘것없는 것, 과거의 심연이 예기치
도 못한 순간에 머릿속에 떠오르는 것은 얼마든지 가능한 일이었다,
그러나…… 이런 역습은 너무나 뜻밖의 것이었다. 그래, 아무래도 좋
다…… 이번 한 번만이라도 그에게 의심이라는 것을 해 볼 수 있는 특
권을 허락해 주자.

16번 탑승구에 갈 때까지만이라도, 숨을 쉴 수 있도록.

위로 〈1〉　127

8

비행기는 시속 900km로 비행을 했다. 노트북을 부팅시키는 그 짧은 시간 동안 기장이 기내방송을 했다. 고도가 몇 피트이며 승객 여러분의 쾌적한 여행을 바란다는, 스카이 팀의 판에 박힌 인사말.

다시 만난 운전기사 빅토르가 너무나도 정겨운 미소를 지으며 그를 반겼다. (이 친구가 웃으면 이 빠진 구멍이 하나, 이 하나, 다시 구멍 하나, 그 옆의 이 두 개가 보였다.) 교통체증으로 꼼짝없이 차 뒷좌석에 앉아 열 시간 이상을 보낸 결과, 그는 (샤를르는 세계 어느 나라에서도 차 뒷좌석에서 이렇게 많은 시간을 보내본 적이 없었다. 처음엔 당황스럽더니, 슬슬 걱정이 되다가, 짜증이 나기 시작하더니만 마침내 머리가 돌 지경이 되었다. 그러다가…… 체념해버렸다. 아! 전설적인 러시아식 숙명론이라는 것이 이런 것이었나? 김이 뿌옇게 서린 자동차 창문 너머를 내다보다가 착하디착한 그의 마음이 주변의 난리법석에 슬그머니 독해지는 것?) 빅토르가 전직 음향 기사였다는 사실을 알게 되었다.

그는 말이 많았다. 무늬도 요란한 담뱃갑에서 꺼낸 역한 냄새의 담배를 연신 피워대며 뒷좌석의 손님이 도무지 알아먹을 수 없는 희한한 이야기를 줄줄 풀어놓았다.

128   안나 가발다 장편소설

그리고 샤를르의 휴대폰이 울리거나 그가 깜박 졸기라도 하면, 빅토르는 얼른 음악소리를 낮췄다. 은은한 배경음악 정도로. 민속악기인 발랄라이카 연주곡도, 쇼스타코비치의 작품도 아니었다. 굉장히 러시아적인 록큰롤. 어딘지 좌익의 분위기가 풍기는 노래였다.

허무한 분위기의.

어느 날 저녁, 그가 셔츠를 벗고 자신의 인생이 어떠했는지 보여준 적이 있었다. 그가 살아온 인생이 문신으로 새겨져 있었다. 주유기 앞에서 발레리노라도 된 듯 양 팔을 벌리고 한 바퀴를 빙 도는 그를 바라보는 샤를르의 두 눈이 휘둥그레졌다.

정말…… 놀라웠다……

프랑스인 동지들과 독일인 동지들, 그리고 러시아인 동지들을 다시 만났다. 여러 번의 회의와 그만큼의 한숨과 못마땅한 표정과 사소한 일에 대한 집착을 참아낸 후에 지겹도록 기나긴 점심식사를 한 다음 다시 안전모를 눌러쓰고 작업용 장화를 신었다. 사람들이 그에게 다가와 등을 다독이며 연신 말을 거는 바람에 정신이 빠질 지경이었다. 결국 그는 함부르크에서 온 패거리와 허리가 끊어지도록 웃어젖혔다. (냉난방 장치를 설치하러 온 팀이란다.) (그런데…… 설치할 곳이 어디였더라?)

그렇다, 그는 결국 웃어버렸다. 한 주먹은 허리에 대고, 한 손으로는 손차양을 하고, 양 발은 진흙창에 빠진 채로.

현장감독들이 모여 있는 조립식 건물에 갔더니 막스 브라더스의 영화에서 금방 튀어나온 것만 같은 사내 두 명이 그를 기다리고 있었다. 투실투실한 엉덩이며 얼치기 카우보이 같은 표정이 진짜 배우들보다 더 자연스러워보였다. 신경질적이고, 창백한 데다가 열에 들뜬 두 사

나이. 너무나도 흥분해 있는 그들은……

밀리치아(경찰)라고 했다.

그러시겠지.

법정에 불려온 다른 사람들은 대부분 인부들이었고 러시아어 외에
는 통하지 않았다. 발랑다는 평소에 함께 일하던 통역사가 보이지 않
는다는 사실에 당황을 했다. 그래서 파블로비치의 사무실에 전화를
걸어보았다. 다른 통역사가 가고 있는 중이다, 프랑스어가 유창한 젊
은이로 보냈으니 안심하라는 대답을 들었다. 잘 됐군. 마침 노크소리
가 나더니 시뻘게진 얼굴에 숨이 턱까지 찬 웬 청년이 나타났다.

토론이 시작되었다. 심문이라고 하는 게 나을 성싶었다.

그러나 그의 차례가 되어 진술을 하다 보니, 스타스키와 허치의 눈
썹이 이상하게 씰룩거렸다.

고개를 돌려 통역사를 쳐다보았다.

"당신이 하는 말을 알아듣고 있는 거요?"

"아뇨, 타지크 족은 안 마신다고 말함다."

어……

"아니, 내 말은, 아까 내가 당신한테 한 얘기…… 코롤레프 씨와의
계약 건에 대해서……"

그가 고개를 끄덕이고 다시 통역을 시작하자 경찰관들의 눈이 다시
휘둥그레졌다.

뭐라고 했기에?

"그들을 당신에게 보증인 한다고 말함다."

……!?

"이런 질문을 해서 좀 미안하지만…… 프랑스어를 한 지가 얼마나

130 안나 가발다 장편소설

되었소?"

"그레예노블르에서요……" 그가 천사 같은 미소를 지으면서 대답했다.

이런, 젠장……

샤를르는 눈꺼풀을 비볐다.

"시가레트?" 그가 검지와 중지를 입술에 가져다대며 경찰관 두 명 중에서 나이가 적어 보이는 쪽에게 물었다.

스파시바(＊러시아어, 고맙다).

긴 연기를, 일산화탄소와 순수한 낭패감이 섞인 맛있는 연기를 내뿜으며 천정을 올려다보았다. 긴 형광등 두 개 사이에 깨진 네온등이 달랑거리고 있었다.

그때, 나폴레옹이 생각났다…… 얼마 전에 읽은 내용에 의하면 그 전쟁천재는 보로디노 전투에서 승리를 거두지 못했다고 했다. 심한 열감기에 걸렸기 때문이었다고 되어 있었다.

갑자기 동질감이 느껴졌다. 이봐, 친구, 자넬 탓하는 사람은 없어…… 그 전투는 시작하기도 전에 패배했던 거였어…… 이자들은 우리보다 너무 강해.

너무, 너무 심하게 영리하다고……

마침내 파블로비치가 도착했다. 아, '빛이여 있으라.' '공무원' 이라는 작자를 대동한 채였다. 루쉬코프에게 충성을 다하는 심복의 장모의 여동생의 시동생의 친구라고 했다. 아니, 그쯤 된다고.

"루쉬코프라고?" 샤를르는 깜짝 놀랐다. 저…… 그…… 모스크바의 시장(市長)인 그 루쉬코프?

파블로비치는 동행인 소개에 너무 열중한 나머지 대꾸할 생각조차 하지 않았다.

샤를르는 슬그머니 밖으로 나왔다. 이런 경우에 그는 항상 뒤로 물러났고 다들 그의 그런 태도를 은근히 고맙게 생각했다.

그의 훌륭한 통역이 뒤따라 나왔다. 약간의 관심을 보여줄까.

"그래, 그르노블에 있었다고요?"

"아뇨, 아뇨!" 그가 잘못 알았다고 했다. "나는 하루 종일 여기 삼다."

알겠다고.

해가 졌다. 기계소리가 멈추었다. 인부 몇 명이 그에게 인사를 하느라 꾸물거리자 다른 인부들이 빨리 나가라며 등을 떠밀었다. 빅토르가 그를 호텔까지 데려다주었다.

오늘도 새로운 러시아 말을 몇 가지 배울 수 있었다. 언제나처럼.

루블은 루블리, 유로는 예브라, 달러, 음…… 그건 그냥 달러라고 했지, '어이…… 빨리 가……' 이건 '카지올'이고, '바보 같은 자식, 나 좀 지나가게 저리 비켜!'는 '무다크', 그리고 '엉덩이 좀 저리 치워!'는 '체벨리 자담'이었겠다.

(특히 기억에 남는 표현들……)

샤를르는 멍하니 이런 러시아 말을 뇌까려보았다. 닭장 같은 건물들이 수 킬로미터에 수 킬로미터에 수 킬로미터에 또 수 킬로미터를 곱한 만큼 늘어서 있는 풍경에 정신이 아득해졌다. 그가 아직 학생이었을 때, 동구에 처음 머무르면서 받은 충격이 바로 그런 것이었다. 프랑스 변두리 중에서도 가장 열악한 지역에서 볼 수 있는 저소득층

132   안나 가발다 장편소설

을 위한 주택단지, 그보다 더 형편없는 건물들이 끝없이 퍼져 있었다.

그렇지만 러시아 건축은…… 그렇다. 러시아 건축은 상당한 수준의 것이었다……

자크 마들렝이 읽어보라고 주었던 레오니도프(*Ivan Leonidov, 1902-1957, 러시아 구성주의 대표적인 건축가, 미래도시에 대한 건축적인 비전을 제시했다)에 관한 연구논문이 생각났다.

러시아의 역사에 대해서는 우리도 잘 알고 있다…… 아름다운 것들은 아름답다는 이유로 파괴되었다. 즉, 유산계급의 주택들을 허물어버리고, 인민들을 이곳…… 이런 건물에 채워 넣었지. 그리고 그나마 남아 있는 아름다운 건물은 말할 것도 없이 고위간부들의 차지가 되어버렸고.

그런데, 우리도 그쯤은 알고 있거든. 그러니 가죽 시트를 씌운 메르세데즈 뒷좌석에 앉아서, 그것도 실내온도를 20도로 꼭 알맞게 조절해 놓은 그런 환경에서, 계단이 빽빽한 저들의 닭장을 보며 불쌍하니 어쩌니 하면서 잘난 척할 필요는 없단 말이지.

발랑다, 알겠냐?

그래, 하지만?

자, 자…… '체벨리 자담'

★★★

욕조에 물이 찰 동안, 사무실에 전화를 걸어 사무실 공동 대표인 필립에게 하루 동안 있었던 일들을 간단히 알려주었다. 필립은 샤를르가 급하게 읽어야 할 이메일들을 전송했다고 했다. 한 시간 내에 읽고

위로 〈1〉   133

지시를 내려달란다. 그리고 구조사무실에도 전화를 해야 한다고.

"왜?"

"그야 뭐…… 기초 문제 때문이지…… 아니, 왜 실실 웃는 거야? 파리에서는 다들 걱정하고 난린데."

"미안. 신경이 날카로워져서 그래."

곧이어 다른 현장들, 다른 견적들, 다른 이윤들, 다른 성가신 일들, 다른 지시사항들, 그들의 작은 세계에 있는 복도의 소음들에 대해 이야기를 나누었다. 그리고 전화를 끊기 전에, 필립은 싱가포르 공사를 따낸 것이 마레스킨과 그 패거리라고 알려주었다.

그래?

애석해해야 하는 건지 좋아해야 하는 건지 그는 알 수가 없었다. 싱가포르…… 파리에서 1만 킬로미터 떨어진 곳, 그리고 시차만 해도 일곱 시간……

순간 갑자기, 자신이 너무나도 피곤하다는 사실이 기억났다. 벌써 한참 전부터 잠을 제대로 자지 못했다…… 몇 달째, 아니 몇 년째. 그리고 욕조의 물이 넘치려 하고 있었다.

방으로 되돌아와서는 플러그에 각종 배터리 충전기를 꽂았다. 재킷을 침대에 비스듬히 던져두고 셔츠의 첫 단추를 풀다가 그대로 쭈그리고 앉았다. 얼이 빠진 채로 미니바의 차가운 불빛 속에 한동안 가만히 있다가 던져놓은 재킷 옆에 걸터앉았다.

다이어리를 꺼냈다.

다음날로 잡힌 약속을 점검해보았다. 물론 건성으로.

다시 넣어두기 전에 앞뒷장을 뒤적여보았다. 역시 건성이었다.

그냥 그렇게. 사람은 원래 혼자 멀리 떨어져 있을 때면, 자기 물건

을 만지작거리게 되는 법.

그러다가 하필……

알렉시스 르망의 전화번호를 적어놓은 페이지를 펼쳤다.

이건……

그의 휴대폰은 아직도 침대 옆 소탁 위에 놓여 있었다.

그것을 뚫어져라 쳐다보았다.

호출번호와 그의 집 전화번호의 처음 두 숫자를 눌렀을 때 갑자기 그의 배가 그를 배신…… 주먹을 불끈 쥐고 화장실로 달려갔다.

고개를 들다가 앞쪽 거울에 비친 자신의 모습과 마주쳤다. 발목에 걸린 바지, 허연 장딴지와 안쪽으로 모인 무릎, 부자연스러운 두 팔, 찌푸린 얼굴, 불쌍한 눈길.

늙었구나……

눈을 감았다.

그리고 속을 비워냈다.

욕조물이 미지근하게 느껴졌다. 그는 몸을 떨었다. 전화를 걸어볼 만한 다른 누가 있었을까? 실비…… 아누크의 단 하나뿐이었던 친구, 그가 잘 알지 못하는…… 하지만…… 그녀의 연락처를 어떻게 알아낸단 말인가? 성이 뭐였는지조차 가물거린다. 브레망? 브레몽? 아누크와는 그동안 연락을 하고 지냈을까? 적어도 말년에는? 그녀라면 그에게 뭔가를 알려줄 수 있을까?

그렇지만…… 정말 알고 싶은 것인지?

그녀는 죽었다.

죽은 사람이다.

위로 〈1〉   135

그녀의 목소리를 다시는 들을 수 없다.

그녀의 목소리를.

그녀의 웃음소리도.

화난 목소리도.

그녀의 입술이 비죽이는 것도, 떨리는 것도, 혹은 무한정으로 벌어지는 것도. 그녀의 손을 다시는 볼 수 없겠지. 주먹 쥔 그녀의 손등도, 희미하게 드러난 핏줄도, 거무스름한 눈자위도. 그녀가 그토록 교묘하게, 서툴게, 아스라하게 지어보이는 피곤한 미소 혹은 아무것도 모른다는 듯한 표정 뒤로 감춘 그것을 알지 못하겠지. 다시는 그녀를 다정히 바라볼 수 없겠지. 갑자기 그녀의 팔을 잡는 것도 더 이상은. 더 이상은……

사인(死因)을 알아낸다고 한들 무슨 소용이 있을까? 그래서 얻는 게 뭐란 말인가? 날짜? 자세한 이야기들? 병명? 애를 써 봐도 열리지 않는 창문? 마지막으로 헛디딘 발자국?

솔직히……

구차하게 굴 만한 값어치가 있을까?

샤를르 발랑다는 깨끗한 옷을 꺼내 입었다. 그리고 어금니를 악물며 구두끈을 당겼다.

그는 알고 있었다. 진실을 알게 되는 것을 두려워하고 있다는 것을.

그의 내면에 숨어 있던 허풍쟁이가 그의 어깨에 한 손을 얹고 속삭였다. 자…… 그러니까 그만둬…… 추억으로 만족해…… 네가 알고 있는 그녀의 모습 그대로를 간직하라고…… 그 모습을 망치지 마…… 그녀를 존중한다면 그렇게 하는 것이 좋아, 너도 잘 알고 있잖아…… 이런 식으로 그녀를 좀더 붙잡아 둬…… 네 기억 속에 살아 있

는 채로.

그때 다른 편에서 나타난 겁쟁이가 그의 목덜미를 끌어당기고 귀엣
말을 했다. 하지만, 걱정하고 있잖아. 그녀가 평생 살아왔던 그 모습
그대로 떠났을까봐 걱정하고 있지?

홀로. 혼란 속에 홀로.

그녀에게는 너무 작은, 이 세계 속에 완전히 버려진 채. 무엇이 그
녀를 죽였을지는 상상이 가지? 사실, 짐작하고 있으면서…… 그녀의
재떨이. 혹은 결코 위로가 되어주지 못하던 술잔. 혹은 절대로 개방
하지 않던 침대. 혹은…… 그러는 동안 넌? 넌 뭘 했지? 어디에 있었
던 거지? 물론 네가 그녀 곁에 있었어도 할 수 있는 일은 아무것도 없
었어……

이봐, 진정해, 네가 동정한다는 것을 알면 아누크가 어떻게 나올 것
같아? 그런 것쯤은 알고 있을 거 아냐?

둘 다 입 닥쳐, 그가 이를 악물며 말했다. 입들 닥치라고.

자존심 때문이었을까, 겁쟁이가 시키는 대로 그는 알렉시스의 전화
번호를 다시 눌렀다.

어떻게 말해야 할까? '나, 블랑다인데', 아니면 '샤를르야……' 아
니면 '나야'?

세 번째 신호음이 울릴 때, 셔츠가 등에 달라붙는 것을 느꼈다. 네
번째 신호음에서는 바싹 말라버린 침을 나오게 하려고 입을 다물었
다. 다섯 번째……

다섯 번째 신호음에서 응답기가 돌아가는 소리가 들렸다. 그리고
방정맞게 재재거리는 여자의 목소리. "안녕하세요, 코린과 알렉시스
르망입니다. 메시지를 남겨주시면 저희가 돌아오는 대로……"

위로 〈1〉   137

목을 가다듬었지만 아무 말 없이 몇 초를 흘려보냈다. 기계가 수백만 킬로미터 떨어진 곳에 있는 그의 숨소리를 녹음했다. 그리고 전화를 끊었다.

알렉시스가……
레인코트를 입었다.
결혼을……
문을 닫았다.
어느 여자와……
엘리베이터 버튼을 눌렀다.
코린이라는 이름의 여자와……
엘리베이터 안으로 들어갔다.
한 집에서 같이……
여섯 층 아래로 내려갔다.
전화응답기가 있는 집에서……
로비를 가로질렀다.
그렇다면……
바람이 불어오는 쪽을 향해 걸었다.
그렇다면…… 발에 익은 실내화도?

"플리즈, 써!"
뒤를 돌아보았다. 호텔 접수계 직원이 리셉션 데스크 위로 뭔가를 흔들고 있었다. 아차, 그는 손으로 이마를 치며 되돌아와 직원이 내민 열쇠꾸러미를 받고 대신 자기 방 열쇠를 맡겼다.

138   안나 가발다 장편소설

다른 운전수가 그를 기다리고 있었다. 훨씬 덜 이국적인 얼굴의 사내와 프랑스제 자동차. 초청장은 그럴 듯했지만 샤를르는 아무런 기대도 하지 않았다. 병사가 전선으로 돌아가는 것일 뿐…… 그를 태운 자동차가 대사관의 철책 문을 통과했을 때, 결국 휴대폰을 놓아버리기로 결심했다.

그는 거의 먹지 않았고 장엄한 이굼노프(*Igoumnov, 주러 프랑스 대사관이 있는 건물. 1800년대에 부유한 상인 가문인 이굼노프 가에서 지은 화려한 저택) 저택의 고약한 취향에 대해서도 입을 다물었으며 사람들이 물어보는 질문에 건성으로 대답을 했다. 그들이 듣고 싶어하는 대답을. 맡은 역할을 완벽하게 해내었다. 등을 꼿꼿이 세운 채 스푼 포크 나이프 자루를 쥐고 고기를 썰면서 농담을 받아치고 필요할 땐 어깨를 으쓱해 보이기도 했다. 고개를 끄덕이고 적절한 때에 웃어주기까지 했다. 하지만 아주 고요하게, 몸에서 피가 빠져나갔다. 부스러지고 터져나가고 있었다.

포도주 잔을 꽉 쥔 손이 오므라들어 하얗게 변하는 걸 지켜보았다.

잔을 깨면 피가 나겠지, 그럼 이 테이블에서 일어날 수 있을까……

순간 그의 눈에 아누크가 보였다. 아누크가 돌아와 그의 옆에 딱 붙어 있었다. 예전처럼. 언제나 그랬던 것처럼.

어디에 있든, 무엇을 하든, 그녀의 눈은 그를 주시했다. 그를 은근히 놀려대면서 옆에 앉은 사람들이 마음에 들지 않는다고 했다. 남자들의 교만한 태도, 여자들의 보석, 그리고 그 모든 것들이 당연하게 여겨지는 분위기가. 그리고 그에게 그런 사람들 사이에서 무얼 하는 거냐고 물었다.

위로 〈1〉   139

"샤를르, 여기서 대체 뭘 하는 거니?"

"뭘 하긴요, 일하고 있죠."

"그래?"

"네."

"……."

"아누크…… 제발……"

"내 이름을 잊지는 않았구나?"

"모두 기억하고 있어요."

그녀의 얼굴이 어두워졌다.

"아니, 그런 말 하지 마라…… 나는…… 네가 잊었으면 하는…… 것들이 있어…… 네가 잊어주었으면 하는 순간들이……"

"아뇨. 그런 건 없어요. 하지만……"

"하지만?"

"당신과 내가 다른 얘기를 하고 있는 게 아닐까……"

"차라리 그랬으면." 그녀가 미소를 지었다.

"당신은……"

"난……"

"아름다워요, 하나도 안 변했어요……"

"시끄럽다, 바보 같은 녀석. 그리고 이제 그만 일어나라. 저것 봐, 다들 홀로 나가고 있잖니……"

"아누크?"

"그래."

"어디에 있었어요?"

"어디에 있었느냐고? 그건 내가 네게 묻고 싶은 거란다…… 자, 사람들한테 가 봐라. 모두들 널 기다리고 있구나."

140 안나 가발다 장편소설

"괜찮으세요?" 여주인이 그를 긴 의자 쪽으로 안내하며 물었다.

"예, 괜찮습니다."

"정말요?"

"좀 피곤하군요……"

이런, 또 피곤 타령이냐……

뭐든 피곤하다고 둘러댔다. 피곤하다는 핑계를 대 온 것이 벌써 몇 년째던가? 속내를 감추고 싶을 때, 피곤이라는 장막을 치고 그 뒤로 숨어버리면 정말로, 정말로 편리했다……

정말이다, 피곤하다는 말로 중요한 업무를 많이 맡고 있다는 티를 낼 수도 있었고, 어쩐지 묘한 매력을 풍길 수도 있었다. 보잘것없는 가슴에 매달린 빛나는 훈장.

그는 긴 의자에 몸을 누이며 그녀를 생각했다. 사람들이 이렇게 많은 곳에서도 이렇게 혼자 있을 수 있구나 라는 생각을 하며. 그리고 관 뚜껑 위로 나사가 죄어질 때 사람들이 내뱉는 그 흔해빠진 말들을 떠올렸다. "안녕이라는 말도 못했는데……" 혹은 "그녀에게 할 말이 아직도 많은데……"

당신에게 잘 가라는 인사조차 하지 못했다. 나는.

이번에는 그 어떤 대답도 기대하지 않았다. 밤이 깊었고, 밤이면 그녀는 이미 어디론가 떠나 있었다. 일을 하거나 자기 이야기 혹은 위대한 전쟁 계획을 들려주었다. 조니 워커 위스키와 피터 스투이베산트 담배의 힘을 빌려 과거를 잊고 경기병을 이동시켰다. 그렇게 자신을

잊고 항복하고 마침내 굶아떨어져 버렸다.

　나의 아누크……

　만약, 천국이 존재한다면, 당신은 그곳에서 성 베드로를 유혹하고 있겠지……

　그래.

　당신이 보여.

　성자의 턱수염을 손가락으로 돌돌 감아말면서 그의 손에 들린 열쇠를 빼앗아 당신의 허리춤에 매달고 있는 그 모습이 보여.

　당신이 건강했을 때, 아무것으로도 당신을 막지 못할 때, 우리가 아직 아이였을 때, 그때 당신은 우리를 천국에 데려다주었지.

　당신이 부숴버린 문짝이 몇 개였던가? 우리가 새치기했던 줄은? 슬쩍 끼어들었던 줄은 몇 미터나 될까? 엉뚱한 방향으로 돌려버리거나 피해가거나 무시해버렸던 표지판은 또 몇 개였던가?

　체면치레하는 사람이나 까다로운 사람들을 골려주고 금지된 것을, 장벽을 뛰어넘은 적은 또 몇 번이었던가?

　"자, 친구들, 내 손을 꼭 잡도록 해." 당신이 나지막이 말했었지. "아무 일 없을 거야, 모두 다 잘 될 거라고……" 아직 손가락을 빠는 어린애들에 불과하던 우리들을 '친구들'이라고 불러주는 것이 좋았다. 돌격명령을 내리며 손을 꽉 쥐어주는 것도. 물론, 무서웠지. 가끔은 아프기도 했다. 하지만 당신을 따라서라면 우리는 세상 끝까지라도 갈 각오를 하고 있었다.

　우리에게 당신의 고물 피아트 자동차는 바다를 항해하는 배였고, 하늘을 나는 양탄자였으며 마차이기도 했다. 당신은 만화 럭키 루크

에 등장하는 뚱보 행크처럼 거친 말을 내뱉으며 차를 몰았지. 예에! 이라! 달려라, 달려!!! 당신은 외곽도로를 따라가며 회초리를 내리쳤고 당신이 씹던 담배를 창밖으로 뱉어버리는 모습에 우리는 자지러질 듯 좋아했었다.

당신과 함께 있으면 삶은 벅찬 기쁨이었다. TV 따위를 켤 틈이 없었지. 그리고 모든 게 가능했었어.

모든 것이.

당신의 손을 놓지만 않으면……

우리가 네슬레 초콜릿 대신 말보로를 즐겨 찾게 되었을 때에도, 당신은 우리를 예전과 똑같이 대해주었다. 당신도 기억하고 있겠지? 카롤린의 결혼식에 갔다가 돌아오던 길이었다. 우리는 잔뜩 취한 채 뒷자리에서 졸고 있었지. 그러다가 당신의 날카로운 외침에 정신이 번쩍 들었어.

"여보세요, 여보세요, XB 12호, 내 말이 들리는가?"

투덜거리며 일어나 보니 목장 한가운데였다. 헤드라이트가 모두 꺼져 있었고 당신은 희미한 실내등 아래에서 시가 잭에 대고 외치고 있었지.

"내 말이 들리는가?" 왜였을까, 당신의 목소리가 애처롭게 느껴졌던 것은. "우리 함선이 정박했다, 우리 제다이 기사들은 뻗어버렸고, 내 엉덩이 밑에서는 반란이 일어났다…… 오비 완 케노비, 이럴 땐 내가 어떻게 해야 하는 건가?" 괴로운 표정의 알렉시스는 난데없는 습격에 놀란 암소가 멀뚱멀뚱 쳐다보는 가운데 걸쭉한 욕지거리를 한바탕 쏟아냈지만 당신은 너무 크게 웃고 있어서 그 소리를 듣지 못했지. "그런 바보 같은 영화를 내게 보여준 너희들이 잘못한 거야. 안

위로 〈1〉   143

그래?' 그리고 우리는 초공간의 바퀴자국을 찾아냈고 나는 오래도록 백미러에 비친 당신의 미소를 바라보았다.

나는 당신의 소녀적 모습을, 아니, 만약 허락만 된다면 다시 그 모습으로 돌아가 짓궂은 장난을 쳤을 당신을 보았다.

운전석 바로 뒤에 앉은 나는 당신의 목덜미를 보며 생각했지. 우리의 어린 시절에 마법을 걸어주는 이유는, 당신의 어린 시절이 너무나 불행했기 때문이 아닐까?

그리고 그때 난 깨달았다. 나 역시 나이를 먹어가고 있는 중이라는 것을……

당신이 졸고 있는 게 아닐까 싶어 나는 몇 번이나 당신의 어깨에 손을 얹었다. 그리고 어느 순간, 내 손 위에 당신의 손이 포개졌었다. 고속도로 요금소를 통과하느라 당신은 손을 거두어갔지만 그날 밤 우리 함선을 둘러싼 별이 얼마나 많았던가?

별들이……

그래, 만약 저 위에 천국이 존재한다면, 당신은 거기에서도 멋진 한판을 벌이고 있을 게 분명해.

하지만…… 천국에는 무엇이 있지?

대답해 줘, 천국엔 뭐가 있는지.

팔을 늘어뜨리고 잠이 들었다. 씻지도 않고 벌거벗은 채, 그리고 홀로. 잠들기 전에 마지막으로 떠오른 생각은 이런 것들이었다. 너무나 작아진, 그리고 미치도록 지루해진 지구 위의 러시아. 러시아의 모스크바, 그 안의 스몰렌스카야 가(街).

9

일어나서, 진흙탕 같은 현장으로 돌아갔다가, 연기가 자욱한 막사에 다시 틀어박혀 있다가, 신분증을 제시하고 다시 비행기에 올라, 짐을 찾고, 백미러에 파트마의 손을 매달아놓은 택시를 탔고, 자신을 더이상 사랑하지 않는 한 여자와 아직 서로 이해한다고 할 수 없는 소녀를 다시 만나 그녀들의 볼에 입을 맞추었고, 이미 정해놓았던 약속들을 지켰고, 클레르와 점심을 먹었으나 음식에는 거의 손을 대지 않았고, 걱정하는 그녀를 별일 없다는 말로 안심시켰고, 대화 주제가 굄목으로 버틴 공간이니 지방분권의 결과로 생긴 건물들에 대해 계획된 유지 작업 같은 것들에서 벗어나자 대충 에둘러 말해버렸고, 그녀가 길모퉁이로 사라지는 모습을 보며 여동생에게 뭔가를 감추고 있으니둘 사이가 멀어진 것 같다는 느낌에 사로잡혔고, 그래서 가슴이 아팠고, 고개를 가로저었고, 이탈리앙 대로를 찬찬히 둘러보며, 소리 없이땅에 구멍을 뚫어보고, 토양의 성질을 분석했고, 결국 자신이 철저한자기만족의 표상이라는 결론을 내리며 스스로를 경멸했고, 자신을몰아세웠고, 뒤로 돌아서서 앞서가던 사람을 앞질러 걸었고, 다시 처음부터 시작했고, 좌우명을 바꾸었고, 다시 담배를 피우기 시작했고,그러나 술은 한 방울도 마실 수가 없었고, 체중이 줄었고, 공사의뢰를받았고, 면도를 자주 걸렀고, 얼굴 피부가 군데군데 벗겨지는 느낌을

위로 〈1〉　145

받았고, 머리를 감으면서는 수챗구멍으로 빠져나가는 머리카락을 세었고, 말수가 적어졌고, 자비에 벨로이와의 협력관계를 그만두었고, 안과에 진료약속을 잡았고, 귀가시간이 점점 더 늦어졌으며 대부분의 경우에는 걸어서 퇴근했고, 불면증에 시달렸고, 가능한 한 많이 걸었고, 인도 가장자리로 걸었고, 횡단보도가 아닌 곳에서 길을 건넜으며, 고개를 푹 숙인 채 센 강을 건넜고, 더 이상은 파리를 황홀하게 바라보지 않았고, 로랑스의 몸을 더 이상 만지지 않았으며, 그녀가 먼저 잠들면서 이불을 돌돌 말아 두 사람 사이에 놓아둔다는 것을 알게 되었고, 난생 처음으로 TV를 보기 시작했고, 이유 없이 깜짝깜짝 놀랐으며, 마틸드가 물리점수를 말해주었을 때 겨우 웃을 수 있었고, 그 애가 몰래 라임와이어 사이트에 접속해 음악이며 영화를 공짜로 다운받는다는 사실을 알고도 나무라지 않았고, 누군가가 표절을 해도 신경 쓰지 않았고, 한밤중에 잠이 깨어 일어났고, 부엌의 찬 타일 바닥 위에서 수 리터의 물을 들이켰으며, 책을 읽으려 애를 쓰다가 쿠투초프(*톨스토이의 『전쟁과 평화』에 등장하는 인물, 나폴레옹과의 전쟁에 참가한 러시아 군의 총 지휘관)와 그의 군대가 크라스노이에에 도달하자 결국 책을 덮어버렸으며, 사람들이 물어보는 말에 대답을 했고, 로랑스가 진지한 대화를 하자고 했을 때 싫다고 대답했으며, 그녀가 겁이 나서 그러는 것이냐고 되물어왔을 때 아니라고 대답했고, 허리띠를 고쳐 맸고, 부츠 끈도 단단히 맸고, 눈곱만치의 관심도 없는 건설업계의 환경 문제를 주제로 토론토에서 열린다는 학회 초청을 받아들였고, 수습 사원에게 화가 나서, 결국은 그녀의 컴퓨터에 연결된 전선을 빼버리고 말았으며, 연필을 집어 들어 그녀의 손에 쥐어주고서는, 자, 어디 한 번 보자고, 자네 능력을 보여줘 봐, 라며 닦달을 했고, 니스 근처에 세워질 호텔단지 프로젝트를 궤도에 올려놓았고, 담뱃불로 재킷 소

매에 구멍을 냈고, 장 프루베에 관한 책을 찾아냈고, 마틸드와의 약속을 기억해냈으며, 어느 저녁 그 애의 방문을 노크한 후, 큰 목소리로 책의 한 구절을 읽었다. "장미가시가 줄기에 붙어 있는 것은 엄지가 손에 달려 있는 것과 같다고 하시던 아버지의 말씀이 기억난다. 어디에나 적용할 수 있는, 저항력이 균형을 이룬 예라고 하셨다. 그 말이 오래도록 나의 기억 속에 남아 있다. 내가 건축한 건물들 중에는 이런 점을 적용한 작품들이……" 그러나 아이가 전혀 관심이 없다는 사실을 깨닫고, 어떻게 이럴 수가 있을까, 전에는 너무나도 궁금해했었는데 라며 고개를 가로젓고, 뒷걸음질로 아이의 방을 나와 책을 아무데나 꽂아두고, 책장에 등을 기댄 채 엄지손가락을 빤히 쳐다보다가, 주먹을 꽉 쥐고, 잠을 잤고, 다시 일어났고, 진흙탕으로 되돌아갔고, 연기가 자욱한 막사에 다시 틀어박혔다가, 신분증을 제시하고 비행기에 올라, 짐을……

　몇 주 동안을 이런 식으로 살아왔다. 앞으로도 몇 달, 아니 몇 년은 이런 식으로 버틸 수 있을 것 같았다.
　허풍쟁이의 승리였다.
　당연한 결과였다…… 사는 건 다 그런 거니까. 잘난 척 허풍을 떨면 다 해결되니까.

　그녀를 보지 않고 지내온 지가 어언 20년이다. 그런데 대체 어째서 그토록 난데없는 두 마디 말에 충격을 받은 걸까? 그렇다, 알렉시스의 필체가 틀림없었다…… 그래서? 알렉시스가 대체 누구이기에? 도둑놈. 제 친구들을 배신하고 사랑하는 여자가 혼자 낙태를 하도록 내버려둔 뻔뻔한 놈. 그 중에서도 최악의 파렴치한.

위로 〈1〉　147

후레자식. 가소로운 놈. 재주는 타고났을지 몰라도 너무나 비열한······

몇 년 전, 그가······ 아니, 그녀가······ 아니, 말하자면 삶이 그들을 포기했을 때, 샤를르는 '존재하기'라고 부르는 이 프로젝트의 가치를 알아내느라 애를 먹었다. 아주 고통스러운 일이었다. 기초가 구멍투성이인데 그 위에 무엇이 버티고 서 있을 수 있다는 건지 도무지 알 수가 없었다. 혹시 그가 애초부터 자신을 속이고 있었던 건 아니었을까. 긁기만 해도 부스러질 석고가루 같은 그가 뭔가를 짓는다는 건 불가능한 일이었다. 달리 방법이 없었기 때문에 계속해나가는 것일 뿐, 그러나, 맙소사, 그렇게 버텨야만 하는 상황은······ 진절머리가 났다.

그리고 어느 날 아침, 몸을 부르르 떨며 알 수 없는 소리를 중얼거렸고, 식욕을 되찾았고, 사는 기쁨을 되찾았고 자신의 일을 다시 좋아하게끔 되었다. 사람들은 그가 젊다고, 재능이 있다고들 입을 모았다. 그러나 그 말에 힘을 얻어 스스로를 채찍질하고, 다시 벽돌을 쌓아가기에는 자신이 너무 약해져 있었다.

그는 사람들의 말을 부인했다. 아니, 자신에 대한 평가를 축소해 버리려고 했다.

스케일을 줄였다.

결국····· 이런 식으로 삶을 꾸려나가다가····· 어느 일요일 오후에 부모님 집에서 굴러다니던 잡지에 실린 기사를 우연히 보게 되었다····· 그 페이지를 찢어 주머니에 넣고 지하철에 올라탔다. 어머니가 싸 준 음식 보따리를 겨드랑이에 밑에 낀 채 균형을 잡고 선 자세로 다시 읽어보았다.

흰 종이와 검은 글씨, 모든 것이 그 안에 들어 있었다. 온천수 치료법 광고와 독자게시판 사이에.

의외의 사실을 알게 되었다기보다는, 안심이 되었다. 그러니까 그게 하나의 증상이었다고? 환각지(幻覺肢)라는 병? 사지(四肢)를 다 잘라내 버렸지만 대뇌가 그 사실을 받아들이지 못하고 잘못된 메시지를 계속 내보내는 그런 증세. 더 이상 아무것도 없는데, 이제 다 잘라내고 없는데, 잘라낸 부위에도 예전과 똑같은 감각이 느껴진다는. "뜨겁고 차갑고 쿡쿡 쑤시거나 욱신욱신 저려오고 경련이 일고, 아프기도 하며 때로는……"

그렇구나.

정확해.

그는 그런 고통을 모두 느끼고 있었다.

하지만 어디가 아픈 건지.

찢어낸 페이지를 공처럼 뭉쳐버리고, 로랑스에게 차가워진 고기를 건네준 다음, 전등불 밝기를 낮추고 테이블을 정리했다. 계속해나가려면 정신이 맑아야 했다. 그렇게 하고 나니 마음이 차분해졌다.

20년이라는 세월이 지났다. 상황이 어떻게 바뀌어야 했단 말인가?

그는 환각지라는 고통을 사랑해왔다, 그리고 환각이라는 유령은 절대 죽지 않는다……

앞서 나열된 질문들을 따라가 보았다. 체중이 줄었는가? 좀 그래봤으면 좋겠다. 업무량이 늘었는가? 늘 거기서 거기다. 담배를 다시 피우기 시작했는가? 다시 끊었다. 길을 가다가 사람들과 부딪치는가? 봐주던데. 배우자가 심적 평형을 잃은 것 같아 보이나? 누구나 그럴

때가 있는 법. 마틸드라면 이런 시시한 기사를 좋아하겠지? 그런 그
애가 불쌍하다.

심각할 것 하나도 없다. 그냥 잘려나간 부위에 충격이 온 것일 뿐.
그냥 이러다 말겠지.

아마 사라져버리겠지.

아마도 그는 계속 이런 식의 삶을, 하지만 약간 더 가벼운 마음으로
살아가겠지. 어쩌면 이대로 마침표를 찍었다가 다시 이야기를 시작
하느라 애를 먹을지도.

그래, 아마 숨쉬기가 어쩌니 하면서 바보 같은 이야기를 다시 늘어
놓겠지……

그렇지만, 결국은 굴복해버렸다.

어머니의 애원에, 은근한 공갈협박에, 떨리는 목소리에, 배배 꼬인
전화선을 타고 나오는 그 목소리에.

알았어요, 알았다고요. 한숨이 나왔다.

그리고 늙은 부모의 집으로 점심을 먹으러 갔다.

그는 잡다한 물건들이 쌓여 있는 현관 앞 콘솔과 그 위에 달린 거울
을 외면했다. 거울을 등진 채 레인코트를 옷걸이에 걸고 부엌으로 들
어갔다.

그들은 더할 나위 없이 평온한 분위기에서 한 입 한 입 천천히 음식
을 씹었고 세 사람을 모이게 한 주제를 조심스레 피해 대화를 했다.
그러나 커피를 마시면서, 그리고 어머나 이렇게 바보 같을 수가 깜박
잊을 뻔했네,를 시작으로 마도가 그 이야기를 꺼냈다. 그녀는 아들을
똑바로 바라보지 않았다.

150   안나 가발다 장편소설

"아누크 르망이 드랑시에 묻혔다는 얘기를 들었단다."

그는 목소리가 떨리는 것만은 겨우 면할 수 있었다.

"아, 그래요? 피니스테르에 모신 줄 알았는데…… 엄마는 그걸 어떻게 알았어요?"

"아누크의 옛날 집주인 딸이 그러더라……"

그 얘긴 그만 하죠.

"그나저나, 그 일은 잘 끝났어요? 묵은 벚나무를 베어버린다고 했었잖아요?"

"그럴 수밖에 없었지 뭐니…… 옆집 사람들이 하도 뭐라고 해서…… 돈이 얼마가 들었는지 네가 알면 깜짝 놀랄걸."

살았다.

적어도 그런 줄 알았다. 그런데 그가 자리에서 일어나려 하자, 어머니가 그의 무릎 위에 한 손을 얹었다.

"잠깐만 기다려봐……"

낮은 테이블로 몸을 숙여 커다란 종이봉투를 꺼내더니 그에게 내밀었다.

"지난번에 정리를 좀 하다가 사진들을 찾아냈단다. 네가 보면 재미있어 할 것 같았지……"

샤를르의 몸이 뻣뻣하게 굳었다.

"세월이 어쩜 그리도 빨리 흘렀는지…… 이 사진들 좀 봐. 너희 둘다 얼마나 귀여웠다고……"

알렉시스와 그가 어깨동무를 하고 있었다. 작은 알통들을 부풀리며 파이프를 물고 즐거워하는 두 명의 뽀빠이.

"너도 기억나지…… 그 이상한 남자가 항상 너희 둘을 만화주인공처럼 만들어주었잖니……"

위로 〈1〉 151

아니요, 기억나지 않아요. 기억하고 싶지 않다고요.

"저," 그가 말을 끊었다. "이제 가봐야 해요."

"이것들은 네가 보관하렴."

"싫어요. 그런 걸 뭣하러 가지고 있어요?"

열쇠를 찾고 있는데, 앙리가 다가왔다.

"아버지, 제발," 그가 일부러 익살을 부렸다. "설마 엄마가 파이를 싸 준 건 아니겠죠!"

샤를르는 아버지의 엄지손가락 아래에서 바들바들 떨리는 종이봉투를 바라보았다. 그의 시선은 늙은 아버지의 조끼로 옮겨가 낡은 단추를 타고 올라 새하얀 셔츠와 60년이 넘는 세월 동안 매일 아침 완벽하게 새로 매는 넥타이와, 빳빳한 셔츠 깃과, 희고 섬세한 피부와 면도날이 놓친 흰 수염 몇 가닥을 훑어 마침내 그의 두 눈과 마주쳤다.

독선적인 아내 곁에서 평생을 살아온, 그러나 그녀에게 모든 것을 양보하지는 않은 신중한 한 남자의 시선.

그렇다, 모든 걸 양보한 게 아니다.

"가져가거라."

복종했을 뿐.

늙은 아버지가 버티고 서 있었기에 문을 열 수가 없었다.

"아버지, 부탁이에요……"

"……"

"좀 비켜주세요!"

두 남자는 서로를 노려보았다.

"왜 이러세요?"

늙은이는 어물어물 고백조의 말들을 중얼거리며 옆으로 비켜섰다.

"나는, 너보다는 덜……"

트럭 한 대가 지나가며 그의 말을 묻어버렸다.

길을 따라 멀어져가며, 샤를르는 백미러를 통해 아버지의 그림자가 지평선 너머로 작아지는 모습을 오래도록 지켜보았다.

아버지가 했던 말은 정확히 뭐였을까?

아마 영원히 알 수 없겠지. 샤를르는 대충 짐작하는 바가 있었지만, 외곽지역 안내 지도를 들여다보는 통에 금세 잊고 말았다.

드랑시.

누군가가 뒤에서 경적을 울렸다. 그가 몸을 움찔했다.

10

그가 타기로 예정된 캐나다행 비행기는 오후 7시에 떠나기로 되어 있었고 드랑시는 공항에서 몇 킬로미터 떨어진 곳에 있었다. 점심시간에 사무실을 나왔다.

'설레는 마음을 비스듬히 둘러메고', 참 적절한 표현이다.

그렇게 마음을 어깨에서 허리로 둘러멘 채 길을 나섰다.

뱃속은 비었고 감동으로 속이 울렁거렸다. 누군가를 처음 만나러 나갈 때처럼.

우습군.

그게 아닌데.

그가 가려는 곳은 무도회가 아니라 공동묘지였고 비스듬하게 기운 것은 마음이 아니라 그의 형편없는 심장 근육이었다.

심장이 제멋대로 쿵쿵거리고 있었다. 그녀가 살아 있기라도 한 것처럼, 주목(朱木) 아래에서 주위를 살피고 있기라도 한 것처럼, 그리고 느닷없이 뛰쳐나와 그를 야단치기라도 할 것처럼. 아, 이제야 왔네! 오래도 걸렸구나! 그 촌스러운 꽃다발은 나 주려고 가져온 거냐? 여기에 놓고 썩 돌아가라. 이런 데서 만나자고 하다니…… 너, 머리가 어떻게 된 거 아니냐?

이번에도 역시, 그녀는 지나쳤다…… 그가 꽃다발을 흘깃 보았다.

154 안나 가발다 장편소설

예쁘기만 하구만……

정신이 빠졌군.
어이, 샤를르……
알아, 알고 있어…… 그러니까 날 좀 내버려 둬.
몇 킬로미터만 더 가면 된다고, 형리(刑吏) 나리들.

★★★

파리 외곽의 촌티 나는 작은 공동묘지였다. 주목(朱木)은 없었다. 연철로 된 철책이 있었고 납골당 창문에 그려진 성령 그림과 벽을 타고 올라간 담쟁이덩굴이 보였다. 성당에 딸려 있는 공동묘지. 녹슨 수도 꼭지와 아연으로 만든 살수장치가 있는. 그는 빠른 걸음으로 묘지 주위를 한 바퀴 둘러보았다. 맨 마지막으로 이곳에 온 이들, 즉 가장 추한 묘의 주인들은 80년대에 사망한 것으로 되어 있었다.

당황한 그는 묘비를 윤나도록 닦고 있던 땅딸막한 여자에게 이럴 리가 없다고, 뭔가 잘못된 것 같다고 말했다.
"메브뢰즈 공동묘지와 혼동하신 게 아닐까 싶네…… 요즘엔 그곳으로 많이 가거든…… 여긴 한 일가가 몽땅 불하받은 묘지라서…… 혹시 아시는가 모르겠는데, 우리도 아주 골치가 아파, 그게 어떻게 된 거냐 하면 말이지……"
"저…… 여기서 멉니까?"
"차로 오셨수?"
"예."

위로 〈1〉   155

"그럼 좀 낫지. 르루와-메를렝까지 국도를 타고 가다가…… 참, 그게 어딘 줄은 아시나?"

"어…… 아뇨……" 샤를르가 대답했다. 꽃다발이 거추장스럽게 느껴지기 시작했다. "그렇지만, 저…… 계속하시죠, 찾아갈 수 있을 겁니다……"

"아니면 르클렉을 찾아가셔도 되고."

"르클렉이요?"

"그렇지, 르클렉을 지나서 철도 밑으로 계속 가면 쓰레기하치장이 나오거든. 바로 그 오른쪽이라우."

그렇게 거지 같은 곳이 있었단 말인가?

그는 여자에게 고맙다는 인사를 하고 그녀의 설명을 되새기면서 묘지를 나섰다.

안전벨트를 풀지도 않았는데, 이미 맥이 풀려버렸다.

여자가 말한 그대로였다. 르루와-메를렝 다음에 르클렉, 국토 정비국 지방분소 사옥 터에 나란히 붙은, 묘지라기보다는 시체보관소라는 말이 적당할 것 같은 곳. 머리 위로는 고속철도가 지나가고 대형 트럭 소리에 귀가 먹먹해지는 곳.

주차장에 세워진 폐기물 수거트럭, 수풀 속에 쑤셔 박힌 비닐봉투들, 거리 예술가들의 낙서로 뒤덮인 콘크리트 벽.

아냐, 그는 고개를 가로저었다, 이건 아니야.

별의별 공간을 다 보아온 그였다. 직업상 부동산 개발업자들이 망쳐버린 환경을 얼마나 많이 보아왔는가. 하지만 이건 아니었다.

그의 어머니가 잘못 안 것이 틀림없었다…… 아니면 그 얘기를 해주었다는 그 여자가 헛갈렸거나…… 옛날 집주인의 딸이라, 웃기고

있네…… 그 여자가 아누크의 속을 얼마나 썩였는데, 제 어미와 똑같이…… 혼자 아들을 키우는 여자, 지칠 대로 지친 몸을 이끌고 퇴근하는 여자를 놀라게 하는 것은 어려운 일이 아니었다. 그 망할 놈의 여편네가 앞마당에 쥐덫을 놓았더랬다…… 그래, 이제야 생각이 났다…… 푸르델 부인…… 아누크가 상대하기 곤란해하던 세상에 몇 안 되는 사람들 중 한 명…… 집세…… 그녀의 어머니가 받아가던 집세……

이 주차장의 몰상식한 모양새는 고리대금업자가 남긴 마지막 앙금이었다. 나쁜 쪽으로 발전된, 쑥덕공론이 만들어낸 실수, 잘못 지정된 주소. 아누크는 이런 곳과는 아무런 상관이 없었다.

샤를르는 부들부들 떨리는 손으로 열쇠를 한참 동안이나 쥐고 있다가 시동을 껐다.

좋다. 얼른 둘러보고 오는 거다.

꽃은 차 안에 두고 내렸다.

죽은 자들이 불쌍하다……

주변의 모든 악취미적인 것들이 어찌나 무겁게 느껴지는지……

부엌의 포마이카처럼 번들거리는 대리석 관뚜껑들, 플라스틱으로 만든 조화(造花), 펼쳐진 책 모양으로 잔금이 자글자글 가도록 구워낸 도자기, 누렇게 찌든 플렉시글래스 사진틀 안의 흉물스러운 사진들, 축구공, 트럼프의 에이스 카드, 펄펄 뛰는 곤들매기 조각, 훈계하는 듯한 문구, 아무런 의미도 없는 애도의 표현들. 이 모든 것들이 영원히 지워지지 않도록 새겨져 있었다.

충직한 독일산 양치기 개 한 마리.

편히 쉬세요, 주인님. 제가 당신 곁을 지켜드리지요.

솔직히 그렇게까지 심각하지는 않았다. 적어도 산 사람들의 애정은 담겨 있었으니까. 그러나 우리의 샤를르는 모든 것들을 증오하기로 마음먹었다.

하늘 아래에 있는 것들이나 땅 위에 있는 모든 것들을.

미국의 어느 도시처럼 격자모양으로 정리된 전형적인 프랑스식 묘지. 번호가 매겨진 샛길들, 네모진 돌판들, B23번의 영혼과 H175번의 안식 쪽을 가리키는 화살표, 들어온 순서대로, 제일 싸늘한 몸들은 맨 앞줄에, 제일 축축하게 썩은 몸들은 저 안쪽 뒷줄에, 잘게 부수어놓은 자갈들, 재활용쓰레기 보관함, 조잡한 중국산 제품들, 그리고 언제나, 언제까지나 계속되는, 그들의 잠에 닿을 듯 말 듯한 빌어먹을 저 전철 지나가는 소리.

한 사람의 건축가로서 그는 화가 치밀었다. 그래도 시방서(示方書) 정도는 있었을 것 아닌가? 죽은 이들을 위한 최소한의 배려도 없었단 말인가?! 적어도 약간의 평화는 확보해주었어야 하는 것 아닌가, 이런 것도 예상을 못 했다고?

그렇지만…… 산 사람들이 신경 쓸 이유가 없었다. 묘지 터는 보통 20년 분할상환 조건으로 시가의 세 배나 되는 돈을 줘야 구할 수 있었다. 빽빽하게나마 묻어주었으면 됐지 무얼 더 바라겠는가? 그나저나 영원토록 쓰레기장을 바라보아야 하는, 이런 전망을 가진 묫자리는 대체 얼마나 할까?

아…… 게다가 남의 일이었다. 그가 열을 낼 일이 아니었다. 하지만 아누크는? 만일 그녀를 이 쓰레기하치장 근처에서 찾아낸다면, 난……

자, 계속해봐. 하던 말을 끝내라고. 그럼 어떻게 할 건데? 땅을 파고

158   안나 가발다 장편소설

그녀를 꺼내기라도 할 텐가? 치마에 묻은 흙을 털고 그녀를 품에 안을 텐가?

그만해. 헛수고야. 어쨌거나 그는 우리 얘기를 듣고 있지도 않아. 화물차 바퀴에 슈퍼마켓 비닐봉지가 걸려 조금 떨어진 곳으로 옮겨졌다.

★★★

낡은 피아트의 시대는 지났다. 스타워즈의 한 솔로가 몰고 다니던 밀레니엄 팔콘은 아니었으나, 아누크가 생애 처음으로 새 차, 아담한 빨간색 르노 R5를 장만했다는 점에서 역사적으로 기록될 만한 해였다. 샤를르와 알렉시스가 열 살쯤 되었을 때였나 보다…… 아니, 열한 살이었던가…… 그땐 이미 중학생이었던 것 같은데. 기억이 나지 않았다…… 아무튼 아누크가 평소와는 좀 다르게 행동을 했다. 곱게 단장을 했지만 얼굴에서는 웃음이 흔적도 없이 사라져버렸다. 줄담배를 피워댔고 비가 그쳤는데도 와이퍼를 끄지 않았으며 토토의 이야기도 뒤죽박죽이었다. 그리고 5분에 한 번씩, 주의를 주고 또 주었다. 공손하게 굴어야 한다고.

아이들은 네, 네, 하고 대답을 했지만 그녀가 무슨 말을 하고 싶은 것인지는 알지 못했다. 공손하게 굴라니, 그나저나 토토는 맥주를 잔뜩 마시고, 아버지의 포도주 잔에 오줌을 누었고 그리고……

아누크는 그들을 데리고 가족에게 가는 길이었다. 벌써 몇 해 동안이나 만나지 않은 그녀의 부모 집에. 샤를르는 그 모험에 참여하기로 했다. 아마 알렉시스를 위해서였던 것 같다. 출발하기도 전에 너무나 긴장한 그 애를 보호해주기 위해서, 그리고 자신과 알렉시스가 뒷자

리에서 낄낄대면서 고추가 어떠니 소시지가 어떠니 하는 농담을 하면 그녀가 더 강해질 수 있었으니까.

"할머니 댁에 도착하면, 토토 이야기는 잊어버리는 거다, 알겠지?"

"눼에……"

그곳은 음산하기 짝이 없는 렌느의 외곽지역이었다. 여기서부터의 일을 샤를르는 완벽하게 기억하고 있었다. 그녀는 길을 찾아 천천히 차를 몰았고 욕설을 퍼부었으며 아무것도 알아볼 수가 없다고, 모두 변해버렸다고 투덜거렸다. 그리고 그는, 그로부터 35년 후, 러시아에서 그랬던 것처럼, 이미 너무나 비극적으로 보이던 새 아파트들이 죽 늘어서 있는 광경에서 눈을 떼지 못했다……

나무도, 가게도 없었고 하늘도 보이지 않았으며 창문은 코딱지만 했고 베란다에는 온갖 잡동사니들이 쌓여 있었다. 감히 입 밖에 내어 말하지는 못했으나 그녀의 일부가 이곳에 근원을 두고 있었다고 생각하니 조금 실망스러웠다. 그는 그녀가 바다에서 왔다고 생각했었다…… 커다란 조개를 타고…… 에디트 누나가 너무나 좋아하던 보티첼리의 그림에서처럼.

그녀는 선물을 굉장히 많이 준비해왔고 그들에게 셔츠를 바지 속으로 넣으라고 일러주었다. 주차장에서는 머리에 빗질까지 해 주었다. 그 순간, 샤를르와 알렉시스는 깨닫게 되었다. 그녀에게 공손하게 굴라는 말은, 평소처럼 해서는 안 된다는 의미였다는 것을. 그날만큼은 누가 엘리베이터 버튼을 누를 것이냐를 두고 서로 싸울 엄두를 내지 못했다. 그리고 꼭대기 층까지 올라가는 동안 그녀의 얼굴이 하얗게 질리는 것을 지켜보았다.

심지어 그녀의 목소리까지도 변해 있었다…… 그리고 그녀가 가지

160   안나 가발다 장편소설

고 온 선물을 내밀자, 그녀의 어머니는 그것들을 받아 옆방에 처박아버렸다.

돌아오는 길에, 알렉시스가 물었다.
"왜 선물을 풀어보지 않아?"
그녀는 곧바로 대답하지 못했다.
"글쎄…… 크리스마스에 풀어보려고 아껴두는 게 아닐까……"

나머지는 어렴풋하다. 샤를르는 먹을 게 너무 많았고 배가 아팠다는 것을 기억하고 있다. 기분이 이상했다는 것도. 사람들 목소리가 너무 컸다는 것도. 텔레비전이 노상 켜져 있었다는 것도. 아누크가 아기를 밴 여동생과 남동생들에게 돈을 주었다는 것도, 그리고 아버지에게는 약보따리를 주었다는 것도. 그리고 아무도 그녀에게 고맙다는 말을 하지 않았다는 사실도.
마침내 그는 알렉시스와 함께 집 옆에 있는 빈 공터에 내려가 놀 수 있었다. 한참을 놀다 보니 화장실이 급했다. 화장실을 찾아 집으로 올라갔다가 전혀 착해 보이지 않는 인상의 뚱뚱한 할머니를 만났다.
"저, 실례지만…… 아누크는 어디에 있나요?"
"누구 말이냐?" 그녀가 퉁명스럽게 대꾸했다.
"저어…… 아누크요……"
"누군지 모르는데."
그녀가 욕지거리를 하며 싱크대를 향해 돌아섰다.
배는 계속 아파왔다. 빨리 화장실에 가야 했다.
"알렉시스네 엄마요……"
"아! 아니크 말이니?"

위로 〈1〉   161

그 할망구의 미소가 얼마나 기분 나쁘던지……

"내 딸 이름은 아니크란다! 아누크란 사람은 없어! 너 같은 건방진 파리사람들을 상대할 때 쓰는 이름인가 본데…… 그 애가 부끄러워서 그런단다, 이해하겠니? 하지만, 여기선 아니크야, 그러니까 머릿속에 잘 박아두렴. 그런데 애, 왜 그렇게 몸을 배배 꼬고 그러니?"

그녀의 맏딸이 나타나 화장실이 어디에 있는지 가르쳐주었다. 그가 나왔을 때, 그녀는 짐을 모두 챙기고 있었다.

"안녕히 계시라는 인사를 못 했는데……" 알렉시스가 걱정을 했다.

"괜찮아."

그녀가 그의 머리를 헝클어뜨렸다.

"어서 가자, 우리 왕자님들, 여기서 빠져나가자……"

한참 동안, 그들은 입을 열 엄두를 내지 못했다.

"엄마, 울어?"

"아니."

침묵.

잠시 후 그녀는 코를 쓱 문질러 닦았다.

"자 어디보자, 음…… 하루는 토토가 병원엘 갔대. '의사 선생님! 제 방귀에서 냄새가 나지 않아요.' 그랬더니 의사가 어디 보자며 토토의 벗은 엉덩이를 자세히 들여다보았다지. 그 순간, 뿡, 토토가 방귀를 뀐 거야. '억! 토토, 너 당장 수술을 해야겠다!' '그렇게 심각한 병이에요?' '임마, 너 코가 완전히 막혔어!'"

그녀는 너무나 우습다며 눈물을 흘렸다.

잠시 후, 고속도로에 접어들었다. 알렉시스는 잠이 들었다.

"샤를르?"

"네?"

"있잖니, 내가 이름을 아누크라고 바꾼 건, 그건 말이지…… 이 이름이 더 예쁜 것 같아서란다……"

그는 곧바로 대답을 하지 않았다. 정말로 멋진 대답을 생각해내느라 그랬다.

"이해하겠니?"

그와 눈을 마주치기 위해 백미러를 살짝 기울였다.

하지만, 멋들어진 대답을 아직 찾지 못했다. 그래서 그냥 미소를 지으며 고개를 끄덕였다.

"배는 좀 괜찮니?"

"네."

"나도 그랬어." 그녀의 목소리가 더 낮아졌다. "항상 배가 아팠지. 언제나……"

그리고 입을 다물어버렸다.

샤를르는 그때의 기억을 다시 떠올려 본 적이 없었다. 그런데 어째서 이런 부메랑이 날아온 걸까? 토토의 방귀, 잊혀진 선물, 식탁 위에 놓여 있던 100프랑짜리 지폐들, 그리고 기름 탄내와 질투의 썩은 내가 뒤섞인 그 아파트의 냄새가?

왜냐하면……

왜냐하면 J93번 무덤에, 사망한 날짜 위에, 무덤 주인의 이름이 씌어 있었기 때문이다.

아니크 르망

"멍청한 것들······" 한참을 생각하다가 내뱉은 말이 겨우 이거였다.

발걸음을 재촉하여 차로 돌아와, 잡동사니로 그득한 트렁크를 열고 뒤지기 시작했다.

그리고 현장에서 쓰던 형광 스프레이 페인트를 찾아냈다. 스프레이 통을 잘 흔들고 그녀의 곁에 무릎을 꿇은 다음 '니'를 '누'로 바꾸려면 무엇을 지우고 무엇을 새로 써야 하는지 잠시 고민을 하다가 아예 몽땅 지워버리고 그녀의 진짜 얼굴을 돌려주기로 결심했다.

브라보! 박수! 정말 용감했어!
조의(弔意)치고는 진짜 멋졌다고!

미안해요.

미안해요.

옆의 무덤을 찾아왔던 할멈이 눈살을 찌푸리며 그를 빤히 바라보았다. 그는 스프레이 통의 뚜껑을 닫고 몸을 일으켰다.

"가족이신가?"

"예." 그가 냉랭하게 대답했다.

"아니, 내가 그런 걸 물어본 건······" 그녀는 입술을 삐죽거렸다. "왜냐하면······ 아무리 관리인이 있다고는 하지만······"

샤를르의 시선에 당황한 할멈은 무덤가를 대충 정리하고는 인사를 했다.

164   안나 가발다 장편소설

'모리스 르메르'의 아내이지 싶었다.

함께 사냥하던 친구들에게 근사한 소총이 돋을새김되어 있는 아름다운 비석을 선물받은 모리스 르메르.

아주 이상적인 이웃이네, 그렇죠, 나의 아누크? 하지만 말해 봐요…… 여기, 이런 데 있어도 괜찮겠어요……

묘지를 나서는 길에 '관리인이 있다고는 하지만'의 장본인임에 틀림없는 한 사내를 보았다.

흑인이었다.

아, 그랬군……

무슨 의미였는지 알겠어.

그의 비서가 여러 번 전화를 했다. 모른 척 무시하다가 결국 휴대폰 전원을 꺼버렸다.

엄지손톱을 기름때 낀 핸들에 쿡 박아 넣은 채 뚫어져라 앞만 바라보았다. 현기증이 났다.

유턴을 한다…… 사고가 났다고 꾸며댄다…… 비행기를 놓쳤다고 한다, '간발의 차이로'라는 말을 덧붙여서, 파리를 지나친다, 오세앙 문(*프랑스 북부의 도시 르망의 북쪽 관문)으로 연결된 고속도로를 탄다, 아무개라는 곳에서 나간다, 아무개라는 곳을 향한다, 아무개라는 거리를 찾는다, 8번지의 문을 밀고 들어간다.

마침내 그 자식을 찾아낸다.

그리고 놈의 낯짝에 주먹을 날린다.

이미 20년 전에 그렇게 했어야 했다…… 허나, 후회는 없다, 그동안

위로 〈1〉 165

적어도 체중이 10kg은 불었고 원한도 좀더 쌓였다. 놈의 턱뼈가 알아주리라.

 그렇지만, 트위드 재킷을 입은 소심한 록키는 방향지시등을 켜고 왼쪽 차선을 타고 들어갔다. 약속이 이미 잡혀 있었다. 그는 토론토의 파크 하얏트 호텔의 스위트룸에서 지루한 시간을 보내야 했다. 그러다가 사라져버린 기중기도, 그의 신념도 되돌려주지 못할 게 뻔한 '건축 기술의 발전' 운운하는 학회지로 뺑뺑해진 서류가방을 든 채 서둘러 파리행 비행기에 몸을 싣겠지.
 그래…… 그녀는 그의 마음속에 여전히 살아 움직이고 있을 텐데.
 건축가라고, 건축가? 그랬던가? 기억이 나지 않는다…… 웃기는 일이다. 지난 세월 동안, 나는 그저 설계사무소 하나를 돌아가게 하고 있었다는 느낌이다…… 돌아가게. 정확한 표현이다. 두 눈을 가린 채 우물 주위를 뱅뱅 도는 멍청한 당나귀.
 장 프루베의 아버지가 말했던 그 손은 어디로 사라졌는가? 알베르 라프라드(＊1883-1978, 프랑스 건축가, 전통 건축과 아방가르드적 건축을 조합한 건축양식을 적용해 현재 국립 아프리카 오세아니아 미술관으로 사용되고 있는 '황금 문 궁', 시트로엥 사옥, 파리 경시청 등의 작품을 남겼다.)의 작품들을 연구하며 보낸 시간과 파니니(＊지오반니 파올로 파니니, 1692-1765, 로마에서 활동했던 이탈리아 화가이자 건축가. 도시나 마을의 풍경을 사실적으로 상세히 묘사하는 베두타 미술을 지향했다.)의 그림을 모으며 보냈던 시간은? 르 토로네 수도원(＊프랑스 프로방스 지방에 있는 시토 수도회의 수도원. 현대건축의 거장 르 코르뷔지에에게 지대한 영향을 미쳤다. 그의 걸작으로 꼽히는 라 투레트 수도원은 이 수도원을 현대적인 건축언어로 재구성한 작품이라는 평가를 받는다.)을 찾아갔던 그 시간은? 저 위대한 알바로 시자(＊1933-, 포르투갈의 현대건

축가. 시적인 모더니즘을 추구하는 작품으로 유명하다.)의 간결한 선(線)들을 보고 감동을 받던 시간들은? 시자의 스케치를 들고 단돈 몇 푼에 의지해 그의 작품들을 찾아다녔던 시간들은 다 어디로……

그리고 언제나, 언제나, 그 흔적, 그의 경력이라고 내세울 수 있는 시답잖은 일들과 그의 존재에 남긴 아누크 르망의 낙인……

왜냐하면, 그래, 그녀가 흔들렸기 때문에, 그래, 그녀는 삐죽삐죽 곤두선 그들의 머리칼을 얌전하게 정리해주기 위해 손바닥에 침을 뱉어 문질러 주었다. 그래, 그녀는 트렁크를 다시 닫으면서 선물상자들을 죄다 떨어뜨렸다. 그러나 그녀는 버젓한 집에 태어난 이 어린 소년의 혼란을 꿰뚫어보았다. 그가 자기 키만큼 자랐을 때, 그녀는 진지한 분위기에서 이렇게 말했다.

"샤를르…… 넌 그림을 아주 잘 그리니까…… 이 담에 커서 건축가가 되어야 해. 그래서 그들이 그렇게 하지 못하도록 해줘야 해……"

그림을 아주 잘 그리던 어린 소년은 파블로비치가 그의 봉투를 구겨버릴 때 신중하게 눈을 내리깔게 되었고, 비즈니스석으로 여행을 하게 되었으며, 아무짝에도 쓸모없는 학회에 참석하느라 숙박료만 해도 눈이 튀어나올 정도로 비싼 별 다섯 개짜리 호텔에 묵었고, 프로그램의 일환으로 폭포수와 물 흐르는 장치가 설치된 호텔 스파 서비스를 즐길 수 있게 되었다. 그리고 서비스를 받느라 너무 수고한 나머지 꾸벅꾸벅 졸다가, 그렇다, 그는, 그 불쌍한 인간은, 공항의 2번 터미널 출구를 놓치고 함석판으로 만든 제 집 속에서 울부짖었다.

울부짖었다.

진절머리가 났다. 그리고 소나무를 실은 천 개의 수레.

돌고 또 돌기에 좋은 날씨였다.

위로 〈1〉   167

11

"여보세요?"

불행하게도, 전화를 받은 건 그가 아니었다. 더 기가 막혔던 것은, 그 목소리가 맑게 울리고 있었다는 사실이었다.

"저…… 알렉시스 르망 씨 댁인가요?"

"네……" 귀여운 목소리가 대답했다.

황당했다.

"르망 씨와 통화할 수 있을까요?"

"아빠! 전화!"

아빠?

잘못 들은 게 아니라면……

한 시간 전부터 연습해 온 모든 말들이, 주차장에서, 에스컬레이터에서, 줄을 서서, 커다란 유리창 앞에서 되뇌어 왔던 그 말들이, 처음으로 꺼낼 말, 어떻게 자신의 존재를 알릴지, 어떻게 공격할 건지, 어떤 식으로 화를 낼 건지, 그가 느끼는 비애를 어떻게 표현할 것인지 생각에 생각을 거듭해 연습했던 그 말들이 순식간에 사라져버렸다.

힘겹게 이끌어온 세월 동안 속에 쌓아왔던 그를 무너뜨려야 할 이유가.

"너…… 아이가 있어?"

"누구시죠?" 그가 퉁명스럽게 물었다.

이럴 수가. 불쌍한 우리의 주인공은 이런 일을 전혀 예상하지 못했었다.

"샤를르, 너냐?"

"그래."

목소리가 훨씬 부드러워져 있었다.

아아, 지나치게 부드러운 목소리……

"네 연락을 기다리고 있었어."

긴 침묵.

"그럼, 내 편지를 받긴 받은 거네?"

또다시 틈이 벌어졌다. 불안스럽게. 몸을 일으켜 대기실 구석으로 가서 고슴도치처럼 몸을 움츠리고 주저앉았다. 벽에 이마를 기대고 두 눈을 감았다. 그를 둘러싼 세상이, 너무나…… 뜨겁게 불타올랐다.

아무것도 아니었다. 이러다 말겠지. 피곤 때문이다. 신경이 예민해진 탓이다.

"내 말 듣고 있어?"

"그럼, 그럼…… 미안하다…… 내가 지금 공항에 있거든."

부끄러웠다. 수치스러웠다. 고개를 들었다.

"저, 그럼, 물론 듣고 있어……"

"내 편지 받았느냐고 물었어……"

"당연하지. 안 그랬으면 왜 너한테 연락을 했겠어?"

"그야 난 모르지! 그냥 할 수도 있잖아! 내 소식이 궁금하다든지 아니면……"

"그만해."

됐다. 아니꼬운 그의 말투를 들으니 놓쳤던 감정들이 살아났다. 세상을 속이고 싶을 때면 그는 이런 식으로 매력적인 목소리를 냈다. 단 몇 초 만에 달아났던 생각들과 분노가 되돌아왔다.

"그냥 거기에 놔 둬서는 안 돼……"

"뭐라고?"

"그 빌어먹을 묘지에 내버려 두어서는……"

알렉시스가 웃기 시작했다. 웃음소리에 소름이 끼쳤다.

"하! 여전하군…… 여전히 백마 탄 왕자님이야, 응? 이봐, 발랑다, 네 가식은 여전하구나!"

갑자기 목소리가 바뀌었다.

"하지만, 너무 늦은 것 같지 않냐? 오호라! 네 백마가 이제 지쳐버렸나 보구나! 이제는 네가 구해야 할 사람이 없어, 알겠어?"

"……"

"거기에 놔 두면 안 된다고, 거기에 놔 둘 수 없다고?" 그가 휘파람을 불었다. "하지만 이 친구야, 엄마는 죽었어! 어디에 묻혀 있든, 정말 이런 말까지 해야 하는 거냐? 어디에 묻혔는지 엄마는 알지도 못해……"

당연히 그런 사실쯤은 그도 알고 있었다. 둘 중 누가 더 이성적이었냐고 묻는다면 답은 뻔했으니까. 단정하고, 정확하고, 목까지 단추를 채운 착한 학생. 학생회장 샤를르 발랑다, 음주측정기를 두려워하지 않는…… 하지만…… 이젠 아니었다…… 이제 그의 회로는 과열이 되었고 자신을 지키기 위해 할 수 있는 말은 이게 다였다. 그는 같은 말을 횡설수설 되풀이했다.

170   안나 가발다 장편소설

"그냥 거기에 놔 둬서는 안 돼…… 아누크가 싫어하던 게 그곳에 다 있었어. 변두리의 아파트단지, 인종 차별, 그녀가 살아생전 피해왔던 것들이……"

"인종 차별이라니…… 그건 또 뭔 소리야?"

"이웃이……"

"무슨 이웃?"

"바로 옆에 있는 묘에 묻힌……"

당황한 듯 말을 잇지 못했다.

"잠깐만…… 내가 샤를르 발랑다하고 통화하고 있는 게 맞지? 마도와 앙리 발랑다의 아들, 샤를르가 틀림없는 거야?"

"알렉시스, 제발……"

"대체 무슨 소릴 하고 있는 거야? 이봐, 진지하게 물어보겠는데…… 너, 혹시 머리를 다쳤냐? 어디가 깨진 거 아냐? 가끔씩 안전모 쓰는 걸 잊는 건 아니고?"

"……"

"여보세요?"

"게다가 쓰레기하치장 바로 옆이더라……"

"금방 갈게! 먼저 먹고 있어!" 수화기 너머로 외치는 그의 목소리가 들렸다. "뭐? 쓰레기하치장? 참내……샤를르."

"그래."

"세월이 많이 흘렀지만…… 네가 알아 둬야 할 게 있다. 굉장히 중요한 건데……"

"말해봐."

그가 음, 하고 목소리를 가다듬었다. 분위기가 제법 엄숙해졌다.

샤를르는 한 손으로 다른 귀를 막았다.

위로 〈1〉   171

"사람들이 죽으면 말이지, 죽은 사람들은…… 아무것도 보지 못하거든……"

나쁜 자식. 잠시나마 이런 놈을 믿었다니. 얼굴에 주먹을 날렸어야 하는데. 변한 게 하나도 없었다.

전화를 끊었다.

발 아래가 비어 있는 듯한 느낌이 왔지만 아직 구름다리 위에 서 있었다. 아차, 녀석에게 굉장히 중요한 걸 물어보지 못했다.

★★★

승무원이 가져다 준 샴페인으로 수면제 한 알 반을 삼켰다. 그렇게 섞어먹으면 위험하다는 사실을 알고는 있었지만 상관없었다.

몇 주 전부터, 그의 인생은 원치 않는 부작용의 연속이었으나 기계는 망가지지 않고 잘 버텨주었다. 그러니 뭐…… 재수가 좋으면 몇 분 후에 곯아떨어질 테고, 재수가 없어봤자 변기통에 머리를 박고 토하기밖에 더하겠는가.

그래, 한꺼번에 다 토해내는 것도 나쁘진 않을 것 같다……

자갈 몇 개를 더 빼낼 수 있을 테니.

서류를 꺼내는 통에 부모님 집에서 가져온 봉투가 좌석 밑으로 떨어졌다. 잘 됐군. 그냥 놔두자. 바라던 바다. 옛 추억도 좋지만 사람에겐 다시 시작해야 할 순간이 있는 법이다. 게다가 어쩐지 비굴한 놈이 된 것 같아 영 마음이 무거웠던 참이다.

자, 자. 짓밟아버리자. 추억도, 나약함도, 함선도, 모두. 신선한 공기를 마시자!

172   안나 가발다 장편소설

넥타이를 느슨하게 풀고 목을 조이는 셔츠의 단추를 풀었다.

헛일이었다.

비행기 안의 공기는 뻔했으므로. 기계로 기압을 맞추어놓은 공기가 신선해 보았자 얼마나 신선하다고.

정신을 차리고 보니 침을 너무 많이 흘려 재킷 어깨부분이 축축하게 젖어 있었다. 손목시계를 들여다보았다. 약효를 본 걸까. 한 시간 하고도 십오 분이나 자고 일어났다. 칠십오 분간의 휴식…… 그에게 허락된 것은 거기까지.

옆자리의 승객은 눈가리개를 하고 있었다. 독서등을 켜고 몸을 비틀어 봉투를 집어 올렸다. 꼬마 선원들의 팔뚝에 새긴 근사한 문신을 보니 웃음이 나왔다. 눈을 감고 그런 걸 그려준 사람을 생각했다. 그래…… 어머니 말이 맞았다…… 그 사람이 해준 것이었다…… 머리카락을 희한하게 염색한 늙은이…… 그의 얼굴을, 이름을, 목소리를 기억해보았다. 학교 철책 앞에 서 있는 그의 모습이 보이는가 싶더니 원점으로 되돌아갔다.

우리도 함께.

1

"6A 좌석 승객?"

"응……"

"무슨 일이야?"

"나도 모르겠어, 히스테리 발작인가 봐…… 거기 얼음 좀 남았어?"

여승무원이 카트 다른 쪽에 있는 동료에게 말했다.

대서양 위의 어디쯤에선가, 승객 한 명이 안전벨트를 끌렀다.

흐느껴 울며 두 손으로 얼굴을 가렸다.

"괜찮으세요?" 옆자리의 승객이 걱정스럽게 물었다.

그에게는 그 말이 들리지 않았다. 자기 안의 난기류 속에서 무차별 공격을 당하다가 자리에서 일어나 머리받침을 붙잡고 옆사람을 성큼 넘어갔다. 커튼을 걷고 빈 좌석을 찾아내어 털썩 주저앉았다.

비즈니스석의 맨 마지막 줄.

비행기 창에 바싹 붙어 앉았다. 그가 내뿜은 숨으로 창에 뿌연 김이 서렸다.

승무원이 다가왔다.

"선생님, 의사를 불러드릴까요?"

샤를르는 고개를 들고 애써 미소를 지었다. 그리고 빌어먹을 비장의 무기를 꺼냈다.

"아뇨, 피곤해서 그런 것뿐입니다……"

승객의 상태를 거듭 확인한 승무원은 그를 조용히 내버려 두겠다고 하고는 물러갔다.

가끔 이렇게 적절치 못한 표현이 사용되는 경우가 있다.

조용히 내버려 둬? 그가 조용히 살아 본 적이 있었던가?

마지막으로 조용히, 평화롭게 살아보았던 기억은, 그가 여섯 번째 생일을 맞은 지 6개월 후, 새로 사귄 친구와 베르텔로 가(街)를 거슬러 올라가던 때였다.

르망이라는 이름의 같은 반 친구. 바로 옆집으로 이사를 왔다고 했다. 샤를르는 첫날부터 그를 눈여겨보았다. 목에 집 열쇠를 걸고 있었기 때문에.

목에 집 열쇠를 걸고 다니다니, 당시로서는 흔치 않은 일이었다. 운동장에서 열쇠를 달랑거리며 뛰어다니는 그의 모습이 얼마나 어른스러워 보이던지……

그는 샤를르의 집에 이미 몇 번이나 놀러 와서 간식을 얻어먹었다. 그러나 그 날은 알렉시스의 집에 갈 차례였다. 그가 신발을 벗으며 주의를 주었다.

"있잖아, 우리 집에서는 시끄럽게 하면 안 돼, 엄마가 자고 있거든……"

"으응?"

샤를르는 좀 놀랐다. 엄마라는 사람도 오후 시간에 잠을 잘 수 있는 건가?

178 안나 가발다 장편소설

"엄마가 아프시니?" 그가 작은 목소리로 물어보았다.

"아니, 우리 엄만 간호사거든. 근데 아침에 일찍 일을 나가야 하기 때문에 가끔 낮잠을 자…… 봐, 엄마 방문이 닫혀 있잖아…… 그게 우리 암호야……"

그런 모든 것들이 그에게는 엄청날 정도로 괴상해보였다. 하지만 그건 게임이니까, 규칙을 지켜야 했다. 미니카들을 굴리며 놀되 서로 부닥쳐서는 안 되고, 서로의 옷소매를 잡아끌며 귓속말로 속닥속닥, 생강빵도 직접 잘라먹어야 했다.

세상에 단둘이만 남겨진 것처럼. 레모네이드 캔을 딸 때 나는 피시식 소리에도 화들짝 놀라며.

그렇다, 자기가 조용히 하고 있는 건지 아닌지 도무지 알 수가 없었다. 그 문 앞을 지날 때마다, 심장이 콩닥콩닥 뛰었기 때문에.

콩닥콩닥.

마치 숲속의 미녀가 잠자고 있는 것 같은, 아니면 무지하게 피곤한 공주님, 저주에 빠져 모습이 흉측하게 바뀐 공주님이 그 문 뒤에 숨어 있을 것만 같은…… 그는 까치발을 하고 숨을 참으며 친구의 방으로 걸어갔다. 넘어지지 않으려고 마룻장에 발끝을 단단히 고정시킨 채.

그 복도는 악어가 득시글한 늪 위에 걸린 구름다리였다.

그 방 앞을 여러 번 지나가야 했다. 그는 닫힌 문에 마음을 빼앗겼다.

사실은 그녀가 이미 죽어 있는 건 아닐까라는 생각이 들었다. 어쩌면 알렉시스가 거짓말을 하고 있는지도 몰라…… 어쩌면 녀석은 혼자 살고 있는지도 몰라, 만날 저렇게 케이크만 먹으면서……

위로 〈1〉 179

어쩌면 그녀는 역사책에 나오는 대리석 조각상을 닮았을지 몰라.

머리 위까지 빳빳한 천이 푹 뒤집어씌워 있고 아래쪽으로 양 발만 쑥 빠져나와 있는 건 아닐까?

하지만 아니었다. 부엌에 있는 식탁이 언제나 엉망으로 어질러져 있었으니까…… 커피잔, 반쯤 풀다가 만 낱말맞추기 퍼즐, 머리카락이 붙어 있는 머리핀, 오렌지 껍질, 열어본 편지봉투, 빵 부스러기……

그리고 샤를르는 그렇게 하는 것이 세상에서 가장 자연스러운 일인 양 식탁 위를 말끔히 치우는 알렉시스를 물끄러미 바라보았다. 엄마의 재떨이를 비우고 엄마의 스웨터를 개어놓는 모습을.

그 순간, 그의 친구는 몇 시간 전에 담임선생님이 벌로 교실 구석에 세워놓던 그 아이가 아니었다, 그건……

그건 정말이지 이상했다. 그의 얼굴마저도 달라보였다. 알렉시스는 등을 똑바로 펴고 서서 눈썹을 찌푸리며 엄마가 피운 담배꽁초의 개수를 세었다.

그날은 그가 고개를 가로저으며 침묵을 깼다.

"우웩…… 토할 것 같아."

담배꽁초 세 개가 거의 손도 대지 않은 요구르트 속에 빠져 있었다.

"있잖아," 창피했는지 그가 딴 이야기를 했다. "나 큰 구슬이 새로 생겼어. 맘모스만큼 커다래…… 내 침대 옆 탁자 위에 있는데……"

샤를르는 구두를 벗고 구슬을 찾는 원정길에 나섰다.

아아, 그런데…… 그 문이 활짝 열려 있었다…… 가면서는 눈을 돌렸지만, 오면서는 슬쩍 들여다보지 않을 수가 없었다.

살짝 흘러내린 홑이불 위로 그녀의 어깨가 보였다. 그리고 등도 반쯤. 그는 그 자리에서 움직일 수가 없었다. 그녀의 피부는 너무나 하얗고 머리카락은 너무나 길었고……

움직여야 했다. 그곳에서 벗어나야 했다. 막 가려고 하는데 그녀가 눈을 떴다.

얼마나 아름다운지…… 교리서에 나오는 여인처럼 아름다웠다…… 아무 말도 없고, 움직이지도 않고, 그러나 어떤 빛 같은 것으로 온통 둘러싸인 여인.

"어머…… 안녕……" 몸을 약간 일으킨 그녀가 손바닥으로 뒷목을 받치며 말했다.

"네가 샤를르구나, 그렇지?"

그는 대답을 할 수가 없었다. 그녀의…… 그녀의 가슴이 살짝 보였던 것이다……

대답을 할 수 없었던 그는 냅다 뛰어 그 자리를 떴다.

"뭐하는 거야? 집에 가려고?"

"응." 샤를르는 신발끈을 매느라 쩔쩔매면서 우물거렸다. "가서 숙제해야 돼."

"야!" 알렉시스가 큰 소리로 말했다. "내일은 학교 안 가는 수요일……" 대문 닫히는 소리가 났다.

2

황홀한, 혹은 죽음 같은 평화는 그것으로 끝이었다. 충격이 너무 강해서 정신이 하나도 없었다. 물론 밖으로 나온 샤를르는 무릎을 꿇고 신발끈을 단정하게 고쳐 맸다. 큰 매듭으로 작은 매듭을 빙 둘러 묶고는 힘찬 발걸음으로 다시 걷기 시작했다.

그는 단정한 아이였으니까.

그 생각을 하니 웃음이 나왔다. 성모 마리아라니……

우스운 일이지만 은총의 빛에 눈이 부셨더랬다. 그리고 당황스러웠다. 그렇다. 당황했었다. 여자형제들 틈에서 자라면서도 가슴 끝부분의 색깔이 다르다는 사실은 상상조차 하지 못했으니까……

사실, 그가 평화를 잃은 것은 아니었다, 일종의 흥분을, 그와 함께 자라나고 그의 바지 길이와 함께 길어진 일종의 고민을 알게 된 것이었다. 그의 상처를 감추어주던 바지, 엉덩이에 걸쳐 입던 그 바지는 아래로 갈수록 넓어졌더랬다. 어머니가 다리미로 잘 눌러주던 그 바지를 볼 때마다 그의 아버지는 못마땅한 투로 잔소리를 했다. 바지 모양이 그게 뭐냐고. 나중에는 아주 너덜너덜해졌었다. 바지 끝단이 돌돌 말려 올라갔고 온통 얼룩으로 뒤덮였었다. 그러다가 나이를 먹고는, 고급 원단에 완벽한 주름이 잡혀 있고 뒤태도 훌륭한 데다가 드라

182 안나 가발다 장편소설

이클리닝을 해야 하는 바지를 입게 되었다. 결국에는 그마저도 형편없는 묘지의 자갈에 쓸리게 되었지만.

하늘에 감사를 드리며 서류를 펼쳤다.

어쨌거나 비행기 안에 있다는 것은 다행한 일이었다. 공처럼 멀리 차 올려져서 이토록 하늘 높이 날 수 있다는 것도, 뱃속이 비어 있다는 것도, 그들을 다시 찾았다는 것도, 유모의 요란한 분 냄새를 기억한다는 것도, 그들과 알고 지냈다는 것도, 그들의 사랑을 받았다는 것도, 그리고 다시는 그 시절로 돌아갈 수 없다는 것도.

그땐 그녀가 성숙한 여인이라고 생각했으나, 돌이켜보니 그렇지도 않았다. 그때 그녀의 나이는 겨우 스물다섯 아니면 스물여섯이었다. 결국, 나이라는 것―그의 머리에서 떠날 줄을 몰랐던 문제―에 관한 그의 생각이 옳았다는 것이 입증된 셈이었다. 나이라는 숫자는 전혀 중요한 문제가 될 수 없다는 그의 생각이.

아누크에게는 나이가 없었다. 그녀는 어떤 부류에도 속하지 않았으며 어딘가에 속하기에는 너무나 심하게 몸부림치고 있었다.

어린애처럼 행동하기 일쑤였다. 집짓기 장난감 세트 한가운데에 웅크리고 앉아 있거나 기차 복도에서 잠이 들어 엉뚱한 역에서 내리기도 했다. 숙제를 해야 할 시간이 되면 부루퉁 토라졌고 아들의 사인을 흉내내며 깔깔거리다가 미안하다 애원하며 사과를 했고, 며칠이고 말 한마디 하지 않고 지내는가 하면, 아무렇게나 사랑에 빠지고, 우울한 눈으로 전화기가 울리기만을 기다리며 저녁나절을 보내기도 했고 자신이 예쁘냐고 물어보고 또 물어보아 그들을 짜증나게 했다. 내가 정말로…… 정말로 예쁜지 말해봐, 그리고 저녁거리가 없다는 이유로 결국 그들은 야단을 맞았다.

위로 〈1〉 183

그러나 일할 때만은 그렇지 않았다. 그녀는 사람들의 목숨을 구했다. 병원에서 뿐 아니라 다른 곳에서도. 유모와 같은 이들, 그리고 그녀를 가장 강력한 구원자로 숭배하는 많은 다른 이들을.

아무것도, 아무도 두려워하지 않았다. 머리 위로 하늘이 무너지면 옆으로 잠시 비켜났다. 모욕을 참아 견뎠다. 악을 쓰며 싸웠다. 모진 매도 맞아냈다. 눈을 깜빡거리며 주먹을 쥐거나 상대에 따라서는 가운뎃손가락을 치켜세우는 경우도 있었으며, 결국은 전화가 이미 끊어졌다는 사실을 알고는 수화기를 내려놓고 어깨를 으쓱한 다음 화장을 고치고 그들을 모두 레스토랑으로 데려갔다.

그렇다. 나이란, 혹은 나이 차이란 우등생이었던 그가 정복할 수 없었던 유일한 숫자였다. 종이 한 귀퉁이에 적힌 조건부 부등식…… 미지수가 너무나 많았다…… 그러나 그가 그녀를 마지막으로 보았을 때, 그 얼굴을 보고 너무나도 놀랐다. 그를 당황시켰던 것은 주름도, 허옇게 센 머리도 아니었다. 그것은…… 얼굴에 떠오른 체념의 흔적이었다.

무엇인가가, 누군가가, 삶이, 불을 꺼 버리고 말았다.

승무원이 커피와 물을 탄 술을 권했다. 반가웠다. 유리창에 이마를 댄 채 플라스틱 컵에 든 뜨거운 음료를 홀짝거렸다. 비행기 날개가 떨리는 모습과 다른 장거리 여객기의 불빛들을 바라보았다. 그리고 손목시계의 바늘을 뒤로 돌리고 밤을 헤치고 나아갔다.

★★★

두 번째 사진은 그가 찍은 것이었다…… 그날 피에르 삼촌이 꿈에 도 그리던 소형 코닥 인스타마틱 카메라를 선물로 주었기에 잘 기억하고 있다. 그는 첫 영성체를 위해 차려입은 흰 전례복의 소매를 걷어올리고 선물포장을 뜯었다.

알렉시스와 그는 막 첫 영성체를 모신 참이었고 다들 그의 집 정원에 모여 있었다. 바로 지난주에 베어버린 그 벚나무 아래에…… 삼촌이 우선 설명서를 읽어보아야 한다는 이야기를 하고 또 해서 그를 귀찮게 했었다. 빛을 확인하고 필름을 넣었는지도 확인하고, 그런데 너…… 손은 씻었니? 그러나 샤를르는 삼촌의 말을 귓전으로 흘려들었다. 아누크가 이미 포즈를 취하고 있었기 때문에.

밀짚모자를 쓴 사진 속의 아누크. 코와 윗입술 사이에 머리카락 한 가닥이 끼워져 있어서 마치 콧수염이 난 것처럼 보였다. 그녀는 약간 인상을 쓴 채로 그에게 열렬한 키스를 날려 보내고 있는 중이었다.

세월이 이만큼 지난 후에 이 사진이 아쉬워질 것이라는 사실을 미리 알았더라면, 삼촌의 말을 좀더 새겨들어 두는 것이었는데…… 구도도 엉망이었고 초점도 맞지 않았다, 하지만 그래도…… 그녀였다…… 윤곽이 흐릿한 것은 그녀가 광대짓을 했기 때문이었다……

그랬다, 그녀는 어릿광대짓을 했다. 사진을 찍을 때만 그랬던 것이 아니었다. 자꾸만 잔소리를 늘어놓는 삼촌으로부터 샤를르를 구해주기 위해서 그랬던 것이라고도 할 수 없었다. 날씨가 좋아서만도 아니었으며 사진사가 자신을 사랑한다는 확신 때문만도 아니었다. 그녀는 그날 온종일 그러고 있었다. 깔깔 웃다가 거품이 흘러넘치는 잔을 혀로 핥고는 아이들에게 설탕절임 살구를 쏘기도 하고 누가 엿으로

드라큘라 이빨을 만들어 보이기도 했다, 하지만 그것은…… 기분을 바꾸어보려고 그랬던 것이다. 잊으려고, 그리고 특히 다른 사람들이 잊어주었으면 해서. "그렇다니까…… 우리 아들이 첫 영성체를 모신 날이었잖아요……" 훗날, 함께 이런 이야기를 나눌 유일한 가족, 유일한 사람들이 바로 그곳에 모인 사람들뿐이라는 사실을. 교적부에 서명을 해야 할 순간에 급하게 구해 온 대모와 대부가 직장 동료 한 사람과 그녀가 온갖 애정을 쏟던 늙은 무명배우였다는 사실을……

아, 여기에 있었군. 여기 있었어…… 우리의 멋진 유모…… 천사 같은 남자아이 둘 사이에서 의기양양하게 포즈를 취하고 있는 유모. 굽 높은 신발을 신고 머리를 잔뜩 말아 올렸음에도 아이들보다 약간 더 커 보일 뿐이던 유모.

"아이고, 얘들아! 양초 좀 조심해서 들고 있어줄래? 미용실의 재키 언니가 머리에 왁스를 너무 많이 발라놨거든. 잘못하면 폭발한다고! 어디 한번 만져들 봐……"

그들은 유모의 머리를 만져보았다. 정말 그의 머리는 축하케이크 위에 얹은 설탕장식같이 딱딱하게 굳어 있었다.

"거봐, 내가 뭐랬니…… 자, 자, 이제 웃어야지!"

사진속의 그들은 미소를 짓고 있었다. 그들이 웃었다. 손가락으로는 유모가 입은 알파카 재킷의 소매 끝을 만지작거리며.

알파카…… 샤를르는 그 단어를 그때 처음 들어보았다…… 그들은 성당 앞뜰에서 뎅그렁거리는 종소리에 귀가 먹먹한 채로 첫 영성체 복의 허리끈을 배배 꼬며 지평선을 바라보고 있었다. 유모가 나타나지 않았던 것이다.

186 안나 가발다 장편소설

마도가 기다리다 못해, 할 수 없지, 이제 가야 할 시간이구나라고 말하던 바로 그 순간, 그들은 칸의 크루아제트 대로에 등장하는 영화배우처럼 우아하게 택시에서 내리는 유모의 모습을 보았다.

아누크가 웃음을 터뜨렸다.

"어떡해, 유모…… 당신, 정말, 정말로…… 멋있어!"

"이러지 마." 그가 샐쭉한 표정을 지으며 대답했다. "그냥 알파카로 만든 옷일 뿐인걸, 뭐…… 올랑다 마샬 순회공연 때 입으려고 맞춰놓았던 거야……"

"그게 누구예요?" 제의실로 들어가면서 샤를르가 물었다.

유모가 전설의 여배우 사라 베른하르트와 똑같이 얼굴에 대고 부채질을 하며 크게 한숨을 쉬더니 갈라진 목소리로 대답했다.

"음…… 나랑 아주 친한 친구…… 그런데 유명해지지는 못했지…… 순회공연도 취소되었고…… 내 생각엔 그 친구가 좀 거만하게 굴었기 때문인 것 같아……"

그리고 집게손가락에 입을 맞추어 그들의 이마를 가볍게 스쳤다.(그의 '빨간 키스' 립스틱(1950년대에 유행하던 립스틱 상표)은 그 어떤 성유(聖油)보다도 성스러웠다.)

"어서 가렴, 귀염둥이들…… 그리고 말이다, 혹시라도 무슨 빛이 보이거든, 장난치지 말고 고개를 숙여야 한다, 알겠지?"

하지만, 천만에. 샤를르는 두 눈을 부릅뜬 채로 주의 기도를 암송했다. 그리고 똑똑히 보았다. 옆자리 사람의 손을 꽉 잡은 그녀의 미소가 서서히 일그러지는 모습을.

신경이 쓰였다. 어어. 그러지 마요. 울지 말라고요. 오늘만큼은 참아야 해요. 오늘은…… 하늘에 계신 그분…… 그의 이름이 거룩히 빛

위로 〈1〉 187

나시며 그의 뜻이 이루어지는 날. 그녀의 외동아들이 첫 영성체를 모시는 날이었다. 은총이 가득한 하루, 가시관을 쓰고 버텨온 삶을 잠시 접어두고 공식적인 휴전을 선언한 날. 그러나 파이프오르간이 꿀럭 꿀럭 소리를 내는 동안 그녀가 기댈 수 있었던 유일한 어깨, 그녀가 으스러지도록 잡을 수 있었던 유일한 손가락들을 내 준 사람은 발목까지 올라오는 에나멜 구두를 신고 제비꽃 빛깔의 옷 위로 긴 묵주 목걸이를 드리운 올랑다 마샬의 옛 친구뿐이었다……

별일 아니었을까.

그래도 너무했던 게 아닐까.

엉망진창.

그것이 그녀의 인생이었다.

유모가 그에게 만년필을 건네주었다. 한때 '샤를르 트레네(＊1913-2001, 프랑스의 작곡가, 대중가수, 세계적으로 유명한 샹송 〈바다(La Mer)〉의 원작자. 그 외에도 〈붐(Baume)!〉을 비롯한 다수의 히트곡을 남겼다) 씨'의 것이었다며. 그러나 도무지 뚜껑을 열 수가 없었다.

"어때? 심장이 붐! 두근거리지 않니?" 샤를르의 당황한 미소를 보며 유모가 말했다.

"저어, 네, 맞아요……"

아누크가 샐쭉한 표정으로 유모를 흘겨보았다. 설명을 해 보라는 듯한 눈빛이었다.

"왜 그런 눈으로 날 보는 거야?"

"몰라서 물어…… 지난번엔 볼 장 다 본 저놈의 만년필이 티노 로시(＊1907-1983, 프랑스의 대중가수, 영화배우, 〈기다릴게요〉, 〈미라보다리〉, 〈버

찌의 계절〉, 〈산타클로스〉 등의 히트곡을 남겼다) 거였다고 했잖아……"

"내 소중한 사람, 왜 이러는 거야……" 알파카 재킷의 권태.

"중요한 건 꿈이야, 자기도 잘 알면서…… 난 말이지, 첫 영성체 식에는 샤를르 트레네가 더 어울린다고 생각했어…… 아암, 그가 훨씬 낫거든."

"당신 말이 맞아. 티노 로시는 크리스마스에 더 어울리지……"

"지금 재밌자고 하는 소리야?"

그녀는 킥 하고 웃음을 터뜨렸고, 그는 눈살을 찌푸렸다.

"아…… 우리 유모…… 당신이 없었다면 나는 무슨 낙으로 살았을까?"

파운데이션을 바른 그의 얼굴이 붉어졌다.

샤를르는 사진들을 간이테이블 위에 올려놓았다. 추억을 따라 더 가보고 싶었지만, 저 늙은 어릿광대가 언제나처럼 다시 가장 좋은 몫을 가져가버렸다. 그의 몫을 탐낼 수는 없었다. 그가 늘 말했듯, 무대, 쇼, 남을 즐겁게 해주는 것이야말로 그의 존재 이유였으니까……

그렇다면, 시작해 보자, 본격적으로 시작해 보기로 하자. 마침 레이스를 목에 두른 강아지들의 차례가 막 끝난 참이다(*샤를르 트레네의 〈나는 뮤직홀을 좋아해요〉의 가사 일부), 불이 다시 켜지기 전에. 신사 숙녀 여러분, 오늘 밤에는 특별히 여러분을 위해 저 멀리 신세계로 순회공연을 떠난 분과 직접 연결해 보도록 하겠습니다. 위대하고도 불가사의하며 너무나도 우아한, 절대 잊지 못할 유모를 여러분께 소개합니다……

위로 〈1〉   189

★★★

1966년 1월의 어느 날 밤(아무것도, 절대 기억하지 못하는 아누크였으나, 후에 이 이야기를 들려주던 그녀는 정확한 햇수를 기억하고 있었다. 보잉 제트 여객기가 몽블랑에 부딪쳐 추락한 사고가 나기 전날 밤이었다.), 병원 3층에 입원해 있던 노파가 심장병으로 사망했다. 국가자격증 소지 간호사인 아누크 르망이 불안에 시달리던 시절, 그녀가 쇼크 상태에 있던 시절이었다. 샤를르는 일부러 그 단어를 떠올려보았다. 쇼크. 지금 그의 상태가 바로 그랬다. 그 당시, 아누크는 응급실 간호사로 근무하고 있었다. 불안에 떠는 간호사와 응급실, 정말 절묘한 조화였다.

그랬다, 노파 한 명이 죽었다. 응급실에 근무하는 그녀의 귀에도 그 소식이 들려왔다. 병원이라는 곳이 원래 그랬다. 환자들을 돌보는 그녀의 일거수일투족이, 그녀의 승리가, 그녀의 불행이 소문이 되어 병원 전체로 퍼져나갔다······

복도에서 일어나는 소동도 예외는 아니었다. 이 경우에는 커피자판기였다······ 그날, 동료 간호사가, 어떤 미친 바보가 3층에 나타나 커피자판기에서 연신 커피를 뽑아 마신다고 했다. 매일 싱싱한 꽃을 들고 이미 사망한 자기 어머니를 찾아오는 미친 사람인데 내쫓기면서도 이유를 몰라 한다고. 그 얘기를 듣고는 한바탕 웃은 다음, 그를 정신병원에 입원시킬 보호자가 없느냐고 물어보았다.

그때에는 딱 그만큼의 관심을 보였을 뿐이었다. 구겨진 그의 심장과 종이컵. 그것들은 곧 쓰레기통으로 나란히 들어갈 운명이었고 그녀에겐 그녀의 운명이 있었다.

경비원의 도움을 받아 의문의 미친 바보가 3층에 오지 못하도록 조

치를 했던 그 때가 되어서야, 그가 그녀의 인생에 들어왔다. 퇴근 때마다 그녀는 병원 로비에 앉아 있는 그와 마주쳤다. 밤이건 낮이건, 그는 초록 식물을 심어놓은 화분들과 접수창구 사이에 앉아 있었다. 로비를 지나는 사람들과 밖에서 문이 열릴 때마다 불어닥치는 찬바람에 지친 그는, 허탈한 표정으로 빈자리를 찾아 옮겨 다니고 있었다. 고개는 언제나 엘리베이터 쪽을 향한 채.

그때에도, 그녀는 눈을 돌렸더랬다. 그녀의 몫, 그녀의 고통, 그녀가 치워야 할 토사물, 뜨거운 물에 덴 젖먹이들, 너무 늦게 도착하는 구급차, 돌보아야 하는 아이, 돈 걱정, 고독이 버거워서…… 그녀는 눈을 돌리고 말았다.

그런데, 어느 날 저녁 그녀는 그를 피하지 않았다. 그 날은 일요일이었으니까, 그리고 일요일이라는 날은 세상에서 가장 불공평한 날이니까, 당직이 끝났으니까, 알렉시스는 맘씨 좋은 이웃집에 맡겨두었으니까, 피곤하다는 느낌조차 느끼지 못할 정도로 지쳐 있었으니까, 너무 추웠으니까, 차는 고장이 났고 버스정류장까지 걸어가야 한다는 생각에 화가 치밀었으니까, 그리고 그렇게 꼼짝도 없이 로비에 앉아 있다가는 결국엔 그도 지쳐 쓰러질 것 같았으니까. 그래서 직원용 출입구로 살짝 빠져나가는 대신, 불이 밝혀진 복도를 통과해, 평소처럼 눈을 내리깔지 않고, 그의 옆에 자리를 잡고 앉았다.

아주 오랫동안, 그녀는 아무 말도 하지 못했다. 그가 꽃다발을 내려놓도록 하려면 어떻게 해야 할까, 그것을 손에서 놓아도 산산조각이 나지 않도록 하려면 어떻게 해야 하는 걸까 머리를 쥐어짰느라. 하지만 소용없었다. 도무지 알 수가 없었다. 피곤으로 뻣뻣해진 목덜미를

위로 〈1〉   191

의식하며 결국 자신은 남을 도와주는 데에는 젬병이라는 사실을 받아들이기로 했다. 그게 누가 되었건.

"그래서요?" 샤를르가 물었다.

"그래서…… 불 좀 빌릴 수 있겠느냐고 물어봤지……"

그는 허리가 끊어져라 웃었다.

"하하! 본론으로 들어가는 방법 치고는 기가 막히게 독특했네요!"

아누크가 빙그레 웃었다. 이 이야기는 아무에게도 해 본 적이 없었다. 그리고 뭐든 잊기 일쑤인 자신이, 심지어는 제 이름까지도 가끔 잊곤 하는 자신이 이렇게까지 그 일을 잘 기억하고 있다는 사실에 놀랐다.

"그 다음은요? 혹시 당신 눈은 참 아름답네요, 뭐 이런 말을 한 건 아니고요?"

"아니. 용기를 내려고 밖으로 나와 담배를 피운 다음에 그에게로 돌아가서 이야기를 했어. 그전에는 한 번도 그래본 적이 없었는데, 그냥 속에 있는 말을 다 해 버렸어. 아무에게도 하지 않았던 말들을…… 다시 생각해보니까 내 말을 듣고 있어야만 했던 유모가 너무 불쌍해……"

"무슨 얘기를 했는데요?"

"당신이 왜 여기 있는지 난 알고 있다고. 알아봤더니 당신 어머니는 평화롭게 돌아가셨다더라고. 안심해도 된다고. 당신 같은 아들을 둔 당신 어머니는 정말 행복한 사람이었다고. 당신이 매일 문병을 와서 마지막 순간까지 어머니의 손을 잡아드렸다는 이야기를 동료에게서 들었다고. 당신과 당신 어머니가 부럽다고. 난, 나는 내 어머니를 몇 년 동안 보지 못했다고. 내게 여섯 살짜리 아들이 있는데, 내 어머니는 그 애를 한 번도 안아준 적이 없다고. 아들을 낳았다고 알렸더니

축하선물이라면서 여자애들이 입는 원피스를 하나 보냈더라고. 악의가 있어서 그런 건 아니라고 생각한다고. 그래서 더 슬펐다고. 나는 다른 사람들의 고통을 덜어주면서 인생을 살아가지만 나를 돌보아주는 사람은 아무도 없다고. 피곤하다고. 잠을 잘 잘 수가 없다고. 난 혼자 살고 있고 저녁나절에는 잠을 청해볼까 해서 이따금씩 술을 마신다고. 자기 삶을 내게 전적으로 의지하고 있는 아이가 옆방에서 자고 있다는 생각을 하면 견딜 수가 없기 때문에 마시게 된다고. 이런 얘기를 늘어놓아서 미안하다고. 당신도 고민이 있을 테지만, 여기 다시 와서는 안 된다고. 어머니가 땅에 묻히는 걸 분명히 보지 않았느냐고…… 멀쩡한 사람이 이런 곳에서 얼쩡거리는 것은 아픈 사람에 대한 예의가 아니라고. 하지만 당신이 여기에 올 수 있다는 건, 그만큼 시간이 있다는 뜻이니까, 만약 그렇다면…… 여기 말고 우리 집에 오는 것이 어떻겠냐고.

이 병원으로 옮기기 전에는, 밤 근무를 했고, 그때에는 친구들 집에 아이를 맡겼었지만, 2년 전부터 난 혼자 살고 있고 아기 보는 사람을 대느라 허리가 휠 지경이라고. 아이가 초등학교에 입학한 후로 글을 배우고 있는데, 하교시간에 맞추어 퇴근하려면 근무시간 조절하기가 너무 힘들다고. 아이가 아직 어린데, 아침마다 혼자 일어나는 게 안쓰럽다고. 아침은 챙겨 먹었는지 늘 걱정이 된다고…… 그리고 이런 말을 아무에게도 한 적이 없다고. 너무 부끄러워서…… 애가 너무 어린데…… 그렇더라고, 너무 부끄럽더라고. 다음 달부터 낮 근무를 해야만 하는데 간호부장이 시간을 조정해 줄 것 같지 않다고. 어쨌거나 아직 그런 말을 할 엄두도 내지 못하고 있다고…… 아이 보는 사람들은 학교에서 배운 내용을 복습시켜 준다거나 읽기 연습을 시키지 않더라고, 아니, 내 수준에서 구할 수 있는 사람들은 그렇더라고…… 물론

위로 〈1〉 193

사례는 하겠다고! 아이가 아주 얌전하고 혼자서도 잘 논다고, 그리고…… 우리 집이 그렇게 좋지는 않지만, 여기보다는 편안할 거라고, 그리고……"

"그리고요?"

"거기까지였어…… 아무런 반응을 보이지 않기에, 혹시 귀머거리가 아닌가 생각했었지, 아니면…… 글쎄…… 좀 모자란 사람이든가……"

"그리고요?"

"그 순간이 어찌나 길게 느껴지던지! 분위기는 또 얼마나 무거웠는지, 꼭 생트안느 정신병원에 와 있는 것 같더라니까! 내가 우리 둘을 모두 곤란하게 만들어 버린 거야. 두 정신병자가 난초 아래에 나란히 앉아서…… 그를 도와주려고 했던 건데, 날 도와달라고 애걸을 한 꼴이었으니…… 비참했다, 샤를르, 정말 비참했어……"

"계속하세요."

"그러다가 어느 순간에 난 자리를 털고 일어났지! 그랬더니 그 사람도 나를 따라 일어나더라. 그리고는 버스 정류장 쪽으로 가는 날 뒤따라오는 거야. 버스에 타서 자리에 앉았더니 내 맞은편에 자리를 잡더구나, 난…… 불안해지기 시작했어."

그녀가 웃었다.

"젠장, 난 속으로 말했지, 이러면 안 되는데…… 우리 집에 오라고는 했지만, 누가 당장 오랬나. 붙박이로 있어달라는 것도 아니었는데. 어떡하지, 큰일났네. 난 애써 아무렇지도 않은 표정을 지었지만, 정말이지 곤란해 죽겠더구나…… 그 사람을 경찰서에 끌고 가는 장면을 상상해보았지…… 안녕하세요, 경찰관님, 여기…… 나를 엄마닭이라고 착각하면서 자꾸 따라다니는 고아병아리 좀 어떻게 해 주세

요…… 이걸…… 이걸 어쩌지? 갑자기 그를 쳐다볼 엄두가 나지 않았
지. 그래서 두르고 있던 머플러 속으로 몸을 웅크려버렸어. 그런데,
그는 계속해서 날 빤히 쳐다보더라고. 분위기가 영…… 그러더니 어
느 순간에, 불쑥 말을 걸었어. '손 좀……' '네?' '손 좀 보여주세
요…… 아니, 그 손 말고, 왼손……'."

"뭘 하려고요?"

"나도 몰라…… 아마 손금을 읽으려고 했던 것 같아…… 내가 한
말이 진짜인지 확인해보려고…… 아무튼 내 손바닥을 들여다보더니
묻더라. '아드님…… 이름이 뭐지요?', '알렉시스.' '아, 네.' 잠시 아
무 말도 않았다. '스베르드약처럼……' 내가 아무런 반응도 보이지
않았더니 '알렉시스 스베르드약. 역사적으로 가장 위대했던 칼던지
기의 명수지요……' 그 순간, 네가 이해할 수 있을지 모르겠지만, 난
내가 또 바보짓을 저질렀구나 싶었다…… 그는 할머니들이나 쓸 법
한 스카프를 머리에 두르고 있었지, 표정은 또 어찌나 이상하던
지…… 그래, 내 자신에게 화가 났어…… 손톱을 들여다보면서 결국
이렇게 되기를 바랐던 거 아니냐고 날 다그쳤지. 젠장, 아이가 걸린
문제잖아! 겨우 구했다는 게, 그래 장돌뱅이 메리 포핀스냐?!'

"그때도 화장을 했었어요? 반지도 꼈고요?"

"아니, 화장이라고 할 수도 없고, 그걸 어떻게 설명해야 할지……
늙은 아기 같다고나 할까…… 얼굴엔 뾰루지가 나 있고, 눈빛은 차갑
고, 피부에 찰싹 달라붙는 여자용 장갑에 땟국물에 절은 옷깃에. 지금
에서야 얘기지만, 난 좀 무서웠다……"

"그렇게 집까지 따라온 거예요?"

"그래. 내가 어디 사는지 봐두고 싶었던 거였지. 하지만 집에 올라
가서 뭐라도 마시고 가랬더니 한사코 거절하더구나. 여러 번 권했지

만 그냥 가겠다고만 했어."

"그리고는요?"

"잘 가라고 인사를 했지. 내 얘기를 지겹게 늘어놓아서 미안하다
고, 언제든 오고 싶을 때 오라고도 했어. 항상 대 환영이라고. 우리 애
도 비두르약인지 스베르드약인지, 그 칼잡이 얘기를 들으면 아주 좋
아할 거라고, 하지만, 절대, 절대로 병원에 다시 와서는 안 된다
고…… 약속해 달라고. 그리고 열쇠를 찾으면서 집 쪽으로 걸어가려
는데 이런 소리가 들려왔단다. '이봐요, 소중한 사람, 나도 한때 예술
가였다는 거, 알고 있었어요? 그럼 그렇지, 그럴 줄 알았어! 나는 마
지막으로 한 번 더 인사를 하려고 뒤로 돌아섰다.

'쇼 극장에 섰었어요……'

'아, 그래요?

그런데 말이다, 샤를르, 그 때를…… 그 장면을 한 번 상상해보렴.
캄캄한 밤, 그의 그림자, 너무나도 이상한 그의 목소리, 으스스한 공
기, 쓰레기통들…… 솔직히, 난 그의 말을 듣지 않았어…… 머릿속으
로 내일 해야 할 일들을 생각하고 있었지……

'내 말을 못 믿겠어요? 그럼 잘 봐요……'

그가 꽉 끼는 외투의 터진 틈 속으로 한 손을 쑥 집어넣었지. 그리
고 뭘 꺼냈게?'

"사진?"

"아니. 비둘기였어."

"굉장해요……"

"그래…… 우리도 유모랑 마술쇼를 했잖니? 하지만 그때의 그 마술
이 내게는 가장 아름다운 기억으로 남아 있단다…… 너무나 평범하
면서도 너무나 신비롭고, 너무나 시적이었지…… 그가…… 그가 유

196   안나 가발다 장편소설

모였다…… 그 얼굴을 네가 봤더라면…… 얼마나 의기양양하던 지…… 그 때, 난 함박웃음을 지었고 좀처럼 그 웃음을 지울 수가 없 더구나. 집으로 올라와 커피를 마시고 이를 닦고 잠자리에 들었는 데…… 무슨 일이 일어났는지 아니?"

"뭔데요?"

"그날 밤, 몇 년 만에 처음으로…… 수년 만에…… 깊은 잠을 잤단 다. 그가 돌아올 줄을 난 알고 있었지…… 그가 우리를 돌보아 줄 거 라고 믿었어…… 왜지는 모르겠지만…… 그냥 그렇게 믿었어…… 내 손금을 들여다보고, 운명선이 감정선보다 짧다는 걸 알았을 테 지…… 그는 나를 '소중한 사람'이라고 불렀어. 썩은 이뿌리를 드러 내면서 내 머리를 쓰다듬었다, 그가…… 그가 우리를 사랑해 줄 것이 라는 확신이 들었어. 그리고 그는 내 믿음을 저버리지 않았다…… 유 모와 함께 했던 시절은 내 인생에서 가장 아름다운 때였어. 어쨌거나 훨씬 수월해졌으니까…… 그로부터 2년 후에 닥쳤던 야단스럽던 불 꽃놀이 말이다(*68혁명을 말함), 내게는 그것이 아무것도 아니었어. 불 꽃을 만들어 낸 건 바로 그였다. 그는 나에게 선물이었고, 나의 혁명 이었고, 그리고…… 아…… 유모가 우리에게 해 준 걸 생각하면……"

"저기…… 너무 수준 낮은 질문인지 모르겠지만…… 그럼, 병원에 서요…… 유모는 하루 종일 비둘기를 주머니 속에 넣어 두었던 건가 요?"

"정말 신기하네. 시간이 좀 흐른 다음에 나도 바로 똑같은 질문을 했거든. 그런데 유모는 대답을 하고 싶어하지 않았어…… 불편해하 는 것 같아서 더 이상 캐묻지 않았지. 몇 년 후에, 내 자신이 이상할 정도로 초라하게 느껴지던 때, 다시 한 번 무너지려 할 때, 그때 유모 가 편지를 한 통 보냈더구나. 그에게서 받은 유일한 편지…… 그게 어

딘가에 있을 텐데…… 편지에는 아주 친절한 말들이 적혀 있었지. 아무에게서도 들어본 적이 없는 칭찬에…… 그래, 이제 생각해보니 그건 사랑의 편지였어…… 그리고 끝은 이렇게 맺어져 있었다."

병원에서의 그 밤을 당신도 기억하고 있겠지? 다시는 내 집에 돌아가지 않으리라는 것을 난 알고 있었어. 그래서 내 비둘기 미스텡게를 주머니에 넣어가지고 나왔던 거야. 녀석을 자유롭게 해주려고, 내가 일을 저지르기 전에…… 그런데 당신이 내게 왔어. 그리고 나는 다시 집으로 돌아갔지.

그녀의 눈이 이글거렸다.
"유모가 다시 온 건 언제였어요?"
"그 다음다음날…… 알렉시스에게 간식을 주고 있을 때…… 말쑥하게 차려입고 나타났단다. 염색도 새로 하고 장미꽃다발을 들고 알렉시스에게 줄 둥근 나무상자에 든 캐러멜까지 준비해왔더구나. 유모에게 우리 집을 보여주고 학교랑 자주 가던 가게들이랑 너희 집이 어딘지도 알려주었지…… 그리고…… 그게 다란다. 그 다음은 너도 알고 있겠지……"
"네."
내 눈이 이글거렸다.
"그때에 부딪친 딱 한 가지 난관은, 마도, 네 어머니였어……"
"기억하고 있어요…… 유모가 온 후로는 당신 집에 놀러 갈 수가 없었죠."
"그래. 그리고 그거 알고 있니…… 유모가 결국엔 네 어머니까지도 굴복시켰다는 사실을……"

★★★

　그 순간에는, 그게 아니었다고 말할 용기를 내지 못했다. 그러나 그게 그렇게 간단하지는 않았다……

　내 어머니는 깃털을 쓰다듬어주면 얌전히 눈을 감는 흰 비둘기가 아니었다. 알렉시스는 언제라도 우리 집에 놀러올 수 있었지만, 내가 20번지 그의 집에 가는 것은 금지되었다.

　나는 새로운 단어를 들었다. 유모에 관한, 그리 좋게 들리지만은 않던 단어들. 인격이니, 품성이니, 위험이니. 악의에 찬 단어들. 대체 뭐가 위험하다는 거지? 사탕을 듬뿍 주기 때문에 이가 썩을까봐? 뽀뽀를 너무 많이 해주기 때문에 여자처럼 될까봐서? 우리를 보고 왕자님들이라며, 왕자님들은 나중에도 일을 할 필요가 없다는 얘기를 하도 하는 바람에 공부를 소홀히 할까봐서? 하지만 엄마…… 우린 그런 말 안 믿어요, 엄마도 알잖아요…… 더군다나 유모의 예언은 다 엉터리란 말예요. 유모가 우리보고 바자회에서 24시간 자유이용권에 당첨될 거라고 장담했지만, 결국 아무것도 못 건진 걸요……

　하지만, 내 어머니가 포기하고 말았던 것은, 내가 난생 처음으로 세게 밀고나간 덕이었다. 아무것도 먹지 않고서 열두 시간을 버텼고 아흐레 동안 어머니와 말을 하지 않았다! 게다가 1968년의 혼란스러운 정세 때문에 어머니가 흔들리게 되었다…… 온 세상이 제 무덤을 파던 시기였으니까. 아들아, 가라. 가서 구슬치기를 하고 놀아라……

　나는 그들에게로 돌아갔다, 그렇지만 내 어머니의 포기에는 이런저런 신신당부와 엄격한 시간 규제가 따랐다. 그의 행동거지가 어떻고,

위로 〈1〉 199

나의 몸이며, 그의 손이 어떻고…… 나로서는 전혀 이해할 수 없었던 말들.

물론 요즘에 와서는 나도 다르게 생각하게 되었다…… 만일 내게 자식이 있다면 과연 유모처럼 괴상한 사람에게 아이를 맡길 수 있을 것인가? 모르겠다…… 아마 나 역시 이모저모로 망설이겠지. 하지만 그렇지 않았다…… 우리에겐 겁날 게 없었다…… 불안한 부분이라고는 눈곱만치도 없었다. 유모가 밤에 무슨 짓을 하는지, 우리와는 상관 없는 일이었을 뿐더러 우리와 함께 있을 때에 그는 세상에서 제일 점 잖은 사람이었으니까. 천사가 따로 없었다. '심장아 입 닥치고 있으렴' (*1950년대에 유행하던 향수의 이름) 향수냄새를 풀풀 풍기며 우리가 평화롭게 전쟁놀이를 할 수 있도록 해 주는 수호천사.

게다가 유모의 일은 핑계에 지나지 않았다. 어머니의 신경을 거슬 렀던 인물은 다름 아닌 아누크였다. 이해할 수 있는 일이다. 지난날 아버지가 고민했던 그 일은 두고두고 이야깃거리가 되었다……

나는 알렉시스네 집에 가서 구슬치기를 하고 놀 수는 있었으나 집 에서 그 이름을 입에 담는 것은 금기가 되었다. 정확히 무슨 일이 있 었는지 나는 모른다. 아니면 너무 잘 알고 있는 것일지도. 그녀와 함 께 살고 싶어하는 남자는 아무도 없었지만, 그녀의 관심을 받고 싶어 하는 남자는 수두룩했다……

기분이 좋을 때, 현기증에 시달리지 않을 때, 그녀는 묶었던 머리를 풀어헤치고 맨발로 걸어다니곤 했다. 자신의 피부가 아직 부드럽다 는 사실이 문득 기억날 때면, 그럴 때면…… 그녀는 태양이었다. 그녀 가 어디로 가든, 그녀가 무슨 말을 하든, 모두의 얼굴이 그녀의 움직 임을 따라 돌았고 모두가 그녀의 관심을 원했다. 그녀가 아파할 줄 알

면서도, 팔찌가 딸랑거리는 소리를 잠시나마 멈추기 위해 모두가 그녀의 팔을 붙잡고 싶어했다. 잠시나마라도. 찌푸린 얼굴, 혹은 따가운 눈총의 시간. 침묵의, 포기의, 그녀의 것이라면 아무것이라도 좋은. 정말로, 아무것이라도. 그러나 그녀만의 것으로.

아, 그랬다…… 그녀가 듣는 말들은 모두 거짓이었다.

내가 질투했던 거냐고? 그럴 리가.

아니, 사실은 질투를 했다.

그러나 괴로워하지는 않았다. 나름대로의 방법을 터득했으니까. 나도 나이를 먹으면 그만이었다. 하루 또 하루. 나도 나이가 들어가고 있었다.

그리고 그녀에 대해 내가 아는 것, 그녀가 내게 준 것, 내가 가지고 있던 것을 다른 이들은 절대 가질 수 없었다. 그들을 대할 때, 그녀는 딴 목소리를 냈고 너무 빨리 말했으며 너무 크게 웃었다. 그러나 나와 함께 있을 때에는 달랐다. 그냥, 그저 그녀일 뿐이었다.

그러니까, 그녀가 사랑한 사람은 바로 나였다.

그때 내 나이가 몇이었던가? 아홉 살? 열 살?

사실, 빨리 나이를 먹고 싶었던 건 아누크 때문이 아니었다. 내 어머니, 여형제들, 학교의 여선생들 그리고 스카우트의 여 대장을 견딜 수가 없었다. 내 주변에 있던 모든 여자들은 하나같이 나를 실망시켰다. 못생긴 데다가 아무것도 이해하지 못했으며 궁금해하는 것이라고는 내가 구구단을 외고 있는지, 혹은 속셔츠를 갈아입었는지 따위였으니.

그랬다.

내가 빨리 어른이 되고 싶었던 단 한 가지 이유는 그녀들에게서 벗

위로 〈1〉 201

어나기 위해서였다. 그뿐이었다.

아누크는…… 아누크에게는 나이라는 것이 없었으니까, 그녀의 말을 들어주고 그녀가 거짓말을 할 때 알아챌 수 있는 사람은 세상에 나밖에 없었으니까, 다른 이들이 나를 찰리 혹은 샤를로라고 부르는 것을 못견뎌하는 그녀였으니까, 내 이름이 부드럽고도 우아하다고, 나와 너무 잘 어울린다고 말해주던 그녀였으니까, 언제나 내 의견을 물었고 내 말이 맞는다고 인정해 주던 그녀였으니까.

나 같은 코흘리개가 어떻게 그렇게 자신만만할 수 있었냐고?

그야, 그녀가 그렇게 말해주었으니까!

내가 그 집에서 한 밤을 자고 등교를 할 때면, 그녀는 우리 책가방에 간식꾸러미를 넣어주곤 했다.

쉬는 시간이 되면 우리는 한 손에는 구슬주머니를, 다른 손에는 알루미늄 호일에 싼 간식을 들고 다른 애들이 모여 있는 곳으로 갔다.

"와아!" 알렉시스가 신이 나서 알루미늄 호일을 벗겨냈다. "말하는 과자다!" 나는 자갈돌 사이에 쭈그리고 앉아 바닥에 금을 긋고 있었다. (어느새……)

"들어봐. '내겐 너무나 소중한 너, 너는 나를 웃게 해.'" 그는 위에 쓰인 글귀를 큰 소리로 읽고 나서 과자를 우걱우걱 씹어 먹었다.

나는 허벅지에 손바닥을 문질렀다.

"네 건? 뭐라고 씌어 있어?"

"내 거?" 얼핏 본 내 몫의 과자에는 단 한 문장이 씌어 있었을 뿐이었다.

"그래, 뭐야?"

"아무것도……"

202 안나 가발다 장편소설

"아무 말도 안 써 있어?"

"아니, '아무것도' 라고 씌어 있다고."

"에이…… 시시해…… 좋아…… 누가 먼저 시작할까?"

"너 먼저 해." 나는 과자를 윗옷 주머니에 넣으려고 일어섰다.

우리는 구슬치기를 했고 그날 나는 구슬을 참 많이 잃었다…… 노란 고양이 눈 같은 구슬을 모두……

"야! 너 왜 그래? 이제 보니 실력이 형편없네?"

나는 빙그레 웃었다. 먼지 속에서, 그리고 교실로 들어가는 줄 속에서. 주머니 속에 넣어둔 과자를 사물함 안에 넣었다가, 집에 가져와서는 침대 밑에 숨겼다. 한밤중에 몇 번이고 일어나서 과자를 이리저리로 옮기며, 나는 또 빙그레 웃었다.

 미친 듯이.

그 후로 사십 년이 흘렀지만, 샤를르는 그보다 더 감동적인 고백을 들어보지 못했다……

과자는 부스러져버렸고 결국 그는 그것을 먹지 못했다. 기숙사에 갔다가 집에 다시 돌아왔을 때에도 그녀는 웃어주었다. 그리고 그는 그녀를 믿었다. 그리고 그도 늙어갔다. 몸도 불었다, 그리고…… 그녀는 죽었다.

그뿐이다.

자, 자, 발랑다, 그건 그냥 과자일 뿐이었어…… 요즘 그 과자를 뭐라고 부르는 줄 아나? 심심풀이 과자라고 한다고. 게다가 자넨 어린 꼬마였잖아.

웃기는 일이야, 안 그래?

웃겨.

그래, 하지만……

변명을 늘어놓을 틈이 없었다. 스르르 무너지고 말았다.

3

공항에서는 운전수가 그의 이름이 적힌 팻말을 들고서 그를 기다리고 있었다.

호텔에서는 텔레비전 화면에 그의 이름을 띄워놓은 방이 그를 기다리고 있었다.

베개 위에는 초콜릿과 내일의 날씨예보가 적힌 카드.

구름 많음.

또 다른 밤이 시작되고 있었었지만 잠이 오지 않았다. 한숨이 나왔다. 또 시작이군, 다시 시차에 시달리겠지. 예전에는 시차 따윈 너끈히 이겨냈었는데. 이젠 그의 가련한 몸뚱이가 불안해하고 있었다. 기분이…… 의욕이 없었다. 바로 내려가 버번위스키를 주문해 놓고 지역 신문을 읽었다. 그리고 한참 후에야 벽난로 안에서 타고 있는 불이 가짜라는 사실을 깨달았다.

의자 가죽도 가짜. 꽃도 가짜. 그림도 가짜. 벽에 댄 장식 판자도. 천장의 치장벽토도. 샹들리에의 녹청도. 바에 앉아 있는 저 예쁜 여인의 웃음도. 그녀가 걸상에서 떨어지지 않도록 붙잡아주고 있는 남자의 친절도. 음악도. 양초의 불빛도. 또…… 모두. 하나도 예외 없이 모두 가짜였다. 그의 의식까지도. 부자들의 디즈니 월드라고나 할까. 미키마우스 귀가 달린 머리띠만 있으면 완벽할 것 같았다.

추위 속으로 나섰다. 몇 시간을 걸었다. 짓다 만 건물 뼈대밖에는 본 것이 없었다. 408호실 문 앞의 틈새 사이에 플라스틱 카드를 밀어 넣었다. 난방장치를 껐다. 텔레비전을 켰다. 소리를 죽였다. 화면도 꺼버렸다. 창문을 열려고 애를 썼다. 욕을 퍼부었다. 포기했다. 뒤로 돌아섰다. 그리고 생애 처음으로, 덫에 걸렸다는 느낌을 받았다.

03: 17 드러누웠다.

03: 32 그리고 스스로에게 물어보았다.

04: 10 침착하게

04: 14 차분하게

04: 31 대체 여기서

05: 03 뭘 하고 있는 거냐고.

샤워를 했다. 택시를 불렀다. 집으로 돌아가자.

4

비행기표 한 장을 사느라 이렇게 비싼 돈을 줘 보거나 이토록 많은 시간을 낭비해본 것은 이번이 처음이었다. 꼬박 이틀을 허비했다. 잃어버린 시간. 되찾을 수 없는. 서류도, 전화도, 결정해야 할 사항들도, 책임도 없이. 처음에는 뭔가 잘못하고 있는 것 같았으나 점점…… 굉장히 색다른 느낌이 들었다.

토론토 공항에서도, 비행기가 몬트리올에 기항하는 동안에도 하릴없이 시간을 때웠다. 신문을 열 부도 넘게 샀고 마틸드에게 줄 자질구레한 선물과 담배 한 보루를 샀다. 추리소설도 두 권 샀지만 깜박 잊고 계산대에 그냥 놓고 나왔다.

파리 공항에 세워둔 차를 찾으러 간 시간은 아침 여덟 시. 눈꺼풀을 비볐다. 볼이 따끔거렸다. 양 팔로 핸들을 감싸안았다.

생각을 했다.

이제부터 무엇을 할지, 딱히 떠오르는 생각이 없어서, 여기서 제일 쉽게 갈 수 있는 곳을 물색해보다가 마땅히 갈 곳이 없다는 생각에 낙담을 하고 발 닿는 대로 가 보기로 결정을 했다…… 지도를 펼쳐보고, 수도 파리에 등을 돌린 채 순례자의 지팡이도 없이 몇 주 전부터 자신

의 망막에 맺힌 추한 상(像)들과 구두밑창에 들러붙은 비열한 기분을 잊겠다는 한 가지 목적만을 가지고 르와요몽 수도원(*1228년에 지어졌으며 일드프랑스 지역에서 가장 큰 규모로 일컬어지는 수도원)을 향해 차를 몰았다.

그리하여, 다시 한 번 산업지구니 상업지구니 도시계획지구니 주거지구니, 그 외의 온갖 해괴한 수식어를 단 지역들을 지나게 되었고 그녀가 죽었다는 소식을 들었던 그날 아침, 택시 운전수와 나누었던 초현실적인 대화가 머릿속에 다시 떠올랐다…… 신이 함께 하시느냐던…… 그의 인생에 신은 존재하지 않았다. 대신 그의 삶에는 건축가들이 있었다. 아주 오래 전부터.

아누크가 가족을 완전히 단념하는 데에 일조를 했던 저 흉측한 콘크리트 덩어리가 더 이상 지어지지 않도록 해 달라는 그녀의 부탁도 부탁이었지만, 그가 건축이라는 천직을 택한 데에는 수도원이 큰 부분을 차지하고 있었다. 좀더 구체적으로 말하자면 십대 시절에 읽었던 어떤 책의 영향이 굉장히 컸다. 그 일이 마치 어제일인 양 기억 속에 또렷이 떠올랐다…… 변두리 하숙집, 새로 난 파리 외곽도로에서 엎어지면 코 닿을 거리에 있던 그 집의 다락방에서 그는 페르낭 푸이용이 쓴 그 책, 『거친 돌』(*1964년 출간, 12세기를 배경으로 수도원 건축의 백미로 일컬어지는 토로네 수도원의 건축과정을 서술한 페르낭 푸이용의 소설)을 미친 듯이 읽어 내려갔다.

계절이 몇 번 바뀌는 동안 상실에 상실을 거듭하며, 의심과 암세포를 이기고 바싹 마른 대지에서 걸작을 탄생시킨 천재적인 수도사와 그를 둘러싼 여러 관계들에 한없이 빠져들었다. 그때 받은 충격이 너무 커서 그는 그 책을 다시는 읽지 않겠노라고 결심했다. 적어도 그땐

그럴 작정이었다. 결국 그 환상이 그를 영원히 따라다녔지만……

싫었다. 폴이라는 인물의 고통도, 평수도사들이 따라야 하는 규율
도, 배가 찢긴 시체로 자기가 끌던 수레 밑에 널브러진 노새도 다시
떠올리고 싶지 않았다. 그러나 첫 문장만큼은 절대 잊을 수가 없었
다. 요즘도 가끔씩 황토색 돌조각과 연장 자루들과 열다섯 살 소년 시
절에 경험했던 짜릿한 흥분을 다시 한 번 느껴보고 싶어서 낮은 목소
리로 그 문장을 되뇌어보곤 했다.

사순절 셋째 주일
빗물이 수도복에 스며들었다. 그 물이 얼어 모자 달린 겉옷의 무
거운 천이 뻣뻣해졌다. 수염도 얼어붙고 팔다리도 굳어버렸다. 우
리 손이며 발이며 얼굴은 진흙으로 얼룩지고 바람이 일으킨 모래먼
지가 온몸을 덮었다. 줄을 지어 행진을 했지만……

"앙상한 우리 몸뚱이에 잡힌 주름 역시 차갑게 얼어붙어 걷고 또
걸어도 출렁이지 않았다."
그는 김을 빼내기 위해 창문을 열었다. 그리고 낮은 소리로 책의 첫
문장을 읊조렸다.
김을 빼내다…… 이건 또 무슨 말인가? 이봐, 샤를르…… 혹시 '숨
을 쉬기 위해' 라고 말하려던 것 아닌가?
맞아, 담배 한 가치를 새로 빼 물며 그가 빙그레 웃었다. 정확해. 너
한테는 아무것도 숨길 수가 없군, 명심해 두지……

예정대로라면 그는 지금쯤 돈 많은 스크루지 영감의 거대한 저택에

서 돌팔이 약장수 같은 철근 콘크리트 업자가 늘어놓는 온갖 감언이설을 묵묵히 듣고 있어야 했다. 그러나 그럴 시간에 고속도로 출구를 놓치지 않으려고 두 눈을 깜박이고 있다니.

신선한 공기를 들이마시고 모자 달린 겉옷의 무거운 천을 잊기 위해 고개를 흔들었다. 그리고 빛을 향해 차를 몰았다.

파기한 서약을 향해, 그의 순수함을 향해, 어리석었던 젊은 시절을 향해, 혹은 아직까지도 꿈틀거리는 그의 일부를 향해.

몸을 부르르 떨었다. 그게 기뻐서인지 추워서인지, 아니면 두려워서인지 생각해보지 않기로 했다. 차 유리 창문을 올리고 바를 찾기 시작했다. 매캐한 진짜 담배냄새를 맡으며 꾀죄죄한 진짜 벽에 둘러싸여 진짜 커피를 마실 수 있는, 걸쭉한 진짜 욕지거리와 주정뱅이다운 주정뱅이와 진짜 콧수염을 기른 정말로 무뚝뚝한 진짜 술집주인이 있는 진짜배기 바를.

★★★

이곳 교회의 장엄한 건축은 화려한 왕실수도원과 간소한 수도회 수도원 사이의 타협이 이루어낸 결과물이다. 그 규모는 수아송 성당의 규모와 견줄 만하다……

샤를르는 몽롱한 상태로 고개를 들었다. 그러나…… 아무것도 보이지 않았다.

……그러나 프랑스 혁명 직후, (안내판의 설명은 계속되었다.) 이미 수도원을 제사(製絲)공장으로 변모시켰던 트라발레 후작이 공장

직공들의 집을 지을 석재를 마련하기 위해 수도원 건물을 완전히 허물어버렸다.

아, 그래?

그래서? 어째서 그런 작자의 목을 치지 않았던 걸까?

그러니까 르와요몽 수도원엔 이제 수도사가 한 명도 없다는 거군.

대신 예술가들이 살고 있다고.

거기다가 찻집도 하나.

그렇군.

다행히도 회랑은 남아 있었다.

뒷짐을 지고 성큼성큼 회랑 안을 걸었다. 그러다가 기둥 한 개에 등을 기대고 첨두아치가 교차되는 부분에 매달려 있는 제비집의 모양새를 오래도록 바라보았다.

정말로 훌륭한 건축이다……

이곳이야말로 마지막 막을 내리기에 완벽한 장소, 완벽한 순간이라는 생각이 들었다.

안녕, 제비들아, 안녕(＊샤를르 트레네가 부른 샹송의 일부), 샤를르와 알렉시스는 정식 영성체를 모시게 되었지만 유모는 그 아름다운 옷을 다시 차려입을 기회를 갖지 못했단다.

어느 날, 그가 오지 않았다. 다음 날도. 그 다음 주에도.

아누크가 그들을 안심시켰다. 다른 할 일이 있어서일 거야, 틀림없어. 그리고 다시 생각해보았다. 어쩌면 가족을 만나러 갔을지도 몰

라. 노르망디에 누나가 한 명 살고 있다고 한 것 같아…… 이번엔 표정이 심각해졌다. 무슨 문제가 있다면, 나한테 얘기했을 텐데…… 그리고 입을 다물었다.

더 이상 유모의 이야기를 꺼내지 않았다. 그리고 한밤중에 잠이 깨어 혹시 그에게서 연락이 오지 않았냐고 물었다.

상황이 좋지 않았다. 그들은 유모의 가짜 속눈썹이며 꼴사나운 얼굴이며 우스꽝스러운 머리모양이며, 그의 기타며 온갖 잡동사니들을 기억했지만, 그리고 '보비노' 니 '떼뜨 다르' 니, '알함브라' 니 그가 섰다는 파리의 카바레 이름들을 알고 있었지만, 그가 어디에 사는지, 혹은 그의 진짜 이름이 무엇인지는 까맣게 모르고 있었다. 어디에 사느냐고 물어보기는 했다, 그러나…… "저어기……" 그는 반지 낀 손가락으로 파리의 지붕들 너머를 가리켰을 뿐이었다. 그들은 더 이상 캐묻지 않았다. 그는 이미 손을 거두었고 '저기' 는 너무나 먼 곳인 것만 같았기 때문에.

"내가 어디 사는지 알고 싶니? 난 내 추억 속에서 산단다…… 이미 오래 전부터 존재하지 않는 세상…… 그곳에선 램프 불에 연필심을 데워서 쓴다고 지난번에 얘기해 줬잖니, 그리고……"

그들은 한숨을 쉬었다. 그래, 유모, 그 얘기는 백만 번도 더 들었어. 앙드레 뭐시기라는 사람이 분홍색 벚나무와 하얀색 사과나무를 키운다는 얘기. 요요 사부님과 그분이 길들인 나이팅게일들 얘기, 매일 저녁 쇼 무대의 막을 올리던 얘기, 어떤 러시아 사람의 양 손을 묶어놓았더니 보드카를 마시려고 병 주둥이를 와작와작 씹어 먹었다는 얘기, 야곱의 사다리라는 술집 여주인이 어떤 신문기자를 석탄광에 가두어두었다는 얘기, 또 아르수이으경 얘기며 플랑드르산 잡종개 자

노가 식탁에 올라가서 예쁜 언니들이 술주정뱅이 주인에게 가져다주려고 놓아둔 샴페인 잔에 코를 박아 넣었다는 얘기, 네덜란드의 어떤 무대에 올랐던 여가수 바바라 얘기, 그때 유모는 너무 심하게 울어서 화장을 다시 해야 했댔잖아.

이런 짓궂은 대답을 들으면 유모는 뾰로통하니 토라진 척하곤 했다. 그의 연극을 멈추게 할 수 있는 유일한 방법은 프레엘(＊1891-1951, 1차 대전 이후와 2차 대전 이전 시대를 풍미했던 파리 출신 프랑스의 여가수, 새소리와 흡사한 높은 목소리가 특징이며 몸집이 비대했다. 에디트 피아프에게 많은 영향을 끼쳤다.)의 흉내를 내 달라고 졸라대는 것뿐이었다. 물론 싫다고, 안 하겠다고 고집을 부리다가, 결국 양 볼을 잔뜩 부풀리고 아누크의 담배를 한 가치 뺏어 두꺼운 입술 사이에 꼬나물고는 양 손을 엉덩이에 올려놓고 쉰 목소리로 크게 노래했다.

이봐요, 친구 우우드을!

와서 한턱 내봐아아요!

오늘 밤, 난 혼자예에에요!

그 사람이 오늘 아침에 죽었거든요!

그들은 허리가 끊어지도록 웃어댔고 서투른 배우는 무대에서 내려올 수 있었다. 아주 만족스럽게.

"그리고 내가 추억 속에 살지 않을 때에는, 너희들과 함께 살고 있는 거야, 그건 너희도 잘 알고 있잖아……"

알았어, 알았다고. 하지만 유모, 대체 지금 어디에 있는 거야? 유모가 가장 사랑했던 건 우리였다며?

아누크는 병원으로 가서 유모의 어머니와 관련된 서류를 찾아보았

다. 그리고 전화를 걸어 그의 누나라는 사람에게 그의 소식을 물어보았다. 대답을 들은 그녀는 수화기를 내려놓자마자 그 자리에 쓰러지고 말았다.

동료들이 그녀를 일으켜 세웠다. 정신을 차리라며 입에 넣어준 각설탕을 그녀는 겨우 깨물 수 있었다. 침이 바싹 말라 있었다.

그날 오후, 학교 문 앞에서 기다리고 있는 아누크의 얼굴을 본 순간, 그들은 이제 다시 유모가 자신들을 기다리는 일은 없을 것이라는 사실을 알았다.

그녀는 그들을 데리고 카페로 가서 코코아를 사 주었다.

"유모가 얼굴에 화장을 하고 있어서 너희는 잘 몰랐겠지만…… 사실, 유모는 굉장히 나이가 많았어……"

"유모가 왜 죽었는데요?" 샤를르가 물었다.

"방금 얘기했잖니. 나이가 많아서……"

"그럼 이제 유모를 다시는 못 보는 거예요?"

"왜 그런 말을 하는 거니? 그렇지 않아…… 유모를 보고 싶을 땐 언제라도……"

그 장례식은 샤를르와 알렉시스가 처음으로 참석했던 장례식이었다. 그들은 잠시 머뭇거리다가 관 위에 금박 색종이 조각을 뿌렸다. 모리스 샤르피외라니, 이게 누구지?

아무도 그들에게 인사를 하지 않았다.

사람들이 다 가버렸다. 아누크는 그들의 손을 잡고 아직 메우지 않은 구덩이 옆으로 걸어갔다. 그리고 중얼거렸다.

"유모…… 이제 됐어? 그렇게 자랑하던 당신의 멋진 친구들을 다시

만난 거야? 저 위에서는 다들 아주 신이 났겠네? 그치? 그리고…… 당신의 복슬강아지들, 그 멍멍이들도 거기에 있는 거야? 응? 말해 봐……"

샤를르와 알렉시스는 산책을 하려고 자리를 떴다. 아누크는 그의 곁을 지키고 앉아 있었다. 지난 몇 년간 그랬던 것처럼.

그의 머리 쪽에 작은 조약돌을 던져보았다. 혹시라도 그가 다시 한 번 눈을 치켜뜨지 않을까 해서. 그리고 그의 곁에서 피우는 마지막 담배를 피웠다.

고마워, 소용돌이 모양의 연기가 피어올랐다. 고마워.

그들은 아무 말 없이 집으로 돌아왔다. 그리고 셋이서 똑같이, 인생은 세상에서 제일 형편없는 밤무대의 노래가사나 다를 것이 없다는 생각을 하던 그 순간, 알렉시스가 앞으로 몸을 빼더니 라디오의 볼륨을 높였다.

레오 페레가 자꾸만 그게 아니라고, 인생은 특별하다고 읊조리고 있었다. 묵묵히 그 소리를 듣고 있었던 건, 그나마 무명일 때부터 유모와 알고 지냈던 레오 페레가 부르는 노래였기 때문이었다. 그들은 그 빌어먹을 노래가 계속되는 3분 동안만 그의 말을 믿어주기로 했다. 노래가 끝나자 알렉시스는 라디오를 껐다. 그리고 다른 이야기를 했다. 그리고 그 해, 그는 유급을 했다.

어느 날 저녁, 오래 전부터 한 가지 사실 때문에 괴로워하던 아누크가 먼저 이야기를 꺼냈다. "아들, 얘기 좀 해 봐……"

"뭘?"

"유모 얘기가 나오기만 하면 화제를 돌려버리는 이유가 뭔지. 그리

위로 〈1〉   215

고 한 번도 유모를 위해 울지 않는 이유가 뭔지. 그래도 유모는 네 인생에 있어서 중요한 사람이었잖아? 엄마 말이 틀려?"

마카로니를 열심히 먹고 있던 그는 치즈가 죽 늘어나는 바람에 고개를 들 수밖에 없었다. 그렇게 두 사람의 시선이 마주쳤다.

"트럼펫 통을 열 때마다 유모 냄새가 나. 엄마도 알지, 약간 노인네 냄새 같은 그 냄새, 그리고 ……"

"그리고?"

"내가 트럼펫을 부는 건, 유모를 위한 연주를 하는 거야, 그리고……"

"그리고?"

"사람들이 나보고 트럼펫을 잘 분다고 하는 건, 그건…… 사실은 내가 울고 있기 때문인 것 같아……"

만일 할 수만 있었다면, 그 순간 그녀는 아들을 품에 안아주었으리라. 그러나 그럴 수가 없었다. 알렉시스가 엄마의 품을 더 이상 원하지 않았기 때문에.

"그러니까…… 너도 슬픈 거네?"

"아니야! 그 반대야! 난 아무렇지도 않아!"

대신 그녀는 아들을 향해 미소를 지었다. 두 팔을 활짝 벌린 잔잔한 미소를. 두 손으로 목덜미를 쓰다듬는 부드러운 미소를.

샤를르는 손목시계를 들여다보고는 뒤로 돌아 루르드 성지를 본떠 만든 자그마한 동굴을 흘깃 쳐다보았다.(화살표 위에는 '생 루이의 행로'라는 설명이 적혀 있었다. 말도 안 되는 소리……) 그리고 주차장을 향해 걸었다. 그곳에서 진혼곡을 마저 끝내기로, 다 토해내기로

했다.

　"그래. 그리고 그거 알고 있니…… 유모가 결국엔 네 어머니까지도 굴복시켰다는 걸……" 아누크의 목소리가 메아리처럼 울려 퍼졌다.

　그렇지 않았다. 아누크에게 일부러 아니라는 말을 하지는 않았지만 그건 사실이 아니었다. 그의 어머니는…… 그의 어머니는 유모 말고도 신경 쓸 일이 많았을 뿐이었다…… 집안도 가꿔야 했고, 청소도 해야 했고, 체면도 차려야 했고, 화단도 돌보아야 했다. 그리고 드골 장군이 복귀했던 것이다. 어머니는 드골 장군을 보고 마침내 마음을 놓았다.

　그러니까 아누크가 잘못 생각한 것이었다. 하지만.

　"아누크……"

　"샤를르……"

　"오늘은 이야기해 줄 수 있나요……"

　"무슨 이야기?"

　"유모가 어떻게 죽었는지……"

　침묵이 흘렀다.

　"우리한테는 나이가 많아 죽었다고 했지만, 그건 거짓말이었어요. 거짓말한 게 맞죠?"

　"그래……"

　"자살했나요?"

　"아니."

　다시 침묵.

　"말해주기 싫어요?"

"가끔은 거짓말이 도움이 될 때가 있단다…… 특히 유모의 경우엔…… 너희들을 꿈꾸게 해준 사람이잖니…… 그리고 유모가 보여주었던 온갖 마술들……"

"뛰어내린 거예요?"

"목이 베어져 있었다."

"……"

"내 이럴 줄 알았지." 그녀가 후회하는 것 같았다. "왜 난 언제나 네가 하자는 대로 하는 걸까?"

그녀는 뒤를 돌아보며 계산서를 가져다 달라고 했다.

"샤를르, 넌 단점이 하나도 없는 아이야, 하지만 말이다, 그건 참 슬픈 일이기도 하단다…… 넌 너무 똑똑해…… 그렇지만 인생에는 예상하지도 못했던 일들이 일어나기 마련이야, 사용설명서 따위에는 나와 있지도 않은 일들이…… 좀 아까 내가 이 식당에 들어왔을 때, 넌 수학 문제를 풀고 있더구나. 네 볼에 입을 맞추면서 네가 참 안됐다는 생각을 했지. 넌 세상을 네 발 아래에 굴복시키려고 너무 많은 시간을 투자하고 있어. 세상을 다 가지기 위해. 안다, 알아! 네 공부가 그렇다고 대답하겠지, 하지만…… 하지만 봐라! 이제부터는 네가 세상에서 가장 독특했던 엄마 닭의 마지막 순간을 생각하면, 아름다운 숄을 두르고 추억 속에 편히 잠든 노인의 모습이 떠오르지는 않을게다. 아니지, 아니고말고. 하지만 네가 듣고 싶다고 했으니 할 수 없잖니. 샤를르, 이제 돌아가서 수학문제를 풀려고 하면 더 이상은 집중이 되지 않을 게야. x니 y가 수도 없이 등장하는 그놈의 괄호 안에서, 넌 공중화장실에 벌거벗은 채 널브러진 영감의 시체를 떠올리게 될 테니까……"

218 안나 가발다 장편소설

"……"

"틀니도, 반지도, 신분증도 없이, 아무것도 없이…… 시체 보관소에 3주나 방치되어 있던 그 시신은 결국 어떤 여자가 꺼내갔다. 그것도 마지못해서. 하지만 천만다행인 건, 그 여자가 태어나서 처음으로 그 늙은이를 제 핏줄이라고 인정했다는 것이지. 그 버림받은 시체가 자기 막내동생의 것이라고……"

나와 함께 학교까지 걷던 그녀가 갑자기 뒤로 돌아서더니 쓰러지듯 내 품 안에 안겼다.

그녀 때문에 숨이 막혔던 건 나였지만, 그녀가 억누르고 싶어했던 건 내가 아니라 유모에 대한 추억이었다. 그리고 다음 수업이 그녀가 이를 악물며 털어놓았던 그 이야기보다 더 혼란스럽게 느껴졌던 것은, 결국은 무대 위에서 죽어간 고약한 그 늙은 배우 때문이 아니었다…… 아니, 그건 내 탓이었다. 차갑게 굳은 시체의 엄지발가락에 매달린 꼬리표를 떠올려보려고 했던 필사적인 노력에도 불구하고, 내 안의 동요가 바지감을 뚫고 나와 그녀에게 전달되는 것을 막을 수가 없었으니까. 그래, 이런 가식적인 문구 따위는 필요 없겠다. 그녀 때문에 내 물건이 불끈 서 버렸다. 그리고 나는 부끄러웠다, 이상이다.

우리는 두 시간이 넘도록 계속된 도가뉴(＊1862-1938, 프랑스의 수학자)의 계산도표와 미적분기하학 수업을 듣느라 골머리가 아팠다. 그녀가 나를 보고 똑똑하다고 했던 것은 선생의 수업 내용을 잘 이해하고 있다는 뜻이 아니었다…… 젠장, 그녀는 내가 제정신이 아니라는 사실을 너무나 잘 알고 있었던 것이다! 게다가 내 품을 벗어나면서, 그녀는 고개를 가로저었다.

위로 〈1〉 219

언제나처럼, 나는 그녀가 점심을 함께 먹자고 전화해 주기를 기다렸다. 아주 오랫동안 그녀의 연락을 기다렸던 기억이 난다⋯⋯

미련스럽게 그녀를 졸라 알게 된 그 사실은, 그녀가 털어놓았던 쓸모없는 그 이야기는 내게 더 이상 의미가 없었다. 유모와 함께 그날, 나의 어린 시절은 죽어버리고 말았으니까.

★★★

아무도 기다리는 사람이 없는 파리로 돌아가자니 시간이 너무 일렀다. 그래서 다이어리를 꺼내어 몇 달 전부터 연락을 미뤄왔던 그의 전화번호를 눌렀다.
"발랑다? 이거 놀랄 노자로군! 물론이지, 기다리고 있겠네!"

필립 뵈르누트는 로랑스의 친구였다. 부동산으로 한몫을 잡은⋯⋯ 인터넷으로 재미를 보았다고 해야 하나⋯⋯ 아니면 인터넷 부동산으로? 어쨌든, 거대한 자동차를 굴리는 사내. 침으로 축축해진 이쑤시개로 연신 이를 쑤시는 것으로 보아 치과에 갈 시간조차 낼 수 없이 바쁘신 몸.

그가 친한 척 등을 두드릴 때마다, 몸이 몇 센티미터 기우뚱해지는 샤를르는 혹시 이 손이, 확신에 찬 힘센 그의 손이, 자기 여자를, 그것도 팔뚝보다 더 위쪽 부분을 더듬지는 않았을까 라는 의문을 가져보지 않을 수 없었다⋯⋯
둘 사이에 오가는 눈길이 예사롭지 않다는 느낌을 몇 번 받았으나,

220 안나 가발다 장편소설

오늘 오후, 귀에 부착하는 최신형 휴대폰을 꽂은 채 철제 벙커 같은 차에서 내리는 그의 모습을 보고는 회심의 미소를 지을 수 있었다.

그럴 리 없지, 절대 아니야. 그녀는 눈이 꽤 높거든.

두 사람은 파리 북쪽 인쇄소로 쓰던 건물에서 만나기로 했다. '//www.뵈르누트.con'가 헐값에 사들여(당연한 일 아닌가……) 고급 주택으로 탈바꿈시키려 계획 중인 건물이었다. 몇 년 전이었다면 샤를르는 이런 약속을 잡을 생각조차 하지 않았을 것이었다. 마음에 드는 프로젝트라면 몰라도 더 이상은 개인 고객의 일은 맡고 싶지 않았다. 하지만 은행에서는…… 얼마 전부터 가해오는 은행의 압박 때문에 그는 고집을 꺾을 수밖에 없었다. 도움이 된다면 견적을 낼 그 순간까지 양복 윗저고리에 멋진 손수건을 꽂고 샴페인을 마실 줄도 알아야 했다. 참고 견뎌야 하는 것이다.

"자, 어떻게 생각하나?"

굉장한 건물이었다. 크기며, 채광이며 벽 두께며 소리의 울림을 받아내는 것까지 모든 게…… 적절했다.

"10년 동안 이런 상태로 방치되어 있었다네." 필립이 담배꽁초를 모자이크 바닥에 짓뭉개며 설명을 했다.

샤를르는 그렇게 생각할 수 없었다. 점심시간이라 잠시 자리를 비웠을 뿐, 그들이 곧 다시 돌아와 기계를 돌리고 걸상을 끌어당기고 농담을 하며 저 멋진 종이 보관함을 열고 저쪽에 놓인 잉크통을 들어 올릴 것만 같았다. 그들의 시간을 지배하는 납 테두리의 커다란 벽시계를 흘끔거리며 다시 정신없이 움직일 것만 같았다.

그는 좀더 안쪽으로 들어가 유리 너머로 사무실 내부를 들여다보았다. 서랍 손잡이, 의자 등받이, 나무쐐기, 장부책 장정, 여기 모든 것이 그것을 만지고 간 손과 세월의 흔적을 간직하고 있었다.

"뭐, 지저분한 것들이 워낙 많아서 현 상태로는 잘 알 수가 없지만 말이야, 이것들을 싹 치웠다고 한 번 상상해보게⋯⋯ 굉장할 것 같지 않은가?"

샤를르는 연장 하나를 황홀한 듯 바라보았다. 돋보기같이 생긴 아주 이상한 물건. 그는 그것을 주머니에 슬쩍 집어넣었다.

"안 그러냐고?" SUV 열쇠가 절거덕거렸다.

"그래, 맞아⋯⋯ 자네 말대로 굉장할 것 같네."

"그럼 떠오르는 게 있겠지? 이걸 어떻게 손 봐 주겠나?"

"내가?"

"당연하지⋯⋯ 자네를 벌써 몇 달 전부터 기다리고 있었는데! 그동안 토지세만 왕창 물었지! 하! 하!"

"아무것도 하지 않겠네. 아무것도 손대고 싶지 않아. 나 같으면 살림집은 따로 두고 여기에는 쉬러 오겠네. 와서 책도 읽고 생각도 하고⋯⋯"

"농담이지?"

"그래." 샤를르는 거짓말을 했다.

"자네, 오늘 좀 이상해."

"시차 때문이야. 어디 보자⋯⋯ 도면은 가지고 있나?"

"차에 있는데⋯⋯"

"그렇군. 그럼 난 이제 가 봐야겠어⋯⋯"

"어딜?"

"집에."

222   안나 가발다 장편소설

"더 돌아보지 않고?"

"뭘 돌아봐?"

"글쎄…… 가령 바깥쪽을 한 번 둘러본다든가……"

"나중에 다시 오겠네."

"그런데 자넨 내가 뭘 원하는지 물어보지도 않았잖아?"

"아……" 샤를르가 한숨을 쉬었다. "자네가 원하는 게 뭔지는 이미다 알고 있어…… 꼭 필요한 만큼만 자연스럽게, 하지만 불편한 건 싫을 테고, 바닥은 콘크리트에 옛날 기차 바닥에 깔았던 것 같은, 약간 거친 듯한 마룻널을 깔고 싶을 테고. 바닥에 유리를 간 복도를 하나 내고 철제 난간도 설치하고 싶겠지. 물론 광택을 죽인 세련된 것으로 말이야. 저기 저쪽엔 초현대식 부엌이 있었으면 하겠지. 부엌가구들은 이태리 '보피' 제품이나 독일 '불탑' 제품 같은 명품으로 했으면 할 거고…… 용암석이나 화강암이나 아니면 슬레이트를 썼으면 할 거고. 빛이 잘 들었으면 좋겠다 싶을 거고 선은 간결했으면 할 거고 재료는 고급스럽고 자연친화적인 것들로 쓰고 싶을 거야. 널찍한 서재에 맞춤형 책장들, 그리고 스칸디나비아식 벽난로를 설치하고 싶을 거고, 또 분명히 영사실이 하나 있었으면 할 거고, 그렇지? 그리고 바깥에는, 자네 취향에 딱 맞는 조경전문가를 붙여줄 생각이네. 움직이는 정원이라든가, 그런 걸 만들어 줄 걸세. 튼튼한 종자를 뿌리고 통합 살수 시스템을 설치해 준다더군. 값이 어마어마한 명품 수영장도 하나 있어야겠지. 왜 그런 것 있잖나, 뭔가 손을 안 댄 것 같으면서도 퀄리티가 높은……"

들보를 쓰다듬었다.

"당연히 '홈오토메이션, 경보장치, 감시용 카메라, 그리고 자동문' 세트도 잊어선 안 되겠지……"

위로 〈1〉 223

"……"

"내 말이 틀렸나?"

"그게…… 아니…… 근데, 그걸 어떻게 알았지?"

"그야 뭐……"

그는 이미 밖으로 나와 앞으로 진행될 살육의 현장으로는 절대 돌아가지 않겠다는 마음을 먹고 있었다.

필립이 자물쇠를 가지고 쩔쩔매다가(이런, 제대로 폼을 잡으려면 열쇠꾸러미도 저 정도로 묵직해야 한단 말인가……) 전화를 받고 소지품을 뒤져 결국 맞는 열쇠를 찾아낼 때까지 그는 잠자코 기다려주었다.

"그런데, 그걸 언제까지 해 줄 수 있지?"

'그거'란다. 표현 치고는 기가 막히다.

"언제까지 하면 되는데……?"

"크리스마스 때까지 끝낼 수 있을까?"

"문제없어. 멋진 외양간을 만들어주지……"

새 고객이 그를 흘겨보았다. 소 외양간인지 나귀 우리인지 묻고 싶은 건 아닐 테지.

샤를르는 그와 열정적인 악수를 나누고 차를 세워둔 쪽으로 걸어갔다. 필립의 차가 철책을 따라 굴러갔다.

손톱 밑에 페인트에서 긁혀 나온 가루가 박혔다.

후진 기어를 넣으며 생각했다. 늘 이런 게 남는군.

러시아에서의 수익과 HSBC 은행의 이자와 방금 전, 보청기 같은 휴대폰을 귀에 꽂은 머저리로부터 의뢰받은 시답잖은 프로젝트들을 생각하며 집까지 차를 몰았다. 생각할 게 있어서 다행이었다. 덕분에

졸음을 쫓을 수 있었으니까.

사는 게……

사는 게 참 우습다……

뭔가가 귀에 거슬린다 했더니 라디오에서 흘러나오는 소리였다. 그 사실을 깨닫기까지 한참이 걸렸다. 아예 시작할 기회를 주지 말았어야 했던 청취자들의 수다, 채널을 돌려 재즈곡이 계속 방송되는 채널로 바꾸고 마음을 가라앉혔다.

뱅뱅, 마이 베이비 셧 미 다운(*탕탕, 사랑하는 그가 나를 쐈어요—낸시 시나트라, Bang Bang my baby shot me down 중에서) 낮은 목소리의 여가수가 부르는 침울한 노래.

뱅뱅, 너무 쉽게, 그가 되받아쳤다.

너무나도 쉽게.

"넌 너무 똑똑해……" 하지만 이 말의 진짜 의미는 무엇이었을까?

그래, 난 세상을 굴복시키려 했었지. 그래, 난 출구를 찾고 있었다. 그래, 다른 애들이 깨끗한 티셔츠를 찾아다닐 때, 난 집으로 돌아왔다. 그래, 난 그녀에게 아주 복잡한 종이접기를 해 주느라 진땀을 뺐지. 거짓말을 종이 밑으로 접어 넣으며. 그리고 알렉시스를 계속 만났고 그의 모든 것을 참아주었다. 그녀가 나의 이야기 한마디를 듣기 위해, 오직 그 목적만을 위해 준비한 음식도 먹어주었다. 그 음식과, 나에게 보내는 것이 아닌 그녀의 미소에 대한 보답으로 나는 그녀가 듣고 싶어하는 말을 해 주었다. 알렉시스는 잘 지내고 있다고.

알렉시스는 잘 지내고 있어요. 내 것을 훔쳐갔고 아직도 훔치고 있으며 앞으로도 더 훔쳐갈 그 녀석은. 그는 내 부모의 소중한 것을 빼앗았고 내 할머니에게 다시는 헤어나오지 못할 크나큰 충격을 주었

위로 〈1〉   225

죠. 하지만 녀석은 잘 지내고 있어요, 정말로.

내 할머니는 돌아가셨다. 그 충격 때문이었다고 난 믿고 있다. 할머니는 추억에 의지하는 연약한 노인이었다……

그런데…… 그도 같은 짓을 하고 있는 게 아닐까? 먼지투성이 골동품들을 잔뜩 끌어내어 스스로를 파괴하고 있는 게 아닐까?

소중하지 않다는 건 아니다, 하지만 이제 그것들에서 어떤 가치를 찾을 수 있단 말인가?

어떤 가치를?

뱅뱅, 샤펠 문으로 나가는 출구가 보였다. 목적지에서 아주 가까운, 그러나 그의 집에서는 아직 먼 그곳에서 샤를르는 깨달았다. 온몸으로 느꼈다. 이제 이 모든 것들을 영원히 떨쳐버릴 때가 되었음을.

미안해요, 하지만 더 이상은 못하겠어요.

더 이상은 피곤해서라고 할 수 있는 것이 아니었다, 이건…… 권태였다.

허무.

알다시피…… 난 필기한 공책을 읽고 또 읽고 방세를 가불하고 침침한 눈을 비비며 도면을 그리는 보잘것없는 놈이었을 뿐이다. 그래도 난 당신과 알렉시스를 믿으려고 노력했었다. 그렇다, 두 사람을 이해하려고 애썼고 두 사람을 따르려고 했었지, 하지만…… 그 끝은 어디란 말이지?

차들로 꽉 막힌 이 도로 위?

그리고, 알렉시스, 이 자식아, 내가 전화했던 그 저녁에 누추한 집에 발에 익은 실내화를 꿰어 신고 네 아내 코린, 그리고 딸아이 앞에

서 그토록 거만하게 굴었던 너. 예전에 내가 16구 경찰서로 널 찾으러 갔을 때, 그때도 좀 그래보지 그랬어?

물론 넌 아무것도 기억나지 않는다고 하겠지. 그럼 네 집 전화 응답기를 다시 켜 놓으라고. 내가 그날 밤 네놈이 어떤 상태였는지 아주 자세하게 설명해 줄 테니…… 숨을 참고 몇 시간 동안 애를 먹으며 네 녀석의 옷을 입히고 널 짊어지고 차로 데려갔다. 짊어졌다고, 알아듣겠냐? 부축한 게 아니라 널 짊어졌단 말이다. 넌 울면서 내게 또다시 거짓말을 했지. 최악이었다. 그 모든 세월과 어릴 적의 맹세와 제다이 기사의 포스와 유모와 음악과, 그리고 클레르, 네 어머니, 그리고 내 어머니, 그리고 이제는 기억나지도 않는 그 모든 얼굴들과의 추억을 함께 나눈 네 입에서 나온 소리는 순 쓰레기 같은 것들뿐이었지.

나는 그 입을 닥치기 위해 너를 한 대 패 준 다음 널 오텔듀 병원 응급실에 넣어버렸다.

처음으로 나는 네 옆에 있어주지 않았지, 그리고 난 내 자신을 원망했다.

그래, 후회했다. 그날 밤, 네놈이 그냥 죽게 내버려두지 않은 것을……

넌 다시 기운을 차린 것 같다. 이제 발신인 없는 편지를 보낼 만큼, 네 어머니를 폐기 처분해버릴 만큼, 나를 비웃을 수 있을 만큼 강해져 있더란 말이다. 잘 됐어, 잘 된 일이야. 하지만 내 생각을 말해줄까? 나는 말이지, 네 생각만 하면 아직도 그 지린내가 느껴져.

그리고 토사물의 냄새도.

아누크가 어떻게 죽었는지는 모르지만, 내가 기숙사로 돌아가기 전

위로 〈1〉 227

에 너희 집에 들렀던 그 일요일 저녁을 난 기억하고 있다.

그때 난 지금 마틸드 나이 정도 되었던 것 같다. 하지만 불행히도 난 그 애만큼 영악하지 못했다…… 훨씬 못 미쳤지. 그냥 어수룩하기만 했었다. 어른들이라면 그저 믿고 따라야 하는 줄로만 알았고 삶이 궤도를 슬그머니 이탈해도 그냥 그러려니 했었다. 그래, 난 어린애였다. 엄마가 시키는 대로 집에서 구운 케이크를 들고 이웃집에 인사를 전하러 가는.

참 오랜만에 두 사람을 만나러 간 것이었지. 나는 셔츠의 맨 위 단추를 풀고 초인종을 눌렀다.

성인군자들 같은 내 가족들에게서 빠져나와 너희 집에 갈 수 있어서 난 너무 좋았다. 두 사람의 호흡을 느낄 수 있어서. 엉망으로 어질러진 너희 집 부엌에 앉아 있는 것, 아누크가 팔찌를 몇 개 끼고 있는지 세어보며 그녀의 기분을 짐작해보는 것, 또 그녀가 네게 연주를 해달라고 부탁하는 소리를 듣는 것, 네가 그 청을 거절하겠지 라고 짐작해 보는 것, 그녀와 이야기하는 것, 그녀가 하는 무거운 질문에 고민하는 것, 그녀가 내 팔을, 어깨를, 머리카락을 만지도록 그냥 두는 것, 머리에 키스를 해도 가만히 있는 것, 그러면서 어느새 이렇게 자라버렸네, 잘생기기도 했지, 세월이 너무나 빠르구나, 어쩜 이렇게……라고 말하는 소리를 듣는 것이 모두 좋았다. 그리고 그녀가 언제 유모 이야기를 할지 그 순간을 엿보았다. 그러나 그녀는 무의식중에 한 손으로 다른 쪽 손목을 잡으며 말을 참았고 손목을 놓고 이마를 짚으며 다시 웃었지. 곧 네가 허풍을 떨며 소파에 풀썩 드러누워 우리의 쑥덕공론에 가담해서 우리의 어색한 침묵을 깨뜨려 주리라는 확신도 있었다……

두 사람은 알지 못했을 테지, 절대 몰랐을 테지. 너희 집을 나서면, 너무나 긴 저녁시간이, 너무나 견디기 힘든 사람들이, 너무나 잘난 척하는 바보들이 날 기다리고 있다는 사실을.

너와 네 어머니는 내 인생이었다.

아니, 두 사람은 그 사실을 이해할 수 없었을 것이다. 아무에게도 복종해보지 않은, '규율'이라는 말의 의미조차 부정하는 너와 네 어머니는.

혹시 내가 두 사람을 미화했던 걸까? 어쨌거나 내 생각은 그랬다. 그러니 인정하란 말이다, 나의 그런 점을 둘이서 은근히 즐기고 있었다는 걸…… 나는 너와 네 어머니를 원래 모습보다 더 아름답게 보이도록 부옇게 처리했었던 모양이다. 나의 우상이었던 저 위대한 레오나르도 다 빈치의 스푸마토 그림처럼 내 기억들을 문질러 두 사람을 흐릿하게 만들었던 것이지. 식탁 끝에 자리를 잡고 너와 네 어머니가 싸우는 소리를 들으며, 완전히 망쳐진 두 사람의 모습이 그려진 캔버스의 밀랍을 꼼꼼하게 벗겨내면서, 나는 내 심장이 다시 뛰고 있는 것을 느꼈지.

피가.

피가 다시 돌고 있었어.

"넌 왜 그렇게 바보처럼 웃고 있는 거야?" 알렉시스, 네가 던진 말이었다.

왜 웃고 있었냐고?

내가 딛고 있는 땅이 참 단단하게 느껴져서 그랬다.

두 집 건너에 사는 내 가족들이 십오 년 동안 내게 가르쳐주었던 것은, 인생은 온갖 의무와 고난의 연속이라는 것이었다. 끊임없이 채찍질을 당해야 한다더군. 그냥 얻어지는 것은 아무것도 없으며, 모든 것

에는 보상이 따른다고. 그런데 그 보상이라는 것은, 이를테면, 더 이상 아무것도 존중하지 않는 사회에서는 아주 위험한 개념이 되어버렸다고 배웠지. 죽음의 고통조차도 말이야! 그런데 너와 네 어머니는, 두 사람은…… 항상 텅 비어 있는 너희 집 냉장고 때문에, 항상 열려 있는 너희 집 대문 때문에, 너와 네 어머니의 사이코드라마 때문에, 시시한 그 계략들과 개똥철학 때문에 웃었던 것이었다. 이승에는 쌓아둘 것이 아무것도 없다는, 그리고 행복이란 지금 여기, 착한 마음을 가진 사람들과 함께 하는 소박한 음식 앞에 있다는 두 사람의 확신이 완전히 틀렸다는 것이 드러나고 있었기 때문에.

아누크가 생각하는 유일한 보상은 죽지 않고 살아 있다는 것, 아프지 않고 건강하다는 것이었다. 애들아, 먹어라, 어서 먹어, 그리고 알렉시스, 포크 좀 덜걱거리지 마라, 귀가 아파 죽겠잖니, 시끄러운 소리를 낼 시간은 앞으로도 얼마든지 있으니까, 제발 2분만 조용히 해주렴.

하지만 그날은 아무리 문을 두드려도 대답이 없었다. 한참동안 그러고 있다가 집으로 돌아가려는 순간, 낯선 목소리가 들렸다.

"누구세요?"

"빨간 망토예요."

"……"

"어이! 여봐요! 아무도 없나요?"

"……"

"케이크와 버터 배달 왔어요." 문이 열렸다.

그녀는 등을 돌렸다. 등이 굽은 실내복 차림의 그림자, 헝클어진 머리카락, 그리고 손에는 담뱃갑이.

"아누크?"

"……"

"왜 그래요?"

"두려워서 돌아설 수가 없어, 샤를르. 난…… 네게 이런 꼴을 보여주고 싶지 않아, 난……"

침묵.

"알겠어요……" 나는 한마디 한마디에 힘을 주어 말했다. "접시는 식탁 위에 둘게요, 그리고……"

그녀가 돌아섰다.

무엇보다 그녀의 눈이. 등골이 오싹해진 건 그녀의 두 눈 때문이었다.

"아누크, 어디가 아픈 거예요?"

"그 애가 떠났다."

"네?"

"알렉시스가 떠났어."

나는 구역질나는 딸기 케이크를 어서 빨리 내려놓고 싶어서 부엌으로 걸어 들어갔다. 그리고 그 순간에 이미 너희 집에 온 것을 후회하고 있었다. 혼란스러웠다. 내 자리는 여기가 아닌데. 이건 내가 감당할 수 있는 상황이 아닌데.

해야 할 숙제가 있었다. 빨리 돌아가고 싶었다.

"어디로 갔는데요?"

"아버지와 함께 가버렸어……"

네 아버지라는 작자에 관해서는 익히 들어 알고 있었다. 몇 달 전에 끝내주는 알파 로메오를 타고 다시 나타난 방탕아. "너한테 잘해주

위로 〈1〉 231

니?" "그럭저럭……" 너는 이렇게 대답했고 우리는 더 이상 네 아버지를 거론하지 않았다. 그럭저럭. 그 말 때문에 나는 네 아버지가 좀 무디고 평범한 사람이라는 인상을 받았더랬다.

이럴 수가. 내게 털어놓지 않은 이야기가 있었던 거였다…… 그때 내 머릿속에 떠오른 생각은 이런 것이었다. 어떡하지? 엄마를 부를까?

"그래도, 저…… 알렉시스는 돌아올 거예요."

"정말 그렇게 생각하니?"

"……"

"짐을 모두 싸가지고 갔어……"

"……"

"그 애도 너처럼…… 일요일마다 케이크를 먹으러 집에 오겠지……"

그 미소, 차라리 슬픈 표정이 더 낫겠다 싶었다.

술병 몇 개를 엎어보던 그녀는 결국 큰 컵에 물을 따라 단숨에 들이 켰다.

어떡하나. 나는 어떻게 하면 그녀를 피해 복도로 나갈 수 있을까 궁리하기 시작했다. 이런 일을 직접 목격하고 싶지는 않았다. 나는 그녀가 술을 마셨다는 사실을 감지했지만 얼마큼을 마셨는지는 알고 싶지 않았다. 그건 내가 상관할 바 없는 일이었다. 그녀가 옷을 다시 입으면 난 돌아가리라.

그러나 그녀는 움직이지 않았다. 힘겹게 나를 바라보고만 있었다. 목을 쓰다듬고 머리를 긁적거리고 코를 문질렀다. 그리고 물에 빠져 죽어가는 사람처럼 입을 벌렸다가 다시 닫았다. 덫에 걸린 작은 짐승 같아보였다. 당장이라도 제 발을 쥐어뜯을 것만 같은. 그리고 옆방으

로 가서 죽어버릴 것만 같은. 그런데 나는…… 난 창밖의 구름을 쳐다
보고 있었다.

"혼자 아이를 키운다는 게 어떤 건지 아니?"

나는 아무 대답도 하지 않았다. 어쨌거나 그건 질문이 아니었다. 이
상황을 탈피해보려고 기를 쓰고 열었던 일종의 돌파구였다. 난 그리
용감하다고 할 수는 없었지만 완전한 꼴통도 아니었다.

"넌 계산을 잘 하니까 금방 알겠네. 15년이면 며칠이나 되지?"

이건 분명 질문이었다.

"글쎄요…… 5천일이 조금 넘는 것 같네요."

그녀는 컵을 내려놓고 담배에 불을 붙였다. 손이 떨리고 있었다.

"5천…… 5천일의 낮과 5천일의 밤…… 이해할 수 있겠니? 5천일
낮과 5천일 밤을 혼자…… 지금 옳은 일을 하고 있는 걸까, 끝까지 해
낼 수 있을까 의심하면서…… 고민하고…… 일하고. 자신을 버려가
면서. 5천일 동안 낮에는 노예선을 젓고 밤에는 집구석에 틀어박혀
있는 게 어떤 건지. 나만의 시간을 내는 것은 꿈도 꿀 수 없는 노릇이
고, 단 하루의 휴가도, 잠시 숨을 돌리기 위해 애를 맡길 부모도, 형제
자매도 없는 그런 상황을. 나도 한때 예뻤다는 사실을 기억하게 해 주
는 사람도 아무도 없는…… 애 아빠가 왜 우리를 버렸을까 생각했던
시간만 해도 수천 시간이 넘는데, 어느 날 아침, 그 개 같은 놈이 다시
나타났다면, 그땐 어떻게 해야 하는 거지? 그렇게 지내버린 수천 시
간이 후회스럽더라, 앞으로 남은 시간에 비하면 그건 아무것도 아니
니까……"

이마를 벽에 부딪쳤다.

"생각해봐라, 으리으리한 저택에 사는 아버지라면…… 초라한 간

호사와는 달라도 한참 다르지 않겠니?"

그녀는 자꾸 내게 말을 걸었지만, 난 그 덫에 걸려들고 싶지 않았다. 그녀는 의미 없는 이야기를 길게 늘어놓았지만 그런 일을 이해하기에는 난 너무 어렸다. 아버지가 말했듯 그건 내 나이에 어울리는 일이 아니었다. 그랬다. 나로서는 그녀를 비난할 수도, 편을 들 수도 없는 일이었다. 제발 이번 한 번만이라도 혼자 해결해주길 바랄 뿐.

"할 말이 없니?"

"네."

"네가 옳다. 말할 여지가 없지. 그런데 말이다, 난 그 애를 이해할 수 있어…… 나도 속았으니까…… 음악 하는 사람들은 세상에서 제일 고약한 인간 망종이거든, 정말이야…… 모두 속고 있는 거야. 음악을 한다고 하면 죄다 모차르트 같은 줄로 알고 있는데, 천만에, 다들 사기꾼인걸. 이제 끝났다 싶으면 눈을 감아버리는 엉터리들이라고. 볼장 다 봤다고 판단되는 그 순간, 두 눈을 감고, 그리고 웃으면서…… 난 그들이 싫다. 증오스러워.

내가 좋은 엄마인 적이 한 번도 없었다는 건 나도 잘 알고 있다. 하지만 힘들었다. 알겠니? 알렉시스가 태어났을 때, 내 나이는 스물도 채 안 되었었고, 그리고…… 애 아빠는 종적을 감췄지…… 산파가 점심시간에 출생신고를 하러 갔다가 '가족수첩'이라는 물건을 가지고 돌아왔어. 아주 의기양양하게. 난 다시 울기 시작했지. 가족수첩이라니, 나보고 어쩌라고, 당장 다음 토요일에 병원을 나가면 살 집도 없는 나한테 뭘 어쩌라는 거냐고. 같은 방에 있던 산모는 울지 말라고, 그렇게 울면 젖이 시어진다고 자꾸만 참견을 했지. 하지만 난 젖도 나오지 않았는걸! 젖이 안 나왔어, 젠장! 나는 울며 보채는 아기를 내려다보면서……"

234 안나 가발다 장편소설

나는 어금니를 깨물었다. 제발 입 좀 다물어주길, 제발 그만해주길 바라면서. 왜 나에게 이런 얘길 늘어놓는 거지? 동네 아줌마들이나 이해할 수 있는 얘기들을? 자기를 한 번도 배신한 적도 없는 나인데 왜 이런 얘길 억지로 들어야 하지? 언제나 자기편을 들어준 나에게…… 그때, 나는 내 가족에게로 돌아갈 수만 있다면 뭐든 다 내놓고 싶은 심정으로 그 자리에 서 있었다. 정상적인 사람들, 감정을 조절할 수 있는 사람들, 보상받을 만한 사람들. 고함을 치지도, 싱크대에 빈 술병을 쌓아두지도 않는, 혹시 속내를 털어놓아야 할 일이 있을 땐, 우리를 방으로 들여보내는 내 부모에게로……

담뱃재가 그녀의 옷소매 안으로 떨어졌지.

"살았는지, 죽었는지 알 길도 없었고 편지 한 통 못 받았다. 도움은 커녕 아무런 설명도, 아무것도…… 자기 아들이름이 궁금하지도 않았는지…… 알렉시스에게는 아르헨티나에 있었다고 했다더구나, 그렇지만 난 그 말을 믿지 않아. 아르헨티나 좋아하네. 왜, 아예 라스베가스라고 하지?' 그녀는 울고 있었다.

"날 그렇게 힘들게 해 놓고, 이젠 아이를 뺏어가다니. 바퀴 찢어지는 소리를 내면서 차를 세우고 나타나서는 애를 꼬이고, 선물을 주고, 늙은 엄마에게 작별인사를 시켜? 역겨운 자식……"

"이만 가봐야겠어요. 안 그러면 기차를 놓치거든요."

"그래, 가라. 너도 가 버려. 알렉시스처럼, 그 애비처럼, 너도 날 버리고 가라고……"

그녀의 곁을 지나면서, 나는 내가 그녀보다 키가 크다는 것을 깨달았다.

"부탁이야…… 가지 마……" 그녀가 내 손을 잡고 자기 배에 갖다

위로 〈1〉   235

대었다. 나는 화들짝 놀라 손을 뺐다. 그녀는 완전히 취해 있었다.

"미안하구나……" 그리고 그녀가 옷자락을 여미며 중얼거렸다. "미안해……"

현관문을 열고 나가려는데 그녀가 나를 불렀지.

"샤를르!"

"네."

"미안하다."

"……"

"아무 말이라도 해 보렴."

나는 뒤를 돌아보았다.

"알렉시스는 돌아올 거예요."

"그렇게 생각하니?"

클리쉬 광장에서 오도 가도 못한 채, 81번지 건물 뒤쪽, 다른 세상 속에서 나는 마침내 그녀가 턱을 들었을 때 보았던 그 회의적인 미소를 완벽하게 기억해냈다. 너무나 고통스러워보이던, 너무나…… 무기력해보이던 그 얼굴과 그의 등뒤에서 났던 문 닫히는 소리와 살아 있는 자들의 세계와 그를 갈라놓았던 그 계단을. 스물일곱 계단.

스물일곱 계단을 내려오는 동안, 나는 차츰 바보가 되어가는 듯한, 몸이 무거워지는 듯한 느낌을 받았다. 스물일곱 번 허공에 발을 띄우며 주머니에 넣은 손을 더 꽉 쥐었더랬다. 스물일곱 계단을 밟으며 이젠 끝났다는, 다른 쪽으로 넘어왔다는 실감을 했다. 아누크가 안됐다거나 네가 잘못했다거나, 그런 생각은 다 뒷전이었다. 신이 났다. 네 자리를 차지할 수 있게 되었으니까.

어머니가 접시를 가져오지 않았다고 핀잔을 주었지만, 난 난생 처음으로 그 말을 귓전으로 흘려버렸다.

어린 소년의 껍질을 너희 집 계단에 벗어두고 온 참이었다.

그날 밤, 나는 기차 안에서 책을 들여다보지 않았다. 대신, 오른손을 소중히 끌어안고 잠을 잤다. 먼저 내 손을 잡은 건 그녀였다…… 그래도 부끄러웠다, 그건 그냥…… 내가 좀더 나이를 먹었다는 의미였다.

내 말이 옳았음은 그 후에 증명되었다. 알렉시스가 돌아왔다.

"아버지가 언제 다시 데리러 온다던?" 부활절 방학이 끝날 무렵, 아누크가 그에게 물었다.

"이제 안 올 거야."

내 어머니가 손을 쓴 덕에, 그는 생조제프 중학교에 남는 자리를 하나 구했고 나도 다시 내 자리를 찾았다. 뒤로 밀려난 자리……

나는 한시름을 놓았다. 운명의 여신과, 아니 더 정확하게 악마와 계약을 맺은 아누크는 완전히 변해 있었다. 술을 끊고, 머리를 짧게 잘랐으며 새 직장을 구하고 더 이상은 환자들이 자신을 무너뜨리도록 내버려두지 않았다. 그들을 진정시키는 것으로 끝을 냈다.

또 아파트의 페인트칠을 다시 하기로 결심을 했다. 그냥 그렇게 갑자기, 커피를 마시고 난 후 손가락을 튕기더니.

"가서 샤를르를 불러와라! 이번 주말엔 부엌을 공격하는 거다!"

그리고 셋이서 벽을 닦고 있던 그 때, 우리는 역사의 숨은 뜻을 알게 되었다…… 그의 아버지에 대한 이야기가 어떻게 화제에 올랐는지는 모르겠다. 그러나 아누크와 나는 잠시 열심히 놀리던 스펀지를

위로 〈1〉   237

내려놓았다.

"사실 아버지에게는 파트너가 필요했던 거야, 그런데 내가 아직 돈을 벌 수 있을 만큼 나이가 차지 않았다는 걸 알고는, 끝을 낸 거지. 나도 이젠 아버지 따위 관심 없어……"

"그만 해……" 아누크가 한숨을 내쉬었다.

"정말이야! 그 바보가 계산을 잘못 했던 거라고! '너, 열다섯 살밖에 안 됐냐? 이제 겨우 열다섯 살이야?' 막 흥분을 하면서 계속 그렇게 물어봤어. '확실해? 정말 열다섯 살밖에 안 됐어?'"

알렉시스가 웃기에 우리도 따라 웃었다, 하지만…… 무슨 말을 해야 했을까…… 생마크표 세제로 페인트도 닦아낼 수 있네, 그치? 아니, 내가 이런 실없는 말을 한 까닭은 다시 대화를 시작하기까지, 그 긴 시간 동안의 어색함을 무마시키기 위해서였다. 소다수를 묻힌 스펀지로 다시 벽을 문지르면서……

"내가 분위기를 깨 버렸네." 알렉시스가 농담조로 말했다. "에이, 그러면 좀 어때! 이렇게 죽지 않고 살아왔잖아……"

내 계산이 전부 틀렸다. 그녀는 알렉시스가 집을 떠난 이후에 살아남지 못했다. 그가 떠난 이후 나를 한 번도 만나주지 않았다. 그녀의 집 대문을 한참동안이나 두드렸지만 헛수고였다. 나는 걱정을 한 가득 안고 다 썩은 그 집 계단을 도로 뛰어내려와야만 했다.

내가 완전히 잘못 생각한 것이었다. 그의 자리는 절대 비워지지 않았다.

그러나 편지 한 통을 받았다…… 기숙사 생활 4년 동안 받아본 편지라고는 그 편지 한 통밖에 없었다.

어제 문을 열어주지 않은 것, 미안하다. 네 생각을 자주 하고 있

단다. 너희들이 보고 싶구나. 사랑한다, 너희들을.

처음엔 약간 짜증이 났다. 그래서 '너희들'이라는 단어를 지워버렸다가 마침내는 그 편지를 태워버리고 말았다. 그녀도 날 보고 싶어하는지, 내가 알고 싶었던 건 그것뿐이었다.

그런데, 난 어째서 이 모든 것들을 다시 파헤치고 있는 거지? 아, 그래…… 묘지……

이제 넌 어른이니까…… 너의 배신은, 네가 하는 모든 일은 합법적인 게 맞다……

네가 이태리제 스포츠카를 타고 잠시 사라졌던 그날 이후, 아누크는 더 이상 예전의 아누크가 아니었다. 그녀가 전보다 더 조심스러워진 건…… 술을 끊어서였을까? 그 때 이후로는 우리를 안아주지도, 손을 잡아주지도 않았던 건, 뭔가를 억누르고 있었기 때문이었을까? 더 이상은 음식을 먹여주지도, 속마음을 털어놓지도 않았던 이유가 그 때문이었을까? 그건 아니라고 생각한다.

그건 그녀가 아무도 믿지 못해서였다. 혼자라는 확신이 들었기 때문이었지. 그리고 갑자기 그렇게 신중해진 건, 이상할 정도로 부드러워진 건, 전기충격을 받은 듯 사람이 변해버린 건, 그건 일종의 지혈대를 댄 것이었어. 철철 흐르는 피를 막기 위해. 그녀는 더 이상 우리에게 짓궂은 장난을 치지 않았다. 피에르라는 바보자식이 지리책을 또 잃어버렸다고 전화를 해 오면 "있잖아…… 줄리라는 여자애가 전화를……"라고 하던 그녀였는데. 네 트럼펫 소리가 유난히 아름다운 날에는 방으로 들어가 문을 잠가버렸지.

두려웠던 거야.

위로 〈1〉 239

★★★

생라자르 역 다음부터는 도로상황이 좀 나아졌다. 샤를르는 방향을 틀어 샛길로 접어들었다. 그리고 정지신호에 멈추어 설 때마다 길양 옆에 서 있는 건물들의 외관을 다시 자세히 살펴보았다. 특히 루이 16세 광장을 따라 서 있는 그 건물을 하나하나 뜯어보았다. 그가 몹시도 좋아하던, 아르데코풍의 동물 조각을 새긴 전면이 독특한 건축물.

로랑스의 마음을 얻은 것도 바로 이런 방법을 썼던 덕분이었다.

그는 가난했고 그녀는 격이 달랐다. 그런 그녀에게 줄 수 있었던 것은?

파리.

그는 다른 사람들이 절대 보지 못하는 파리의 모습을 보여주었다. 닫힌 문을 열고 담을 타고 올랐으며 그녀의 손을 끌어주었고 이마에 붙은 개머루를 떼어내 주었다. 괴인면(怪人面)이니 남상주(男像柱)니 끌로 새긴 박공장식 같은 것들을 가리키며 설명을 해 주었다. '욕망'이라는 이름의 아케이드에서 만나자는 약속을 하고 '심장이 묻힌' 거리에서 고백을 했다. 꽤나 과감했었다. 아니, 참 무모했었다.

사랑에 빠져 있었으니까.

그가 로베르 두아노의 사진에서 금방 튀어나온 것 같은 뒤축 꺾인 구두를 신은 수위들에게 학생증을 내보이는 동안 그녀는 자신의 하이힐 구두굽을 내려다보고 있었다. 그녀의 허리를 안고 목덜미에 입을 맞추며 집게손가락을 들어 저길 보라고 했다. 그녀는 눈으로 라프 가(街)를 죽 훑었지만 그가 보라던 라비로트 부인의 얼굴을 찾지 못했다. 생제르맹 록세로아의 쥐들도,

"내 눈엔 안 보이는데……" 그녀가 실망을 했다.

당연했다. 샤넬 N°5의 향기를 더 오래 느끼기 위해 엉뚱한 이무깃 돌을 가리켰으니까.

그가 남긴 가장 아름다운 스케치는 그 시절에 그린 것들이었다. 파리의 모든 여인상주(女人像柱)들이 심상치 않아 보이던 그 시절. 동그스름한 그녀의 어깨, 예쁜 코, 가슴의 윤곽 때문에.

웬 남자가 그를 향해 팔을 저으며 차 후미를 흔들고 지나갔다. 조심하라는 뜻인가.

센 강을 건너자 마음이 편해졌다. 그녀를 향해 가고 있었다는 사실을 기억해내자 행복한 기분이 들었다. 그녀, 그리고 마틸드, 성미 까다로운 그의 여인들……

모든 것에 생생한 색을 입혀주는 두 여자……

색깔이라…… 나쁘진 않다. 가끔 피곤하긴 하지만, 훨씬 더 즐겁지 않은가.

5

그는 근사한 저녁상을 차려 두 사람을 놀래주기로 했다. 일단 정육점 앞에 줄을 선 채로 메뉴를 정하고 꽃도 사고 호텔에 포도주를 대는 상점에도 들렀다.

음악을 틀고 소매를 걷어붙이고 깨끗한 행주를 찾아놓고 재료를 다듬었다. 마늘과 샬로트를 썰고 그의 무기력과 방황도 함께 다졌다. 오늘 밤엔 휴전을 하자, 그녀들의 이야기를 들어 주자.

그녀를 최고로 흥분시켜 주자. 할 수 있을 만큼 오랫동안 쓰다듬어 주자. 그녀의 옷을 벗기며 죽은 자의 흔적을 벗겨내고 그녀를 핥으며 요 며칠간의 고통을 잊자. 아누크를 땅에 묻고 알렉시스를 잊자. 클레르에게도 전화를 하자. 그래서 인생은 아름답고 그의 마누라라는 여자는 꽤나 거슬리는 목소리를 가지고 있더라고 말해주자. 내일은 마틸드를 데리러 학교 앞으로 가자. 그리고 그 애에게 칼칼한 목소리를 가진 니나 시몬느의 CD를 사 주자.

난 살아 있다는 것을 확인하기 위해 노래를 부를 뿐.

그렇다.

그는, 그는 살아 있었다.

불을 낮추고 뚜껑을 덮어두고 샤워를 하고 면도를 하고 포도주를

한 잔 따라 스피커 소리가 제일 잘 들리는 곳에 자리를 잡았다. 그리고 뵈르누트의 인쇄소 건을 생각해 보았다.

어쨌든, 그렇게 심각할 건 없었다…… 골치 아픈 견적서도 시차도 시끄러운 사건도 없이 진행할 수 있는 일이다, 이게 웬 호사냐…… 분노에 찬 인쇄공들의 표현이 문득 떠올랐다. 그 말이 얼마나 매력적이던지. 내장공사다 뭐다 하는 핑계로 좋다는 것들을 갖다 붙이는 건, '생략부호들 사이에 똥을 싸는' 것과 똑같은 짓이라던가. 그래서 그는 약속을 했다. 옛 흔적을 적당히 남겨놓겠노라고.

적어도 빛만은 살려놓겠노라고.

포도주 맛은 완벽했고 스튜냄비에서는 칙칙거리는 소리가 났다. 그는 아리따운 파리의 여인들이 돌아오기를 기다리며 시벨리우스를 들었다. 모든 준비가 잘 되어가고 있었다.

곧 교향곡 2번의 마지막 부분이다. 조용히.

머릿속도 조용히 해 주길.

★★★

잠이 깬 건 추워서였다. 그는 신음을 했다. 등이…… 정신을 차리기까지 몇 초가 걸렸다. 밤이 깊었고 준비한 저녁은…… 이런, 젠장, 그런데 몇 시나 된 거지?

열 시 삼십 분. 대체 무슨……

그는 로랑스에게 전화를 했다. 음성사서함으로 연결된단다.

마틸드와는 통화가 되었다.

"여자들끼리 어딜 간 거야?"

"샤를르 아저씨? 어? 캐나다에 간 거 아니었어?"

위로 〈1〉   243

"어디냐니까?"

"방학이잖아…… 난 아빠 집에……"

"그러니?"

"엄마가 집에 없어?"

아, 이 앙증맞은 목소리……

"잠깐, 지금 막 엘리베이터 소리가 났어." 그는 거짓말을 했다. "이만 끊을게…… 내일 다시 전화하마……"

"아저씨?"

"응?"

"엄마한테 토요일이면 괜찮겠다고 전해줘. 그럼 알아들을 거야."

"오케이."

"하나 더…… 나 있잖아, 계속 아저씨 음악을 듣고 있어……"

"어떤 거?"

"그게…… 그러니까…… 코헨 노래……"

"그러니?"

"그 노래, 너무 맘에 들어."

"좋았어, 드디어 너를 내 진짜 딸 삼을 수 있게 됐다, 그렇지?"

그리고 그는 아이의 미소를 상상하며 전화를 끊었다.

그 다음은 더 슬프다.

시벨리우스 CD를 케이스에 도로 넣고 스웨터를 입고 부엌으로 가서 냄비뚜껑을 열고 까맣게 탄 부분을 골라내다가 한숨을 쉬고 몽땅 쓰레기통에 부어버렸다. 그래도 냄비에 물을 부어놓을 여유는 잃지 않았다. 포도주병을 손에 쥐고 가소로운 촛대를 마지막으로 한 번 쳐다봐주었다.

244 안나 가발다 장편소설

불을 끄고 문을 닫고, 그러고 나서는…… 무엇을 해야 할지 더 이상은 알 수가 없었다.

그래서 아무것도 하지 않았다.

기다렸다.

마셨다.

그리고 지난 밤에 묵었던 호텔방에서 그랬던 것처럼 시계의 초침을 가만히 쳐다보았다.

책을 읽어보려 했다.

소용없었다.

오페라나 들어볼까?

너무 시끄러울걸.

자정경에 다시 정신이 들었다. 로랑스는 유리 구두가 사라질까봐 노심초사하는 부류는 아니었다……

절대로 아니었다.

게다가 오늘 밤엔 요정이 다녀간 것 같지도 않았다……

두 시간만 더 기다려보자. 좋은 사람과 저녁을 먹고 빈 택시를 찾는 데 두 시간, 가능한 일이었다.

두 시간이 지났다.

포도주를 한 병 더 땄다.

위선 부인, 세 시 십오 분 전이야.

당신은 이제 끝장이야.

마틸드가 자주 쓰는 말이었다. 별 의미도 없는.

뭐가 끝장났단 말이지?

아무것도.

모든 것이.

위로 〈1〉   245

어둠 속에서 마셨다.

자신을 위해서는 잘 한 것 같았다.
예고 없이 집에 돌아오면 어떤 일이 기다리고 있는지 똑똑히 알게
되었으니까……

사진들이 들어 있는 봉투를 찾으러 갔다.
봉투를 여는 순간, 상처를 칼로 다시 한 번 후벼 파는 듯한 아픔이
느껴졌다.

어린 시절의 알렉시스와 샤를르. 친구이자 형제였던 두 소년. 공원
에서. 정원에서. 학교 복도에서. 해변에서. 투르 드 프랑스 자전거 경
주가 열리던 날. 그의 할머니 댁에서. 시골 농장에서 기르던 토끼에
게 풀을 먹이며, 그리고 카뉘 아저씨의 트랙터 뒤에서.
알렉시스와 샤를르. 팔에 팔을 끼고. 언제나. 그리고 영원히. 함께
피를 섞고 작은 새를 구해주었지. 브레시에 있는 담뱃가게에서 《뤼》
라는 잡지 한 권을 훔쳤었다. 빨래방 뒤에서 그걸 읽으며 실컷 낄낄대
놓고 《피프 가제트》를 훔칠 걸 그랬다고 투덜거렸다. 뚱보 디디에에
게 그 잡지를 주고 그 애의 오토바이를 한 번 얻어 탔었다.
오디션을 보고 있는 알렉시스. 심각한 표정, 셔츠 단추를 목까지 채
우고 앙리가 선물한 넥타이를 맨 채 가슴에 트럼펫을 끌어안고 있는.
그 오디션이 끝난 후의 아누크. 자랑스러운 듯. 감동한 표정. 집게
손가락으로 눈 밑을 닦고 있는 그녀의 옅은 색 속눈썹.
샤를르의 누이동생 클레르를 무릎에 앉힌 벤치 위의 유모. 유모의

반지들을 가지고 노느라 고개를 숙인 클레르.

그의 아버지. 가위질된 사진. 아무 말 말기.

머리숱이 무성한 학생 시절의 그. 인상을 쓰며 카메라 렌즈에 대고 손을 흔들고 있는.

그의 부모 집에서 춤을 추고 있는 아누크.

하얀 원피스, 뒤로 당겨 묶은 머리, 첫 번째 사진에서와 똑같은, 하나도 변하지 않은 미소. 그보다 십오 년 전, 벚나무 아래에서 짓던 그 미소와.

그러나 몇 시간 후면 그녀는……

됐다, 그게 무슨 상관이랴.

샤를르는 소파에 등을 기댔다. 그런데…… 이게 대체 뭐하는 짓이란 말인가? 자신을 야멸차게 몰아붙였다. 우리에서 뒹구는 돼지처럼 과거에서 빠져나오지 못하다니, 너를 짓누르고 있는 건 현재란 말이다. 궤도에서 벗어나 있는 건 현재라고, 이 친구야. 네가 옛 추억에 빠져 훌쩍거리는 동안 네 여자는 다른 놈의 품안에 있을지도 몰라, 알기나 해?

젠장, 어떻게 좀 해 봐. 일어나. 소리 질러봐. 벽을 치라고. 그녀를 미워하란 말이야. 피를 흘려 봐.

부탁이야……

울기라도 해 봐!

비행기 안에서 다 울었어.

그럼 불행하다고 말해!

불행? 그는 고개를 가로저었다. 하지만…… 불행, 그게 의미하는 게

뭔데?

너무 마셨군. 몇 시간 후면 알게 될 거야……

아니. 천만에. 지금처럼 정신이 맑았던 적이 없는걸……

샤를르……

또 뭐? 그가 신경질을 냈다.

불행은 말이지, 행복의 반대말이야.

행복, 그것의 뜻을……

아니. 아무것도 아니다. 눈을 감았다.

우울한 기분을 떨쳐버리고 출근을 해야겠다고 마음먹은 순간, 현관문 여는 소리가 들렸다.

그녀는 그를 쳐다보지도 않고 그의 앞을 지나쳐 욕실로 갔다.

다른 남자의 정액을 씻어냈다.

그들의 방에서 옷을 입고 화장을 새로 했다.

부엌문을 열었다.

그녀가 불안해하는 것 같지는 않았다. 오히려 짜증이 난 것 같았다. 그래도 꽤 잘 참아내고 있었다. 커피를 잔에 따른 그녀가 그와 마주앉았다.

저렇게 침착할 수가, 샤를르는 입을 열 수가 없었다. 젠장, 저렇게 태연할 수가……

커피잔을 후후 불며 맞은편 소파에 앉아 어스름한 빛 속에서 그의 눈을 똑바로 마주보았다.

"내게 듣고 싶은 말이 뭐야?" 다리를 포개며 그녀가 물었다.

"없어."

"이번에는 짐을 가져왔어?"

"응. 걱정해주니 고맙네. 짐만 가져온 게 아니라……"

팔을 뻗어 서류가방 옆에 놓아둔 비닐 쇼핑백을 집어 들었다.

"내가 뭘 찾아냈는지 보라고. 마틸드에게 줄 거야……"

그는 I❤Canada라는 문구가 찍힌 야구 모자를 머리에 썼다. 양 옆에는 커다란 단풍나무 그림이 들어가 있었다.

"멋지지 않아? 그냥 내가 가져버릴까봐……"

"샤를르……"

"아무 말 하지 마." 그가 그녀의 말을 막았다. "방금 말했잖아. 당신 얘기는 듣고 싶지 않다고."

"당신이 생각하는 그런 게……"

그는 자리에서 일어나 그녀의 커피잔을 부엌에 가져다 놓았다.

"이 사진들은 다 뭐야?"

거실로 돌아와 그녀의 손에 들린 사진들을 빼앗아 봉투에 도로 집어넣었다.

"그 우스꽝스러운 모자 좀 벗어." 그녀가 한숨을 쉬었다.

"로랑스, 우리가 뭘 하고 있는 거지?"

"뭐?"

"우리가 함께 말이야, 뭘 하는 거냐고."

"다른 사람들이랑 똑같잖아. 우리가 할 수 있는 걸 하는 거지. 미래를 향해 나가는 것."

"날 빼놓고 당신 혼자서."

"알고 있어. 당신이 여기 있지 않은 지 꽤 되었으니까, 자기도 한 번 생각해 봐……"

위로 〈1〉   249

"이것 봐," 그가 다정하게 미소를 지으며 대답했다. "이건 당신이 벌인 일이야. 당신 무대라고. 역할을 바꾸지 말란 말이야, 폼포네트 (마르셀 파뇰의 〈빵집 마누라〉의 등장인물, 남편을 버리고 젊은 일꾼과 도망을 간 여자). 차라리……"

"차라리 뭐?"

"아니. 아무것도 아니야."

그녀가 엉덩이를 쭉 빼더니 치마 위에 묻은 뭔가를 긁어냈다.

"그런데…… 당신, 살이 빠졌네, 아닌가?"

그는 물건들을 그러모으고 셔츠를 갈아입었다. 그리고 문을 열고 이런 말도 안 되는 코미디의 무대를 떠났다.

"샤를르!"

그녀가 그를 따라 계단으로 나왔다.

"그만 해…… 아무것도 아니었어…… 아무것도 아니었다는 걸 당신도 알잖아……"

"물론이지…… 그래서 물어본 거야, 우리가 함께 뭘 하고 있느냐고."

"난 어젯밤 일에 대해 얘기한 거야……"

"아, 정말?" 그가 안됐다는 표정을 지었다. "그렇게 별로였어? 안됐네…… 그런데 난 말이지, 당신과 마시려고 포므롤 포도주 한 병을 온도도 딱 맞게 준비해 뒀었거든…… 이제 당신도 인정해, 인생이 참 잔인하다는 걸……"

몇 계단을 더 내려가다가 차갑게 말했다.

"오늘 밤엔 날 기다리지 마. 아스날에서 모임이 있어, 그리고……"

그녀가 그의 재킷 소매를 붙잡았다.

250 안나 가발다 장편소설

"이러지 마." 그녀가 중얼거렸다.

그는 꼼짝도 하지 않았다.

"그만 하라니까……"

뒤로 돌아섰다.

"마틸드는?"

"마틸드는 뭐?"

"마틸드를 못 만나게 하지는 않을 거지?"

처음으로, 그 아름다운 얼굴에 당황 비슷한 표정이 떠올랐다.

"왜 그런 말을 하는 거야?"

"로랑스, 내겐 더 이상 상황을 수습할 기운이 없어. 난…… 내겐 당신이 필요하다고 생각했고, 그리고……"

"그게 무슨…… 지금 무슨 소리를 하는 거야? 어딜 가려고? 뭘 하려고?"

"난 피곤해."

"피곤하다? 다시 말해줘서 고맙지만 이미 알고 있는 사실이야. 벌써 백 번은 더 들은 소리라고. 그런데 대체 그 피곤함이란 뭐지? 정확하게 무슨 의미냔 말이야!"

"모르겠어. 생각 중이야."

"들어와." 그녀가 들릴 듯 말 듯 애원했다.

"싫어."

"왜?"

"너무 슬퍼서. 우리 모양새가 너무 슬퍼서. 아이를 위한다고 이렇게 계속해 나갈 수는 없어. 그건…… 기억을 더듬어봐…… 그 때도 계단 위였어…… 그날…… 첫날, 당신이 내게 한 말을 생각해 봐……"

"내가 뭐라고 했는데?" 더 이상은 못 참겠다는 듯 그녀가 말했다.

위로 〈1〉   251

"그 무엇보다 가치가 있는 아이라고."

침묵.

"그리고 만약에 마틸드가 없었다면," 샤를르가 말을 이었다. "이 집을 떠난 쪽은 당신이었을 거야. 그것도 아주 오래 전에……"

그녀의 손톱이 그의 어깨를 파고드는 느낌이 들었다.

"사진에 있는 갈색 머리 여자는 누구야? 지난번에 죽었다고 했던 그 여자야? 내가 모르는 그 누군가의 어머니? 몇 주 전부터 우리 인생이 엉망이 되고 있는 게 그녀 때문인 거야? 대체 누군데? 대체 뭐냐고. 미시즈 로빈슨(*더스틴 호프만 주연의 영화 〈졸업〉에 등장하는 인물, 대학을 갓 졸업한 딸의 친구인 청년을 유혹하는 중년 여인) 같은 부류야?"

"당신은 이해 못할 거야……"

"아, 그래? 어디 한 번 설명해 봐." 그녀가 부르짖었다. "말해 보란 말이야. 난 바보 멍청이니까 일일이 설명을 해줘야 안다고……"

샤를르는 망설였다. 단 한 마디면 충분했지만, 감히 그 말을 입 밖에 낼 수 없었다.

그녀 때문이 아니었다. 아누크 때문이었다. 한 번도 확신을 가져 본 적이 없는 말. 지난 세월 동안 톱니바퀴 장치 속에 끼인 채 남아 있었던, 그리고 아름다운 기계를 결국 망가뜨리고 말았던 한 마디 말.

그래서 그는 대신 할 말을 골랐다. 좀더 모호하고 비겁한 표현으로.

"따뜻한 사람이었어……"

"난 우리가 이 지경까지 와 있는지는 몰랐어." 그녀가 대꾸했다.

"아, 그래? 태평이라 좋겠군."

"……"

"로랑스……" 그러나 그녀는 이미 뒤돌아 계단을 올라가고 있었다.

아주 잠시 잠깐, 그는 그녀를 붙잡을까 생각했다. 그런데 누군가가 부르는 노랫소리가 들렸다. 갓 블레스 유, 미시즈 로빈슨, 나 나 나 나—나 나 나나—. 그리고 그녀가 아무것도 이해하지 못했다는 것을 깨달았다.

앞으로도 절대로 이해하려 들지 않으리라는 것을.

그리고 난간을 붙잡고 계단을 내려갔다.

그래, 자…… 신이 그녀를 축복하시길.

그녀를 이렇게 몰아낸 지금, 그가 할 수 있는 최소한의 배려는 그것 이었다.

로랑스의 차가 몇 미터 떨어진 곳에 주차되어 있었다. 그는 그녀의 차를 지나치다가 멈추어 섰다. 그리고 되돌아와서 수첩을 한 장 찢어 그 위에 몇 글자를 적은 다음 그 종이를 와이퍼 밑에 끼워 넣었다.

그건 무엇이었을까? 가책? 후회? 고백? 작별의 인사?

아니었다. 그건……

'마틸드가 토요일이 괜찮겠다고 당신한테 전해 달랬어.'

그는 이런 사람이었다.

정확히.

샤를르 발랑다. 일주일 후면 마흔일곱 번째 생일을 맞는, 같이 사는 여자에게 딴 남자가 생겼는데도 어쩌지 못하는 우리의 주인공. 제 손 으로 키운 아이에 대해서는 아무런 권리도 주장하지 못하리라는 것 을 그도 알고 있었다. 아무런 권리도 갖지 못하리라. 그러나 더 중요 한 것이 있었다. 그 애의 관심, 혹은 기계가 완전히 망가지지는 않았 다는 증거. 그 애는, 그 작은 아이는, 잘 견뎌낼 수 있겠지.

손수건을 찾아 주머니 속을 더듬으며 걸어갔다.

다시 한 번 착각을 했던 거였다.

눈물이라면 비행기에서 다 흘려버린 줄 알았는데.

6

직원들에게 간단히 인사를 했다. 낡은 의자에 다시 앉았다. 집중이 잘 되지 않아 애를 먹었다. 먼저 컴퓨터를 켜 보았다. 새 메일 58통. 한숨이 나왔다. 쓸데없는 메일들을 걸러내면서도 집 걱정을 떨쳐버리기 위해 가끔씩 고개를 흔들었다. 그러다가 실수로 스팸 메일을 열고 말았다. 영어로 된 스팸이었다. 샤를르 발랑다, 당신 물건이 작아서 고민해 보신 적은 없으십니까? 쓴웃음을 지었다. 직원들의 하소연을 들어주고 조언과 격려의 말을 해 주었으며 수습사원 파브르가 일한 결과물을 점검하고는 눈썹을 찌푸리며 펜을 들어 손이 안 보일 정도의 속도로 그의 그림을 지워버렸다. 화면을 바꾸고 생각을 하고, 또 오랫동안 고민을 하다가 눈앞에 떠오른 로랑스의 얼굴을 지워버리고는 이해하려고 노력했다. 생각의 흐름을 놓치지 않기 위해, 걸려온 전화들을 받지 않았고, 실수 몇 가지를 바로잡고, 또다시 실수를 하고, 노트를 펼쳐보고, 성서처럼 여기는 책 몇 권을 들춰보고, 일을 하고, 다시 생각하고, 인쇄버튼을 누르고 출력된 종이를 집어오기 위해 자리에서 일어났다.

벌써 세 시구나 생각하며 프린터 앞에서 한참을 기다리다가 결국 짜증을 내며 새 종이를 찾으러 갔으나 종이가 없었다.

엄청나게 화가 치밀었다.

위로 〈1〉 255

프린터를 내리쳤다. 상자 하나를 집어던져 망그러뜨렸다. 쌍소리를 하며 길길이 뛰었다. 그를 도와주겠다는 썩 바람직하지 않은 생각을 하고 달려온 불쌍한 수습사원 마크에게 욕을 퍼부었고 지난 몇 달간의 일들을 들먹이며 직원들에게 괜한 화를 냈다. 로랑스의 남자에 대한 분풀이였다.

"종이! 종이 가져와!" 그는 미친 사람처럼 같은 말을 되풀이했다.

점심을 먹으러 가지 않았다. 담배를 피우러 건물 앞마당에 내려갔다가 아래층 사무실을 쓰고 있는 이웃과 부딪쳤다. 그가 물이 샌다고 했다.

"그런데 왜 나한테 그런 이야기를 하는 거요? 내가 배관공으로 보이쇼?"

아무도 듣지 않는 변명을 중얼거렸다. PRAT(*프랑스의 고급 문구류 제조업체) 발렌시아 지사 현장의 '경비계산서'를 묶어놓은 서류철을 검토하며 일을 다시 시작해야 했다. 포기했다, 그리고 효율성과 출자액을 고민했다, 이제 남은 세월은 경험과 이성으로 충만한 채(*프랑스의 16세기 시인 조아생 뒤벨레의 『행복하여라, 율리시즈처럼』에서 인용) 도면 속에 파묻혀 살리라.

오후 늦게, 변호사의 전화를 받았다.

"선생님이 문의하신 소송에 대한 소식을 전해드리려고 전화했지요!" 그가 농담을 했다.

"제발 저 좀 봐 주십시오." 샤를르도 농담조로 받아쳤다. "그 소식을 안 들으려고 변호사님께 그 많은 돈을 내고 있잖습니까!"

한 시간 넘게 계속된, 그 동안 상대방의 미터기가 쉬지 않고 돌아간

대화를 마친 후, 샤를르는 바로 후회할 말을 내뱉고 말았다.

"그런데 혹시…… 집안문제도 의뢰를 받으십니까?"

"어이구, 그쪽 일은 안 맡습니다! 한데 왜 그런 걸 물어보십니까?"

"아, 아무것도 아닙니다. 자…… 저희 쪽 책임에 대해 다시 이야기하도록 하죠…… 저에게 바가지를 씌울 기회들은 얼마든지 있을 테니까……"

"발랑다 씨, 제가 이미 말씀드렸지요, 책임이란 건 당신의 능력에 따르는 당연한 결과라고 말입니다."

"다음번엘랑 다른 걸 찾아보시죠. 솔직히 그 말은 이제 참아줄 수가 없거든요……"

"알았어요! 알았어! 그리고 선생이 앙브루아지에서 점심 사기로 한 약속, 전 잊지 않았습니다."

"나도 알고 있어요…… 그런데 보시다시피 감옥에 갇힌 신세다 보니……"

"아, 친구! 우리 나라의 밝은 미래가 보이는군요. 당신 같은 분이 감옥에 관심을 기울일 기회를 갖게 되다니……"

샤를르는 수화기 위에 놓인 그의 손을 오랫동안 바라보았다.

"왜 그런 걸 물어보십니까?"

그래, 왜 그랬지? 웃기는 일이었다. 그에게는 가족이 없는데.

★★★

거의 처음으로 다른 직원들보다 먼저 사무실을 나왔다. 그리고 아스날 별관까지 걸어가기로 작정을 했다.

위로 〈1〉   257

바스티유 광장, 메시지를 들었다.

"우리, 대화를 좀 해야겠어." 기계가 그녀의 말을 전해주었다.

대화를 하자고?

기발한 생각이야……

순간 주위가 낯설어보였다. 센 강의 양쪽 둑이 이렇게 멀리 떨어져 있었구나 싶기도 했지만 그보다는 그 주변이…… 너무 많이 변해 있었다.

그렇지만…… 그럴 법도. 약속 몇 개를 취소하는 동안, 멀리 떠나 있는 동안, 대낮에 호텔방의 커튼을 내리는 동안, 시간이 그렇게 많이…… 그러나 부르봉 가(街)를 따라 펼쳐졌던 인간적인 환상을, 건축가의 입장으로 돌아와 곧 깨뜨려버렸다. 대지가 너무 불안정했다. 그리고 이젠 그 운명을 받아들여야 할 때였다. 애초부터 건물을 지을 수 없는 땅이었다.

건물은 십일 년을 버텨주었다. 이번엔 공사 책임자의 입장에서 회심의 미소를 지었다. 무슨 건물이 겨우 십일 년밖에 못 버티느냐고 그를 탓할 사람은 아무도 없었으니까.

맡은 바 임무를 다 하고, 악수를 하고, 좋은 사람들의 좋은 기억들을 떠올리며 담소를 나누었다. 열한 시쯤, 캄캄한 가운데 그가 혐오하는 랭보의 동상(우스꽝스러운 동상 밑에 새겨진 '바람구두를 신은 사나이'(＊시인 폴 베를렌이 랭보를 일컬어 했던 말)라는 문구가 훼손되어 '앞에 있는 구두를 신은 사나이'로 읽혔으므로) 앞에 서서 한순간 머뭇대다가 길을 잃어버렸다.

아니, 어쩌면 길을 제대로 찾은 것일지도.

7

"아니, 원래 퇴근을 이 시간에 하는 거야?" 그녀가 양 주먹을 허리춤에 대고 물었다. 나긋나긋한 투는 아니었다.

그는 그녀를 벽에 밀어붙이는 시늉을 하며 부엌으로 걸어 들어갔다.

"어머, 얼굴이 왜 그 모양이야……? 나한테 전화하지 그랬어, 내가 친구해줄 수 있었는데……"

그의 부루퉁한 얼굴을 보고 웃기 시작했다.

"왜 그래…… 정말 친구가 필요했었나봐……"

볼에 입을 맞추었다.

"자, 오빠 집이다 생각하고 편하게 있어. 사실 이 집은 오빠 거잖아…… 웰컴 홈, 사랑하는 오라버니, 뭘 좀 가져다줄까? 집세를 올려받으려고 온 거…… 어, 어, 기분이 별로구나…… 또 러시아놈들이 오빠를 못살게 구는 거야?"

어디서부터 시작하면 좋을지, 그는 알 수가 없었다. 적절한 말을 찾아 볼 기력도 없었다. 그래서 가장 단순한 말을 골랐다.

"나 추워, 배도 고프고, 사랑이 필요해."

"이런, 젠장…… 큰일났군, 큰일났어! 자…… 날 따라와."

위로 〈1〉   259

"신선하지 않은 계란하고 유통기한 지난 버터로 오믈렛을 만들어 줄 수 있는데, 괜찮겠어?"

그녀는 그가 먹는 모습을 지켜보다가 맥주 캔 하나를 따고 니코틴 패치를 떼어낸 다음 그의 담뱃갑에서 담배 한 가치를 빼냈다.

그가 접시를 옆으로 밀어내더니 아무 말 없이 그녀를 빤히 바라보았다.

그녀는 자리에서 일어나 작은 양초에 불을 붙여 채롱 아래에 놓고 집안의 불을 모두 끄더니 벽에 등을 기댈 수 있게 등받이 없는 걸상을 벽 쪽으로 붙여놓고 그 위에 올라앉았다.

"어디에서부터 시작할까?" 그녀가 중얼거렸다.

그는 두 눈을 감았다.

"모르겠어."

"모르긴 왜 몰라, 잘 알고 있으면서…… 오빠가 모르는 게 어딨 어……"

"아니. 이젠 아니야."

"오빠는……"

"내가 뭐?"

"아누크가 어떻게 죽었는지 알지?"

"아니."

"알렉시스에게 전화하지 않았어?"

"했어, 그런데 그걸 물어보려고 해놓고 잊어버렸어."

"그래?"

"재수 없이 굴어서 전화를 그냥 끊어버렸어."

"뭔지 알겠어…… 디저트 먹을래?"

260   안나 가발다 장편소설

"아니."

"다행이다, 마침 디저트로 먹을 만한 게 없거든…… 그럼……"

"로랑스에게 딴 남자가 있어." 그가 그녀의 말을 끊었다.

"금시초문인데." 그녀가 살짝 비웃었다. "어머, 미안해."

"그게 그렇게 티가 났나?"

"아니, 아아아냐, 농담한 거야…… 커피?"

"그랬구나, 그렇게 티가 났었군……"

"원한다면 '납작한 배'라는 차를 끓여줄 수도 있는데……"

"내가 변한 걸까, 클레르?"

"아니면 '평온한 밤'이라는 차도 있는데…… 그것도 좋아, 평온한 밤…… 긴장을 풀어주거든…… 뭐로 할래?"

"더 이상은 못 하겠어. 더 이상은 못 해."

"어이…… 지금 50대를 바라보니 위기감이 든다, 뭐 이런 얘기를 하려는 거야? 흔히들 하는 말 있잖아, 중년의 위기라나……"

"그런 것 같니?"

"그래 보여……"

"심하네. 난 좀더 특이하고 싶었는데…… 좀 실망인걸." 그가 용케 도 농담을 했다.

"그렇게 심각한 건 아니야, 그렇지?"

"늙어가는 거?"

"아니, 로랑스…… 로랑스에겐 그게 스파에 가는 것과 같은 일이야…… 그건…… 뭐랄까…… 일종의 마스크 팩 같은 거라고…… 약간의 자극 같은 거지, 확실히 보톡스보다는 덜 위험할걸……"

"……"

"게다가……"

위로 〈1〉   261

"게다가?"

"오빠는 늘 집을 비웠잖아. 만날 일만 하고, 걱정투성이고, 로랑스 입장에서 한 번 생각을 해 봐……"

"네 말이 맞아."

"당연히 내 말이 맞지! 왠지 알아? 나도 똑같으니까. 난 생각을 하지 않으려고 일을 해. 쓸데없는 서류들을 들여다볼수록 뿌듯해진다고. 산더미처럼 쌓인 서류를 보면서 신난다, 이제 몇 시간은 벌었다, 속으로 이런단 말이야, 그리고…… 오빠는 내가 왜 미친 듯이 일을 하는 줄 알아?"

"왠데?"

"썩은 냄새 나는 버터그릇을 잊으려고……"

"……"

"사람들이 우리에게 충실했으면 좋겠지? 하지만 누구에게, 무엇에게 충실해야 하는 거지? 얼마큼이나? 그래도…… 오빠는 자기 일을 좋아하잖아, 안 그래?"

"더 이상은 모르겠어."

"아니, 오빠는 자기 일을 사랑해. 일이 어쩌니 하고 까다롭게 굴면 내가 가만히 있지 않을 거야. 그건 비싼 값을 치르고 얻은 특권이야. 그리고 오빠에겐 마틸드가 있잖아……"

"내겐 마틸드가 있었지."

침묵.

"그렇게 말하지 마. 아이를 소유물로 전락시킬 순 없어…… 게다가 오빠가 아직 집을 나온 것도 아니고……"

"……"

"집을 나왔어?"

"모르겠어."

"안 돼. 그러지 마."

"왜?"

"혼자 사는 건 너무 힘드니까."

"넌 잘 해 내고 있잖아……"

그녀가 벌떡 일어나더니 찬장 문을 모조리 열고 냉장고문도 열어젖혔다. 황량한 들판이여(*빅토르 위고의 워털루 전쟁을 묘사한 시에 나오는 구절). 그리고 그의 눈을 똑바로 쳐다보았다.

"이런 것도 '사는 거'라고 해, 오빠는?"

그가 찻잔을 그녀 쪽으로 밀어놓았다.

"난 그 아이에 대해 아무 권리도 주장할 수 없어, 안 그래? 법적으로, 그러니까 내 말은……"

"물론 주장할 수 있어. 법이 바뀌었거든. 서류를 제출하고 증명서를 갖다 내면…… 하지만 그럴 필요가 없다는 걸 잘 알잖아……"

"어째서?"

"그 애가 오빠를 사랑하니까 그렇지, 바보……" 그녀가 기지개를 켰다. "있지, 미안한데 난 할 일이 있어서 이만……"

"나, 여기 있어도 되냐?"

"원하는 만큼 있어도 돼…… 예전에 쓰던 낡아빠진 소파베드에서 자도록 해, 옛 추억이 떠오를걸……"

그녀는 소파 위에 산만큼 쌓인 잡동사니들을 치우고 깨끗한 시트를 꺼내 주었다.

그때 그 시절처럼, 남매는 차례대로 좁디좁은 욕실을 쓰고 한 칫솔

로 이를 닦았다, 그러나…… 그 분위기는 거기에 없었다.

세월이 그만큼 흘렀고 그 때에 맺었던 중요한 약속들도 지켜지지 않았다. 단 한 가지 다른 점이 있다면, 그나 그녀나 옛날보다 세금을 열 배쯤 더 물고 있다는 것이었다.

그는 등이 배긴다고 투덜대며 소파베드에 누웠다. 학생 시절, 밤을 새울 적에 규칙적으로 들려오던 그 소리가 다시 들렸다. 고가 선로 위를 달리는 지하철 소리.

미소가 절로 떠올랐다.

"샤를르?"

그녀의 모습이 검은 그림자로 나타났다.

"뭐 하나 물어봐도 돼?"

"안 물어봐도 돼. 오래 있지는 않을 거야. 걱정하지……"

"아니…… 그게 아니라……"

"말해 봐……"

"아누크랑 오빠는?"

"어……" 그가 누운 자세를 바꾸며 대꾸했다.

"두 사람이…… 아냐. 아무것도."

"우리가, 뭐?"

"……"

"우리가 같이 잤는지 알고 싶은 거야?"

"아니. 좌우간…… 내가 말하려던 건 그게 아니야. 그것보단 좀 더…… 감정적인 면에서……"

"……"

"미안해."

그녀가 뒤로 돌아섰다.

"잘 자."

"클레르?"

"나, 아무 말도 안 한 거다. 어서 자."

그리고 어둠 속에서 이런 고백이.

"아니."

그녀는 문 손잡이를 잡고 다른 손을 반듯하게 펴서 문을 밀었다. 문 닫는 소리가 나지 않도록.

그러나 지하철 6호선 열차 지나가는 요란한 소리를 다섯 번째로 들은 후, 이렇게 고쳐 말했다.

"그랬어."

조금 후, 그의 무장이 풀리는 소리를 들은 이후엔, 결국.

"아니었어."

★★★

"하얀 원피스, 뒤로 당겨 묶은 머리, 첫 번째 사진에서와 똑같은 미소, 벚나무 아래에서……"

하얀 원피스. 뒤로 당겨 묶은 머리. 똑같은 미소.

그날 밤, 큰 모임이 있었다. 여러 가지를 축하하는 자리였다. 마도와 앙리의 결혼 30주년, 막내딸 클레르의 법대 입학, 에디트의 약혼, 그리고 샤를르의 현상설계 입상.

어떤 현상설계였는지는 기억이 나지 않았다. 그냥 어떤 설계경

기…… 그리고 난생 처음으로, 그날 그가 '여자친구'를 부모 집에 데리고 왔다. 누구였더라? 기억해낼 수도 있었지만, 그래봤자 그게 무슨 소용이 있으랴. 그와 비슷한 어떤 아가씨…… 진중한 성격에 집안도 훌륭하고 머리도 좋은 데다가 발목이 가느다랬던…… 그가 강의실에서 슬슬 놀려먹던 1학년 신입생……

이봐, 샤를르…… 그래도 그렇지…… 그 아가씨도 이름은 있을 것 아니냐……

로르,였던 것 같다…… 그래, 맞다, 로르…… 짧게 자른 앞머리 아래 그리 쾌활해보이지는 않던 얼굴, 언제나 방 안을 어둡게 해 달라던. 그녀와 사랑을 나누고 나면 새 힘이 솟는 것만 같았다. 그래…… 로르 디펠……

그는 그녀의 허리를 감싸 안으며 포도주 잔을 치켜들고 실없는 이야기를 늘어놓았다. 몇 달 전부터 해를 못 보았던지라 허겁지겁 아래층으로 내려와 막춤을 추며 엉망으로 망가지기도 했다.

아누크가 나타났을 때에는 이미 거나하게 취해 있었다.

"소개해 줄래?" 그녀는 로르의 드러난 어깨에 슬쩍 눈길을 주며 말했다.

샤를르는 양해를 구하고 그 자리를 빠져나왔다.

"저 여자는 누구야?" 눈치가 빠른 로르가 물었다.

"우리 이웃……"

"그런데 왜 머리가 젖어 있지?"

(보시다시피, 이 아가씨의 입에서는 이런 종류의 질문이 끝도 없이 흘러나왔다.)

"왜냐고? 그걸 내가 어떻게 알아! 방금 샤워를 하고 왔겠지, 뭐."

"그런데 왜 이제야 온 거지?"

(이것 보시라니까…… 아마 그녀는 후즈후(Who 's who) 명사록 두 페이지를 보여주어야 만족할 것 같았다……)

"직장에 다니니까."

"무슨……"

"간호사야." 그가 그녀의 말을 끊었다. "간호사라고. 만일 그녀가 어느 병원에 몇 년째 근무하고 있는지 알고 싶다면, 혹시 그녀의 히프 둘레나 연금이 얼마나 되는지 알고 싶다면, 직접 물어보는 게 좋을 거야."

그는 샐쭉해진 그녀를 두고 걸음을 뗐다.

"어때, 젊은이? 희생정신을 발휘해서 이 늙은이와 춤을 춰 줄 수 있겠어?" 그가 어마어마한 크기의 펀치 단지 바닥에 빠진 라이터를 건져내려고 애를 쓰고 있는데 등 뒤에서 이런 소리가 들렸다.

그의 미소가 그보다 먼저 뒤를 돌아보았다.

"지팡이를 내려놓으시죠, 할머니. 전 준비가 되었으니까요."

하얀 원피스, 야릇하고도 아름다운, 그리고 굉장한 에너지.

근원으로 돌아가려고 움직이는 그녀.

우승자의 품안에서 폭발해버린 그녀. 힘든 하루를 보냈다. 비열한 기회주의자들의 추잡한 짓에 맞서 싸웠다. 그리고 패배했다. 그 즈음엔 늘 지는 싸움을 하고 있었다. 춤을 추고 싶었다.

춤을 추고 그를 만지고 싶었다. 수백만 개의 백혈구와 너무나도 튼튼한 면역체계를 가지고 있는 그를. 그녀는 이토록 정숙한, 그녀의 몸

위로 〈1〉 267

에 가까이 붙지 않으려고 조심을 하는 그를 바싹 끌어당기며 웃었다. 됐어, 샤를르, 아무럼 어때. 그녀의 두 눈은 성난 고양이 같았다. 우린 살아 있어, 이해하겠니? 살-아-있-다-고.

그리고 그는 여자친구의 당황한 시선을 받으며 몸을 맡겼다. 그렇지만 그는, 마침내 이성을 찾은 그는, 아아, 너무나 이성적인 그는 결국 그녀를 안았던 팔을 거두고 그날 저녁에 모인 사람들과 비슷한 수위로 에너지를 조절하면서 찬 공기를 쐬러 별빛 아래로 나갔다.

"어쩜, 이웃이라는 저 여자분, 참 화끈하네."

입 닥쳐.

"아니, 내 말은, 나이에 비해서 그렇다는……"

망할 계집애.

"이제 가 봐야겠어."

"벌써?" 그는 치밀어 오르는 것을 꾹꾹 눌렀다.

"나, 월요일에 구두시험이 있다는 건 선배도 잘 알잖아." 여자친구가 한숨을 쉬더니 다시 말했다.

"나랑 같이 갈 거지?"

"아니."

"뭐라고 했어?"

좋다, 이 지루한 대화의 다음 부분은 생략하기로 하자. 마침내 그는 택시를 불러주었고 로르는 이미 머릿속에 빤히 외우고 있는 내용을 복습하기 위해 떠났다.

어색한 키스와 열심히 하라는 격려의 말을 해 준 그는 집으로 발걸음을 돌렸다. 고광나무 아래의 자갈들은 잘그락거리는 소리를 냈다.

"그러니까, 선배는 사랑에 빠진 거지?"

아니라고 대답하려 했으나 정반대의 고백을 하고 말았다.

"그래? 잘 됐네……"

"……"

"그런데, 저 여자를 언제부터 알았어?"

샤를르는 고개를 들어 그녀를 바라보고는 미소를 짓고 다시 고개를 숙였다.

"그렇구나."

그리고 왁자지껄한 소리가 나는 쪽으로 다시 걷기 시작했다.

오래 전부터……

불안해진 그는 눈으로 몇 번이나 그녀를 찾아보았다. 그러나 보이지가 않았다. 술을 마시고, 자신을 잊고, 그녀를 잊었다.

그러나 누이들이 사람들에게 조용히 해 달라고 했던 그 때, 음악이 멈추고 불이 꺼졌던 그 때, 두 손을 한데 모은 어머니의 앞에 어마어마하게 커다란 케이크가 놓였던 그 때, 그의 아버지가 주머니에서 미리 준비한 연설문 원고를 꺼내었을 때, 오, 그리고 아, 하는 감탄과 쉿 하는 소리가 터져나오던 그 때, 누군가의 손이 그의 손을 잡고 무리 밖으로 그를 잡아끌었다.

그녀가 이끄는 대로 따라갔다. 계단을 올라가는 동안 아버지의 연설이 드문드문 들려왔다. "이토록 오랜 세월 동안…… 사랑하는 아이들…… 어려웠던 일들…… 믿음…… 도와주며…… 언제나……" 그리고 그녀는 방문을 열고 들어가 뒤로 돌아섰다.

위로 〈1〉 269

그들은 더 이상 멀리 가지 않았고 어둠 속에 멈추어 섰다. 그 순간 그의 머릿속에 떠오른 단 한 가지 생각은 그녀의 머리카락이 이제는 젖어 있지 않다는 것뿐이었다.

그녀가 그를 너무 세게 밀어붙이는 바람에 문고리가 허리를 뚫고 들어오는 줄 알았다. 그러나 아픔을 느낄 정신이 없었다. 그녀는 이미 그에게 키스를 하고 있었다.

그리고 그토록 오랫동안 참아온 그들은 서로의 품안에서 무너져버렸다.

서로의 얼굴을 탐하고, 상대를 빨아들일 듯이 입으로 더듬었지만……

이번처럼 서로가 멀리 떨어져 있다는 느낌을 받은 적이 없었다……

샤를르는 그녀의 말아 올린 머리에 꽂힌 핀들을 빼내느라 기를 썼고 그녀는 그의 혁대가 풀리지 않아 애를 먹었다. 그는 그녀의 머리카락을 풀었고, 그녀는 그의 바지 앞춤을 젖혔다. 자꾸만 아래로 향하는 그녀의 얼굴을 치켜세우며 그녀에게 할 말을, 그가 백만 번도 더 되풀이했던, 그와 함께 허물을 벗어버린 그 말을 기억해내려 애썼다. 그녀는 그에게 아무 말 말라고 애원했다. 귀를 깨물려는 그녀를 꽉 붙잡고 자신의 눈을 들여다보게 하자, 그녀는 그의 목에 달려들어 피가 나도록 물었다. 그러는 동안에도 그는 그녀를 만지지 않았다. 그녀가 그에게 몸을 의지한 채 신음소리를 내며 한 다리로 그의 몸을 감은 그때까지도.

평생 동안의 사랑을, 어린 시절의 성모를, 그 누구보다도 아름다운 여인을, 수많은 밤을 지새운 고민과 성공을 향해 그토록 달린 이유가 되었던 그녀를 그는 양 손으로 붙잡고 무슨 말인가를 하려 했지만, 그

녀는······ 다른 것을 찾고 있었다.

피맛이나 술기운, 그녀의 땀 냄새, 귓가를 스치는 그녀의 헐떡이는 숨결, 등으로 전달되는 아픔이나 그녀의 난폭한 손길, 그녀의 명령 혹은 손톱, 그 어느 것도 그의 순수한 사랑을 흔들리게 하지 못했다. 힘이 더 센 쪽은 그였으므로, 그는 그녀를 움직이지 못하도록 제지할 수 있었고 그녀는 그가 자기 이름을 중얼거리는 소리를 듣는 것 외에는 아무것도 할 수가 없었다. 그러나 그가 하고 싶었던 말은 멀리 멀리 사라져버렸고 그는 그녀의 미소를 마주보았다.

그리고 거기서 그만두었다. 그녀에게 팔을, 비틀어진 팔찌를 맡기고 무릎을 꿇고는 두 눈을 감았다.

그녀가 다시 그를 만지고 쓰다듬었다. 손가락을 그의 입에 넣고 눈두덩을 핥고 귀에 대고 알아들을 수 없는 말을 속삭였다. 그의 턱을 잡아당겼다. 그에게 아무 말도 말라면서 그의 손을 잡고 그 안에 침을 뱉고 그 손을 이끌어 제 몸을 더듬게 하고 그를 움직이지 못하도록, 그를······

그러나 빌어먹을. 젠장. 그가 원한 건 이런 게 아니었다. 빌어먹을 감정. 젠장. 이런 식은 아니었다. 그는 그녀를 밀쳐냈다.

그러고 싶지 않았다.

늘 꿈꾸어왔던 일이건만. 최악의 방탕, 있을 수 없는 환상, 찢겨진 옷가지, 그녀의 고통, 그녀의 기쁨, 그녀의 애원, 그들의 침, 정액, 그리고 입맞춤, 모든 것을. 모든 것을 상상해보았다. 하지만 이건 아니었다. 그러기에는 그녀를 너무나 사랑했다.

너무나 깊이, 너무나 고통스러우리만치, 어쩌면 너무나 제멋대로, 그러나 너무나도.

"못 하겠어요." 그가 괴롭게 말을 토해냈다. "이렇게는 안 되겠……"

그녀는 잠시 얼어붙은 듯 꼼짝도 하지 않았다. 그리고 앞으로 몸을 던져 그의 가슴에 이마를 기댔다.

"미안해요." 그가 말했다. "미안……"

그녀가 엉덩이를 흔들어 원피스 자락이 흘러내리도록 했다. 그리고 아무 말 없이 그에게 옷을 입히고 혁대를 조여주고 셔츠의 주름을 펴 주고는 주인을 잃은 단추들을 물끄러미 바라보며 미소를 지었다. 그리고 부드러운 그의 피부와 몸 옆으로 가지런히 내린 두 팔을 바라보다가 그에게로 다가가 그에게 몸을 맡겼다.

미안해요. 미안해요. 그는 이 말밖에는 할 수 없었다. 그녀에게 하는 말인지, 자신에게 하는 말인지도 모르는 그 말밖에는.

그의 아름다운 영혼에게 하는 말인지, 아니면 그의 바짓가랑이에게 던지는 말인지.

미안해요.

그는 그녀를 꼭 안은 채 그녀의 목덜미에 코를 박고 그녀의 머리카락을 쓰다듬었다. 뒤처진 20년 세월과 잃어버린 10분을 만회하고 싶었다. 그녀의 심장이 뛰는 소리를 들으며 몰려오는 무력감을 억눌렀다. 박수소리가 마룻바닥을 타고 올라오던 그 때, 그는…… 다른 말을 하고 싶었다.

다른 말을.

"미안해요."

"아니…… 내가 미안해." 아주 작은 목소리로 한숨 쉬듯 말했다. "난……" 목소리가 갈라졌다. "난 네가 어른이 다 된 줄 알았다……"

272   안나 가발다 장편소설

그의 이름을 외쳐 부르는 소리가 들렸다. 마당에서 그를 찾고 있는 것 같았다. 샤를르! 사진 찍어야지!

"가라. 어서 가. 날 내버려 두고 가. 난 좀 있다가 내려갈 테니."

"아누크……"

"날 내버려 두라고 했잖니."

나도 이제 어른이라고요 라고 반박하고 싶었지만 그녀가 마지막으로 뱉은 말이 너무나도 차가워 그럴 수가 없었다. 그렇게 그녀를 두고 내려와 누이들과 부모 사이에서 포즈를 취했다. 예전의 그 착한 아이처럼.

★★★

클레르의 눈빛이 흐려졌었다.

그리고 유산을 했다.

그리고 알렉시스는 변함없이 몸을 내굴렀다.

그러나 트럼펫 연주만은 신의 경지에 올라 있다는 평을 들었다……

샤를르는 떠났다. 먼저 포르투갈로, 그 다음엔 미국으로. 훌륭한 메달과 사랑의 노래를 우리말로 옮기기에 충분할 만큼의 영어실력과 호주 출신의 약혼녀를 얻어 MIT 공대를 떠났다.

돌아오는 길에 그녀를 잃었다.

그 때문에 괴로워했다. 아주 많이. 다른 이들을 위해 일했다. 마침내 최종 학위를 손에 넣었다. 협회에 가입했다. 명패를 벽에 걸었다. 그리고 이해할 수 없는 이유로 그의 능력으로는 가당치 않았던 현상 설계에서 우승을 했다. 어리둥절했다. 많은 시행착오를 거쳐 마침내 "자유로운 건축가의 책임은 한정이 없으며 그는 그가 말하고 행하고

위로 〈1〉   273

쓰는 모든 것에 확신을 가져야 한다."라는 사실을 배우게 되었다. 그리하여 매번 연필을 깎아 도면을 완성할 때마다 영수증을 요구하게 되었다. 자기보다 정교한 솜씨 면에서는 약간 뒤처지지만 감각과 재능이 뛰어난 젊은이와 협력관계를 맺고는 그에게 영예를 돌리고 화려한 스포트라이트와 인터뷰 기회를 양보했다. 그림자 같은 역할을 떠맡아 부담을 덜고 별 볼일 없는 일들과 뒤치다꺼리를 도맡아 했다.

아누크를 다시 보았다. 그녀와 점심 식사를 함께 하며 어린 시절의 일만을 화제에 올렸다. 언제나처럼 그녀를 아름답다고 생각했으나 그녀가 그의 생각을 알아차릴 틈을 주지 않았다. 할머니의 장례식을 치렀다. 알렉시스와의 사이는 완전히 틀어져버렸다. 그 즈음에 처음으로 머리카락 한 움큼이 빠졌고 그 넓은 이마 아래의 얼굴을 알아보는 사람들도 생겼다. 아마 사육사라면 그것을 품질 보증서, 혹은 원산지 표시라고 부르리라. 마지막으로 그녀의 손을 잡았다. 더 이상은 그녀가 무너지는 것을 볼 용기가 없었다. 점심 약속을 한 번 취소했다. 일이 너무 많다고. 그리고 두 번째 취소. 그리고 세 번째.
모두 취소했다.
도면에 상세사항을 기입하고, 골치 아픈 건물들을 사들이고, 여자들을 사귀고, 갈 때마다 조금쯤 슬퍼지는 재즈 바를 단념하고, 마침내 영수증이 없는 그의 사소한 프로젝트를 계기로 대리석을 고집하는, 그리고 아름다운 부인을 둔 한 남자를 만났다.
인형의 집을 만들었다.
그리고 그 안으로 이사를 했다.

밑이 푹 꺼진 소파베드에 누워, 바닥에 등이 닿을 듯 말 듯한 자세

로 결국 잠이 들었다. 이 모든 것을 지켜본 벽 사이에서.

말하자면 별것 아닌 것들을.

출발점으로 되돌아갔다. 그녀와 또 다른 그녀를 잃었다. 이제는 세 번째 그녀까지도 잃어버리려 하고 있었다. 몇 시간 후면 등에서 무시무시한 고통이 느껴지겠지.

8

샤를르는 마틸드와 같은 시간에 집으로 돌아왔고 단둘이 집에 있게 되었던 어느 토요일 오후에 로랑스의 요구대로 그녀가 집요할 정도로 고집하던 그 '대화'라는 것을 했다.

하지만 그것은 대화가 아니었다. 기나긴 한탄 정도라고나 할까. 몇 번째인지 모를 비난. 마지막에 가서 그녀는 눈물까지 흘렸다. 처음 있는 일이었기에 감동하고 말았다. 그녀의 손을 잡았다. 그녀는 에스트로겐 감소니 호르몬 불균형 등을 들먹이며 이런 궁지에서 벗어났다. 당신은 이해할 수 없을 거라는 말을 덧붙이며 손을 빼냈다. 그는 샴페인 병을 따며 이런 궁지에서 벗어났다.

"나의 자궁이 메말라가는 걸 축하하는 거야?" 그가 내민 샴페인 잔을 받아들며 그녀가 웃었다.

"아니. 내 생일."

그녀는 이마를 한 대 탁 치고 그에게 다가와 입을 맞추었다.

잠시 후에 마틸드가 돌아왔다. 친구들과 함께 벼룩시장에 다녀왔다며 곧장 제 방에 처박혔다. '안녕' 하는 인사와 축 늘어진 굽 낮은 신발 두 짝을 뒤에 남긴 채.

로랑스는 난처한 듯 한숨을 쉬었다. 분명 그의 생일을 잊은 것이 자

기 혼자만이 아니라는 사실에 조금 마음을 놓았으리라······

그 때, 바람 같은 그 아이가 신문지에 둘둘 말아 끈으로 대충 엮은 커다란 꾸러미를 들고 거실로 나왔다.

"이 선물을 사느라 내가 음~음~했다는 걸 알아줘!"

아이가 활짝 웃으며 그에게 꾸러미를 내밀었다.

"이걸 찾으려고 토요일마다 벼룩시장에 갔었거든."

"그래? 난 네가 카미유랑 같이 시험공부를 하는 줄 알았는데?" 애 엄마가 말을 받았다.

"카미유의 도움을 받긴 했지! 샴페인이 좀 남았어?"

샤를르는 이 아이가 너무나도 좋았다.

"풀어보지 않을 거야?"

"암, 풀어봐야지." 그가 미소를 지었다. "그런데, 음······ 이상한 냄새가 나는데?"

"그야," 아이가 어깨를 으쓱했다. "오래되었으니까······ 당연한 거 아니야?"

샤를르가 손뼉을 쳤다.

"좋아, 숙녀분들, 그럼 늘 하던 대로 할까? 제가 마리오네 식당으로 모시고 가죠."

"설마 그런 차림으로 나가겠다는 건 아니겠지?" 로랑스가 코를 틀어막으며 말했다.

그는 그녀의 말을 듣지 않았다. 가슴으로 낳은 딸의 황홀한 시선을 받으며 유리창에 비친 제 모습에 흡족해했다.

"둘 다 너무해······" 부녀의 등 뒤에서 잔소리가 들렸다.

팔에 매달리며 그를 안심시키는 마틸드.

위로 〈1〉 277

"아저씨, 짱 멋있어……"

자기도 그렇게 생각한다고 그가 대답했다.

70년대에 유행하던 스타일. 상표는 '레노마'였다. 넓적한 깃에 팔꿈치까지 오는 소매가 달린 근사한 레인코트. 아쉽게도 허리띠가 없고 단추도 몇 개 떨어져나갔다.

게다가 군데군데 찢겨 있기까지.

그리고 냄새가 진동하는.

정말로.

하지만……

푸른 색.

★★★

그날 밤은 꽃줄로 장식한 깃털이불이 반듯하게 펴졌다. 그리고 그날의 마지막 순간, 생일 선물을 대신하여 넋을 빼앗을 만큼 아름다운 나이트가운으로 포장된 그녀가.

이런 괴로운 상황을 마무리하기 위해 샤를르는 옆으로 돌아누웠다.

이…… 무언극 뒤로 계속된 침묵은 견디기 힘든 것이었다. 분위기를 가볍게 해 보려고 그는 나직한 목소리로 씁쓸한 농담을 던졌다.

"동병상련이라고나 할까…… 내 호르몬도 당신 것만큼이나 말을 잘 안 들어먹어……"

그녀가 재미있다는 듯 웃었다. 아니, 적어도 그는 그녀가 그랬으면

하고 바랐다. 그리고 그녀는 잠이 들었다.

그는 잠을 잘 수가 없었다.

그것이 최초의 고장신호였다.

지난주에는 용기를 내어 이제는 한 움큼씩 빠지기 시작한 저주받은 머리 때문에 약국에 들러보았다. 그러나 들은 대답이라고는 딱히 이렇다 할 방법이 없다는 것뿐이었다.

"정력이 왕성하다는 징표라고 생각하십쇼." 약사는 사람 좋은 미소를 지으며 결론을 지었다.(그는 완전한 대머리였다.)

그래?

그의 훌륭한 논리로는 이해할 수 없는 불가사의 하나……

너무 많은 불가사의들 중 하나. 어쨌거나 너무도 굴욕적인 것들.

이제 그만. 그만 하자. 이제 그는 이런 모든 쓸데없는 생각들을 떨쳐버리고 현실을 직시해야 했다. 카밀레로(*스페인 만화영화의 주인공인 병아리. 반쯤 깨진 껍질을 머리에 쓰고 '이건 너무 불공평해'라고 끊임없이 외친다) 같은 짓은 이제 그만.

약속을 지키지 않고, 먼 나라에서 열리는 학회를 빼먹고, 사무소의 돈을 낭비하고, 허물어져가는 수도원에서 시간을 때우고, 유령에게 말을 걸고, 그들을 되살려 내고는 용서를 구하는 병적인 기쁨에 탐닉하고, 그의 폐를 망가뜨리고, 사무실 집기들을 부수고, 젊은 시절에 쓰던 소파베드 위에서 등이 배기고, 정신을 놓는 건 이제 그만!

"알겠나? 그만 하라고." 큰 목소리로 말해보았다. 확실히 해 두기 위해.

그리고 자신의 굳은 서약을 입증해보이기 위해 불을 다시 켰다. 팔을 뻗어 2004년 3월 22일에 확정된 '제품과 건축 요소, 작품의 내화성

위로 〈1〉   279

에 관한 법령'을 꺼내어 보았다.

강령, 결정, 규정, 칙령, 판결, 위원회의 통지, 사회보장국장의 제안, 25개의 조항, 그리고 5개의 추가사항.

그러고 나서 양 다리 사이에 힘없이 늘어진 물건을 어루만지며 잠이 들었다.

아. 겨우 잠이 들 수 있었다.

충직한 근위병에게 퍼붓는 패주한 장군의 은근한 폭언을 상상하며. 여보게, 돌아가세, 돌아가.

나머지 처리는 까마귀들이 해 줄 테니……

9

그리고 이미 마음먹은 바를 실천했다. 머릿속에 들어 있던 머저리들을 모두 다 내쫓아버렸다.

이졸데의 연인 트리스탄, 엘로이드의 애인 아벨라드, 그리고 프루스트의 마르셀.

봄이 온 것도 모르고 있었다. 전보다 일을 더 많이 했다. 로랑스의 물건을 뒤져 수면제를 살짝 꺼내 먹었다. 소파 위에서 코마 환자처럼 잠을 자다가 그럴 리야 없겠지만 혹시 모를 은밀한 욕망이 솟아날 위험이 지나간 다음에야 방으로 들어갔으며 처음엔 함께 사는 두 여자의 야유, 그 다음엔 그녀들의 협박, 마침내 그들의 무관심의 대상이된 턱수염을 길렀다.

그는 거기에 있었으나 존재하지 않았다.

갈 데까지 다 간 사람처럼 굴었다. 누군가가 말을 걸라치면 뭔가에 집중한 척을 했고 자기 말을 들을 수 없을 정도로 상대방이 멀어진 후에야 자세한 설명을 부탁했다.

등 뒤에서 들려오는 수군거림을 무시했다.

그리고 이렇게 많은 프로젝트들이 늦어진 이유를 이해하지 못했

다. 선거 때문에요, 라고 직원들이 대답했다. 아, 그래…… 선거……

복잡하게 얽힌 문제들을 해결했고 몇 시간 동안이나 전화통화를 했으며 알아들을 수 없는 새로 생긴 약자들을 남발해대는 남자들과 여자들 사이에서 끝날 줄 모르는 모임을 견뎌냈다. 심사국, 국방위원회, 통합임무, 조사본부, 기술검사, 소코텍(Socotec)과 베리타스(Veritas) 같은 기술점검 업체, 건축법 개정안, 안전성 진단, 용도별 공공건물, 고층빌딩과 C급 높이의 건물. 사람들로 북적거리는 상업회의소, 거대한 시장, 능력 없는 관리들, 미친 입법자들, 마구잡이로 일을 벌이는 개발업자들, 뭐든 트집을 잡는 검사관들, 판사들을 만났다.

어느 날 아침, 누군가가 일 년에 31억 톤의 폐기물을 배출하는 현장들이 있다고 보고했다. 어느 날 저녁에는 꽤나 귀찮아질 것이라고 예측되는 한 프로젝트에 대한 보고가 있었다. 그리고 자세한 수치로 작성된 평가서도 받아보았다. 보유자금이 위태로운 수준임.

그는 지쳐 있었다. 보고니 뭐니 귀에 들어오지도 않았다. 그러나 노트의 한 페이지에 그 문장을 적어두었다. 내진설계 필수.

"즐거운 주말 보내세요!"

커다란 가방을 어깨에 둘러맨 수습사원 마크가 인사를 했다. 소장이 아무런 반응을 보이지 않자 또 한 번 말을 건넸다.

"저…… 그 단어를 기억하시긴 하는 건가요?"

"뭐라고 그랬지?" 샤를르는 예의상 뒤를 돌아보았다. 몽롱한 상태에서 벗어나기 위한 몸짓이기도 했다.

"주말이라는 단어요, 기억하고 계세요? 한 주가 끝나고 맞이하는, 상식에서 완전히 벗어날 수 있는 이틀간의 시간……"

샤를르는 지친 미소를 애써 지어보였다. 이 젊은이가 참 마음에 들었다. 그에게서 자신의 옛 모습이 언뜻 언뜻 보였다……

우직하다고 할 수 있는 열정, 채워지지 않는 호기심, 거장처럼 되고 싶은, 그리고 그들을 골수까지 쥐어짜내고 싶은 욕구. 관련된 책은 모조리, 특히 가장 난해한 책들을 읽어야만 풀리던 직성. 모호한 이론들, 희귀한 논문들, 팩스로 전송한 스케치들, 영어로 번역되어 극찬을 받았던, 그러나 아무도 이해하지 못하던 이론서 전집들. (이쯤에서 그는 하늘에 감사를 드렸다. 당시에 인터넷이 존재했다면, 그리고 그 나이에 받았을 유혹을 생각하면, 그는 파멸로 치달았을 것이 분명하므로……)

그리고 일을 쳐내는 능력과, 상대에 대한 예의를 깍듯이 갖추는 조심성과, 절대로 말을 놓지 않는 고집스러운 일면과, 꺾을 수 없는 자신감과 언젠가는 건축계의 노벨상이라는 프리츠커 상을 차지할 수 있을 것이라고 믿는 야망, 곧 듬성듬성해지고 말 것인 장발의 저 더벅머리……

"어딜 가기에 보따리가 그렇게 큰가? 오지에라도 가려는 건가?" 그가 불쑥 말을 걸었다.

"네, 거의 그렇다고 볼 수 있죠. 시골에 갑니다…… 부모님 집에요……"

샤를르는 기대하지도 않던 이런 대화를 좀더 계속해나가고 싶었다. 예를 들면 '아, 그래? 부모님이 어디 사시나?' 혹은 '자네가 정확히 몇 살인지 항상 궁금했다네……' 혹은 '어떻게 해서 우리 사무소에 들어오게 된 건가?'라고 묻고 싶었다. 그러나 어쩌랴. 그는 너무나도 피곤했다. 대화에 불을 붙일 부싯돌을 켤 힘이 없었다. 그러나 이토록 똑 부러지는 꺽다리 수습사원이 문을 나서려고 할 때, 그의 가방

위로 〈1〉 283

에서 삐져나온 책 한 권이 눈에 띄었다.

『정신착란증의 뉴욕』(＊네덜란드 출신의 건축가로 현 하버드 대학교 건축학부 교수인 렘 쿨하스가 1978년에 저술한 작품. 뉴욕의 문화, 건축, 사회에 대한 역사적 고찰과 맨해튼의 생성과정을 추적한 내용을 담은 이 저서는 건축, 도시 분야의 고전으로 손꼽히고 있다. 영국의 건축 명문학교 AA스쿨 출신인 쿨하스는 2004년 서울대학교 미술관 설계로 우리나라와도 인연을 맺었다.), 오리지널 판(版).

"자네 역시 바타비아 공화국 시절을 그리워하고 있군……"

마크는 잼을 훔쳐 먹으려고 단지에 몰래 손가락을 넣었다가 들킨 꼬마처럼 우물우물 변명을 했다.

"아, 네, 사실은 제가…… 정말로…… 좋아하는 건축가입니다."

"이해하다마다. 쿨하스는 그 책 한 권으로 건물 하나 짓지 않은 그곳에서 만인의 존경을 받는 유명인사가 되었지…… 잠깐 기다리게…… 나도 자네와 함께 나가야겠어."

무인경비시스템 번호를 누르며 그가 말했다.

"자네 나이 때, 난 무척 호기심이 많았지. 그리고 몇 가지 대규모 작업 현장에 직접 가 볼 수 있는 행운도 누렸네. 하지만 내가 정말로 들떴던 건, 그가 1989년 프랑스 국립 도서관 현상설계 출품작을 발표했을 때였지……"

"종이를 잘라가면서 프레젠테이션을 했다고 들었는데요?"

"그래."

"네! 저도 그걸 정말 보고 싶었어요……"

"그건 정말…… 뭐랄까…… 지성적이라고 해야 하나…… 그렇다네, 다른 말로는 표현할 수가 없다네, 지성적이라고 할밖에는……"

"하지만 이젠 그런 방식도 한물갔다고들 하던데요. 매번 그렇게 해서는 효과가……"

"글쎄······"

두 사람은 나란히 계단을 내려갔다.

"······그런데 말이야, 그가 한 번 더 그 방식으로 시연을 할 때 나도 그 자리에 있었거든······"

"정말요?" 마크는 가방을 붙잡은 채 그 자리에 멈추어 서 버렸다.

그들은 사무소에서 제일 가까운 술집 안으로 들어갔다. 그리고 그 날 밤, 샤를르는 몇 달 만에, 아니 몇 년 만에 처음으로 자신이 건축가 라는 사실을 기억해냈다.

이야기를 했다.

1999년, 그러니까 '국립 도서관 쇼크'로부터 10년이 지난 후, 애럽 (＊영국의 세계적인 구조설계그룹) 그룹에 근무하는 아는 사람을 통해 시 애틀의 베나로야 홀에서 생애 최고의 쇼를 구경할 수 있는 기회를 잡 았다. (상식 밖의 볼거리를 제공하던 유모의 쇼는 제외하기로 한다.) 새로 지은 으리으리한 연주 홀에는 연주가가 단 한 명도 없었지만 시 애틀에서 손꼽히는 부유한 기부가들, 상류계층, 그리고 실력가들이 모두 모여 있었다. 신경질적인 소리가 나는 무전기, 3번가를 따라 줄 지어 선 리무진.

몇 달 전, 대규모 도서관 건립을 위한 현상설계 공고가 났었다. 이 오 밍 페이(＊중국계 미국 건축가. 파리 루브르 박물관의 유리피라미드 외 다수 의 건축 작품을 실현했다. 1983년 프리츠커 상 수상)와 노먼 포스터(＊영국의 건 축가. 하이테크 건축, 미니멀리즘 건축의 거장. 1999년 프리츠커 상 수상)도 이 현 상설계에 참가했으나 선발된 두 설계안은 스티븐 홀(＊미국의 건축가. 아이디어 드로잉을 수채화로 마무리하며 공간과 빛에 대한 해석이 남다른 건축가) 의 것과 렘 쿨하스의 것이었다. 스티븐 홀의 설계안은 약간 진부하다

는 인상을 주었다. 하지만 구석자리를 차지한 자그마한 몸집의 그 사내의 영향력은 대단하다고 할 수밖에 없었다. 바이 아메리칸(Buy american), 미국인에게 우선권을……

아니었다. 그는 이야기를 하는 것이 아니었다. 그보다는 그 시절을 다시 살아내고 있다고 해야 옳았다. 자리에서 일어나 양 팔을 활짝 벌렸다가 조금 진정하고 자리에 앉더니 맥주 컵을 옆으로 치우고는 스케치북에 연필로 그림을 그려 당시에 쉰다섯 살이었던 그 천재 건축가가, 즉 지금의 자신보다 몇 살이 많을 뿐이었던 그가 달랑 흰 종이 한 장과 연필 한 자루와 가위 한 벌로 무장을 한 채, 마치 한 편의 연극을 상연하듯 프로젝트 발표를 한 결과 결국 총 공사비가 27억 달러까지 상승된 그 계약을 성사시키기까지의 과정을 낱낱이 설명했다. 그의 흉내를 내기도 하고 잘라낸 종이를 접었다 폈다 하면서.

"A4 용지 한 장뿐이었다니까!"

"네, 네, 알겠어요…… 그러니까 5그램으로 27억을……"

그들은 오믈렛을 주문하고 맥주도 더 가져다 달라고 했다. 열정적인 학생의 질문 공세에 샤를르는 위대한 건축가에 대한 분석을 계속했다. 특유의 간결한 표현과, 예술적인 감각과, 취향이 그대로 반영된 도식과, 유머감각과 영혼에 차고 넘치는 생기와 신랄한 기지를 가지고 두 시간도 채 되지 않던 시간 안에 극도로 복잡한 프로젝트를 명료하고도 지성적으로 볼 수 있도록 해 주었던 건축가를.

"그게 지붕이 편편하게 생긴 그 건물인가요?"

"바로 그렇다네, 하늘에 대고 맹세를 하는 나라에서 수직이라는 개념으로 도전장을 내밀었던 것이지…… 솔직히 과대평가가 된 면도 좀 있지만…… 내진설계나 하중계산만 해도 엄청난 일이었지. 아까

말했던 애럽 그룹의 그 친구 말에 의하면 그것 때문에 다들 미쳐버릴 뻔했다더군……"

"소장님은 그 건물이 완공되는 걸 보셨나요?"

"아니. 완공은 아직 멀었네. 아직도 진행 중이야. 어쨌든 홀의 작품 중에서 내 맘에 드는 건, 그 프로젝트가 아니라네……"

"말씀해주세요."

"뭐라고?"

"좋아하시는 것들이 뭔지……"

몇 시간 후, 술집에서 쫓겨난 후에도 두 사람은 마크의 자동차 곁에 서서, 열어둔 차 지붕에 등을 기댄 채 한참 동안이나 이야기를 계속했다. 각자의 취향과 견해와 둘 사이를 갈라놓은 20년이라는 세월을 비교하며.

"아, 이제 가 봐야겠네요…… 저녁식사는 놓쳤지만 적어도 아침에는 식탁에 앉아 있어야 하니까요……"

마크는 뒷좌석에 가방을 던져두고 샤를르에게 집까지 바래다주겠다고 했다. 차를 타고 가는 동안, 샤를르는 부모님이 어느 시골에 사느냐, 나이가 몇이냐, 그리고 어떻게 자기 사무소에 들어오게 되었느냐고 물었다.

"소장님 때문이었죠……"

"나 땜에?"

"소장님 때문에 이 사무소에서 실습을 하기로 결심했어요."

"별로 좋은 생각이 아니었군."

"글쎄요…… 인연이라고 해 둘까요…… 이럴 줄 알았으면 프린터 수리하는 방법이나 배워 둘 걸 그랬어요." 젊었을 적의 그를 꼭 빼어 닮은 그림자가 웃으며 대꾸했다.

현관에서 마틸드의 배낭과 맞부딪쳤다.

"SOS, 사랑하고 사랑하는 새 아빠, 나, 어떡하지. 도저히 탈출할 방법이 안 보여. 근데 이거 내일까지거든. (제출이 내일까지고, 점수도 매긴대. 그리고 성적에도 들어가.) (무슨 말인지 이해하겠지……)

ps : 제발, 설명은 하지 말아줘!!!!! 그냥 답만 있으면 돼.

pss : 귀찮겠지만 이번 딱 한 번만이라도 글씨를 내가 알아볼 수 있게 써 준다면 너무나 도움이 될 텐데.

psss : 감사.

pssss : 안녕히 주무세요.

psssss끝 : 많이많이 사랑해요."

다음 직교좌표 (O, i, j)에서 점 $A(-7, 1)$과 점 $B(1, 7)$의 위치를 표시하라.

1) a) 벡터 OA, OB, AB의 좌표는? AOB가 이등변삼각형이라는 사실을 증명하라. b) C가 삼각형 AOB에 외접한 원이라고 하자. 원의 중심 S의 좌표를 구하고 원의 반지름을 구하라.

2) f를 $f(-7)=1$, $f(1)=7$의 함수라고 정의할 때, 함수 f의 관계식을 구하라. b) 함수를 그림으로 표시하라… 등등

이런 것쯤이야 식은죽먹기지……

그리고 샤를르는 유령이 나올 것 같은 부엌의 쓸쓸한 식탁에 또 다시 홀로 앉았다. 배가 홀쭉한 필통을 열었더니 들어 있는 것이라고는 고작 이빨로 씹은 자국이 남은 연필이 다였다. 한바탕 욕설을 퍼붓고

샤프펜슬을 꺼내어 글자 하나하나에 정성을 들여 또박또박 적어 내려갔다.

게으른 여학생의 비위를 맞추기 위해, 원 C를 그리고 함수 f의 관계식을 구하고 트레이싱페이퍼를 자르면서 그는 자신과 렘 쿨하스를 갈라놓고 있는 깊은 구렁을 실감하지 않을 수 없었다.

그나마 그 애가 '사랑하고 사랑하는' 이라고 써 주었다는 사실을 기억하며 스스로를 위로해 보았다. 그리고 성적에도 들어간다니까.

몇 시간을 자고 일어나 선 채로 커피를 마시고 멍한 눈으로 풀어놓은 답안을 다시 한 번 읽어보았다. 그리고 어젯밤에 읽은 아이의 메모 위에 '너무 오버하는 것 아니니.' 라고 적어 넣었다. 그것이 마지막 추신에 대한 말인지 혹은 아이의 허풍에 대한 말인지는 알 수 없었다.

마지막 점을 더욱 명확하게 찍어주기 위해 주머니에서 제도 펜을 꺼내어 그림 밑에 줄을 긋고 이빨자국이 난 볼펜으로 맞춤법이 틀린 글자들을 고쳐주었다.

만약에 내가 떠난다면, 이 아이는 어떻게 될까? 재킷을 걸치며 생각해보았다.

그리고 나는? 난 어떻게……

다른 임무가 기다리고 있는 곳으로 그를 데려다 줄 택시가 집 앞에 와 있었다.

"어느 터미널로 모실까요?"

아무데라도 상관없어, 정말로 상관없다고.

"손님?"

위로 〈1〉   289

"비밀로 감추시다.
그리고 다시
또 다시
감동읗는 마디기.

10

꽉 막힌 도로는 단테풍이었다…… 도스토예프스키적(的)이었다. 30여 킬로미터를 가는 데 4시간 남짓이 걸렸다. 그 동안 심각한 사고 두 건을 목격했고 홍미진진한 싸움판을 구경했다.

잔뜩 짜증이 난 사람들은 쌍소리를 해대며 유턴을 했고, 인도 위로 차를 달리는 족속들도 있었다. 날리는 먼지 때문에 차 유리창을 닫았다. 창문 너머로는 장관이 펼쳐졌고 덩치가 작은 차들의 범퍼를 슬쩍 들이받으며 막무가내로 앞서가려는 차들도 보였다. 그 범퍼는 동구에서 제작된 것들이었다.

그럴 수만 있었다면, 도로에 쓰러진 부상자들의 몸을 깔아뭉개고서라도 앞으로 나아갔으리라.

빅토르가 손가락으로 차도와 와이퍼를 차례로 가리켰다. 뭔가 기막힌 농담을 하는 것 같았지만 샤를르는 그의 횡설수설을 이해할 수가 없었다. 피가 튀더란 말입니다, 그가 배꼽이 빠져라 웃으며 말했다, 알아들었어요? 피! 끄로프(Krov)! 하하하. 재미있죠?

공기가 무거웠다. 지독한 공해. 편두통이 시작되어 내일 약속에서 의논할 내용에 도무지 집중할 수가 없었다. 가루로 된 아스피린을 꿀꺽 삼켰다. 빠른 효과를 내기 위해 잇몸을 혀로 핥았다. 그러다가 마

위로 〈1〉   291

침내 서류들을 놓아버렸다.

어서…… 빌어먹을 저 와이퍼나 좀 작동시켜 주었으면, 그리고 이제 그만 끝이 났으면……

이윽고 빅토르가 호텔 앞을 지키는 덩치 큰 사내들 앞에 차를 세우고 그에게 밤 인사를 했을 때, 그는 아무 반응을 보일 수가 없었다.

"어쩌고저쩌고 쉬또 잘루이에티에스?"

샤를르가 고개를 숙였다.

"어쩌고저쩌고 골라디엔?"

차 문고리를 잡았던 손을 놓았다.

"무이 스타보에 어쩌고저쩌고 보드키!" 그가 차선을 바꾸며 결심한 듯 말했다.

백미러에 비친 그의 미소가 밝게 빛나고 있었다.

두 사람은 어둠이 점점 더 짙어지는 거리로 나갔다. 눈에 확 띄는 그들의 베를린 형 자동차를 흘끔거리는 사람들이 많아지자, 빅토르는 거리의 청년들에게 차를 맡겼다. 신이 난 그들에게 이것저것 지시를 하고 당장이라도 따귀를 후려칠 듯한 커다란 손을 흔들어보이고는 주머니에서 지폐다발을 꺼냈다가 얼른 도로 집어넣었다. 그리고는 좀 기다리라는 의미로 담배 한 갑을 건네주었다.

샤를르는 술을 마셨다. 한 잔, 그리고 두 잔째에 긴장이 풀어지기 시작했다. 세…… 현장 근처의 컨테이너하우스 안에서 잠이 깼었다. '잔 째'와 옆 사람들의 코고는 소리 사이의 기억이 하나도 없었다. 완전한 공백.

제 코고는 소리에 그렇게 당황해 본 적이…… 없었다.

빛이 그의 머리를 때렸다. 비트적거리는 걸음으로 펌프까지 걸어가 입안을 헹구어내고 다시 물을 길어 숙취로 엉망이 된 얼굴을 씻었다. 그러나 허리를 펴다가 뱃속에 있는 것을 다 토했다. 처음부터 다시 시작했다.

'러시아어 첫걸음'을 들추어볼 필요도 없었다. 지난밤의 일을 대충 짐작할 수 있었다. 러시아어 선생, 빅토르. 아주 신이 났겠지.
그가 다가와서는 불쌍하다는 표정으로 술병을 내밀었다.
"마셔요! 친구! 조오타!"
이런, 이런…… 그가 처음으로 입 밖에 낸 우리말이…… 보나마나 어젯밤은 만국어의 축제장이었겠군……
샤를르는 병을 받아들었다. 그리고……
"스파시바 도로고이(고맙네, 친구)! 브쿠스나(맛있는걸)!"
기운이 났다.

몇 시간 후, 그는 나쁜 자식 파블로비치와 담판을 짓고 숨이 막히도록 그를 껴안아주었다.
됐다, 이런 게 러시아식이다.

공항에 도착하니 술이 깼다. 그래서 끼적거린…… 메모들(?)을 다시 읽어보려 했다. 그리고 난리를 치는 필립의 전화를 받고서야 제정신을 완전히 되찾았다.
"이봐, 방금 벡커 쪽에 심어둔 정보통이 연락을 해 왔어…… B-1에

위로 〈1〉 293

이중들보 판자 틀을 설치해야 한다니, 그게 무슨 개소리야! 맙소사, 지금 하루에 손해가 얼마인지, 자넨 알고나 있는 거야? 자네가 생각하기엔……"

샤를르는 전화기를 귀에서 떼어냈다. 그리고 의심스러운 눈초리로 기계를 노려보았다. 매사에 비관적인 마틸드가 그에게 수도 없이 되풀이한 말이 있었다. 이 물건이 암을 일으킬 수도 있다고. "정말이야! 전자레인지만큼이나 위험하대!" 어이쿠, 그는 열이 잔뜩 오른 상대방의 입에서 튀는 침을 막아보려는 듯 전화기를 꼭 움켜쥐며 생각했다. 마틸드 말이 백 번 옳아……

책을 펼쳤다. 어느 부분이라도 상관없었다. 훌륭한 말들과 양탄자 제조장과 100년 묵은 술 수십 병과 아주 오래된 헝가리산 토카이 포도주를 가지고 있다는 기병대 출신 퇴역장교에게서 특별히 골랐다는 종마 열일곱 마리를 샀다. 흥정 한 번 없이. 그리고 니콜라스 로스토프(＊『전쟁과 평화』의 등장인물)와 함께 보로네쥐 지사(知事) 주최의 무도회에 참석했다.

그와 함께 살집이 좋은 아름다운 금발의 여인에게 접근해서 '여신의' 미모라는 등 찬사를 늘어놓았다.

남편이 곁으로 다가오자, 그녀가 발딱 일어섰다. 명령대로 비행기 티켓을 꺼낸 그는 허리띠와 부츠와 검고 긴 외투를 벗어 플라스틱 바구니에 담았다.

경보음이 울렸다. 몸수색을 당했다.

니키타 이바니치(＊러시아 작가 안톤 체호프의 단막희곡 「백조의 노래」에 등장하는 인물)가 빈정거렸더랬다. 아무리 생각해도, 프랑스 사람들은 다들 똑같아……

11

밥을 먹었고, 술을 자제했고, 신통하다는 알약으로 간을 해독했고, 관자놀이를 마사지했고, 눈꺼풀을 문질렀고, 덧창을 닫았고, 램프 갓을 기울였다. 그러나 무슨 짓을 해 보아도 이번 취기는 가실 줄을 몰랐다.

옷을 입었고 먹었고 마셨고 잠을 잤고 말을 했고 입을 다물었고 생각했다. 이 모든 일들이 부담스러웠다.

가끔씩 불경스러운 단어가 머릿속을 관통했다. 우울증이라는 세 음절의 단어. 그 단어가 그를 사로잡고 그리고 그를…… 아니다. 입 닥쳐라. 좀더 영악해져라. 몸에 살을 좀더 빼서 이 개떡 같은 상황을 빠져나가란 말이다. 전진.

곧 여름이었다. 이렇게 하루하루가 길게 느껴진 적이 없었다. 밥을 먹고, 술을 자제하고, 알약으로 간 해독…… 같은 일과가 계속되었다. 과거형 동사로 운율을 맞추며. (단순과거형이라는 시제의 의미를 여러분은 기억하고 계신지. 이 시제로는 과거의 비교적 정확한 때에 일어난 일을 표현할 수 있다. 다시 말해, 일정 기간 동안 계속된 일을 표현할 수는 없다는 말이다.) 그는 있었다, 할 수 있었다. 해야만 했다. 그는 했다, 말했다, 인정했다. 그는 갔다, 보았다, 결정했다.

위로 〈1〉 295

그는 건넜다, 얻어냈다.

그는 병원 원무과 직원을 통해 진료시간 외의 시간에 와도 좋다는 허락을 얻어냈다.

의사가 벌거숭이가 된 그의 몸무게를 달았다. 목을 만져보고 맥박을 짚어보고 허파 부근에 청진기를 댔다. 그에게 무엇이 보이냐고, 무슨 소리가 들리느냐고 물었다. 좀더 자세히 말해 보라고 했다. 통증이 느껴지는 곳이 국부적입니까, 정면입니까, 후두부가 묵지근하신 가요, 목이 아프세요, 선천적인 질환이 있습니까, 감기를 앓으셨습니까, 치과질환은요, 갑자기 그렇습디까, 아침에 증세가 심해집니까, 정신적인 것 아닌가요? 혹시……

"벽에 몸을 갖다 박고 싶어요." 샤를르가 의사의 말을 끊었다.

의사가 한숨을 쉬며 처방전에 날짜를 기입했다.

"정확하게는 모르겠습니다. 아마 스트레스 때문인 것 같긴 한데." 고개를 들며 묻는다. "혹시…… 고민거리가 있습니까?"

위험하다, 위험하다. 거의 바닥이 난 그의 보호기제가 신호를 보내왔다.

"아뇨."

"불면증은요?"

"거의 없는 편이죠."

"그렇다면 우선 소염제를 처방해드리겠습니다. 만약에 몇 주가 지나도 증세가 사라지지 않으면 그땐 CT촬영을 해 보는 수밖에 없습니다……"

샤를르는 아무 말도 하지 않았다. 수표책을 찾으며 궁금해했을 뿐이다. CT촬영을 하면 거짓말도 찍혀 나올까.

296   안나 가발다 장편소설

피곤은…… 추억은……

배신당한 우정과, 공중변소에서 목이 잘린 여장남자와, 철로변에 있는 공동묘지와, 그로서는 쾌락을 안겨주지 못하는 여인의 애무로 인한 굴욕감과, 모스크바 주(州) 어딘가에 있는 수백만 톤의 철골들, 그러나 십중팔구 아무것도 지탱해주지 못할 그 뼈대들과 괜찮은 수익계산서를 두고 나누었던 대화도 찍혀 나올까.

아니었다, 그에게는 고민이 없었다. 굳이 말하자면 정신이 너무 맑았던 것뿐.

집안 분위기는 한껏 들떠 있었다. 로랑스는 정기세일(아니면 패션쇼였던가, 그는 귀담아두지 않았다)을 준비하고 있었고 마틸드는 짐을 싸는 중이었다. 다음 주에 스코틀랜드로 날아가기로 되어 있었다. 영어실력을 향상시키기 위해. 그런 다음에는 바스크 지방에 있는 사촌들을 만나러 갈 예정이었다.

"그럼, 시험공부는?"

"하고 있어, 하고 있단 말이야." 마틸드는 다이어리 여백에 길쭉길쭉한 아라베스크 문양을 그리며 대꾸했다. "최신 유행하는 패턴에 대해서 복습하고 있어……"

"그러네…… 그건 요즘 유행하는 국수 스타일이니?"

샤를르는 8월 초에 마틸드를 다시 만나 일주일을 함께 보내고 아이 아버지에게 데려다주기로 되어 있었다. 이탈리아 토스카나 지방에 대한 이야기가 오갔지만 로랑스는 더 이상 언급을 하지 않았다. 따라서 샤를르는 시에나, 혹은 그곳의 사이프러스 나무를 언급할 엄두를 내지 못했다.

몇 주 전, 그녀의 이복여동생 집, 마호가니색 일색인 너절한 그 집에서 끝이 날 것 같지 않던 저녁식사를 할 때 만났던 사람들과 별장 하나를 함께 빌리자는 아이디어가 그는 별로 달갑지 않았다.

"그 사람들 어땠어?" 집으로 돌아오는 길에 그녀가 물었다.

"예상대로였어."

"물론 그러시겠지……"

신물이 난다는 투의 '물론 그러시겠지'였다. 하지만 그가 달리 어떻게 대답할 수 있었단 말인가?

상스럽더라고?

아니다. 그럴 수는 없었다…… 시간이 너무 늦었고 침대는 너무 멀었고 말다툼은 너무…… 아니다.

대신 '선견지명이 있어 보이더라.'고 했어야 했을까? 그 사람들은 세금인하에 관한 이야기를 많이 했었다…… 그래…… 어쩌면…… 가만히 있는 편이 나았을지도.

샤를르는 휴가가 싫었다.

또다시 집을 떠나고, 옷걸이에서 셔츠를 벗겨내고, 짐가방을 닫고, 목적지를 고르고, 계산을 하고, 책들을 포기하고, 수백 킬로미터를 달려, 흉물스러운 임대 별장에서 지내거나 표백제 냄새가 풀풀 풍기는 타월, 그리고 호텔 복도를 또다시 접해야 하는, 며칠을 빈둥거리다가 아, 결국……이라고 되뇌며 지겨워 몸을 비트는 휴가.

그가 바라는 것은 일상에서 도망쳐 마음가는 대로 떠나는 것이었다. 무방비 상태의 몇 주. 고속도로에서 멀리 떨어진 시골 마을로 사라져버리기.

'백마' 여관처럼, 실내장식이 유치해도 솜씨 좋은 주방장이 있어서

모든 것이 용서되는 여인숙들. 전세계의 수도들. 그 도시의 기차역, 시장, 강, 그곳의 역사와 건축들. 세미나 하나가 끝나고 다음 회의가 시작될 때까지의 틈을 타 들러보는 인적 없는 박물관, 아무 연고 없는 마을, 전망대 없는 언덕, 테라스 없는 카페. 모두 둘러보기, 그러나 관광객이 되지는 않기. 이런 초라한 옷가지들을 더 이상 걸치지 않기.

마틸드가 어렸을 적, 그리고 그들이 함께 온 세상의 모래성 쌓기 대회를 휩쓸고 다니던 때, 그때에는 휴가라는 단어에 의미가 있었다. 두 개의 늪 사이에 쌓아올린 바빌론…… 조그만 게들을 위해 지었던 타지마할…… 목덜미에 내리쬐던 강렬한 햇볕, 구경하던 사람들의 감탄, 조개껍데기, 그리고 젖빛 유리…… 종이냅킨 위에 그리던 그림을 끝내기 위해 옆으로 밀어놓은 접시, 딸아이가 깨어나지 않도록 조심조심 엄마를 어루만지던 손길…… 유일한 걱정거리라고는 어떻게 해야 스케치북 위에 빵부스러기를 떨어뜨리지 않고 모녀의 모습을 스케치할 수 있을까라는 것이 고작이었던 느긋한 아침식사.

그래, 수채화…… 그리고 이 모든 것이 참 잘도 섞였더랬다……

아주 오래 전에는……

★★★

"베라미앙이라는 부인이 소장님과 통화하고 싶다고 하셨습니다……"

샤를르는 그날의 우편물을 뜯어보았다. 스위스 로잔에 들어설 보르겐&핀커 사옥(社屋)의 계약이 무산되었다.

납뚜껑이 그의 어깨 위로 떨어졌다.

단 두 줄. 이유도 설명도 없는. 이런 치욕을 정당화할 수 있는 아무런 구실도 보이지 않는. 판에 박힌 인사치레 때문에 더 무시당했다는 느낌이 드는.

편지를 비서의 책상 위에 올려놓았다.

"정리해둬요."

"다른 편지들은 복사를 해 둘까요?"

"그러고 싶으면 그렇게 해요, 바바라. 맘대로…… 솔직히 난……"

수백 시간을, 수백만 시간을 들인 작업이 방금 연기가 되어 사라진 참이었다. 곧 그 잿더미 속에서 투자니 손실이니 회계, 은행, 적자, 협상을 건져 올리고 새로 계산을 해야 하겠지. 효율을 따져가며.

그가 뒤로 돌아섰을 때, 비서가 다시 말을 건넸다.

"이 여자분은 어떻게 할까요?"

"누구?"

"베라미……"

"무슨 일이라고 하던가요?"

"잘 알아들을 수는 없었는데…… 개인적인 일이라고……"

샤를르는 귀찮다는 듯 손을 내저어 그녀의 마지막 말을 잘랐다.

"마찬가지. 정리해둬요."

그는 점심을 먹으러 내려가지 않았다.

한 프로젝트가 수포로 돌아가면, 곧 다른 프로젝트로 옮겨 타야 했다. 다른 모든 것들을 누르는, 이 직업이 가진 최종적인 강점. 어떤 거라도 좋았다. 아무것이나. 사원, 동물원, 아무도 의뢰를 해 오지 않으면 자기 집이라도 뜯어 고쳐야 했다. 하지만 운대만 맞아떨어진다면 아이디어 하나, 연필선 하나로도 곧 구원을 받을 수 있었다.

300   안나 가발다 장편소설

그래서 그는 자리를 지켰다. 온 신경을 집중하여 엄청나게 복잡한 구조 계산서를 읽었다. 마치 사방으로 터져나가는 두개골을 다시 붙이려는 듯 손바닥으로 관자놀이를 꽉 누른 채. 어금니를 악물며 메모를 하려던 때, 비서가 문 앞에 서서 목청을 가다듬었다. (그가 수화기를 아예 내려놓고 있었으므로.)

　"또 그 분인데요……"

　"보르겐 쪽 사람?"

　"아뇨…… 오늘 아침에 말씀드린 개인적인, 문제로 전화하셨던 그 분…… 뭐라고 전할까요?"

　한숨.

　"소장님이 잘 아시던 어떤 여자분에 관한 일이라고 하십니다……"

　암담했지만, 샤를르는 예의상 미소를 지어보였다.

　"이런! 잘 알던 여자가 한둘이어야지! 어디 말해 봐요. 목소리가 어떻던가요? 허스키?"

　그러나 바바라는 웃지 않았다.

　"아누크라고……"

위로 〈1〉　301

12

"아누크의 묘비에 페인트칠이 되어 있던데, 네가 한 게 맞지?"

"네? 그런데…… 누구시죠?"

"그런 줄 알고 있었다. 샤를르, 실비란다…… 나를 잊었니? 아누크와 함께 피티에 병원에 근무하던…… 너희들의 첫 영성체식에도 갔었는데……"

"실비…… 기억하고 있습니다…… 실비."

"오래 방해하지는 않으마. 난 그저……"

그녀의 목이 메었다.

"……너에게 고맙다는 말을 하고 싶었어."

샤를르는 눈을 감고 손으로 얼굴을 쓸어내렸다. 그리고 코를 막고 다시 한 번 마음을 진정시키려고 애를 써 보았다.

됐어. 그만해. 아무렇지도 않아, 감정이 북받치는 건 실비라고. 네가 어지러운 건 아무 효과도 없는 약 때문이고 사무소 창고 자리를 너무 많이 차지한 쓸데없는 도면들 때문이야. 참으란 말이야, 젠장.

"샤를르, 내 말 듣고 있니?"

"실비……"

"그래."

"뭐 때문에……" 말이 꼬였다. "그녀가 어떻게 죽었나요?"

"……"

"여보세요?"

"알렉시스가 아무 말도 하지 않았니?"

"네."

"제 손으로 목숨을 끊었다."

"……"

"샤를르?"

"지금 어디 사세요? 좀 만나 뵙고 싶습니다."

"그렇게 예의를 갖춰 말할 필요 없단다, 샤를르. 어렸을 때, 넌 날 편하게 대해줬었어…… 사실은 나도……"

"지금 뵐까요? 오늘 저녁은 어떠세요? 언제 갈까요?"

다음날 아침 열 시. 그는 그녀의 집주소를 다시 한 번 되뇌어보고는 다시 일에 집중했다.

쇼크. 쇼크 상태. 그 단어를 가르쳐준 사람은 아누크였다. 고통이 너무나 심해서 뇌가 잠시 포기를 할 때, 즉 전달이라는 본연의 임무를 잊은 상태.

비극을 접한 후 비명을 지를 수 있을 때까지, 잠시 얼이 빠진 상태.

"카뉘 아저씨네 오리들 있잖아, 목을 잘랐는데도 미친 녀석들처럼 막 뛰어다녔다며?"

"아냐." 그녀가 하늘을 올려다보며 대답했다. "그건 파리 사람들에게 겁을 주려고 지어낸 고약한 농담일 뿐이야. 완전히 바보 취급하는 거지…… 우린 아무것도 겁나지 않는데 말이야, 안 그래?"

어디에서 주고받았던 이야기였더라? 분명 차 안에서였는데. 그녀

위로 〈1〉   303

는 주로 차 안에서 이런 종류의 하찮은 이야기들을 했었다……

　다른 아이들과 마찬가지로, 우리 역시 지독하리만치 가학적인 아이들이었다. 생물시간에 배운 내용을 복습한다는 핑계로, 늘 아누크를 졸라 그녀의 일 중에서도 가장 잔인한 국면을 들추어내게 했다. 우리는 흉터와 고름을 사랑했으며 다리 절단 수술을 동경했다. 나병중세니 콜레라니 공수병에 대한 상세한 묘사. 공수병 환자의 침, 경련환자의 발작, 도르래에 끼어 으스러진 손가락. 그녀가 속아 넘어갔느냐고? 당연히 아니었다. 그녀는 우리가 멍청이라는 사실을 아주 잘 알고 있었으니까. 간혹 도가 지나치다 싶으면 그녀는 오히려 하찮다는 표정을 짓곤 했다.

　“그렇지만…… 고통이란 건 좋은 거란다…… 고통이 있다는 것은 다행스러운 일이야…… 얘들아, 고통이 있어서 우리가 살아남을 수 있단 말이다…… 그럼! 고통이 없다면 우린 불 속에 손을 집어넣게 될 거야. 손가락 열 개가 아직 멀쩡하게 붙어 있는 것은 못질을 하다가 망치로 손가락을 내리쳤을 때, 아파 죽겠다고 소리를 지를 수 있었기 때문이지! 왜 이런 말들을 하느냐면…… 아니, 저 자식은 왜 전조등을 깜박거리고 난리야? 먼저 가, 추월해 가라고, 이 돼지 같은 놈아! 음…… 내가 어디까지 말했더라?”

　“못질.” 알렉시스가 한숨을 쉬었다.

　“아, 맞다! 내가 이런 이야기를 하는 이유는, 목공일이니 바비큐니 다 좋다 이거야…… 하지만 나중에, 시간이 흐르고 나면, 세상에는 너희를 괴롭히는 일들이 존재하기 마련이라는 사실을 깨닫게 될 거다. ‘일들’ 이라고 했지만, 결국은 사람 때문에 고통을 당하게 되지…… 사람, 상황, 감정, 그리고……”

뒷좌석에서는 알렉시스가 나를 보고 '엄마는 완전 헛물켜고 있는 거야'라는 시늉을 해 보였다.

"뒤차 전조등이 보인다는 건, 네가 뭘 하고 있는지도 다 볼 수 있다는 뜻이다, 이 어리석은 녀석아. 자아! 중요한 말이니까 잘 들어둬! 살다가 뭔가가 너희를 고통스럽게 한다면, 피해라. 냅다 뛰어 도망쳐버려. 최대한 빨리 달아나버리라고. 그러겠다고 약속하지?"

"알았어, 알았어…… 오리들처럼 막 뛰어 달아날게, 걱정하지……"

"샤를르?"

"네?"

"넌 어떻게 저런 애랑 친구를 하니?"

나는 배시시 웃기만 했다. 그들과 같이 있어서 즐거웠다.

"샤를르?"

"네?"

"넌 내 말을 이해하지?"

"네."

"내가 뭐라고 했는데?"

"고통 때문에 우리가 살아남을 수 있으니까 고통이란 건 좋은 거다, 하지만 만약에 누가 우리 목을 베어가려고 한다면 그 고통이란 것에서 도망쳐야 한다……"

"아첨쟁이……" 옆에 앉은 내 친구가 중얼거렸더랬다.

아누크 르망, 무엇을 가지고 자신을 파괴한 거지?
커다란 망치로 내려치기라도 했단 말인가?

13

그녀는 19구(區), 로베르 데브레 병원 근방에 살고 있었다. 샤를르는 약속시간보다 한 시간도 더 먼저 그 근처에 도착했다. 마레쇼 대로를 따라 천천히 걸으며 80년대에 그 거리를 계획했던 한 남자를 추억했다. 피에르 리불레(＊1928-2003. 프랑스의 도시계획가, 건축가 아틀리에 몽루즈의 일원으로 작품 활동을 했으며 파리 국립 토목학교의 교수로 재직했다), 파리 국립 토목학교 시절, 도시계획을 가르쳤던 그의 스승.

대쪽 같은 성격에 준수한 외모, 빛나던 지성을 갖추었던 이. 말이 별로 없었던, 그러나 말을 아주 잘했던 분. 교수들 중에 가장 가까이 다가가기 쉬워보였으나 샤를르는 그에게 접근할 수가 없었다. 어떻게 감히. 바람도 통하지 않고 햇빛도 들지 않는, 비위생적인 빈민굴에서 태어났으나 결코 그곳을 잊지 않았던 사람. 아름다움을 창조한다는 것은 '사회적으로 유익한 것임에 분명하다'고 강조하던 스승. 학생들에게 현상설계에 너무 집착하지 말고 작업실 내의 건전한 경쟁을 중시하라고 충고하던 분. 바흐의 〈골드베르크 변주곡〉과 앙드레 브르통의 시집 『샤를르 푸리에에게 바치는 시가(詩歌)』와 프리드리히 엥겔스 저작의 원문들과, 특히, 특히나 앙리 칼레(＊1904-1956, 20세기 전반 파리의 소시민적인 풍경을 즐겨 묘사한 작가)라는 작가를 알게 해준 분. 사람의 눈높이, 영혼의 높이에 맞추어 병원을, 대학을, 도서관을 지은

건축가. 그것도 저소득층 공단주택의 파편 위에 우아한 집들을 지을 줄 알았던 분. 몇 년 전, 아버지 잃은 수많은 현장을 뒤에 남긴 채, 일흔다섯의 나이로 세상을 뜬 스승.

아누크도 분명 그런 도시를 꿈꾸었겠지……

그는 뒤로 돌아 악소 가(街)를 찾아갔다.

실비의 집을 지나쳐, 인상을 쓰며 선술집 문을 열고 들어가 마시고 싶지도 않은 커피 한 잔을 주문하고 가게 안쪽으로 들어갔다. 그의 창자가 또다시 그의 진을 뺐던 것이다.

혁대를 단단히 잡아맸다. 제일 안쪽 구멍까지.

세면대 앞에서 소스라치게 놀랐다. 앞에 있는 남자의 얼굴이 못 봐주게…… 아니, 그건 바로 너야, 불쌍한 친구. 네 몰골이라고.

이틀 전부터 아무것도 삼키지 않았다. 사무실에 남아 담배냄새가 밴 '바퀴 달린 들것', 즉 커다란 스펀지 소파를 펼치고 누웠다. 잠을 거의 자지 못했다. 면도도 하지 않았다.

머리카락은 (아아) 길게 자라나 있었고 눈언저리는 거무죽죽했으며 목소리에는 빈정거리는 투가 역력했다.

"이봐, 친구…… 용기를 내…… 여기가 마지막이야, 골고다의 언덕이라고…… 두 시간 후에는 그 이야기를 더 이상 하지 않게 될 거야."

카운터 위에 동전을 남겨놓고 다시 거리로 나섰다.

★★★

그녀도 그와 마찬가지로 흥분해 있었다. 어쩔 줄 몰라 양 손을 맞비

비기만 했다. 어수선해서 미안하다며 한참동안 쓰지 않았던 것 같은 방으로 그를 안내한 다음 뭘 마시겠느냐고 물었다.

"콜라 있습니까?"

"아, 내 딴엔 이것저것 준비한다고 했는데, 콜라를 찾을 거라고는 예상을 못해서…… 잠깐 기다려요……"

복도로 나가 찬장을 열었다. 낡은 바구니에서 나는 것과 같은 냄새가 풍겨 나왔다.

"다행이야…… 우리 손자들이 남겨놓은 게 있었어……"

차마 얼음을 달라고까지는 말하지 못했다. 샤를르는 그의 상처를 감싸줄 미지근한 그 음료를 게걸스럽게 들이켜며 들릴락 말락 한 목소리로 손자가 몇 명이냐고 물었다.

대답을 들었다. 숫자는 듣지 않았다. 좋으시겠다고 말해주었다.

만약 길에서 마주쳤다면, 아마 그는 그녀를 알아보지 못했으리라. 그의 기억으로 그녀는 갈색머리의 아담한 여자였다. 통통하다면 통통한 몸집에 언제나 명랑했던. 그는 그녀의 엉덩이와 옛 시절에 나누었던 인상적인 대화 주제 몇 가지와 그녀가 미셸 폴나레프의 〈라즈의 무도회〉 45회전짜리 음반을 선물했던 것을 기억하고 있었다. 아누크가 너무나 좋아하던 노래. 그리고 결국 그들이 진저리를 쳤던 노래.

"시끄러워, 조용히 좀 하라니까. 얼마나 아름다운 노래인지 좀 들어보라고……"

"젠장, 이게 언제적 노랜데, 이 자식은 아직도 교수형을 당하지 않았단 말이야!!? 엄마, 이제 더 이상은 못 들어주겠어, 더는 듣기 싫단 말이야……"

기억이란 참 희한하다, 내용물을 차곡차곡 채워 넣은 정리함 같

308   안나 가발다 장편소설

다…… 폴나레의 노래 속 여주인공 제인, 아누크, 그리고 그들의 약혼자…… 이렇듯 적절한 순간에 딱 맞추어 되살아나다니.

오늘, 그녀의 머리는 화려한 색깔로 염색되어 있었다. 장식이 요란한 금속테 안경에 진한 화장. 파운데이션이 턱 아래에 분명한 경계선을 만들어냈고 눈썹은 아이펜슬로 곱게 그려져 있었다. 그때 그는 너무나 소심해서 그 사실을 깨달을 수 없었지만, 그리고 그날 아침을 다시 생각해보리라고는 꿈에도 생각지 못했지만, 한참이 지난 후 그날 아침을 다시 떠올려보며 비로소 그녀를 이해할 수 있었다. 살아 있는 여자, 아직 매력을 잃지 않은 한 여자가 30년 동안 만나보지 못한 한 남자의 방문을 기다리고 있었으니 그 정도로 신경을 쓰는 건, 솔직히 지나친 것이 아니었다.

방수포처럼 번들거리는 가죽 소파에 앉아 소도쿠 게임 잡지와 어마어마하게 커다란 리모콘 사이에 놓인 컵받침 위에 컵을 내려놓았다. 컵받침 역시 어떤 효과를 기대하고 준비했던 것이리라.

그들은 서로를 바라보았다. 마주보고 미소를 지었다. 세상의 그 누구보다 예의가 반듯한 샤를르는 무거운 분위기를 가볍게 만들어보고 싶어서 뭐든 인사치레가 될 만한 말을, 설사 빈말이라 할지라도 뭐든 이야기해보려고 했다. 그러나 소용없었다. 그에게는 너무 무리한 요구였다.

그녀가 고개를 숙이고 손가락에 낀 반지들을 돌렸다. 하나하나 차례로. 그리고 물었다.

"그래, 이제 건축가가 되었다고?"

그는 등을 곧게 펴고 대답을 하려고 입을 열었다…… 그리고 결국 말을 뱉어냈다.

위로 〈1〉　309

"무슨 일이 있었는지 말씀해주세요."

그녀는 짐을 덜은 것 같아 보였다. 그가 건축가든 푸줏간 주인이든 상관없었다. 혼자서 지고 갈 수밖에 없으리라 여겼던 짐들의 무게를 더 이상은 버틸 수가 없었다. 그 때문에 까다롭게 굴던 여비서를 붙들고 늘어졌던 것이었다…… 그녀를 알고 있던 누군가를 찾아내어 짐을 덜고, 욕조의 물을 빼내고, 불행의 보따리를 돌려주고 이제는 그만 손을 떼고 싶어서……

"언제 이야기부터 시작해야 할까?"

샤를르는 생각을 더듬어보았다.

"아누크를 마지막으로 본 건, 90년대 초반이었어요…… 원래 전 아주 자세한 것까지 기억을 하는 편인데……" 그는 슬쩍 웃으며 고개를 가로저었다. "그 버릇을 고치려고 무척 노력을 해 왔어요, 제 나름대로는…… 아무튼 매년 그래왔듯이, 아누크가 제 생일을 축하해주기 위해 점심초대를 했지요, 그 날은……"

실비가 계속해보라는 뜻으로 고개를 약간 끄덕여보였다. 너그러운, 그러나 너무나도 잔인한 동작. '걱정 마라, 천천히 해도 되니까, 서두를 것 없어, 알겠니……' 그랬다. 오늘은 서두를 이유가 없었다.

"……그때까지 맞이했던 생일날 중에서 가장 슬픈 날이었어요…… 일 년 만에, 그녀는 많이 늙어 있었지요. 얼굴에는 살이 부둥부둥했고, 손은 바들바들 떨리고…… 내가 포도주를 주문하려 했더니 하지 말라더군요. 그리고 계속 줄담배를 피워댔어요. 정신을 놓지 않으려는 거였겠지요. 이런 저런 것들을 물어봐놓고도 대답은 듣는 둥 마는 둥. 그리고 거짓말을 했어요. 알렉시스가 아주 잘 지내고 있고 제게 안부를 전해 달랬다고. 그게 아니라는 걸 빤히 아는데. 그게 거짓말

310 안나 가발다 장편소설

인 줄을 제가 안다는 사실을 그녀도 알고 있었을 거예요…… 아누크는 얼룩이 묻은, 그리고…… 뭐랄까…… 비애의 냄새가 나는…… 더러운 스웨터를 입고 있었어요. 식어빠진 재떨이와 오드콜로뉴의 냄새로 뒤범벅이 된…… 대화에 영 집중을 못하던 그녀의 눈이 어느 순간 갑자기 반짝거렸어요. 제가 약속을 했거든요. 그녀가 한 번도 다시 찾아가보지 못했던 유모의 무덤에 데려다주겠다고. 너, 유모를 기억하고 있구나? 얼마나 좋은 사람이었는지도 생각나니? 생각이 나니…… 그리고 커다란 눈물방울이 흘러내려 모든 걸 덮어버렸지요. 그녀의 손은 차가웠어요. 내 양 손으로 그 손을 보듬으면서, 유모가 아누크에게는 아버지와 같은 존재였다는 것을 깨달았지요. 여자들과는 사랑을 나눌 수 없는 그 노인네가 그녀의 유일한 사랑이었다는 것을……

저보고 자꾸만 유모 이야기를 해 달라고 하더군요. 옛 추억을 이야기해 달라고, 더, 더, 그녀가 낱낱이 알고 있는 것들까지. 그녀가 바라는 대로 해 주고 싶었지만, 오후에 중요한 약속이 있었던 터라 옷소매 밑으로 표 안 나게 손목시계를 들여다보느라 진땀을 흘렸지요. 그리고 무엇보다 그러고 싶지가 않더라고요, 더 이상의 기억을 떠올리기가…… 어쩌면 그녀와 함께 옛날을 추억하기 싫었던 것인지도 모르죠. 그 추억들을 모조리 망쳐버리는 그 초췌한 얼굴을 마주하고서는 더 이상……"

침묵이 흘렀다.

"디저트를 먹겠느냐고 묻지도 않았어요. 그럴 필요가 없었죠. 아누크는 음식에 손도 대지 않았었거든요…… 웨이터에게 커피 두 잔을 주문하고서 계산서도 함께 가져오라고 손짓을 했어요. 그리고 지하철역까지 바래다주었어요, 그리고……"

위로 〈1〉   311

실비는 그를 좀 도와주어야 할 순간이 왔다고 느꼈던 모양이었다.

"그리고?"

"유모가 묻힌 노르망디에 아누크를 데려가지 않았어요. 전화도 하지 않았고요. 비겁했었죠. 더 이상은 그녀가 망가져가는 모습을 보지 않기 위해서, 그녀를 나의 추억이라는 박물관에 보관해두고 싶어서, 그녀 때문에 양심의 가책을 받는 게 싫어서. 제겐 너무 벅찬 것들이었어요…… 떨쳐버리려고 해도 양심의 가책은 늘 저를 쫓아다녔어요. 매년 새해에 카드를 보낼 때면 마음이 좀 가벼워지더군요. 물론 사무소에서 단체로 찍은 신년카드…… 개성 하나 없는, 아주 평범한, 홍보용 카드를 보냈어요. 거기에다가 한두 줄 정도를 끼적거린 다음 평범한 인사로 마무리지었죠. 마치 도장을 찍듯이. 카드를 보낸 다음 두세 번쯤 통화를 했어요. 그중 한 번은 특히 기억에 남아요. 조카애가 무슨 약을 삼키는 바람에 전화를 했었거든요…… 그 후에, 그녀와 한참 동안이나 연락을 하지 않았던 제 부모님이 그녀가 이사했다는 소식을 전해주시더군요…… 그녀가 떠났다고…… 브르타뉴 어딘가로……"

"그게 아니야."

"네?"

"아누크는 브르타뉴에 가지 않았어."

"그럼요?"

"여기서 멀지 않은 곳에서 살았지……"

"그게 어디였죠?"

"파리 북쪽, 보비니, 그것도 빈민가에……"

샤를르는 두 눈을 감았다.

"하지만 어떻게 그럴 수가?" 그가 중얼거렸다. "왜 그랬죠? 전 똑똑히 기억하고 있어요. 그녀가 믿었던 단 하나, 자신과 했던 유일한 약속…… 절대로 그런 곳에는 가지 않겠다고 했는데…… 어떻게 그런 일이 가능했었죠? 대체 무슨 일이 있었던 건가요?"

그녀가 고개를 들고 그의 눈을 똑바로 들여다보며 양 팔을 소파 위로 늘어뜨렸다. 그리고 봉인된 마개를 땄다.

"90년대 초반이라…… 그래, 그럴 수도 있겠구나…… 날짜는 기억이 나지 않지만…… 그때 그녀가 함께 식사를 하던 사람은 너뿐이었지…… 어디서부터 시작할까? 잘 모르겠구나…… 알렉시스 이야기부터 하는 게 좋을 것 같긴 하다…… 균열의 시작은 알렉시스였으니까…… 당시 몇 년째 아누크는 그 애의 소식을 거의 듣지 못했었지…… 내 기억으론, 그나마 네가 있어서 모자 사이가 유지되었던 것 같은데, 내 말이 맞니?"

샤를르가 고개를 끄덕였다.

"아누크로서는 견디기 힘든 일이었지…… 갑자기 무리하게 일을 맡더구나. 당직과 추가근무를 거듭 신청했었어. 휴가 한 번 내는 일 없이 그저 병원을 위해서만 살았지. 내 생각에, 이미 그녀는 술을 꽤 마시고 있었지만, 그건 그거고…… 간호부장으로 승진하는 데에는 아무런 문제가 없었단다. 그리고 언제나 제일 힘든 일들을 자처하고 나섰어…… 그녀가 면역실에서 신경과로 옮겨갔을 때, 나도 함께 옮겼지. 나는 아누크와 일하는 것이 좋았다…… 그녀는 간호부장으로 그리 적절한 사람은 아니었단다…… 간호사들의 근무시간을 관리하는 것보다 환자 돌보는 것을 더 좋아했으니까…… 아누크는 말이다, 환자들에게 죽어서는 안 된다고, 죽음은 금지라고 말했었지, 아직도

위로 〈1〉   313

기억이 나는구나…… 환자들을 혼내고, 울리고, 웃기고…… 아무튼 하지 말아야 되는 일들만 골라서 했단다……"

미소.

"하지만 아무도 그녀에게 뭐라고 할 수 없었지. 최고의 간호사였으니까. 의학적 지식이 모자란다는 단점을, 그녀는 환자에 대한 지극한 관심으로 보완했거든. 아주 작은 변화도, 사소한 증세도 아누크가 제일 먼저 알아보았지. 게다가 그녀의 직감은 정말로 굉장했단다…… 사냥개처럼 민감했어…… 너는 이해하지 못할게다…… 아누크의 능력을 간파한 의사들은 그녀가 있는 시간에 맞추어 회진을 돌려고 했지…… 물론 환자들의 이야기가 우선이었지만, 그녀가 옆에서 거드는 몇 마디를 심각하게 들어두었어. 어린 시절이 그렇게까지 어렵지 않았다면, 공부를 할 수 있는 형편이 허락되었다면, 아누크는 정말로 훌륭한 의사가 되었을 거라는 생각에 난 늘 아쉬웠단다. 환자의 이름과 얼굴과 차트를 헷갈리지 않는, 환자를 위해 봉사한다는 사실에 긍지를 느끼는 그런 의사가 되었을 텐데……"

한숨.

"아누크는 훌륭했단다. 그건 환자들에게 바친 삶 이외의 다른 생활이 없었기 때문이라는 생각이 든다…… 환자들만 돌본 게 아니었지, 환자 가족들도 열심히 챙겼어…… 젊은 애들은, 풋내기 간병인들은 어떤 방에 들어갈 땐 뒷걸음질을 쳤고 환자 몸 아래로 소변기를 밀어 넣는 데에 애를 먹었지만…… 아누크는 사람들을 직접 만지고 안아주고 쓰다듬어주었지. 근무시간이 끝난 다음에는 평상복으로 갈아입고 화장도 약간 한 얼굴로 아무도 찾아오지 않는 환자들을 만나러 다녔단다. 그들에게 여러 가지 이야기를 들려주었지. 네 이야기를 무척 많이 했던 기억이 나는구나…… 네가 세상에서 가장 똑똑한 아이였

314   안나 가발다 장편소설

다고…… 네가 무척 자랑스럽다고 했었지…… 그땐 네가 가끔 그녀와 만나 점심식사를 하던 시절이었단다. 너와 함께하는 점심시간이 그녀에겐, 아, 정말로 귀중한 시간이었지! 그리고 알렉시스와…… 음악에 관해서는…… 되는 대로 이야기를 지어냈었다. 콘서트니 기립박수니 어마어마한 돈이 걸린 계약이니…… 저녁마다, 모두들 피곤에 절어 비틀거릴 때, 복도를 울리는 그녀의 목소리가 들려왔었지…… 꾸며낸 말, 헛소리…… 아무도 그 말을 믿지 않았어. 그녀가 달래고 있었던 건 자기 자신이 아니었을까. 그러던 어느 날 아침, 응급구조대에서 걸려온 전화 한 통이 그녀의 머리에 찬물 한 양동이를 쏟아 부었지. 그녀가 자랑하던 명연주가께서 약물과다로 사경을 헤맨다는……

  그녀가 추락하기 시작한 건 그 때부터였다. 우선 아무것도 기대하지 않게 되었지…… 놀랄 일도 아니었어…… 대장장이 집에 식칼이 논다는 속담이 딱 들어맞더라…… 그녀는 알렉시스가 가끔 대마초를 피우는 건 더 좋은 연주를 하는 데에 도움이 되기 때문이라고 생각했지. 말도 안 되는 소리…… 아누크는 내가 함께 일해 본 동료들 중에서 최고로 뛰어난 간호사였다. 아까 말한 대로 그녀가 환자들에게 각별한 애정을 갖고 있기 때문이기도 했지만, 뭐든 거리를 둘 줄 안다는 점에서 더욱 전문가다웠지. 죽음, 늘 시간에 쫓기는 의사들, 버릇없는 인턴들, 무감각한 동료들, 절차만 따지는 관리직원들, 막무가내로 우겨대는 가족들, 불평하는 환자들, 그 누구도 그녀를 거역하지 못했어. '아멘' 대신 '브망'이라고 할 정도였으니까. 그녀의 부드러움과 전문가적인 면모는 너무나 놀랍고도 보기 드문 것이었고, 존경을 받아 마땅한 것이었다…… 그런데, 잠깐 옆길로 샌 것 같네, 내가 무슨 이야기를 하고 있었지……"

위로 〈1〉   315

"긴급구조대……"

"아, 그래…… 그 전화를 받고 아누크는 완전히 정신을 놓았지. 내 생각에 그녀는 전에 이미 심한 충격을 받았던 것 같다. 내 말은, 의학적인 충격을 받았다는 말이야. '신체의 구조나 기능에 작용한 손실 혹은 상해'. 에이즈 초기 환자들을 돌보며 받았던 그 충격에서 벗어나지 못한 것이었지…… 혹시나 자기 아들이 그들처럼 될 수 있을 가능성, 아니, 이 단어는 별로 적절한 것 같지 않고, 그럴 확률에 불안해했다…… 그게 그녀를…… 뭐라 해야 좋을까…… 그녀를 둘로 분질러놓았어. 탁. 마치 나무막대기처럼. 그러니 술을 안 마시는 척하기가 더욱 힘들어질 수밖에. 분명 같은 사람이었는데, 그녀는 더 이상 아누크가 아니었다. 유령이었지. 로봇이었어. 미소 짓는 기계, 붕대를 감고 명령에 따르는 장치. 이름과 직원번호가 찍힌 명찰이 달린 간호사복에는 술 냄새가 배어 있고…… 간호부장 자리도 내놓았단다. 쓸데없는 서류들을 처리하는 게 지긋지긋하다며. 그리고 반나절만 근무하기 시작했어. 알렉시스를 돌보기 위해서였지. 아누크는 그 애를 좀더 좋은 시설로 옮기려고 사방으로 뛰어다녔다. 그것이 그녀의 사는 이유가 되었고, 어떤 면에서는 그녀를 구해주었다고도 할 수 있지…… 부러진 다리에 댄 단단한 부목이라고 해도 좋겠다…… 아주 잠깐 동안의 휴식이었지, 왜냐하면……"

그녀가 안경을 벗고 두 손가락으로 코끝을 집었다. 꽤 오랫동안. 그리고 다시 말을 이었다.

"왜냐하면 그……그 나쁜 자식이, 날 용서하렴, 그 애가 네 친구인 줄은 안다만, 다른 말이 떠오르지 않는구나……"

"아뇨. 그……"

"뭐?"

"아무것도 아니에요. 말씀하세요."

"알렉시스가 제 어머니를 버렸다. 웬만큼 생각이라는 것을 하게 될 정도로 기력을 회복하고 난 다음에, 아누크에게 조용히 말하더란다. '친구들'과 공동으로 진행하는 작업을 계속하려면 그녀를 만나서는 안 된다고. 게다가 그 말을 아주 차분하게 하더래…… 이해하지 엄마, 내가 잘 되기 위해서야, 그러기 위해선 엄마가 내 엄마여서는 안 돼. 그리더니 몇 년 만에 처음으로 그녀를 안아주고는 키 큰 철책이 둘러쳐진 공원으로 친구들을 만나러 갔지……

그때 아누크는 평생 처음으로 병가를 냈어…… 나흘, 기억이 난다…… 그녀는 나흘 후에 돌아왔고 밤 근무를 신청하더구나. 무슨 이유였지는 자세히 모르겠다만 짐작은 할 수 있었지. 시간이 남아돌면 술을 마시게 될 것 같아서였을 게다…… 팀원 모두가 그녀에게 참 잘해 주었지. 우리를 버텨주던 바위이자 기준이었던 그녀가 가장 신경을 써 주어야 할 환자가 되어버렸어. 사람이 굉장히 좋았던 노인 한 분이 생각나는구나. 장 기유마르라고, 평생을 동맥경화 연구에 바쳐온 의사였어. 그 분이 아누크에게 아주 아름다운 편지 한 통을 써 보냈지. 둘이 함께 다루었던 여러 케이스들을 돌이켜보게 해 주는 아주 상세한 편지였단다. 그 편지는 자신이 인생에서 아누크만큼 뛰어난 능력을 가진 사람들과 함께 일할 기회를 더 많이 허락받았었더라면, 지금의 그는 더 많은 것을 알고 있었을 것이고 행복하게 은퇴할 수 있었을 것이라는 말로 끝을 맺고 있었지……

괜찮니? 콜라를 좀더 가져다줄까?'

샤를르는 소스라치게 놀랐다.

"아뇨, 아뇨, 전……"

"그럼 잠깐 실례해야겠구나, 난 뭘 좀 마셔야겠다…… 이런 이야기

위로 〈1〉   317

를 하다 보니 얼마나 혼란스러운지, 아마 넌 이해하지 못할 테지. 엉망진창이야…… 무시무시할 정도로 혼란스러워…… 이건 한 사람의 인생 전체이니까, 이해하겠니?"

침묵.

"아니, 다른 사람들은 몰라…… 병원이란 건 전혀 다른 세상이고 그 세상에 속하지 않은 사람들은 이해할 수 없어…… 아누크나 나 같은 사람들은 가족이나 친구들보다 아픈 사람들과 더 많은 시간을 보냈단다…… 굉장히 힘든 동시에 폐쇄적인 인생이지…… 제복의 인생…… 요즘엔 제복이 구닥다리라고 아예 입지 않는 경우들이 있던데 말이다, 그러고도 어떻게 그걸 천직이라고 부를 수 있는지. 모르겠다, 이해하려고 해 보았지만, 난 안 되더구나…… 그것 없이는 버틸 수가 없어…… 죽음 때문에 이런 이야기를 하는 게 아니야, 아니, 그보다 훨씬 더 어려운 것이 있지…… 그건…… 인생에서의 서약이라고 난 믿는다…… 그래, 이렇게 무거운 분야에서 일할 때 가장 힘든 건, 그건 살아 있는 게…… 뭐랄까…… 죽는 것보다 더 당연하다는 사실을 잊지 말아야 한다는 것이야. 저녁이 되면 정말이지 피곤해서 견딜 수 없는 날들이 있지…… 그런 현기증이 있기 때문에……" 그녀가 농담을 했다. "아이고, 갑자기 내가 철학자라도 된 것 같네! 아, 너희 부모님댁 정원에서 살구절임을 던지며 전쟁놀이를 했었지, 정말 오래 전 일이로구나!"

그녀가 자리에서 일어나 부엌 쪽으로 갔다. 샤를르는 그녀의 뒤를 따랐다.

그녀는 탄산수를 큰 잔 가득 따랐다. 샤를르는 발코니 난간에 등을 기댔다. 13층, 허공을 마주한 채, 그는 그렇게 서 있었다. 아무 말 없이. 불편하게.

318　안나 가발다 장편소설

"물론 아누크에게는 그런 우정의 표시들 모두가 굉장히 중요했지만, 그 때 그녀를 가장 많이 도와주었던 것은 어떤 남자가 해주던 이야기들이었지. 그 사람 이야기를 해도 될지 모르겠구나, 끝이 별로 좋지 않았었거든. 폴 뒤카. 우리 병원에 소속된 의사는 아니었지만 찾는 환자들이 있었기 때문에 일주일에 몇 번씩이나 병원에 들어오던 심리상담가였어.

참 좋은 사람처럼 보였다, 그건 나도 인정해…… 어리석게도, 정말 그런 인상을 받았지. 아주 좋은 사람인 줄로만 알았어. 그는 청소부 같은 일을 했단다. 역한 냄새가 진동하는 병실에 들어가서 문을 닫고 환자 곁을 지켰지. 어떨 땐 10분, 어떨 땐 두 시간이나. 우리에겐 전혀 관심을 보이지 않았고 말 한 마디 건네지 않았단다. 겨우 인사만 하는 정도였어. 하지만 그가 가고 난 다음, 병실에 들어가면……그걸 뭐라고 할 수 있을까…… 그 남자가 창문을 활짝 열어준 것만 같았단다. 손잡이가 없는 커다란 창문, 달리 어떻게 열 방도가 없었던 창문을, 그것이…… 감염되었다는 단 하나의 이유 때문에 감히 손을 대지 못하고 있었던 그것을……

어느 날 저녁 늦게 그가 사무실에 들어왔었다, 전에 없는 일이었지. 종이가 필요했었다나봐…… 사무실에는 아누크가 있었어. 한 손에 거울을 들고 어두컴컴한 빛에 의지해 화장을 하고 있는 중이었지.

실례합니다만, 불을 켜도 될까요? 라고 그가 말했다. 그리고 그녀를 보았지. 그녀가 다른 손에 들고 있었던 건, 아이펜슬도, 립스틱도 아니었어. 그 손에 들려 있었던 건 외과용 메스였다."

실비는 시간을 들여 물 한 모금을 마셨다.
"그가 그녀의 곁에 무릎을 꿇고 상처를 치료해주었어. 그날 밤, 그

위로 〈1〉   319

리고 그 후로 몇 달 동안…… 오랫동안 그녀의 이야기를 들어주면서, 알렉시스의 반응이 지극히 정상적이니 걱정 말라고 했지. 정상적일 뿐 아니라 에너지가 넘치고 건강하다는 증거라고 그녀를 안심시켰다. 그가 언젠가는 돌아올 거라고, 전에도 늘 돌아오지 않았느냐고. 그녀는 나쁜 엄마가 아니라고. 한 번도 나쁜 엄마였던 적이 없다고. 약물중독자들과 함께 일해 본 경험이 많은데, 사랑을 많이 받은 사람들이 보다 쉽게 약물을 극복해낼 수 있더라고. 그리고 알렉시스가 사랑을 많이 받았다는 사실은 하느님도 잘 알고 계시지 않느냐고! 알렉시스가 부럽다고도 했다지. 그리고 아들은 마땅히 있어야 할 곳에 있는 것이니 걱정 말라고, 자기가 소식을 알아보겠노라고, 계속 연락을 해 보겠노라고, 아무 걱정 말고 여태껏 해 온 것처럼 계속 해 나가야 한다고. 제 자리를 지켜야 한다고, 그러기만 하면 된다고, 그리고 특히, 특히나 자신을 잃어서는 안 된다고. 왜냐하면 이제 아들도 제 길을 가야 하니까, 그리고 그 길은 어쩌면 그녀와는 멀리 떨어진 곳을 향할 수도 있으니까…… 적어도 언젠가는…… 아누크, 내 말을 믿죠? 그녀는 그를 믿었지, 그리고…… 샤를르, 안색이 좋지 않구나…… 괜찮니? 얼굴이 창백해……"

"뭘 좀 먹어야 할 것 같아요, 그렇지만 저……" 그는 웃어 보이려 애를 썼다. "사실, 전…… 혹시 빵 남은 것 좀 있나요?"

"실비?" 그는 빵을 씹으며 그녀의 이름을 또박또박 발음했다.

"응?"

"이야기를 잘 하시네요……" 그녀의 눈빛이 흐려졌다.

"당연하지 않겠니…… 그녀가 죽은 이후, 내내 이 생각뿐이었으니까…… 밤이고 낮이고, 추억의 단편들이 끊임없이 떠올랐어…… 잠

도 못 이루고, 혼잣말을 하고, 그녀에게 질문을 하고, 이해해 보려고 애를 쓰고…… 내 직업에 충실할 수 있도록 가르침을 준 사람이 바로 그녀였어, 간호사 생활을 하면서 가장 보람 있었던 순간들 역시 그녀 덕분에 맛볼 수 있었지. 정신없이 웃었던 순간들도. 내가 필요로 할 때, 아누크는 늘 내 곁에 있어주었다. 그리고 사람들의 마음을 더 강하게 바꾸어 놓을 수 있는 이야기들을 찾아내었지. 좀더 너그럽게…… 우리 큰 딸의 대모가 되어 주었고 내 남편이 암 선고를 받았을 때, 언제나 그랬던 것처럼 정말로 큰 도움을 주었어…… 나에게도, 남편에게도, 그리고 아이들에게도……"

"아저씨가, 저어……"

"아니, 아니야." 그녀의 눈빛이 밝아졌다. "돌아가시지 않았어, 지금 집에 있는걸! 그런데 그냥 자기 방에 있겠다고 했어, 우리 둘이서만 만나도록 내버려두는 것이 더 나을 거라고…… 얘기를 계속할까? 아직도 배가 고프니?"

"아뇨, 아니에요…… 말씀…… 얘기해주세요……"

"그래서, 그녀는 그를 믿었어, 그리고 난 보았지. 내 두 눈으로 똑똑히 보았다고. 흔히들 말하는 '사랑의 힘'을. 아누크는 다시 일어났단다. 술도 끊었고, 자연히 살도 빠지고 다시 생기가 돌았지. 네가 아까 '비애'라고 했었지. 딱딱하게 앉은 그 비애의 상처 딱지가 떨어져나가고 예전 얼굴이 다시 나왔단다. 옛날의 그 표정, 그 미소, 명랑한 눈길. 장난기가 발동할 때, 그녀가 어땠었는지, 기억하고 있니? 아무도 말릴 수 없었잖니, 그 광기를. 잘못해서 남의 기숙사 방에 들어간 여중생처럼 들떠 있었지. 그 누구의 말도 듣지 않는 사춘기 소녀 같았어…… 그리고 아름다웠다, 샤를르…… 너무나 아름다웠어……"

샤를르도 기억하고 있었다.

"그게 다 그 사람 덕분이었어…… 폴 말이다…… 아누크의 그런 모습을 보게 되어서 내가 얼마나 행복했던지, 아마 넌 짐작할 수 없겠지. 난 이렇게 생각했단다. 자, 됐다. 드디어 운명의 여신이 그녀가 당연히 받아야 하는 것이 무엇인지를 알게 되었나 보구나. 마침내 삶이 그녀에게 보답을 해주는 거야…… 그때쯤, 난 간호사 일을 그만두었다. 남편 때문이었지…… 상태가 별로 좋지 않았거든. 허리띠를 졸라매면 내 월급 없이도 그럭저럭 살 수 있었어. 거기다가 우리 딸의 출산일이 다가오고 있었고, 아누크도 돌아왔고, 그래서…… 다른 일들을 마무리 짓고 내 식구들을 챙겨야 할 때가 되었던 거야…… 그러다가 아기가 태어났지, 기욤, 사내애였어, 그리고 난 정상적인 사람들처럼 살아가는 방법을 다시 배웠단다. 스트레스도 없고, 긴장도 없고, 외출을 할 때마다 체크해보아야 했던 근무시간표도 없는 삶, 그리고 온갖 냄새들을 잊기 시작했지…… 식판, 소독약, 거름종이를 통과하는 커피, 피, 약…… 나는 이 모두를 과자상자를 들고 공원에서 보내는 오후와 맞바꾸었단다…… 그때쯤 아누크와의 만남이 좀 뜸해졌지만, 우리는 가끔 전화통화를 했지. 그녀는 잘 지내고 있었어.

그런데 어느 날, 아니 어느 밤이라고 하는 편이 낫겠다, 그녀가 전화를 했는데 전혀 알아들을 수 없는 말들을 횡설수설 늘어놓았어. 내가 이해한 것은 단 하나, 그녀가 술을 마셨다는 것뿐이었다…… 그 다음 날, 나는 그녀를 보러 갔지.

폴이 편지를 보냈는데 무슨 이야기를 하는 건지 도무지 알 수가 없다고 하더구나. 나더러 그 편지를 읽고, 자기에게 설명을 해달라고 하더라. 뭐라는 거야? 이게 무슨 얘기냐고?!! 날 떠난다는 거야, 만다는 거야? 그녀는…… 그대로 무너지고 말았어. 그래서 난 그 편지를 읽었다."

고개를 저었다.

"……심리학적인 용어가 잔뜩 섞인 헛소리를…… 참 우아한 편지
였단다. 예쁜 말들, 사람 마음을 살살 녹이는 문장들이었지. 품위 있
고 다정하고, 하지만 그건 결국…… 최악으로 비겁한 것이었다……

뭐래? 뭐래? 그녀가 내게 매달렸지. 그게 무슨 소리인 것 같아? 내
얘기는 어디 있어?

그녀에게 무슨 말을 할 수 있었겠니? 당신 얘긴 어디에도 없어. 잘
봐…… 그에게 당신은 이미 없는 존재야. 정확하게 자기 마음을 밝히
지 않을 정도로 당신을 무시하고 있는 거라고…… 아니…… 그런 말
을 할 수는 없었다. 대신, 나는 그녀를 꼭 끌어안았지. 그러자 그녀는
모든 걸 이해했어. 당연한 일이었겠지만.

있잖니, 샤를르, 난 그런 일들을 자주 목격했지만 도무지 이해를 할
수가 없단다, 앞으로도 마찬가지일 거야…… 어째서일까, 직장에서
는 제 일을 훌륭히 해내고 이 땅에 선을 실현하는 보기 드문 사람들이
왜 실생활에서는 야비한 짓들을 하게 되는 걸까? 응? 어떻게 그런 일
이 가능한 거지? 그들의 인류애는 결국 어디에 있는 거냐고?

그래서 나는 하루 온종일 그녀의 곁을 지켰단다. 혼자 두고 가기가
겁이 났지. 분명히 술을 진탕 마실 텐데, 그건 그나마 나은 경우고, 최
악의 경우엔…… 잠시 동안이나마 우리 집에 와서 같이 살자고 애원
을 했어. 시집간 딸들이 쓰던 방이 비어 있고 참견하는 사람도 없을
거라고, 그런데…… 아누크는 코를 한 번 세게 풀고 머리를 다시 묶더
니 눈두덩을 쓱쓱 문지른 다음 고개를 들었어. 그리고 나를 보고 미소
를 짓더구나. 죽어가는 사람의 미소를. 그런 미소를 나는 그때 난생
처음 보았다.

그렇지만 혹시…… 아니다…… 그 얘긴 그만두자. 아누크는 잔뜩

허세를 부리면서 그 미소를 오래도록 짓고 있었지. 문 앞까지 날 따라 나오면서 그냥 가도 된다고, 나한테 그런 폐를 끼칠 순 없다고, 이보다 더 어려운 순간들도 이겨냈다고, 자기는 강한 사람이라고 날 안심시켰지. 자기는 아주 단단하다고.

나는 낮이고 밤이고 아무 때나 전화를 하겠다고 했어. 그럴 수 있다면 나도 더 이상 고집을 부리지 않겠다고. 그녀가 웃었지. 그리고 좋다고 하더라. 그런 귀찮은 것쯤은 문제도 안 된다면서…… 정말로 아누크는 잘 버텨냈어. 그래도 난 마음을 놓을 수 없었지. 그 이후로 한동안 그녀를 자주 만났고 혹시 무슨 일이 있을까 봐 그녀를 열심히 관찰했단다. 사소한 징조까지도. 눈의 흰자위를 살펴보았고 외투를 받아 걸면서 코를 킁킁거려 보았지…… 그런데 웬걸…… 술을 마시는 것 같지는 않더구나……"

침묵.

"시간이 지나고 보니, 오히려 그게 더 큰일이더라고. 네겐 이상하게 들릴지도 모르겠지만, 그녀가 술을 마신다는 건, 살아 있다는 증거였거든. 어떤 면에서는, 뭐라고 해야 할까…… 반응을 한다는 뜻이니까…… 아무튼…… 요즘엔 혼자 이런저런 생각을 많이 하게 된다…… 그러던 어느 날, 아누크가 사표를 내겠다고 했어. 너무나 뜻밖이었지. 그때 일이 아직도 생생하게 기억나. 우리는 찻집에서 나와 튀를리 정원을 따라 걸었다. 날씨가 참 좋았지. 둘이서 팔짱을 끼고 걷는데, 그녀가 갑자기 그런 말을 했어. 병원을 그만두려고 해. 나는 걸음을 늦추면서 한참 동안 아무 말도 하지 않았지. 그녀의 다음 말을 기다리면서. 이러이러해서 그만두려고, 아니면 저러저러해서 나오려는 거야…… 그런데 그게 다였어. 어째서, 아누크, 왜? 결국 내가 입을 열었지, 당신 나이가 쉰다섯이야…… 어떻게 살려고? 무슨 돈으로 살

려고? 사실 난 말이다, 누구를 위해, 무슨 낙으로 살려느냐고 묻고 싶었단다. 하지만 감히 그렇게는 못 물어보겠더구나. 그녀는 대답하지 않았다. 나도 가만히 있었지.

그때 그녀가 이렇게 중얼거렸어.

'모두, 모두가…… 날 버렸어. 한 사람 한 사람 차례로…… 하지만 병원은 아니었어, 실비, 당신은 이해하겠지? 그래서 이번엔 내가 먼저 떠나려는 거야. 그래야만 해. 그렇게 하지 않으면 견딜 수가 없을 것 같아. 적어도 하나는, 내 이 개 같은 인생에서 하나는 날 버리도록 내버려두지 않으려는 거야…… 내 송별회에 참석한 나를 상상할 수 있겠어?' 그리고는 씁쓸하게 웃었지. '선물을 받고 모두에게 입을 맞추어주고, 그리고 나면? 그 다음에 난 어디로 가지? 뭘 해야 하지? 난 언제 죽을까?'

나는 뭐라 대답해야 할지를 몰랐지만 그런 건 상관없었어. 아누크는 이미 버스에 올라타는 중이었고 창문으로 내게 잘 가라고 인사를 하고 있었거든."

그녀는 컵을 내려놓고 입을 다물었다.

"그 후에는?" 샤를르가 용기를 내어 물었다. "그걸로…… 그걸로 끝인가요?"

"아니. 아니, 그래, 사실…… 그게 다였어."

실례한다며 안경을 벗고 키친타월을 한 칸 찢어 화장을 닦아냈다.

샤를르는 자리에서 일어나 창가로 갔다. 이번에는 뱃전의 난간에 기대듯 등을 돌리고 발코니 난간에 기대어 섰다.

담배가 피우고 싶었다. 감히 그럴 수는 없었다. 집 안에 암환자가 있었다. 어쩌면 담배와는 아무 상관이 없을 수도 있지만 그걸 어떻게

알아낸단 말인가? 멀리에 있는 아파트들을 쳐다보니 그 사람들이 다시 떠올랐다……

그녀를 한 번도 사랑해 주지 않았던 이들. 한 번도 그녀를 진짜 이름으로 불러주지 않았던 이들. 그녀에게 그리움을, 상처를, 그리고 그녀의 피 안에 알코올 기운을 남긴 이들. 그녀의 돈을 우려낼 때 말고는 손을 잡아준 적이 없던 이들. 알렉시스가 혼자서 책가방을 챙기고 목에 열쇠를 거는 동안, 죽어가는 자들에게 죽음을 금지시키며 얻어냈던 유모, 하지만—이 점에서는 그들이 잘했다고 인정해주도록 하자—지독하게 우울한 밤에는 그 유모에게 즉석에서 멋진 마술쇼를 할 수 있도록 기회를 제공했던 이들.

"아이고, 도련님, 바보 같은 소리 좀 그만 해…… 당장 그만두라고…… 그래서, 결국 원하는 게 뭐니? 말해봐……"

그리고는 부엌에 있는 온갖 세간들을 들었다 놓았다 하며, 온갖 흉내를 해 보였다.

아니, 그보다는 그들을 불러냈다고 하는 편이 낫겠다.

화를 내는 아빠. 아빠를 달래는 엄마. 동생을 들볶는 큰형아. 혀 짧은 여동생. 노망난 할아버지. 쪽 소리가 나게 뽀뽀를 해대는 늙은 고모. 방귀를 뀌는 큰삼촌. 개, 고양이, 신부님, 우체부, 알렉시스의 트럼펫을 빌려서 공원감시원의 흉내를 내기도 했었다…… 그러면 정말 대가족이 모인 식탁 분위기가 났고……

그는 공기를 크게 들이쉬었다. 그 이름도 흉측한 변두리의 공기를. 그리고 여섯 달 전부터, 아니 이십 년 전부터 그의 머릿속을 떠나지 않던 그것을 말로 표현해내었다.

"저도…… 저도 그 사람들과 똑같아요."

"누구?"

"아누크를 버린 사람들……"

"그래, 하지만 넌 그녀를 많이 좋아했잖니……"

뒤로 돌아선 그를 보며 그녀가 한 마디를 덧붙였다. 상대를 놀리는 듯 볼우물 팬 웃음을 지으며.

"왜 '많이'라고 했는지는 나도 모르겠구나."

"그게 그렇게 티가 나던가요?" 늙은 소년이 걱정스레 물었다.

"아니, 아니야, 정말이란다. 겨우 눈치챌 정도였을 뿐이야. 유모가 입던 옷만큼이나 의뭉스러웠지……"

샤를르는 고개를 숙였다. 그녀의 웃음소리가 그의 귀를 간질였다.

"있잖니, 아까 네가 유모 이야기를 하면서 말이다, 유모가 아누크의 유일한 사랑이라고 말할 때에는 감히 끼어들 엄두가 나지 않더구나. 하지만 지난번에 묘지에 갔을 때, 그리고 그…… 황량한 무덤 한가운데에 꼭 불꽃놀이 불꽃처럼 퍼져 있는 주황색 글자들을 보았을 때, 내가, 절대로 울지 않겠다고 맹세를 했던 내가 그만 그 자리에서…… 그런데 옆에 있던 어떤 심술궂게 생긴 여자가 혀를 끌끌 차면서 다가오더구나. 자기가 봤다고, 그런 몹쓸 짓을 한 주인공을 봤다면서 정말 부끄러운 일이 아니냐고 했지…… 나는 아무 대답도 하지 않았다. 그 늙은이가 뭘 이해할 수 있겠니? 하지만 난 속으로 생각했단다. 당신 말대로 이런 몹쓸 짓을 한 그가, 그녀 평생의 사랑이었다고.

그런 눈으로 날 보지 마라, 샤를르, 방금 울고 싶지 않다고 말했잖니. 이제 난 우는 게 지긋지긋해…… 게다가 아누크는 우리가 이러고 있는 모습을 보고 싶어하지 않을 거야, 이건……"

위로 〈1〉   327

키친타월.

"아누크는 지갑 속에 네 사진을 넣고 다녔어, 언제나 네 이야기를
했지. 너에 대해서는 나쁜 이야기를 한 번도 한 적이 없었단다. 네가,
물론 불쌍한 유모를 제외하고 하는 말이지만, 그녀를 신사적으로 대
해주던 유일한 남자였다고 했었다……

나보고는 뭐랬냐면 너를 만나봤으니 운 좋은 줄 알라고 했었어, 네
가 모두를 구했다면서…… 알렉시스가 그나마 제대로 커준 건, 다 네
덕이라고도 했지. 너희들이 어렸을 때, 네가 알렉시스를 자기보다 더
잘 돌보아주었다고…… 숙제도 도와주고 오디션도 챙겨주고. 네가
없었다면 알렉시스가 더 비뚤어졌을 거라고…… 너는 정말로 좋은
가정의 든든한 기둥이라고……"

"단 한 가지……" 그녀가 말끝을 흐렸다.
"뭔데요?"
"그녀를 실망시켰던 건 너희 둘의 사이가 틀어졌다는 사실뿐이었
어……"
침묵.

"계속하세요, 실비." 그가 한 마디 한 마디에 힘을 주어 말했다. "이
제 이야기를 마치셔야죠."
"그래야지. 오래 걸리진 않을 거야…… 그렇게 아누크는 아무도 몰
래 병원을 그만두었단다. 다른 사람들에게는 휴가를 간 것처럼 둘러
대자고 원무과와 입을 맞추어두었어. 하지만 그녀는 돌아오지 않았
지. 다들 너무나 실망을 했어. 그녀를 얼마나 존경하고 사랑하는지

328   안나 가발다 장편소설

제대로 전할 기회를 갖지 못한 것에 대해서. 하지만 그녀가 선택한 것이었으니까…… 대신 편지를 썼지. 처음에는 아누크도 그 편지들을 다 읽었지만 얼마 후에 솔직히 고백하더라. 더 이상은 못 하겠다고. 하지만 네가 그걸 봤다면…… 감동적이었단다…… 그러다가 점점 전화통화도 뜸해지고 통화시간도 짧아졌지. 일단 그녀 쪽에서 별로 할 말이 없었고, 또 우리 딸이 쌍둥이를 낳는 바람에 내가 무척 바빠졌거든! 결정적으로는 그녀가 알렉시스와 다시 연락이 된다고 했기 때문이었지. 무의식적으로 난 이렇게 생각했었던가봐. 그래, 이젠 바통을 넘겨주어도 괜찮겠지, 이제 그 애 차례다…… 걱정해주어야 할 사람들이 주변에 많으면 어떻게 되는지 너도 잘 알고 있지…… 상황이 조금이나마 좋아진 것 같아서, 한숨을 돌릴 수 있어서 얼마나 좋던지…… 그래서 나도 너처럼 했어…… 최소한의 예의만을 표시하게 되었지…… 그녀의 생일날에 카드를 보내고, 손자들이 태어나면 엽서로 알려주고…… 시간이 점점 흘러가면서 그녀는 내 이전 삶의 추억이 되어갔단다. 아주 멋진 추억이……

그러던 어느 날, 내가 보낸 편지 한 통이 반송되었지. 그녀에게 전화를 해 보았더니 전화가 끊겨 있었어. 그래, 지방 어딘가에서 아들과 함께 사는가보다, 분명히 손자 손녀들을 여러 명 무릎 위에 앉혀놓고 있을 거야…… 언젠가는 내게 전화를 하겠지, 그땐 주책없는 할머니들처럼 실컷 수다를 떨자……

그녀는 전화하지 않았단다. 뭐…… 사람 사는 게 다 그러니까…… 그런데 지금으로부터…… 3년 전이었던 것 같구나, 고속전철을 탔는데 저 안쪽에 아주 깨끗한 할머니가 있었어. 그녀를 보자마자 나도 저 나이가 되면 저런 모습이고 싶다 생각했었지…… 왜 있잖니, 참 곱게 늙었다고들 하는 할머니. 머리는 백발인데 숱이 많았고 화장기는 하

위로 〈1〉   329

나도 없었어. 수녀님들 피부처럼 뽀얀 피부에 잔주름은 많았지만 아직 촉촉해보였지. 허리도 날씬하고…… 그런데 누군가가 내린다고 하는 바람에 그녀가 내 쪽으로 살짝 비켜서게 되었어. 그때 난 뭔가에 얻어맞은 듯한 충격을 받았다.

그녀도 나를 알아보았지, 그리고 살짝 미소를 지어보였어. 마치 어젯밤에 헤어진 사람처럼. 나는 다음 역에서 내려 커피를 마시러 가자고 했지. 그녀는 별로 달가워하지 않는 것 같았지만, 그래, 그래야 당신 마음이 편하다면, 하고 나를 따라 내렸어……

그렇게 수다스럽던 그녀가, 정말로…… 말이 많던 사람이었는데, 그녀의 이야기를 듣기 위해서는 내가 계속 유도심문을 해야 했단다. 그래, 집세를 감당할 수가 없게 되어서 이사를 했어. 응, 약간 살기 힘든 빈민가이긴 한데, 다른 곳에서는 한 번도 경험하지 못한 끈끈한 정 같은 것이 있지…… 오전에는 무료진료소에서 일을 하고 나머지 시간 동안은 봉사를 했다지. 사람들이 집으로 오거나 그녀가 아픈 사람들 집으로 갔다더라…… 물물교환을 하는 세계라고도 했어. 붕대를 감아주고 쿠스쿠스 한 접시를 받거나 주사 한 대에 배관을 약간 손보아주는 식의…… 그녀는 이상할 정도로 차분한 표정을 하고 있었지만 불행해보이지는 않았단다. 그때처럼 배운 것을 잘 활용했던 적이 없다고 말했지. 아직도 사람들에게 필요한 존재라는 느낌을 받고 있고, 자기를 '의사선생님'이라고 부르면 화를 낸다나. 그리고 무료진료소에서 약들을 약간씩 슬쩍해 온다고. 그곳에 공급되는 약들은 모두 유효기간이 다 된 것들이라더라…… 그래, 혼자 살고 있어, 그런데…… 당신은? 그녀가 물었지? 당신은?

난 손자녀석들과 복닥거리는 이야기를 늘어놓았지. 그런데 어느 순간, 그녀가 더 이상은 내 이야기를 듣고 있지 않다는 걸 알았어. 그

러더니 가보아야 한다고 하더라. 사람들이 기다리고 있다고.

알렉시스는? 아…… 내 말에 그녀의 얼굴이 약간 어두워졌었다…… 그 애는 멀리 떨어져 살고 있고, 며느리가 자기를 별로 좋아하지 않는 것 같다고…… 항상 내가 애들을 방해하고 있는 것 같은 생각이 들어…… 하지만 뭐, 알렉시스는 이제 예쁜 아이를 둘이나 둔 아빠야. 큰애는 딸이고 작은애는 세 살배기 사내아이인데, 아이들이 무엇보다 우선이니까…… 다들 잘 지내고 있어……

다시 전철을 타려고 승강장에 섰을 때, 난 그녀에게 네 소식도 아느냐 물었지. 그런데 참, 샤를르는, 그 애 소식도 알고 있어? 그러자 그녀가 미소를 지었다. 그럼, 물론이지…… 샤를르는 일이 많아, 세계방방곡곡으로 여행을 하고, 북역 근처에서 큰 사무소를 운영하고 있어. 멋진 여자와 함께 살고 있는걸. 진짜 파리 여자야…… 정말로 우아한…… 그리고 그 애에게도 큰 딸아이가 있어…… 샤를르를 꼭 빼닮았지, 완전히 판박이야……"

샤를르가 움찔 놀랐다.

"그걸…… 아누크가 어떻게 알았……"

"나도 모르겠다. 내 생각에 그녀는 늘 너를 지켜보고 있었던 것 같구나."

그의 얼굴이 씰룩거렸다.

"나는 완전히 얼이 빠진 상태로 다음 역에서 내렸다, 그리고…… 마지막으로 들은 그녀의 소식은, 다음다음날 그녀를 땅에 묻는다는 누군가의 전갈이었지.

그 소식을 알려온 건 알렉시스가 아니었어. 아누크와 마음이 잘 통했다던 이웃집 여자였지. 그녀의 소지품에서 내 전화번호를 찾아내

위로 〈1〉   331

었다고……"

스웨터 자락을 여몄다.

"자, 이제 최후의 막이 오른 셈이구나…… 날씨가 지독하게 추웠
지. 배경은 크리스마스가 얼마 남지 않은 어느 날의 초라한 공동묘지
였단다. 어떤 의식도, 애도의 연설도, 아무것도 없었어. 무덤 파는 인
부들도 좀 불편해했지. 누군가 한 마디라도 하지 않을까 싶어서 미심
쩍게 고갯짓을 해 보였지만, 아니, 아무도 입을 열지 않았다. 그렇게
한동안 서 있다가, 인부들이 그녀의 곁으로 다가가서는 바지 앞자락
에 양 손을 모으고 오 분 정도 시간을 더 끌었지, 그런 다음에 밧줄을
내렸어. 어쨌거나 그 사람들은 그 때문에 돈을 받는 거니까……

네 모습이 보이지 않았지만 난 놀라지 않았단다, 네가 여행을 많이
한다는 아누크의 말이 생각나서……

내 앞으로는 사람이 거의 없었지. 아누크의 여동생인 것 같은 여자
하나가 지겨워 죽겠다는 표정으로 휴대폰을 계속 만지작거리고 있었
다. 그리고 알렉시스, 그 애의 아내, 다른 부부 한 쌍과 적십자 제복을
입은 나이깨나 들어 보이는 남자가 있었는데, 말하는 게 무척 어눌했
어, 그리고…… 그들이 다였다.

하지만 뒤쪽에는, 샤를르, 뒤에는…… 오십, 아니 육십 명쯤 되는
…… 어쩌면 더 많았는지도 몰라…… 사람들이 잔뜩 모여 서 있었단
다. 꼬맹이서부터 십대들, 긴 팔을 가지고 어쩔 줄 몰라 하는 청년들,
할아범, 할멈들이 저마다 외출복을 차려입고 꽃다발을 들고 있었어.
멋진 보석으로 치장한 사람들도 있었고, 깨끗한 겉저고리에 싸구려
장신구를 단 사람들도 있었고, 평범하고 수수한 사람들도 있었고, 죄
다 기운 옷을 입은 사람들도 있었다…… 모두가 한 번쯤 아누크의 보
살핌을 받았던 이들이었겠지……

정말 별난 패거리였단다…… 하지만 개미소리 하나 들리지 않았다, 하품하는 사람도 하나 없었고. 믿을 수 없을 만큼 고요했어. 한데 무덤 파는 인부들이 뒤로 물러났을 때, 그들은 일제히 박수를 치기 시작했어. 오랫동안, 아주 오랫동안……

공동묘지에서 울려 퍼지는 박수소리를 들은 건 그 때가 처음이었다. 그리고 나는 그때에 가서야 울어도 된다고 내 스스로에게 허락을 했지. 저것이 아누크를 마지막으로 보내는 경의의 표시구나…… 신부님도 다른 어떤 연설로도 죽은 사람에 대한 경의를 이렇게 적절하게 표현할 수는 없지 싶었다……

알렉시스가 나를 알아보고는 내 품에 풀썩 안기더구나. 너무 심하게 숨을 헐떡이고 있어서 이야기를 하나도 알아들을 수가 없었어. 대강 알아들은 얘기 골자는 자기가 나쁜 아들이었다, 끝까지 나쁘게 굴었다, 뭐 이런 것들이었어. 나는 양 손을 호주머니에 다시 집어넣었단다. 날씨가 너무 추워서. 그렇게 하니까 좀 견딜 만하더라. 알렉시스의 아내가 내게 샐쭉 웃어보이고는 내 외투에 매달려 있던 제 남편을 떼어갔지. 그리고서 난 곧 그 자리를 떴단다, 왜냐하면…… 거기에 있어보았자 더 이상 할 일이 없었기 때문이었지…… 하지만 주차장에서 웬 아주머니가 내 이름을 부르며 다가왔어…… 그리고 이렇게 말했지. 와서 뜨끈한 것 좀 마시고 가요. 그런데 그녀를 가까이서 보았더니만, 뜨끈한 것, 그런 것과는 별 관련이 없는 사람이라는 걸 금방 알아챌 수 있었단다…… 아니나 다를까, 그녀는 파스티스를 한 잔 주문하더라……

그 여자에게서 아누크가 마지막 몇 년 동안 어떻게 살았는지 들을 수 있었단다. 그곳 사람들을 위해 했던 일들 모두를. 그런데 전부 다 올 수는 없었지 뭐유! 올 사람들이 더 있는데. 상디 아들이 몰고 온 차

위로 〈1〉 333

에는 더 이상 여유 자리가 없어설랑은! 게다가 그 차는 빌려온 차라서 말이유……

이야기를 장황하게 늘어놓지는 않으마. 너도 아누크를 잘 아니까…… 상상이 갈 테니까…… 그 여자는 음…… 말투가 좀 이상했어. 하지만 어느 순간, 그녀는 아주 멋진 말을 했단다. '아누크는 고무주머니만큼이나 마음이 커다랬던 여자라우, 뭔 말인지 알겠수……?'"

마주보고 웃었다.

"아누크는 어떻게 죽었나요?' 내가 물었지. 하지만 그녀는 더 이상 말을 할 수 없었어. 그 말에 너무 우울해졌거든…… 그런데 갑자기, 등에 바람기가 느껴진다 싶더니 그녀가 고함을 쳤어. 자노! 이리 와서 부인께 인사드려라! 아누크의 친구분이래!

아까 본 그 사람이었어. 부엌행주만큼이나 큰 손수건을 들고 엉엉 울던, 구식 적십자 제복을 입은 남자. 그가 나를 보고 일그러진 미소를 지었지. 그때, 난 깨달았단다. 저 사람이 아누크의 마지막 귀염둥이였구나…… 속을 가늠할 수 없는 표정이 유모와 비슷했어. 옷차림도 기묘했지…… 매력적이더구나…… 그가 내 앞에 앉자 나와 함께 있던 여자는 슬픔을 삭여보려는지 바 가까이로 옮겨 앉더라. 자노라는 그 사람 역시 마음속에 담아 둔 이야기를 무척이나 하고 싶은 것 같아보였지만, 난 피곤했단다. 그 자리를 뜨고 싶었어, 혼자이고 싶었지…… 그래서 거두절미하고 대뜸 물어보았어. 그녀의 마지막은 어땠나요? 무슨 일이 있었던 거죠? 그 때 말이다, 전자당구게임기와 텔레비전이 요란하게 떠들어대는 동안 나는, 우리의 아름다운 아누크가, 전 생애를 죽음과 싸워온 그녀가 마침내 그 죽음에게 자기 생명을 허락해 주었다는 이야기를 들었다.

334   안나 가발다 장편소설

왜였냐고요? 그는 알지 못했다. 하지만 여러 가지 일이 있었던 것
같더구나……

일주일에 두 번씩, 그녀는 우정의 빵이라는 곳에서 일을 했다고 했
다. 극빈자들만이 이용할 수 있는 식료품점인데 거의 무상으로 음식
을 파는 곳이었다지. 한 번은 어떤 여자 '손님'이 자식들을 주렁주렁
달고 왔더래. 고기는 안 산다, 도축장에서 잡은 동물은 안 먹으니까,
바나나도 싫다, 검은 반점이 있지 않느냐, 요구르트도 안 되겠다, 유
통기한이 하루밖에 안 남았다, 그러더니 찰싹, 애 따귀를 때리더라나.
그때, 평소에는 그렇게도 친절하던 아누크가 고함을 치기 시작했다
더라.

가난뱅이들은 정말로 너무나 한심한 것들이라고, 매사가 저런 식이
니까 지지리도 못사는 건 당연하다고. 애들 안색이 저렇게 창백하고
벌써 영양실조에 걸린 기미가 보이는데, 도축이 어쩌고저쩌고 헛소
리를 해대다니, 대체 어쩌자는 거야?! 이 화냥년 같은 여편네야, 한번
만 더 애한테 손을 대면, 그땐 내 손에 아주 죽을 줄 알아. 알아들었
어? 내가 널 죽일 거라고. 아니 그런데, 그 휴대폰, 아주 최신형이네,
그건 또 뭐하는 짓이지? 이 한겨울에 애들은 신발도 없이 맨발로 다
니는데, 하루에 십 유로짜리 담배 한 갑을 몽땅 피워대는 건 또 뭐냐
고! 그리고, 여기, 이 멍은 뭐야? 이 애가 몇 살이지? 세 살? 이 더러운
년아, 뭐로 애를 때렸기에 이런 자국이 남았어? 세상에나.

그 여자가 욕을 퍼부으면서 자리를 피해버리자 아누크는 앞치마를
벗어던졌대. 이제 끝이라면서. 이제 다시는 오지 않겠다면서. 더 이
상은 못 하겠다고.

또 다른 일은…… 그 뚱보, 아니 자노가 중얼거렸어, 12월 15일이었
죠, 아누크의 아들이 그때까지도 크리스마스 식사에 그녀를 초대하

위로 〈1〉 335

지 않았어요, 그래서 아누크는 손자 손녀에게 주려고 산 선물을 가지고 있어야 할지, 우편으로 부쳐야 할지, 고민을 했지요.

어이없는 일이었지만, 그 일로 아누크는 정말 많이 괴로워했다고요……

그리고 어떤 여자애 이야기도 있었지…… 이름은 생각이 나지 않는구나…… 아누크가 그 애를 많이 도와주었나봐. 학교 문제도 해결해주고 시청에 실습자리도 마련해주었다지, 그런데 그 애가 고백을 하더래. 임신을 했다고…… 열일곱 살짜리가…… 아누크는 만약에 아기를 떼지 않을 거면 다시는 자기를 만나러 올 생각도 하지 말라고 했다더라, 그리고……

아누크가 왜, 어떻게 죽었는지, 말해드릴까요? 그녀는요, 낙심 때문에 죽은 거예요. 마음이 지쳐서, 그래서 죽었다고요. 시신을 발견한 건, 그가 턱으로 '뜨끈한 거 한잔' 아주머니를 가리켰지, 조엘이었어요. 아누크의 집에는 아무것도 남아 있지 않았죠. 가구 한 점도. 정말 아무것도 없었대요. 나중에 들은 얘기로는 죄다 자선단체에 주어버렸다고 하더라고요. 달랑 소파 하나, 그리고 안에 물이 흐르도록 되어 있는 물건, 그게 이름이 뭐였더라…… 분수요? 아니, 아니, 병원에서 쓰는 건데, 호스가 달린 거…… 링거 주사기? 맞아요! 경찰이 뭐랬냐면, 그녀가 자살했다고 했죠. 그랬더니 의사가 아니라고, 정확하게는 스스로 가사상태에 들었다가 깨어나지 못한 거라고…… 울고 있는 조엘을 보고 의사가 말했어요. 아누크는 고통 없이 갔다고, 그저 잠이 들었을 뿐이었다고. 아무리 그래도…… 그건……

"그런데, 당신은…… 아누크의 친구였나요?"

"아, 그렇다고 할 수도 있겠지만, 그보다 난 아누크의 보조였지요. 음…… 그녀와 함께 사람들 집에 찾아가기도 했고, 가방도 들어주고,

뭐, 그랬었죠……"

침묵.

"이제 돈이 많이 들 텐데……"

"뭐가요?"

"뭐긴 뭐겠어요, 의사 진료비죠……"

실비가 몸을 일으켰다. 그녀는 괘종시계를 흘깃 쳐다보고는 냄비에 물을 받아 불에 얹어놓았다. 그리고 허공을 바라보며 낮은 목소리로 다시 이야기했다.

"돌아오는 길에, 꽉 막힌 차도 위에서, 백만 년 전의 일처럼 아득한 기억이 떠올랐지. 굉장히 힘든 하루를 보내고 난 어느 저녁에, 아누크와 나는 탈의실에서 신세타령을 하고 있었어. 그때 그녀가 이런 말을 했었다. '실비, 솔직히 난 말이야…… 이 직업의 좋은 점이 딱 하나 있다고 생각해. 우리가 원할 때, 그 누구도 괴롭히지 않고 세상을 뜰 수 있다는 거……'"

다시 고개를 들었다.

"자, 샤를르, 이게 다란다. 이젠 너도 나만큼 알고 있는 거야……"

실비가 안절부절못하는 기미를 보이기 시작했다. 샤를르는 이제 그녀를 조용히 내버려두어야 할 때가 되었다고 느꼈다. 그녀의 볼에 입을 맞출 용기는 내지 못했다.

현관 앞에 선 그를 그녀가 불러세웠다.

"잠깐만! 네게 줄 것이 있어……" 그리고 그녀는 폭이 넓은 스카치 테이프를 빙 둘러 붙인 상자를 내밀었다. 그 위에는 대문자로 샤를르의 이름이 씌어 있었다.

위로 〈1〉   337

"이것 역시 아까 그 남자가…… 그가 샤를르라는 사람을 아느냐고 묻더니 외투 안에서 이 상자를 꺼내주었단다. 그 사람 말이 아누크의 집에 아들에게 전해달라는 큰 가방이 있었대. 그 안에 손자 손녀에게 줄 선물이 들어 있었다더구나. 그리고 이 상자가……"

샤를르는 그 상자를 팔 밑에 단단히 끼고 좀비처럼 길을 걸었다. 똑바로 직진. 벨빌 가(街), 포부르뒤탕플르, 레퀴블리크 광장, 뒤르비고, 세바스토, 레알, 샤틀레, 센 강, 직감을 발휘하여 생자크 방향, 우연히 포르 르와얄 쪽, 그리고 그만하면 되었다는 느낌이 들었을 때, 육체의 피로 때문에 감정에 경련이 일어나기 시작했을 때, 걸음을 늦추지도 않은 채 열쇠꾸러미를 꺼내어 가장 얇은 열쇠로 스카치테이프를 찢었다.

어린이용 신발을 담았던 상자였다. 그는 열쇠꾸러미를 주머니에 도로 넣었다. 기둥에 부딪혔다. 실수였다고 얼버무리며 상자 뚜껑을 열었다.

먼지가, 좀들이, 혹은 그저 시간이, 저들에게 맡겨진 더러운 임무를 훌륭하게 해냈지만, 그럼에도 불구하고 그는 그것을 알아보았다. 그것은 미스텡게, 박제(剝製)가 된 유모의 비둘기였다.

하지만? 어떻게……

그의 머릿속에 떠오른 생각은 딱 하나뿐이었다. 상자를 끌어당겨 최대한 꼭 끌어안도록 하자. 그 다음엔, 모르겠다.

아무것도 할 수 없을 것 같았다.

오히려 다행이었다. 어쨌거나 그는 너무 피곤했다. 계속할 수 없을 정도로.

14

뺨 아래가 후끈 달아올랐다. 두 눈을 감았다. 기분이 좋았다.

아아, 사람들이 지겹다. 그런데 웬 사람들이 이렇게도 많지.

못 봤어요! 이 사람을 못 봤다고요! 이게 다 새로 뚫은 저 빌어먹을 버스전용차선 때문이에요! 병신들, 몇 사람이 더 죽어야 만족할 거야? 그런데, 난 이 사람을 보지 못했어요, 정말이에요! 게다가 횡단보도도 아니잖아요, 네?! 아아, 젠장…… 사람이 안 보였단 말예요……

이것 보세요, 이봐요.

괜찮으세요?

그는 희미하게 미소를 지었다.

모두 나가 뒈져라……

구조대를 불러요, 라는 소리를 들었다. 아니, 그러지 마. 일어서야 겠다고 마음을 먹었다.

병원은 싫어.

약이라면 이미 받아놓았다……

손을 뻗었다. 한 팔로 땅을 짚고 다른 팔에도 힘을 주면서, 몸을 끌어올렸다. 상자를 달라고 손짓을 했다. 고개를 끄덕하여 고맙다는 표시를 했다. 아무 일도 없었다는 듯이 강 저편으로 걸음을 재촉했다.

위로 〈1〉   339

어디 팔을 움직여 봐요…… 다른 쪽도…… 다리도요…… 얼굴 상처가 상당한데…… 그래요, 하지만 교통사고로 인한 쇼크는 아무도 장담을 못한다고요…… 당장엔 표가 안 나지만, 후유증이…… 속이 울렁거려요? 토할 것 같아요? 이봐요, 아무리 그래도 그렇지, 다친 사람을 그렇게 세게 건드리면 안 된단 말이에요…… 구조대를 불러줄까요? 응급실에 데려다 줄 수 있는데…… 갑시다! 병원이 바로 저기라고요! 정말이에요? 하지만 이렇게 내버려두어선 안 돼요, 네? 뭐라고 했어요?

그는 정말 괜찮다고 말했다.

그러자 사람들의 무리가 흩어졌다. 죽지도 않은 희생자에게는 별로 흥미가 없었다.

게다가…… 엄살도, 얼렁뚱땅 속이려는 의도도 없는 것 같으니까.

그래도 어떤 착한 시민이 운전자의 번호판을 적어두라고 조언해주었다. 그리고 보험사에서 증인이 필요하다면 자기가 나서 주겠다고 했다.

샤를르는 상자를 가슴에 꼭 끌어안고 고개를 가로저었다. 오른쪽에서 왼쪽으로.

아뇨. 고맙지만 됐습니다. 슬쩍 받친 것뿐인데요, 뭐. 괜찮아질 거예요. 걱정 마세요.

벤치 위, 그의 곁에 남은 유일한 사람은 노숙자로 보이는 남자였다. 놈팡이 생활이 적성에 맞지 않는지, 지겨워하는 기색이 역력했다.

샤를르는 그에게 담배 한 가치만 얻을 수 있겠느냐고 물었다.

불을 붙이려고 몸을 숙이던 순간, 정신을 잃을 것만 같았다. 최대한

천천히 몸을 일으키며 필터를 더럽히지 않으려고 입술을 혀로 핥았다. 그리고 천천히, 그리고 길게 고요한 담배 연기를 내뿜었다.

아주 한참 후에, 어쩌면 한 시간쯤 후에, 그의 수호천사가 팔을 잡아끌었다.

그리고 어느 약국의 진열대를 가리켰다.

보조약사 제랄딘, 가슴 위에 새겨진 이름이 두드러져보였다. 그를 발견한 그녀가 외마디 소리를 질렀다. 약국 주인이 달려와 그에게 의자를 권했다. 그리고 온갖 친절한 말로 그를 괴롭게 했다.

감격스러운 헤르메스의 지팡이(＊헤르메스는 의술의 신이며, 독과 치유를 상징하는 두 마리의 뱀이 얽혀 있는 헤르메스의 지팡이는 대한 의사협회의 상징이기도 하다)……

그의 새 친구가 약국 유리창 앞에 서서 그를 향해 엄지를 들어올린다. 용기를 내라는 듯이.

그의 새 친구, 제랄딘이 꽤나 마음에 들었던 모양이다……

샤를르는 신음을 많이 했다. 약사는 그의 얼굴, 혹은 아직 남아 있는 부분을 긁어내고 닦고 소독하고 다시 살펴보고 주의사항을 알려주고 붕대를 감아주었다.

그는 약을 넣어둔 진열장에 의지한 채 몸을 일으킨 다음 절뚝거리며 계산대까지 걸어갔다. 연고 몇 가지를 받아들고 병원에 가겠다고 약속하라는 말에 거짓말로 대답했다. 고맙다는 인사를 하고 값을 치르고 뒤로 돌아 다시 세상에 맞서기 위해 밖으로 나갔다.

그의 친구는 사라지고 없었다. 자신의 모습이 마치 자석처럼 사람

들의 눈길을 끌어들인다는 사실에 놀라며 담뱃가게까지 걸어갔다.

담뱃가게 주인은 그리 놀라지 않았다. 아마 이런 몰골을 많이 보아 왔던 것이리라……

"어떻게 된 거요?" 그가 농담을 했다. "오늘 아침, 버스 밑에 깔렸다 살아나셨나?"

샤를르는 미소를 지었다. 고통이 허락하는 만큼만.

"트럭이었는데요……"

"저런…… 다음번엘랑 조심하셔……"

담뱃가게 주인이란, 이토록 유머감각이 뛰어난 파리의 담뱃가게 주인이란…… 얼마나 멋진 존재인가……

그는 오늘의 사건을 자축하기 위해 맥주를 시켰다.(*프랑스의 담뱃가게는 카페, 바의 한 구석에 있는 경우가 많다.)

"여기 있소. 빨대를 하나 꽂았지…… 뭐요? 배가 고프다고? 니콜! 여기 이 손님, 감자 죽 좀 갖다드려!"

그렇게 샤를르는 한쪽 엉덩이를 바의 높은 걸상에 걸친 채, 담뱃가게 주인이 다친 사람, 차에 깔린 사람, 불구가 된 사람, 다리를 절게 된 사람, 그리고 한 다리를 절단한 사람들의 명단을 죽 읊어대는 동안(큰 사거리 모퉁이에서 장사를 하다 보니 별 구경을 다 한다고) 입술 끝으로 음식을 집어넣었다. 그는 샤를르의 상태 정도면 상당한 보험금을 받아낼 수 있다고 떠들어댔다.

"역주행하던 버스를 상대로 제출했던 탄원서가 어딘가에 있을 텐데, 혹시 관심 있으신가?"

"아뇨."

342 　안나 가발다 장편소설

한 손으로는 상자를, 다른 한 손으로는 다리를 잡고 힘들게 계속 걸었다. 길을 잃었다.

여기가 몽쥐 가(街)는 아닌 것 같은데……

탄창에서 다섯 개의 총알을 꺼내듯, 로랑스의 번호를 천천히 눌렀다. 휴대폰을 관자놀이에 바싹 대고 기다렸다.

음성사서함.

뒤로 돌아 아까 지나친 렌터카 사무실의 문을 열고 들어갔다. 사실은 5분 동안 심각하게 고민을 했다.

깜짝 놀라는 직원을 안심시켰다. 별일 아닙니다, 유리문이 깨지는 바람에.

아…… 직원이 마음을 놓는 것 같았다. 그러셨군요. 제 동료 한 명도…… 세 바늘을 꿰매었죠. 샤를르는 어깨를 으쓱해보였다. 사실 그 친구가 좀 여자 같은데 어쩌고저쩌고……

무릎에 찌르는 듯한 통증이 느껴졌다. 아무래도 안 되겠다 싶었다.

"잠깐만요! 차를요, 수동변속기 말고 자동으로 주세요……"

아파서 눈물이 나오려는 것을 억지로 참고, 몸을 비틀어 소형차의 운전석에 간신히 앉았다. 다이어리를 뒤적여보고 백미러를 조절했다. 여행을 떠나는 엘리펀트 맨.

백미러 속의 그에게 함께 가주어서 고맙다고 했다…… 생각지도 않은 여행에 동반해주어서. 좌회전을 해서 오를레앙 문을 향해 달렸다.

신호등이 막 초록색으로 바뀐 참이었다. 자동차 계기판을 흘깃 쳐다보며 다시 차를 출발시켰다.

별일이 없다면, 저녁 식사 시간까지는 알렉시스의 집에 닿을 수 있

으리라.

　너무 아파서 미소조차 지을 수가 없었다. 하지만 심장만큼은 제자리에 달려 있었다.

1

처음엔 쉬웠다, 마음먹은 대로 밀고 나가기만 하면 되었으니까.
도시를 떠나 속도를 내어 차를 몰았다. 안전거리도 무시해버렸다.

자신을 기다리고 있는 것들을 모르는 척하기로 했다, 걱정도 하지
않았다. 더 이상은 아무것도 겁나지 않았다. 백미러에 비친 얼굴, 아
니 얼굴을 덮은 붕대도, 피로도, 그리고 앞에 보이는 것도, 혈관을 찾
아 긴 주사바늘을 찔러 넣고, 조심스레 그것을 단단히 고정시킨 후,
생애 마지막으로 주먹 쥔 손을 펴고, 고무줄을 풀어내고, 죽음의 유량
을 확인한 다음 텅 빈 아파트에 유일하게 남겨놓은 소파에 다시 앉았
던, 자아가 강했던 그 여인도…… 어떤…… 아니었다. 그는 무감각해
져 있었다.

가드레일 하나가 끝나고 새로 하나가 시작되는 지점에서 비서에게
전화를 했고 로랑스에게 메시지를 남겼다.
"알겠습니다, 취소하지요. 그리고 월요일 저녁 약속은…… 일곱 시
사십오 분으로 다시 잡아 놓겠습니다. 제가 소장님보다 빨리 움직인
것 같네요…… 벌써 비행기표 번호를 받아놓았거든요. 지금 받아 적
으실 수 있으세요?" 비서가 그에게 물었다.

위로 〈1〉   347

"당신이 남긴 메시지를 들었어." 다음은 로랑스였다. "음, 마침 잘 됐어. 나, 당신도 알다시피 이번 주말에는 한국인 바이어들을 만나야 되거든……(아니, 그는 모르고 있었다.) 당신을 믿으니까, 이런 얘기는 필요 없는 건지도 모르지만, 혹시나 해서. 마틸드하고 했던 약속을 잊지는 않았지? 월요일에 공항까지 데려다주기로 했잖아…… 비행기 시간이 오후 일찍이었던 것 같은데…… 그건 다시 말해줄게……(에어프랑스 라운지, 샤를르에게는 제2의 조국……). 그리고 애 용돈도 쥐야 하는데, 파운드 남은 것 좀 있어?'

아니. 천만에. 그는 잊지 않고 있었다. 마틸드도, 하워드도.

샤를르는 뭔가를 잊는 법이 없었다. 말하자면 그것이 오히려 그의 아킬레스건으로 작용했다…… 아누크가 뭐라고 했었지? 그가 똑똑하다고? 절대로 그렇지 않았다…… 평범하지 않은 정신세계를 가진 사람들과 일을 할 기회가 자주 있었으나 정작 그는 그 어떤 환상도 품지 않았다. 몇 년 전부터, 그에게 변화가 있었다거나 자기의 세계를 배반했던 경우가 있었다면, 그것은 바로 그놈의 기억력 때문이었다…… 읽고, 보고, 듣는 모든 것들을, 그는 모두 붙잡아두고 있었다.

이제 그는 혼란스러운 심정과 무거운 마음에 시달리는 사람이었다. 영어로는 '로디드(loaded)'라고들 한다던가. 마치 승부조작을 위해 표시를 해놓은 주사위처럼. 그리고 지금 당장은 괜찮지만 끔찍한 편두통이 있었다. 보다…… 분명한 고통이라는 덮개 아래에 매장되어 있는 그 편두통은 생리적인 현상이 아니었다. 알렉시스의 편지와 해일처럼 몰려온 혼란, 어린 시절, 추억, 아누크, 그녀에 관해 우리가 알고 있는 얼마 안 되는 이야기들, 그리고, 그가 우리에게 들려주지 않은 모든 것들, 그녀를 보호하고 싶은 마음에 혼자만 간직하려는 그 모든 이야기들, 그리고 그가 너무나 소심하기 때문에, 예기치 못한 일

종의 감정의 잉여는 그의 기억을 포화상태로 만들어버렸다. 화학물질, 분자, CT촬영으로……? 그래, 하지만 그래보았자 이런 것들은 하나도 찍혀 나오지 않을 것이었다. 파일 정리는 그의 몫이었다.

자, 자세하게는 이런 이유들 때문에 그는 톨게이트 앞에서 속도를 늦추고 있었다.

"어디야?" 로랑스가 물었다.

"생타르눌트…… 고속도로야……"

"거긴 무슨 일로 갔어? 새 현장이야?"

"웅." 그는 거짓말을 했다.

그것이 진실이었다.

그러나 시야가 점점 넓어짐에 따라, 이 여행을 왜 시작했는지가 점점 더 모호해져 갔다. 그는 왼쪽 차선을 버리고 덩치 큰 트럭의 그늘로 들어갔다.

본능적으로, 출구를 알리는 표지판들을 지날 때마다 방향지시등의 스위치를 만지작거렸다.

그의 머릿속을 가득 메운 쓸데없는 기억들 때문일 것이라고 그는 확신했다. 쯧쯧…… 구차한 변명이다…… 기수(機首)를 남쪽으로 돌린 그에게 트럭은 훌륭한 햇빛막이가 되어주었다…… 여기서 잠깐, 그에 대한 이야기를 해 보기로 하자, 이젠 작은 일에도 화들짝 놀라는 소심한 어른이 된 그에게, 예전에 가지고 있었던 것들을 되돌려주기로 하자.

샤를르가 건축가가 된 것은 우연이었다. 한 여자의 뜻을 따르기 위해, 그녀에게 충성을 다하기 위해 이 길을 택했다. 물론 놀라운 그의 재능도 한몫을 했다. 그는 자신이 보고 이해한 모든 것을 기억했고 그림으로 표현해냈다. 아주 쉽게. 자연스럽게. 종이 위에, 공간 속에, 그

위로 〈1〉 349

리고 그 어떤 종류의 사람들 앞에서도. 기가 꺾일 만큼 날카로운 눈초리로 그를 주시하던 사람들도 결국은 그를 인정할 수밖에 없었다. 그러나 그가 이룬 성공의 뒷받침이 되었던 것은 이런 재능뿐이 아니었다. 그것으로는 충분치 않았다. 그가 그토록 훌륭하게 그려냈던 것은 그가 가진 논리와 통찰력이었다.

그는 차분하고 인내심이 강한 사람이었다. 그에게 있어서 생각을 한다는 단순한 행위는 하나의 특권이 되었다. 아니, 그보다 더 나은 어떤 것이었다. 그에게 생각은 하나의 게임이었다. 시간이 없다는 이유로 교수직을 맡아달라는 수많은 제안을 거절해왔으나 사무소에서는 젊은 친구들에게 둘러싸여 있는 것을 좋아했다. 올해는 마크와 폴린, 천재기가 다분한 주제페, 그리고 옛 친구 오브라이언의 아들이 수습사원으로 들어왔다. 아직 학생인 이들은 라파예트 가(街)에 위치한 사무소에서 따뜻한 환대를 받았다.

샤를르는 그들을 엄하게 다루었고 어마어마한 양의 일을 주었다. 그러나 언제나 공평하게 대하는 것을 잊지 않았다. 자네들은 나보다 젊으니까, 나보다 더 날카롭겠지, 자, 그걸 증명해보이게. 이런 문제는 어떻게 해결하겠나? 이런 식으로 일격을 가하기도 했다.

시간을 내어 그들의 이야기를 들어주었고 굴욕감을 주지 않으면서 부족한 점들을 지적했다. 좋은 작품들을 모방해라, 그림 솜씨가 없어도 되도록 많이 그려봐라, 여행도 많이 하고 책도 많이 읽고, 다양한 음악을 듣고 게이름 읽는 법도 다시 배우고, 박물관에도 자주 가라. 교회나 정원에도 자주 가 보고, 그리고……

그들이 어처구니없을 정도로 모르는 것이 많다는 사실을 아쉬워하다가 손목시계를 들여다보고서 화들짝 놀란 적이 한두 번이 아니었다. 아니…… 자네들, 배도 안 고픈가? 당연히 고프죠. 그런데? 어째

350 안나 가발다 장편소설

서 내가 마냥 잘난 척하는 걸 보고만 있었지? 구닥다리 예술학교 수업(*국립건축학교가 세워지기 전, 프랑스의 건축교육은 예술학교에서 시행되었다) 시간이 끝났다는 말을 왜 아무도 해 주지 않았냐고? 자…… 모두 테르미누스 노르(*파리의 유명한 레스토랑)로 가세. 사과하는 의미에서 해산물 요리로 내가 한턱 내지! 그러나 자리에 앉자마자, 자신도 모르게 그들이 들고 있던 메뉴판을 끌어내리며 주위를 한 번 둘러보라고 했다. 아르누보를 지향했던 낭시파(派), 아르데코, 새로운 단순화 기법, 아르누보에 대항해 일어났던 운동들, 여러 형태의 도식, 단순하고도 기하학적인 선들, 베이클라이트(*벨기에인 베이클랜드가 1906년에 미국에서 발명한 합성수지로 발명자의 이름이 상품명에 응용되었다. 현대 플라스틱의 시초가 되었으며 바닥재, 절연재 등으로 쓰였다), 크롬강, 귀한 목재들…… 눈치를 보고 기다리던 웨이터가 다시 주문을 받으러 왔다.

줄지어 앉은 학생들 사이에서 터져나오는 안도의 한숨.

그들의 소우주(小宇宙)에서는 그를 비난하는 것쯤은 식은죽먹기였다. 사람들은 그에게 좀 …… 뭐랄까…… 약간 고전적이라고 비아냥거렸다. 젊었을 때는 그런 비난에 상처를 입었다. 그러나 새겨들었다. 그래서 자신보다 좀더 주관이 강한 필립과 합동 사무소를 연 것이었다. 그는 주어진 상황에 대해 한치의 망설임도 없이 지극히 감정적으로 답변하곤 했다. 샤를르는 그의 고집과 재능과 창조성을 높이 샀다. 샤를르와 필립 커플은 직업적으로 승승장구해 나갔다. 그러나 학생들을 자극하는 쪽은 샤를르였다.

그러나 지금 환상을 품고 건축을 천직으로 삼겠다는 열정적인 그의 학생들은 배고파 쓰러지기 일보 직전이었다. 사그라다 파밀리아 공사만큼이나 끝이 안 보이는 소장의 열변에.

샤를르는 그런 사람이었다.

위로 〈1〉 351

그의 지각, 그의 역량…… 그것에 대해 오랫동안 혼란스러워했다. 일이 잘 풀리지 않은 날에는, 역시 난 우리 아버지의 아들이구나, 그 한계를 뛰어넘지 못하는구나, 앞으로도 멀리 가지는 못하겠지 라는 생각을 했다. 그렇지 않을 때, 이를테면 몇 달 전 어느 겨울 아침 같은 날에는 또 달랐다. 약속시간은 이미 지나버린 후였고, 그는 꽉 막힌 도로 한가운데에서 택시기사에게 내려달라고 했다. 순간, 루브르궁 의 앞뜰 중앙에 혼자 서 있는 자신을 발견했다. 발을 들여놓았던 때가 언제 적이었는지 기억조차 나지 않는 그곳에. 약속을 잊고 서둘러 뛰 던 발걸음을 멈추고 호흡을 되찾았다.

얼음 같은 유리, 빛, 완벽한 비율, 이미 있던 것들을 압도하려는 의 도가 전혀 없는, 그러나 너무나도 강력한 느낌, 사람의 손으로 그려냈 으나 마치 신의 솜씨와도 같은 터치…… 그는 비둘기들에게 말을 걸 며 제자리에서 빙글빙글 맴을 돌았다.

"어때? 죽여주게 고전적이지 않아?"

하지만 저 터무니없는 분수는…… 레스코(＊1515?-1578. 프랑스의 건축 가. 루브르궁 안뜰에 면한 남서쪽 건물을 설계했다)와 르메르시에(＊1585-1654, 프랑스의 건축가. 루브르궁, 파리 리슐리외궁 등을 건축했다), 그리고 그밖의 거장들이 재미삼아 가끔씩 그 안에 침을 뱉어주기를 바라며 가던 길 을 계속 갔다.

오해는 말기로 하자. 그의 작품에 쏟아지는 비평들, 특히나 지극히 프랑스적인 시각에서 비롯된 비평들에 대해서는. 비평가들은 정신세 계가 어떠니, 기질이 어떠니 하며 그를 일정한 한계를 규정하거나 어 떤 틀에 맞추어 넣으려고 안달을 했다. 그러나 공학도 출신(어느 날

밤 문득 그는, 이것이야말로 자신의 약점이자 핸디캡이라는 생각을 했다.), 디테일에 대한 집착, 구조와 재료 혹은 물리적인 현상에 대한 완벽한 이해, 이런 강점들이 아니더라도 샤를르의 명성은 이미 오래전부터 모든 의심을 뛰어넘어버렸다.

간단하게, 천재적인 구조 건축가 피터 라이스(*1935-1992, 아일랜드 출신 건축가. 시드니 오페라 하우스, 퐁피두센터 등의 구조설계를 담당했다)와 오든(*1907-1973, 미국 시인, 셰익스피어의 작품에 대한 시를 쓴 것으로 유명)의 이론에서 자신만의 방법을 찾았다고 할 수 있었다. 라이스의 이론에 의하면 한 프로젝트를 진행하는 중에, 구조 건축가들은 종종 셰익스피어의 작품 『오셀로』에 등장하는 이아고와 같은 악역을 맡는 일이 있다고 했다. 건축가들의 비합리적인 감정과 정열을 구조 건축가들은 합리적이고도 논리적으로 전개시킬 수 있어야 한다는 뜻이었다.

고전적이라고? 그래…… 그렇다고 치자. 하지만 보수주의자라는 평은 당치않았다. 그건 아니었다. 현실적으로 기술자들과 부동산 개발업자들을 설득하고, 정치적인 일들을 처리하고 평범한 건축가들보다 백 배, 아니 백만 배 더 기발한 생각을 가지고 있는 대중들의 기호를 만족시키는 일은 건축가라는 직업인이 감당해야 할 가장 어려운 부분이 되어버렸다. 포스트모더니즘에 입각한 알량한 장식과 역사적인 스타일을 모방한 모조품들을 주렁주렁 달고 있는 건물들 역시 견디기 어려운 것이었다.

그리고 『오셀로』의 한 구절과 같이, "너무나 혼란에 빠진 이"로 매도당하는 것 역시.

하지만 다행히도, 너무나 다행스럽게도, 이아고가 등장하는 장면은 그리 길지 않다, 하지만……

그런데 지금 뭘 하고 있는 거지? 이봐, 무슨 생각을 하고 있어? 중앙 차선으로 진입하면서 그는 고개를 흔들었다. 또 무슨 횡설수설을 늘어놓고 있는 거야? 라이스니 무어인이니, 갑자기 그 얘기는 왜 끄집어냈느냐고?

미안, 미안. 그냥 별 상관없는 추억이 떠올랐을 뿐이야.

당연하지.

아누크가 옳았어.

잘 생각해봐. 기억해보라고.

마지막으로.

좀 아까 내가 이 식당에 들어왔을 때, 넌 수학 문제를 풀고 있더구나. 네 볼에 입을 맞추면서 네가 참 안됐다는 생각을 했지. 넌 세상을 네 발아래에 굴복시키려고 너무 많은 시간을 보냈어. 세상을 다 가지기 위해. 안다, 알아! 네 공부가 그렇다고 대답하겠지, 하지만……

하지만?

입을 다물었다. 더 이상 언쟁을 하고 싶지 않았다. 피곤했다. 다음 출구가 맞는 것 같았다.

안 돼.

부탁이야.

돌아와.

랑부이예에서 차를 돌리는 꼴을 보려고 여기까지 널 쫓아온 게 아니야.

어째서 늘 그렇게 생각이 많은 거지? 현장을 감독하고, 도면을 그리

고, 모형을 만들고, 비계를 세우고, 계산을 하고, 예측을 하고, 앞을 내다보고, 대체 왜? 어째서 그렇게 노예처럼 사는 거야? 아까 그랬잖아, 더 이상은 아무것도 겁나지 않는다고……

거짓말이었어.

뭐가 두려운 건데?

나는 말이지……

그래, 말해봐.

좋다. 모르는 척 딴청을 부려보자. 딴 곳을 바라보자. 구름의 모양, 낯선 소들, 최신형 아우디 자동차, 부동산업자들이 사기로 사들인 부지, 말똥가리의 비상, 17km 앞에 있다는 주유소의 휘발유 가격……

어렸을 적에, 그의 의식이 아주 낮은 소리로 다시 이야기하기 시작했다, 우리는 큰소리로 싸우고는 했어…… 싸우는 이유가 뭐였냐면, 우선은 우리 둘 다 성질이 고약했던 탓도 있었지만, 유모의 관심과 뽀뽀를 서로 받으려고 했었기 때문이었어. 유모는 화를 꾹꾹 참으며 협박까지 동원해 우리 둘을 화해시키려고 하다가, 결국엔 냉장고 위에서 먼지를 뒤집어쓰고 있던 비둘기 박제를 찾으러 갔었지. 유모는 비둘기 입에다가 당장 손에 들고 있던 것을 닥치는 대로 집어넣었어. 파슬리 가닥이었던 때가 많았지. 그 박제를 뾰로통해진 우리 얼굴에 대고 흔들어댔어.

"구구…… 구구…… 애들아, 평화의 비둘기가 왔어요…… 구구구……"

그러면 우리는 픽 웃음을 터뜨렸지. 그리고 다 함께 깔깔 웃어댔어. 더 이상 화를 내고 있을 수가 없었거든…… 그런데…… 그때의 그 신

발 상자가 지금 옆에 있는 것이다, 바로 옆, 조수석에, 그리고……

무연휘발유, 상관없는 얘기다. 렌터카는 디젤차다. 뭐라고? 뭐라고 했지?

몸을 바로세우고 안전벨트를 당겼다. 혹시, 혹시 말이야…… 그녀가 완벽히 포기한 듯이 보이지만, 사실 약간의 희망을 가지고 있지 않았을까? 그녀는 우리를 또 과대평가한 것이 아니었을까? 우리를 다시 한 번 시험해본 것이?

지독한 사랑, 그것을 버리지 못하는 한, 그녀는 우리를 가만히 내버려두지 않을 거야……

아! 1.22유로, 싸지는 않군…… 이런, 발랑다, 이랬다저랬다, 너 때문에 피곤해지고 있어…… 네 빛나는 지성, 원서에서 글귀를 인용하는 능력, 딱 부러지게 끝을 맺는 성미, 제자들 앞에서 보여주던 열정, 교양, 재치, 그리고 그밖의 것 모두를 동원해도 이치에 맞는 문장 하나를 생각하지 못한단 말이야?

눈을 부비고 담배에 불을 붙였다. 니코틴이 그의 골수에까지 흘러들어가기를 기다렸다가 결국 고백을 했다.

"나는 말이지, 그녀의 죽음이 헛되지 않았으면 좋겠어."

드디어 해냈군! 좋았어. 숨을 들이쉬어. 다 됐어. 마침내 생각을 정리한 거야.

그렇지? 이제 할 일이 있지? 이제 차를 달려. 미안하지만 입 닥치고 달려가라고. 너무 크게 들이쉬지는 마. 갈비뼈가 부러졌잖아.

그래, 하지만 만약에 일이 나쁘……

입 닥치라니까. 차선을 바꿔.

시원찮은 지도를 믿을 수가 없었다. 팔을 뻗어, 아야, FM스위치를 눌렀다.

시시한 광고가 끝나자 높은 목소리의 팝 가수가 염소소리를 내기 시작했다. 릴랙스, 테이크 잇 이지, 족히 열두 번은 되는 것 같았다.

이이―이이이이―지.

알았어, 알았어. 알겠다니까.

선글라스를 찾아 썼다. 곧 벗어버렸다. 너무 무거웠다. 얼굴에 상처가 너무 많았다. 장갑 넣어두는 칸을 다시 닫고 라디오를 껐다.

휴대폰이 진동하기 시작했다. 같은 운명.

좁디좁은 일제 자동차 안에 말라비틀어진 비둘기 한 마리와 얼굴이 엉망인 절름발이 한 명. 노아의 방주라고 상상해 보지만…… 그렇지만…… 상처에 붙인 반창고 아래에서 아무도 모르게 무너져버렸다.

노아의 홍수……

★★★

고속도로를 벗어났다. 그 다음엔 국도를 나왔다. 곧 지방도로도 끝이 났다.

그 때, 몇 개월 만에 처음으로 깨닫게 되었다. 지구가 태양 주위를 돌고 있다는 사실을. 그리고 자신이 사계절의 리듬에 따르는 나라에서 살고 있다는 것을.

그의 허탈함이, 전등이, 네온불빛이, 텔레비전 화면의 섬광이, 그리고 시차가 모두 함께 음모를 꾸며 그것을 잊게 만들었던 것이었다. 6월 말, 초여름, 창문을 활짝 열고 처음으로 들려오는 소리들을 받아들였다.

또 하나 깨달은 의외의 사실은, 프랑스라는 나라에 대한 것이었다.
이렇게 작은 나라에 이렇게 다양한 풍경이 존재할 수 있다니······ 그리고 그 색감들? 지역에 따라, 그리고 건축 재료에 따라 변화하고 대비를 이루고 강조되어지는 놀라운 색채들······ 벽돌, 납작한 갈색의 기와, 솔로뉴 지방의 강렬한 빛깔. 고색창연한 돌, 유약, 강가의 황토색 모래······ 그리고 르와르 강, 점판암과 백토. 건물 전면을 차지한 희끄무레한 흰색과 회색의 끝없는 유희······ 늦은 오후의 햇빛 속에서 새로 자아낸 실처럼 뽀얗게 빛나는 상아색······ 푸르스름한 지붕 위로 솟아오른 붉은 벽돌의 굴뚝······ 집주인의 취향에 따라 나무색 그대로를 살린, 혹은 선명한 색으로 칠해놓은 나무장식들······

그리고 곧, 다른 지역, 다른 무대, 다른 바위가······ 지방에 따라 편암, 로즈암, 사암, 용암, 화강암까지. 다른 건축용 석재, 다른 색깔배합, 다른 표면, 다른 지붕······ 어떤 곳에서는 고딕식 홈통이 있는 벽이 합각머리를 대신하고, 겨울이 너무나도 혹독한 지방에서는 집들이 다닥다닥 붙어 있다. 또 어떤 곳에서는 문틀과 상인방의 조각이 섬세하지 않고 색조가 보다······

샤를르에게는 장 필립 랑클로(＊세계적인 색채 디자이너. 프랑스 국립예술대학 교수. 인천 국제공항의 색채 디자인을 담당하여 우리나라와도 인연을 맺었고 국내 건설업체와 협력하여 공동주택 색채계획에도 관여하고 있다.)의 놀라운 작품과 그의 작업실을 언급할 기회가 별로 없었다······ 하지만, 그는

이미 경고를 받은 상태가 아니던가. 일에 대한 생각을 놓아버리라고, 그러니까……

부담되는 업무도 만남도 추천서도 모두 뒤로 하고 천천히 차를 몰았다. 얼굴을 찡그리며 고개를 돌려보았다. 경사로를 타고 가다가 핸들을 급하게 꺾어 길가에 심은 관목들을 쓰러뜨렸다. 그리고 동네 사람들의 시선을 한몸에 받으며 작은 마을들을 통과해나갔다.

수프가 데워졌다. 제라늄 꽃을 딸 시간이었다. 집 앞에 내놓은 의자들과 벤치들은 아직 햇살을 듬뿍 받고 있었다. 그가 지나가면 사람들은 고개를 끄덕이며 수군거렸다. 길 위의 차가 보이지 않을 때까지.

개들은 귀 한 짝을 겨우 들어올렸다. 벼룩과 파리지앵들은 뛰어다니거나 말거나……

샤를르는 자연에 대해 아는 것이 거의 없었다. 숲, 산울타리, 황야, 초원, 목장, 언덕, 숲의 기슭, 초록 나뭇가지로 지붕을 덮은 정자, 이런 단어들을 알고는 있었지만 설계를 할 때, 지형학적으로 어디에 무엇을 배치해야 하는지에 대해서는 아는 바가 없었다…… 도시범위를 벗어난 곳에서는 뭔가를 지어본 적이 한 번도 없었고 건축학교 시절에 참고했던 책들도 기억이 흐릿했다. 랑클로가 쓴 책들도 집안 어딘가에 '처박아' 두었다……

어찌되었건 그에게 시골이란 이런 의미를 가지고 있었다. 책을 읽을 수 있는 곳. 겨울에는 벽난로 앞에서, 봄에는 나무둥치에 기대어, 여름에는 나무그늘 아래에서. 아닌게아니라 그런 시골의 묘미를 그는 이미 맛보았더랬다…… 어렸을 적, 할아버지 댁에서, 위대한 시절에는 알렉시스와 함께 카뉘 아저씨네 집에서, 그리고 그보다 한참 후

에는 로랑스에게 이끌려 찾아간 친구들의…… 별장에서……

보통 때의 분위기와 그다지 다르지 않던 그 주말들이 생각났다. 모두들 그의 의견이며 견적이며 조언을 구했다. 벽 한 면을 허물려고 하는데 어떻게 생각하세요? 이를 악물고 통유리로 막은 흉측한 창과 매우 유감스러운 문들, 몰상식한 수영장과 맹꽁이자물쇠를 채운 광, 그리고 외출복을 한껏 차려입고 진흙이 빡빡하게 묻은 장화를 신은 채 색색가지 캐시미어 숄을 두른 촌사람들을 바라보았다.

그리고 모호하게 대답을 했다. 글쎄, 뭐라 말하기가 어렵네요, 제가 이 지역을 잘 몰라서요, 그렇게 사람들을 교묘하게 실망시킨 다음, 한 손에 책을 들고 깊숙한 곳을 찾아 나섰다. 혹은 낮잠을 자러 가기도.

깊숙한 곳이라, 마침 그 이야기를 하려던 참이다! 샤를르가 있는 곳이 바로 그런 곳이었다. 표지판도 방향표시도 없는 유령이 나올 법한 작은 시골마을. 잡초가 점령한 찻길, 느긋하게 이동 중인 토끼부대.

위대한 마일즈 데이비스의 후예가 이런 촌구석에서 대체 무엇을 하고 있는 것일까?

아니, 그보다 그가 있는 곳이 어디란 말인가?

그의 다이어리는 GPS만큼이나 쓸모가 없었다. 73번 국도가 어디지? 이름조차 읽기 힘든 이 벽촌을 아직도 벗어나지 못하고 있는 이유는 뭐지?

아누크……

당신은 날 어디로 데려가려는 건가?

나를 보고 있기는 한 건가? 연료통도 뱃속도 텅 빈 채, 8km 지점에서 장작을 판다는, 그리고 이미 꺼져버린 성 요한의 불이 있다는 알림판 외에는 아무런 표지판도 없는 분기점 앞에 완전히 버려진 나를?

360 안나 가발다 장편소설

당신이 나라면, 어디로 가겠어?

똑바로 직진, 그렇겠지?

자······

다음 마을에서 차 창문을 내렸다.

길을 잃었습니다. 마르시? 마네리? 아니면 마르게리? 그런 이름의 마을을 아십니까?

아니, 몰라요.

그럼 73번 국도는?

아, 그건 알죠. 저기, 저 길이에요. 큰 마을 입구에서 왼쪽으로 난 길. 강을 지나가세요, 채석장 바로 다음에서 들어갈 수 있어요. 바로 우회전하면 되지요.

어떤 아주머니가 말해주었다.

"그런데, 와즈에서 온 양반, 찾는 마을이 혹시 레 마르제레 아니우?"

정말 고마웠다. 그런데 그때, 샤를르는 아는 사람 하나 없는 어딘가에 뚝 떨어졌다는 느낌에 사로잡혔다. 와즈에서 온 양반이라니, 그 무슨······

불쌍한 그의 뇌를 바보 같은 미소로 용서했다. 당장엔 대혼란을 해결해야 하니까, 잠시만 봐 주기로 하자.

우선 와즈. 렌터카의 번호판이 와즈의 번호였나 보다. 차를 받으면서 주의 깊게 보아두지 않았다. 그 다음엔 레 마르제레. 철자가 어떻게 되지? 끝에 y가 있나? 8월 9일 페이지에 휘갈겨 쓴 M과 y, 확실한 것은 그것뿐이었다. 다시 읽어보려고 애를 썼지만, 소용없었다. 그날

의 성자 이름 외에는 아무것도 분명치 않았다. 문제의 성자 이름은, 아아, 좀 웃긴 이름이었다. (*8월 9일의 성인은 생 아무르, 즉 사랑이라는 이름의 성자)

마을 사람들이 각각 의견을 내놓았다. 꽤 오랫동안 토론을 하더니 고개를 끄덕였다. 그리고 마침내 'y'가 있는 것이 맞는다는 결론을 내렸다.

와즈에서 온 양반의 모호한 질문에 대한 명쾌한 대답.

"그런데…… 여기서 먼가요?"
"음…… 한 20km 되려나?"

20km. 핸들에서 손이 자꾸 미끄러져 내리고 가슴팍이 점점 더 아파오는 긴 거리. 20이라는 매우 느린 km. 체면이 완전히 구겨졌다는 확신을 가지기에 충분한.

멀리서 마르제레의 종탑이 보이자, 인도 가에 차를 세웠다.

발을 절름거리며 가시덤불 사이에 들어가 오줌을 누었다. 숨을 들이쉬었다. 아팠다. 가쁘게 숨을 내쉬고 옷깃을 V자로 접어 넣었다. 셔츠 목덜미 부분을 손가락으로 집고 땀을 말려보려고 펄럭거려보았다. 팔뚝으로 이마를 꾹꾹 눌렀다. 상처 부위가 아팠다. 연고 바른 부위가 따끔거렸다. 다시 숨을 들이쉬었다. 세상에 이럴 수가, 몸에서 고약한 냄새가 났다. 단추를 다시 채우고 재킷을 다시 꿰어 입고 마지막으로 한 번 더 큰 숨을 몰아쉬었다.

배에서 꼬르륵 소리가 났다. 반가운 일이었으나 원칙에 입각해 화

를 냈다. 젠장, 지금 한창 심각한데! 뭐? 스테이크? 그런 게 들어갈 자리가 있을 리 없잖나, 이런 미련퉁이. 넌 지금 마법의 가죽이 되어버렸단 말이다(*『마법의 가죽』은 발자크의 소설, 주인공의 소망을 이루게 해주는 신기한 힘을 가진 가죽이 이용할 때마다 점점 줄어든다는 이야기를 인용한 것), 잘 알면서……

알아, 알고 있어…… 좋다, 그렇다면…… 알렉시스와 함께 두툼한 스테이크를…… 그녀가 아주 좋아할 거야…… 먹으렴, 얘들아, 어서 먹어, 그래야 다음 걸 또 먹지……

유일한 문제는(문제가 또 있단 말이야?! 이제는 지겨워지려고 해……), 그의 마음이었다.

당장에라도 입 밖으로 나올 것만 같은.

그래서 담배를 피웠다.

그것을 없애버리기 위해.

미지근하게 데워진 자동차 보닛 위에 걸터앉아 시간을 보냈다. 힘이 더 빠져버렸다. 한 덩어리로 뭉쳐 윙윙거리는 날벌레들을 향해 연기를 뿜었다. 언제였던가, 담배에 대한 독설을 내뱉었던 시절이 생각났다. 그땐 참 냉소적이었다. 담배를 끊는 것은 영양이 넘치는 잘난 서양인들에게 마지막으로 남겨진 위대한 도전이라고 했었다. 마지막으로 남은 유일한 것이라고.

이제는 아니었다. 냉소적일 수가 없었다.

늙었다는 느낌이었다. 죽음이 머리에서 떠나지 않았다. 무엇에라도 기대고 싶었다.

혹시나 하는 마음에 휴대폰을 다시 켜 보았다. 부질없는 짓. 통화권 이탈이었다.

2

시청 앞에서 8월 10일 페이지를 펼쳤다. 알렉시스는 클로데오름에
살고 있었다. 그런 이름을 한참동안이나 찾아 헤매다가 동네 라디오
에 다시 접속해보기로 했다.

"아이고…… 여기서 더 가야 하는데…… 협동조합을 지나면 새 집
들이 죽 들어선 곳이 있어요……"

'새 집들', 당장에는 인식을 못 했지만 새로 조성된 조악한 주택
단지를 말하는 것이었으리라. 시작이 좋군…… 딱 녀석의 취향이
야…… 시시한 건물, 유치한 벽장식, 감아올리는 철제덧창, 똑같은 우
편함, 겉멋 들린 가로등.

그보다 더 심한 것은, 그따위 집을 짓는 데 들어가는 비용이 상당하
다는 사실이었다……

거두절미하고, 오케이. 8번지라고 했겠다!

측백나무, 한껏 멋을 부린 철책, 중세풍을 흉내냈으나 여느 철물점
에서 쉽게 구할 수 있는 장식이 달린 대문. 기둥 꼭대기에 작은 사자
상만 있으면 완벽할 것 같았다…… 샤를르는 구겨진 재킷 주머니를
반듯하게 펴고 문의 빗장을 열었다.

364   안나 가발다 장편소설

발코니 창 뒤에 금발머리가 나타났다.

양 팔을 마구 흔들어댔다. 잡상인은 물러가라는 뜻인가.

좋다, 그렇다면……

이번에는 빌어먹을 초인종을 눌렀다.

여자 목소리가 대답을 했다.

"네?"

아니? 이럴 수가. 인터폰이 있었어? 그 장치를 미처 보지 못했다. 인터폰? 이런 곳에? 프랑스에서 제일 후진 벽촌 중의 벽촌에? 국립공원으로 지정해도 될 만큼 외진 이런 곳에? 기껏해야 열두 가구가 될까 말까 한 단지의 네 번째 집이잖아, 그런데 인터폰을 달았어? 대체…… 인터폰이 왜 필요한 거야?

"누구세요?" 그…… 기계장치가 다시 말했다.

샤를르는 지랄 염병하네 라고 대답하고 싶었지만 예의바른 말투로 또박또박 대답을 했다.

"샤를르라고 합니다. 알렉시스의 친…… 옛날 친구예요."

침묵.

놀랐겠지. 그쯤은 어렵지 않게 상상할 수 있었다. 미국 TV 시리즈 〈내 동생 샘〉에서처럼 전투준비를 하고 있겠지. "확실해?" 혹은 "제대로 들은 것 맞아?"라고 중얼거리면서. 어깨를 으쓱하고서 옷매무새를 다듬고 철책(자동일까?)이 양쪽으로 갈라져주기를 기다렸다. 만약 이 문이 이렇게 쉽게 열리는 걸 모세가 본다면 얼마나 부러워할까.

오산이었다.

"알렉시스는 지금 집에 없는데요……"

위로 〈1〉   365

좋다…… 승패는 완력보다는 치밀한 전술과 시간에 좌우되는 법이다. 유리한 형국은 아니나 운명이니 할 수 없다. 그렇다면 이번엔 대포 공격이다.

"코린, 맞죠?" 그가 부러 친한 척을 했다. "당신 이야기를 많이 들었습니다…… 제 이름은 발랑다…… 샤를르 발랑다예요……"

현관문(수입 목재 사용, 슈베르니 혹은 샹보르 성의 문을 본떠서 만든 기성품, 납으로 주조한 가로대, 이중 강화유리, 실리콘으로 방수 처리)이 열리고 얼굴이, 음…… 별로 상냥해 보이지 않는 얼굴이 나타났다.

코린이 흠칫 놀라더니 팔을 뻗어 손을 내밀어 악수를 청했다. 마치 무기를 들이미는 것같이. 그녀의 경계를 풀기 위해 미소를 지어보려고 하던 그는 마침내 이해하게 되었다. 그녀의 신경을 거슬리게 한 것은 그의 얼굴이었다는 사실을. 다름 아닌 그의 면상이었다는 사실을.

놀랄 만도 하지…… 어느새 까맣게 잊고 있었다…… 구멍난 바지, 찢어진 재킷, 그리고 피와 소독약으로 얼룩진 셔츠……

"안녕하세요…… 저어, 몰골이 이래서 죄송합니다…… 사실은…… 오늘 아침에 넘어지는 바람에…… 혹시 제가 폐를 끼치는 건 아닌지요?"

"……"

"방해가 됐군요?"

"아뇨, 아녜요…… 남편은 곧 돌아올 거예요……" 그리고는 옆에 있던 작은 사내애를 향해 돌아섰다. "넌 안에 들어가 있어, 어서!"

"그렇군요…… 그럼 기다리겠습니다."

정상적인 경우라면, 그녀는 이렇게 말했어야 했다. "어머, 그럼 안

으로 들어가시죠." 혹은 "기다리시는 동안 음료라도 한 잔 드시고 계
세요." 혹은…… 그러나 그녀는 "그러세요."라는 말 한 마디를, 그것
도 아주 쌀쌀맞게 내뱉었을 뿐이었다. 그리고 뜨내기 건축가가 지었
을 법한 작은 집으로 들어가 버렸다.

성격 한 번 확실하군.

그녀의 장점일 수도.

그래서 샤를르는 잠시 인류학자가 되어보기로 했다.

'클로데오름'을 배회했다.

속이 빈, 그러나 잘못 깎아서 울퉁불퉁한 화강암 기둥들과 일 미터
당 십 유로도 하지 않는 난간과 재고품으로 공장에 쌓여 있었음에 분
명한 유행 지난 포석들과, 합성수지로 만든 정원가구들과 형광색으
로 칠해진 회전식 미끄럼틀과 지붕에 플라스틱 조화 이파리를 덮어
씌운 정자들과 '집'이라고 불리는 부분과 맞먹을 정도로 커다란 차
고 문들을 자세히 살펴보았다……

취향하고는……

이제 그는 더 이상 냉소적인 사람이 아니었다. 그는 속물이었다.

되돌아왔다. 다른 차 한 대가 그의 차 뒤에 세워져 있었다. 걸음을
늦추었다. 다시 다리가 뻣뻣해져 왔다. 아까 그 금발머리 사내아이가
아이 아빠임에 분명한 어떤 남자의 뒤를 쫓아 정원으로 뛰어나왔다.

그리고 그때, 그것에 생각이 미쳤다면 아마 견딜 수가 없었을 테지
만, 생각을 한 것이 아니라, 눈으로 직접 확인을 했기에 오히려 다행
인 것이 있었다. 그를 보자마자 그 모든 충격에 앞서 샤를르의 머리에
처음 떠오른 생각이었다.

위로 〈1〉   367

'나쁜 자식. 아직도 머리숱이 저렇게 많아……'

숨이 막혔다.

그렇지만 뭘 기대하겠는가?

바이올린 소리가 애절한 배경음악? 슬로우 모션? 뿌연 화면처리?

"어라? 넌 이제 걷는 게 꼭 늙은 할아범 같네?"

뭘 바라겠는가?

샤를르는 뭐라고 대답해야 할지를 몰랐다. 감정이 너무나 북받쳐 올랐다.

알렉시스가 어깨를 툭 쳤다. 아팠다.

"무슨 바람이 불어서 여기까지 온 거야?"

바보 같은 자식.

"네 아들이야?"

"뤼카, 이리 와! 와서 아빠 친구한테 인사해!"

아이에게 뽀뽀를 하기 위해 몸을 굽혔다. 천천히 아이의 볼에 입을 맞추었다. 향긋한 아이들의 살 냄새(*보들레르의 시 「교감」에 나오는 구절을 인용)를 오랫동안 잊고 있었다……

뤼카에게 스파이더맨이 계속해서 티셔츠에 붙어 있는 게 지겹지 않느냐고 물으면서 아이의 머리와 목덜미를 쓰다듬어주었다. 뭐야? 신발에도? 그리고…… 팬티에도? 끈끈한 거미줄을 쏘려면 손가락을 어떻게 놀려야 하는지도 배웠다. 아이가 가르쳐주는 대로 손을 놀려보려고 했으나 잘 되지 않았다. 다음엔 꼭 연습을 해 오겠다고 약속을 하고 몸을 일으키다가 그의 모습을 보고 말았다. 알렉시스 르망이 울고 있었다.

368 안나 가발다 장편소설

그렇게 그도 굳은 결심을 잊고 약사가 공들여 해놓은 작업을 망쳐 버렸다.

상처도, 혹도, 꿰맨 자리도, 아픈 다리도, 연고도, 모든 것이 무너져 버리고 말았다.

서로의 손을 꽉 잡고 어깨를 끌어안았다. 그러나 그들이 얼싸안은 사람은 아누크였다……

샤를르가 먼저 뒤로 물러섰다. 아파서, 상처에 피가 나는 것 같아서.

알렉시스는 아들아이를 번쩍 들어 올려 배를 간질였다. 아이가 까르르 웃었다. 그러면서 그는 감정을 추스르고 코를 슥 닦아냈다. 그리고는 아들을 어깨 위에 앉혔다.

"대체 무슨 일이 있었던 거야? 비계에서 떨어졌어?"

"응."

"코린은 만나 봤어?"

"응."

"근처에 볼일이 있었나보지?"

"맞았어."

샤를르는 그 자리에 멈추어 섰다. 세 발자국 앞서 가던 알렉시스가 마침내 뒤돌아섰다. 집주인입네 하는 거만한 표정으로 어깨 위의 체중을 견디기 위해 아이의 두 다리를 잡은 채. 어쨌든 그렇게 보였다.

"나한테 설교를 하러 온 거냐?"

"아니."

두 사람은 한참 동안 서로를 바라보았다.

위로 〈1〉   369

"묘지가 어쩌니 하는 헛소리를 하려고?"

"아니." 샤를르가 대답했다. "아니야…… 이제 그건 상관없어……"

"그럼 대체 뭐야?"

"저녁 먹고 가도 될까?"

마음을 놓은 알렉시스는 예전처럼 환한 미소를 지어보였다. 그러나 이미 너무 늦었다. 샤를르와는 상관없는 미소였다.

미스텡게와 맞바꾼 클로데오름에서의 저녁식사. 기름값과 허비한 시간을 따져 봐도 손해 볼 것은 없는 거래 같았다.

미스텡게, 하늘이 말끔히 개었어. 너도 보았지? 올리브 나뭇가지를 물어온 거지, 그렇지?

물론 짧은 순간이었어. 날아올랐다기보다는 버림을 받은 것이었지. 인정해, 그것으로는 충분치 않았겠지. 하지만 너는 무엇에도 만족하지 못했잖아……

다시 주머니가 두둑해진 느낌이었다. 한 라운드가 끝났다는 확신. 더 이상은 싸우지 않으리라. 그럼 지는 일도 없겠지. 패고 또 두들겨 패도 끝나지 않는 지루한 싸움. 똑같이 무능한 적과 겨루어 승부를 내기에는 턱없이 짧았기 때문에, 이제는 끝이라는 생각에 그는 마음을 놓을 수 있었다.

아까보다 더 경쾌하게 다리를 절며 슈퍼히어로의 무릎을 간질여주었다. 손바닥을 펴서 중지와 약지를 접고 전깃줄 위에서 춤을 추는 참새 한 마리를 겨냥해 거미줄을 쏘는 시늉을 해 보였다.

"우와, 신기하다!" 뤼카가 깜짝 놀랐다. "이제 참새는 어디로 간 거야?"

"내 자동차 안에 있지."

"거짓말."

"정말이야."

"피…… 내가 다 봤는데. 어떻게 하는 거야, 나도 가르쳐줘……"

"정말이라니까. 네가 아까 옆집 개를 쳐다보고 있는 동안에 차에 넣었어."

알렉시스가 일 주일 동안 쓸 요량으로 장을 봐 온 물건들을 내려놓느라 자동차 트렁크와 엄청나게 멋진 창고 사이를 왕복하는 동안 샤를르는 뤼카를 자동차로 데리고 가 의심을 깨끗하게 풀어주었다.

"근데, 어떻게 이 새는 나뭇가지에 딱 붙어 있어?"

"음…… 생각해 봐. 스파이더맨의 거미줄은 끈적끈적하잖아."

"이거, 아빠한테도 보여줄까?"

"아니. 아빠는 아까 많이 놀랐거든…… 잠깐 가만히 놔두어야 해."

"얘는 죽은 거야?"

"아니! 아니고말고! 이 새도 많이 놀란 것뿐이야. 조금 있다가 놓아줄 거야……"

뤼카는 심각하게 고개를 끄덕이더니 그를 올려다보았다. 빛, 그리고 질문.

"아저씨 이름이 뭐야?"

"샤를르." 샤를르가 미소를 지었다.

"근데 얼굴에 반창고를 왜 그렇게 많이 붙였어?"

"맞춰보렴……"

"스파이더맨보다 약해서?"

"어, 그래…… 가끔씩 지는 경우도 있지……"

위로 〈1〉   371

"아저씨, 내 방 보여줄까?"

아이 엄마가 그들의 거미줄 작전을 방해했다. 우선, 차고를 통과해
야 했고 신발을 벗어야 했다. (샤를르는 집안에서 신발을 벗어본 적
이 없었다.) (물론 일본에서는 그렇게 했지만……)(아, 그래. 누가 속
물 아니랄까봐……) 다음으로는 그녀가 검지를 추켜올리며 주의를
주었다. 어질러놓으면 안 돼, 알겠지? 마지막으로, 애써 권위적인 표
정을 짓고 있는 그를 향해 돌아섰다.

"저기…… 저녁을 드시고 가실 건가요?"

그때 마침 알렉시스가 샹피옹 장바구니를 앞세우고 나타났다. (작
은매형이 봤다면 얼마나 좋아했을까…… 정말 재미있는 일이다. 용
기만 있었다면, 그리고 통화권 이탈이 아니라면, 그는 클레르에게 당
장에 멋진 사진을 전송해줄 수 있었으리라……)

"당연히 먹고 가지! 뭐야……? 왜, 무슨 문제가 있어?"

"없어." 그녀가 정반대의, 즉 뭔가 문제가 있다는 말투로 대꾸했다.
"아무것도 준비한 게 없어서 그래. 그리고 내일은 학교 행사가 있는
날이잖아, 잊었어? 마리옹의 의상을 아직 다 못 만들었단 말이야. 난
재봉사가 아니라고!"

순진한 알렉시스. 들뜬 기분을 망치고 싶지 않았던 그는 일단 상황
을 무마시키기 위해 짐을 내려놓고 아내의 말을 일축했다.

"걱정하지 마. 문제될 것 없어. 요리는 내가 할 테니까."

뒤를 돌아보며,

"그런데 마리옹은? 집에 없어? 어디엘 간 거야?"

집안이 더럽혀지는 걸 질색하는 주부들의 상징인 깔끔한 실내화를
신은 코린이 다시 한 번 한숨을 쉬었다.

"어딜 가긴 어디에 갔겠어…… 당신도 잘 알잖아……"

"알리스네 집에?"

아, 미안하지만 이것으로 끝이 아니었다.

"당연하지……"

"그 집에 전화를 해야겠군."

이건 끝나기 전의 전 대화.

"잘해봐. 그 집 사람들은 절대 전화를 안 받거든…… 왜 전화를 놓았는지 모르겠다니까……"

알렉시스가 두 눈을 감았다. 좀 전까지 기분이 좋았다는 사실을 다시 한 번 기억한 후 부엌으로 들어갔다.

샤를르와 뤼카는 그 자리에서 움직일 엄두를 내지 못했다.

"마리옹이 알리스네 집에서 자고 와도 되냐고 묻는데!" 알렉시스가 외쳤다.

"안 돼. 손님이 있잖아."

샤를르는 아니, 아니, 아니야 라는 신호를 보냈다. 악역을 맡고 싶지는 않았다.

"내일 발표할 무용 연습 중이래……"

"안 돼. 집에 오라고 해!"

"제발 부탁이래." 애 아빠도 끝까지 물러서지 않았다. "무릎 꿇고 부탁한대!"

실랑이 끝에, 알아주는 분위기 메이커인 코린은 작정을 한 듯 더욱더 인색하게 굴었다.

"절대 안 돼. 치아 보철도 안 가져갔단 말이야."

위로 〈1〉   373

"잠깐만, 그것 때문이라면 내가 가져다 줄 수 있어……"

"아, 그래? 당신은 저녁 준비를 하기로 하지 않았던가?"

분위기 한 번 끝내준다…… 갑자기 신선한 공기가 필요해진 샤를르가 전혀 상관없는 그 일에 참견을 했다.

"내가 가면 되지 않을까……"

코린의 시선이 그에게 날아와 꽂혔다. 이건 당신과는 저어어어언혀 상관없는 일이라고요, 라는 사실을 확인시켜 주는 시선이.

"거기가 어딘지도 모르잖아요……"

"내가 알아!" 뤼카가 외쳤다. "내가 아저씨한테 길을 가르쳐 줄게!"

아무도 모르게, 천사가 지나갔구나.

그 집의 가장은 학교 친구이며 군대 동기인 단짝 친구에게 집안을 다스리는 사람이 누구인지를 보여줄 때가 되었다고 판단했다. 실세는 따로 있었지만.

"좋아, 그렇게 해, 하지만 아침을 먹고 나면 바로 돌아와야 한다, 알겠지?"

샤를르는 뤼카를 뒷좌석에 앉히고 차를 돌려 클로데어찌구에서 도망쳐 나왔다. 노디(*에디느 블라튼의 동화 주인공, 애니메이션으로 만들어져 우리 나라 어린이들에게도 소개되었다)가 간다!

백미러 속의 아이에게 물어보았다.

"자, 이젠 어디로 갈까?"

아이가 활짝, 아주 활짝 웃었다. 앞니 두 개가 빠져 있었다.

"이 세상에서 제일 멋진 집으로!"

"그래? 그 집은 어디에 있는데?"

"어……"

뤼카는 안전벨트를 풀고 앞으로 바짝 다가서더니 길을 쳐다보며 골똘히 생각에 잠겼다. 잠시 후, 아이가 큰 소리로 외쳤다.

"똑바로 직진!"

운전대를 잡은 샤를르는 눈을 들어 하늘을 쳐다보았다.

똑바로 직진이라.

당연한 것을……

바보 같으니……

하늘을……

장밋빛으로 물든.

그들과 동행하기 위해 화장을 고친……

"아저씨, 꼭 우는 것 같아." 아이가 걱정스럽게 말했다.

"아냐, 아냐, 그냥 너무 피곤해서 그래……"

"왜 피곤한데?"

"잠을 많이 못 잤으니까."

"나를 만나러 오느라 오래오래 여행을 한 거야?"

"그렇지! 얼마나 힘들었는지 넌 아마 모를 거야……"

"오다가 괴물들이랑 싸웠어?"

"이것 좀 봐," 샤를르는 엄지손가락으로 싸움꾼 같은 얼굴을 가리키며 아이를 놀렸다. "그럼 이 상처들이 어디서 났겠니? 내가 이렇게 했을 리는 없잖아?"

존경어린 침묵.

"그럼 이건 뭐야? 피야?"

"아니면 뭐겠니……"

"왜 어떤 건 진한 고동색이고 어떤 건 연한 고동색이야?"

왜, 왜, 왜라고 끊임없이 물어대는 나이. 한참 동안 잊고 있었다……

"그거야 뭐…… 괴물에 따라서 피 색깔이 다르니까……"

"제일 사나운 괴물이 어떤 거였어?"

시골길을 달리며 그들은 쉴새없이 수다를 떨었다……

"어디 보자, 그 멋진 집에 가려면 아직도 멀었니?"

뤼카가 앞쪽을 자세히 보더니 입을 비죽이며 뒤를 돌아보았다.

"근데 있잖아…… 지금 막 지나쳐왔어……"

"브라보! 귀관, 아주 잘 했다!" 샤를르가 일부러 툴툴거렸다. "다음번 모험에도 자네를 데리고 가야 하는 건지는 나도 잘 모르겠다!"

반성의 침묵.

"아니야…… 꼭, 꼭 데려가 줄게…… 자, 이리 와서 아저씨 무릎 위에 앉아…… 그럼 길을 가르쳐주기에도 더 나을 거야……"

이번에는 확실했다. 어떤 후회도 하지 않을 것 같았다. 그는 이제 르망이라는 평생의 친구를 얻었다.

하지만 세상에나, 너무나도 아팠다……

길을 막은 누런 암소들을 요리조리 피하는 묘기 운전을 해 가며 뜨뜻하게 달아오른 아스팔트 위를 비틀거리며 달리다가 '석양의 집'이라는 표지판 앞에서 차를 돌렸다. 네 개의 손으로 핸들을 돌리며 앞서 간 차의 바퀴자국을 열심히 따라갔더니 양 옆으로 떡갈나무가 늘어선 멋진 길이 나타났다.

그 나무의 냄새, 서 있는 모양새가 낯설지 않았다. 샤를르는 슬슬

위축이 되기 시작했다.

"알리스는 성에 사나봐?"

"응……"

"그런데, 음…… 뤼카는 성에 사는 사람들을 잘 아니?"

"응, 특히 남작부인하고 빅토리아를 잘 알아…… 아저씨도 곧 만날 건데, 빅토리아는 이 세상에서 제일 나이가 많고 제일로 뚱뚱해……"

아아, 젠장…… 마을 귀족 집을 찾아가는 비렁뱅이와 꼬마…… 꼴 좋게 됐군……

굉장한 하루다, 정말 굉장해……

"있잖아…… 남작부인이랑 빅토리아 말이야, 착하니?"

"아니. 남작부인은 안 착해. 아주 비읍, 아, 비읍, 오야."

이런, 이런, 이런…… 수성페인트를 칠한 벽 다음으로 중세식 성벽 이라……

프랑스, 상반되는 모든 것들이 존재하는 땅……

사방으로 뻗친 뤼카의 머리카락이 간지러워서 아이를 도로 뒷자리 에 앉혔다. 마치 말안장에 앉히듯. 가자, 나의 부하여! 돌격! 탑을 공 격한다!

갑니다, 가요. 하지만 문제는 아무리 가도 성이 보이지 않는다는 점 이었다…… 백 년쯤 전에 생긴 것 같은 길을 벗어났더니 반쯤 풀을 베 어낸 커다란 풀밭이 나타났다.

"저기서 차를 돌려야 돼……"

그들이 작은 강의 흐름을 따라(옛날에는 해자(垓子)가 아니었을까?) 백여 미터를 더 갔더니 나무들 한가운데에 군데군데가 움푹 꺼진(꺼

진 부분이 더 많았다) 지붕들이 옹기종기 모여 있는 것이 보였다. 저 나무는 혹시 느릅나무? 개들이 공중변소로 사용하는 파리의 가로수와 비슷하게 생긴 그 나무를 겨우 알아본 파리촌놈 샤를르는 차 안에서 바보같이 히죽히죽 웃었다. 개들 대신 소들이 옆에 붙어 있었다.

그렇다면 이건 구식 공중변소로군……

기분이 한결 나아졌다.

"이제 그만 가야 해. 저 다리가 와르르 무너질지도 모르거든……"

"그래?"

"응, 되게 위험한 다리야." 뤼카는 아주 신이 나 있었다.

"그래 보여……"

몇 년식인지 가늠할 수조차 없는 진흙투성이 볼보 라이트밴 가까이에 차를 세웠다. 개 두 마리가 열려 있는 짐칸 안에서 졸고 있었다.

"얘는 외글리, 쟤는 이두스야."

꼬리가 움직거렸다. 녀석들 밑에 깔려 있던 짚에서 먼지가 풀풀 일었다.

"정말 못생겼다, 그렇지?"

"응, 그런데 일부러 못생긴 개를 데려오는 거야." 꼬마 안내인이 틀림없다는 듯이 말했다. "일 년에 한 번씩, 이 집 사람들이 동물 구호소에 가거든. 거기에서 제일로 못생긴 개를 달라고 한대……"

"그래? 그런데, 왜?"

"에이, 참…… 그 개를 거기서 구해주려고 그러는 거지!"

"그렇게 데려온 개가 모두 몇 마리니?"

"나도 몰라……"

이제 알 것 같다, 샤를르가 입을 비죽거렸다, 고드프와르 드 부용(*

프랑스 귀족 출신으로 제1차 십자군을 이끌었던 인물)의 거성(居城)을 찾아온
건 아니란 말이지, 그보단 이 땅으로 귀환한 신종 히피들의 땅에 들어
와 있는 거라고.

하느님 맙소사.

"여기 염소도 있니?"

"응."

"그럴 줄 알았어! 그럼, 남작부인은? 부인이 풀을 뜯어서 담배처럼
피우던?"

"푸…… 아저씨, 순 바보구나. 남작부인은 풀을 뜯어서 먹어……"

"남작부인이 소야?"

"망아지인데."

"그럼, 뚱뚱한 빅토리아도?"

"아니. 빅토리아는 여왕님이잖아……"

누가 좀 도와줘.

이제 샤를르는 입을 다물었다. 불편한 심기를 주머니에 쑤셔넣고
더러워진 손수건으로 틀어막았다.

너무나 아름다운 곳이었다……

일반 대중들이 이루어놓은 삶의 터전이 거장들의 작품들보다 더 감
동적이라는 사실을 그는 경험적으로 알고 있었다. 여태껏 보아온 수
많은 사례들을 머릿속에 간직해두었다…… 그러나 기억해내고 싶지
않았다, 더 이상 생각하고 싶지 않았다. 그냥 받아들이고만 싶었다.

아까 본 다리만 해도, 그가 충분히 의심해 볼 수 있는 대상이었다.
돌의 배치, 널 바닥, 자갈, 난간, 기둥……

그리고 폐쇄적이라고도 할 수 있는 여기 이 앞마당은 정말로 우아

위로 〈1〉   379

했다…… 저 건물들…… 그 비율…… 안전할 것 같은 저 느낌, 건드릴 수 없을 것만 같은 당당한 분위기, 모든 것이 무너진다 해도 버텨 줄 것만 같은……

길 위에는 열두어 대 남짓한 자전거들이 내팽개쳐져 있었다. 닭들이 자전거 변속장치 사이에 들어가 모이를 쪼아 먹었다. 거위도 몇 마리 있었고 이상하게 생긴 오리도 한 마리 있었다. 뭐랄까…… 거의 수직으로 서 있는 것 같은…… 마치 꼬리 끝으로 서 있는 것처럼……

"아저씨, 빨리 와." 뤼카가 재촉을 했다.

"저 오리 좀 이상하다, 그렇지 않니?"

"어떤 애? 쟤? 걔 엄청 빨리 뛰어, 나중에 봐……"

"그런데 오리가 맞긴 맞아? 펭귄과 오리의 잡종 같은 건가?"

"나도 몰라…… 쟤 이름은 인디언이야…… 쟤네 가족은 다 같이 있을 땐, 항상 한 줄로 걸어, 얼마나 웃기다고……"

"줄을 선 인디언들이네?"

"이제 갈까?"

샤를르가 다시 소스라치게 놀랐다.

"저거, 저건 또 뭐야?"

"잔디 깎는 기계잖아."

"아니, 그거 말고…… 저거 라마 아니야?"

"응. 근데 쟤는 있잖아, 절대로 쓰다듬어주면 안 돼. 아예 시작을 하지 마. 한 번 쓰다듬어 주면 계속 따라다니거든. 그러면 떼어버릴 수가 없어……"

"침도 뱉니?"

"가끔씩…… 근데 쟤 침은 입에서 나오는 게 아니라 뱃속에서 나오

는 거야. 얼마나 냄새가 난다고……"

"뤼카…… 여기가 대체 뭐하는 곳이지? 서커스장?"

"맞아! 그렇다고 할 수도 있어. 그래서 우리 엄마가, 저……"

"너희들이 여기 오는 걸 별로 좋아하지 않는구나……"

"매일 오는 건 안 된대…… 이제 갈까?"

문이…… 식물더미(샤를르는 식물에 대해서도 아는 것이 전혀 없
었다) 밑에 깔려 거의 무너져 내리려 하고 있었다. 포도나무, 장미나
무, 그 정도까지는 구별이 갔다. 하지만 작은 나팔모양으로 폭죽처럼
퍼지며 벽을 타고 오르는 오렌지색 꽃이나 이런 색이 가능하구나 싶
을 정도로 고운 연보라색에 화려한 암술과 그리고…… 3D로는 절대
로 표현해낼 수 없을 것 같은, 처음 보는 형태의 수술(맞나?)이 달린
꽃들…… 그리고 사방에…… 꽃 화분들…… 창턱 위에도, 벽을 따라
서도, 옛날식 펌프의 물받이에도, 혹은 테이블 위나 조그만 철제 원탁
위에도.

싹이 난 것, 콩나물시루처럼 빽빽하게 심겨 있는 것, 거기에다가 이
름표가 붙어 있는 것도 몇 개. 크기도 제각각인 데다가 만들어진 시대
도 제각각, 주물로 만든 메디치풍의 것들부터 통조림 깡통들, 주둥이
를 자른 용기들, '강력한 소화력'이라고 쓰인 약통들, 그리고 '완벽'
이라는 상표 아래로 길게 뻗은 허연 뿌리들이 들여다보이는 유리 항
아리까지.

그리고 도자기 화분들…… 투박하고 못생기고 기묘한 것들은 아이
들의 솜씨이지 싶었다. 그리고 18세기의 것으로 보이는 바구니, 저런
게 아직도 있었구나 싶을 정도로 오래된 그것은 온통 이끼로 뒤덮여
있었다. 그 옆에 서 있는 목신(牧神) 상은 손 하나가(아마도 피리가 들

위로 〈1〉　381

려 있지 않았을까?) 떨어져나가고 없었지만 팔은 줄넘기 줄들을 여러 개 걸어놓을 수 있을 정도로 길었다……

군대에서 쓰는 반합들, 대접들, 손잡이 없는 압력솥, 부서진 풍향계, 낚시 전문회사 '센서스'의 미끼가 최고라는 선전문구가 박힌 플라스틱 기압계, 대머리 바비 인형, 나무말뚝, 구식 물뿌리개, 먼지를 뒤집어쓴 책가방, 반쯤 쏠린 뼈, 녹슨 못에 매달린 옛날식 촛대, 밧줄, 그리고 그 끝에 매달린 종, 새둥지, 빈 새장, 삽, 다 해진 빗자루, 소방차, 그리고…… 이런 고물들의 한복판에 앉아 있는 고양이 두 마리.

녀석들의 태평스러운 표정.

우체부 슈발(＊1836-1924. 본명 페르디낭 슈발. 우체부 일을 하던 중 33세 때 돌부리에 걸려 넘어진 이후 머릿속에 환상이 떠오르기 시작한다. 그 후 길가에서 주워 모은 돌을 이용하여 건축 작업을 시작했고 33년간 혼자 힘으로 '꿈의 궁전'이라는 환상적인 건물을 완성했다.)의 뒷방.

"아저씨, 뭐 보고 있어? 이제 갈까?"
"알리스의 부모님은 고물장수를 하시니?"
"아니, 돌아가셨어."
"……"
"갈까?"

출입문이 살짝 열려 있었다. 샤를르는 노크를 하고 미지근한 나무 벽 위에 손바닥을 갖다 대었다.

아무런 대답이 없었다.

뤼카는 문틈을 비집고 안으로 들어갔다. 벽보다 더 따뜻한 문손잡이를 잠깐 잡고 있다가 용기를 내어 아이를 따라갔다.

수정체가 바뀐 빛에 채 적응을 하지 못했는데도, 시신경은 이미 황홀경에 사로잡혀 버렸다.

콩브레(*프랑스 작가 마르셀 프루스트의 작품 『잃어버린 시간을 찾아서』의 배경이 되는 마을), 돌아가기.

그가 잊고 있었던…… 이 냄새. 잊었다고 믿었던. 무시하고 있었던. 유치하다고 치부해버렸던, 그러나 그를 다시 한 번 녹아내리게 만든. 집다운 집의 부엌다운 부엌에서 구워지고 있는 초콜릿 케이크의 냄새……

오랫동안 입맛을 다시고 있을 수가 없었다. 문지방에 들어서자마자, 조금 아까와 마찬가지로 어디에 눈을 두어야 할지 모를 경이로운 광경 때문에.

정신없는 난장판이었으나 묘한 느낌이 풍겼다. 부드럽고도 즐거운 느낌…… 나름대로의 질서가 존재하는……

테라코타 타일 위, 몇 미터에 걸쳐 데크레셴도로 늘어서 있는 부츠들, 창문마다 늘어놓은 작은 스티로폼 상자 혹은 바닐라 아이스크림 통에 빨간색 모자를 씌운 것처럼 오종종하게 심겨져 있는 묘목들(꺾꽂이라고 하나?)…… 움푹 팬 돌 위에 거의 검은색이 나는 아주 어두운 색 나무로 상인방을 올린 거대한 벽난로, 그 위에 놓인 활, 양초, 호두, 새둥지, 십자가, 검은 점투성이 거울, 그리고 나무껍질, 나뭇잎, 잔가지, 도토리, 깍정이, 이끼, 깃털, 솔방울, 밤, 말린 열매, 작은 뼈, 고치, 밤송이, 작은 날개, 버들강아지 등등 숲에서 구한 물건들로 만든 작은 짐승들……

샤를르는 넋을 잃었다. 누구 솜씨일까? 그는 허공에 대고 물었다.

벽난로보다 더 위압적인 오븐에는 하늘색 유약이 칠해져 있었고 위에는 배불뚝이 덮개가 두 개, 전면에는 다섯 개의 문이 달려 있었다.

위로 〈1〉　383

둥글둥글, 아늑한 느낌, 만져보고 싶을 정도로…… 오븐 앞에 깔린 담요를 차지하고 있던 늑대같이 생긴 개 한 마리가 그들을 알아보고 낑낑대기 시작했다. 일어나 반갑게 맞이하고 싶거나 겁을 주고 싶은 것 같았으나 곧 포기해버리고 다시 낑낑거리며 털썩 주저앉고 말았다.

농가(혹은 수도원)에 어울림직한 커다란 식탁 주위에는 짝이 맞지 않는 의자들이 놓여 있었고 식탁 위에는 누군가 여러 명이 막 저녁식사를 마친 듯, 은식기들, 소스까지 싹싹 닦아먹은 접시들, 디즈니 만화 주인공이 그려져 있는 겨자병을 재활용한 컵들, 상아로 만든 냅킨 고리들이 그냥 그대로 남아 있었다.

멋진 그릇장도 눈에 띄었다. 투박한 질그릇, 파이앙스 도자기, 대접, 접시, 이 빠진 찻잔 등이 넘칠 듯이 들어 있는 세련되고도 우아한 장. 쓰기에 몹시도 불편해 보이는 돌 재질의 개수대, 즉 설거지통 안에는 누렇게 색이 변한 냄비 하나가 들어 있었고 그 속에 또 여러 개의 자루 달린 냄비들이 포개져 있었다. 천장과 벽에는 식료품들을 넣어둔 바구니 몇 개와 구멍 난 체와 걸어 매다는 도자기 꽃병이 하나, 그리고 다양한 크기의 숟가락들이 꽂혀 있는, 식탁만큼이나 기다란 속이 움푹 팬 나무통, 언제적 것인지도 가늠이 되지 않는 파리잡이 끈끈이, 그리고 제 조상의 희생도 모른 채 케이크 부스러기를 기대하며 앞발을 부비고 있는 파리들……

발루아 왕조 시대에 석회를 바른 것 같은 벽 위에는 눈에 띄지 않게 표시해둔 수많은 키 높이와 아이들의 이름, 그리고 날짜가 표시되어 있었고 그리고 정물화 한 점, 죽어버린 뻐꾸기시계, 그리고 시간이 맞는 추시계…… 휘어질 정도로 물건이 많이 쌓인 시렁들 위에는 그나마 우리 시대를 실감할 수 있는 물건들이 보였다. 스파게티, 쌀, 시리얼, 밀가루, 겨자 단지 그리고 익숙히 보아온 상표의 양념들이 덕용포

장으로.

　게다가…… 하지만…… 특히나 이 밀도는…… 올해 들어 가장 길었
던 하루의 마지막, 가장자리에 거미줄이 낀 창문을 통과해 건너다보
이는 이것은.
　아카시아의 빛, 따뜻한 호박색, 침묵의 빛. 밀랍과 먼지와 털과 재
가 가득한……
　샤를르는 뒤를 돌아보았다.
　"뤼카!"
　"아저씨, 저리 좀 비켜봐, 얘를 내보내야 하거든, 아니면 사방에 똥
을 싸……"
　"이건 또 뭐야?"
　"아저씬 염소 처음 봐?"
　"하지만 아주 어린 새끼잖아!"
　"맞아, 그래도 똥을 굉장히 많이 싼단 말이야…… 문에서 좀 비켜
봐, 어서……"
　"알리스는?"
　"집안에는 없는 것 같아…… 밖에서 찾아 봐야겠어…… 으악, 놓쳤
다!"
　똥싸개 염소는 식탁 위로 올라가버렸다. 뤼카는 할 수 없다며 그냥
두고 가자고 했다. 야신이 염소 똥을 사탕통에 모아서 학교로 가져올
거라나.
　"정말이니? 저기 저 개 표정을 보아하니, 그럴 것 같지 않은데……"
　"저 개는 원래 표정이 그래. 이빨이 다 빠져서…… 갈까?"

위로 〈1〉　385

"이봐 친구, 좀 천천히 걸으면 안 될까? 다리가 아프거든……"

"아, 맞다…… 잊어버렸어…… 미안……"

아이는 정말로 놀라웠다. 샤를르는 혹시 할머니를 기억하느냐고 묻고 싶은 강렬한 욕구를 느꼈지만 용기를 내지 못했다. 질문 따위를 할 용기가 나지 않았다. 무언가를 망쳐버릴 것만 같아 두려웠다. 세상과는 동떨어진, 다 무너져가는 다리를 통과해야 다다를 수 있는, 부모는 죽고, 똑바로 선 오리들이 살고 있고, 염소들이 빵 바구니에 들어가 있는, 사람을 무장 해제시켜버리고 마는 이 행성 위에서는 그렇게 상스럽고 우둔한 짓을 해서는 안 될 것만 같았다.

저물어가는 해를 향해 가는 아이의 어깨에 한 손을 얹고 걸었다.

그들은 집을 한 바퀴 빙 돌아서 키가 큰 풀이 우거진 초원을 가로질러 갔다. 사람이 다니는 길에만 겨우 풀이 베어져 있었다. 볼보 트렁크 안에서 졸고 있던 개들을 다시 만났다. 가시덤불을 태우는 냄새가 났다.(이것 역시 그는 잊고 있었다……) 그리고 저 멀리, 숲의 기슭에 한 무리의 사람들이 화톳불을 둘러싼 채 떠들고 웃고 뛰는 광경이 보였다.

"이런, 녀석이 우릴 따라왔어."

"누구?"

"아독 선장(*프랑스의 인기 만화 시리즈 '땡땡의 모험'에 등장하는 인물, 만화에서 라마가 아독 선장에게 침을 뱉는 장면이 있다)……"

샤를르는 뒤를 돌아볼 필요가 없었다. 어떤 녀석인지 뻔히 알기에……

웃음이 터져 나왔다.

이 모든 이야기를 누구에게 해줄 수 있을까?

이야기를 한들, 누가 믿어주기나 할까?

귀찮은 쥐를 박멸하기 위해, 어린 시절과 맞붙어 싸우기 위해, 그 시절을 헐값에 팔아넘기고 평화롭고 한가로이 늙어가기 위해 이곳을 찾았던 그가 나무처럼 뻣뻣한 다리를 이끌고 다시 그 소굴 안으로 빠져들고 말았다. 왜 그랬냐고? 그야, 음…… 라마라니, 정말 괴상하잖아, 안 그래? 맞아, 그는 정말로 허리가 끊어져라 웃었다, 마틸드가 이 자리에 있다면…… 이런 젠장…… 녀석이 침을 뱉으려 하네…… 정말 뱉으려는 거야. 느낌이 와.

"아직도 쫓아오고 있니?"

그러나 뤼카는 그의 말을 들은 체 만 체 저만치 뛰어가고 있었다.

그림자 극……

첫 번째 그림자가 뒤로 돌아섰다. 두 번째 그림자가 손짓을 했다. 몇 번째인지 모를 개가 그들을 맞이하러 왔고 세 번째 그림자가 손가락을 치켜 올렸다. 네 번째, 아주 작은 그림자가 나무들이 서 있는 방향으로 뛰기 시작했다. 다섯 번째 그림자가 모닥불 위로 점프를 했다. 여섯 번째와 일곱 번째 그림자가 손뼉을 쳤다. 여덟 번째 그림자가 도약을 했고 이윽고 아홉 번째 그림자가 뒤로 돌았다.

샤를르는 손차양을 하고 눈을 가늘게 떠 보았다. 뤼카의 말이 옳았다. 어른은 한 명도 없었다. 걱정이 되었다…… 고무 타는 냄새가 나고 있었다…… 모닥불이 저렇게 타고 있는데, 농구화들을 아무렇게나 벗어놓다니, 저건 좀 위험한 것 아닌가?

다음 순간 몸이 휘청거렸다. 지팡이 노릇을 해 주던 뤼카가 그를 버리고 뛰어갔다. 뒤로 돌았던 마지막 그림자, 말총머리의 실루엣이 양팔을 활짝 벌리며 자세를 낮추었고 뤼카는 그 안으로 몸을 던졌다.

위로 〈1〉   387

탱.

마치 당구의 공이 튀어나가는 것처럼.

"헬로우, 미스터 스파이더맨……"

"왜 항상 '스파이덜맨' 이라고 하는 거예요? 스피-데르-만(*스파이더맨의 프랑스어식 발음)이라고 벌써 몇 번이나 말해 줬잖아요.……" 아이가 짜증을 냈다.

"오우케이, 오우케이…… 미안, 봉주르 무슈 스피이이데르만, 인생이 아름답지? 죽음의 점프시합에 끼려고 온 거니?"

그녀는 몸을 일으켜 아이를 놓아주었다.

알았다, 샤를르는 속으로 유레카를 외쳤다, 녀석이 허풍을 떨었군. 알리스의 부모는 죽은 게 아니라 잠시 집을 비운 것이고, 저 가정부 아가씨가 애들이 제멋대로 놀도록 풀어준 거겠지.

해를 등지고 선 가정부 아가씨의 얼굴을 그는 손차양을 하고서야 겨우 알아보았다. 행동으로 미루어 보아 그다지 분별력이 있다고는 할 수는 없으나 그녀의 미소에는 묘한 매력이 있었다. 미완성의 미소. 살짝 겹쳐진 앞니.

그의 그림자 안으로 미끄러지듯 들어와 인사를 건넸다. 강한 석양빛이 그녀는 불편하지 않은 모양이었다. 그러나…… 그는 그런 그녀가 약간 불편했다.

아직 남의집살이를 하기에는 인생을 너무 많이 산 것이 아닌가 하는 의구심이 들었다. 미소 띤 입가의 모든 것이 그녀의 나이를 증명해 보이고 있었다.

모두가.

그녀는 그를 잘 보기 위해 얼굴로 흘러내린 머리카락을 훅 불어 넘

388   안나 가발다 장편소설

졌다. 그리고 커다란 가죽장갑을 벗고 바지에다 손을 쓱쓱 문지른 다음 그에게 악수를 청했다. 맞닿은 손바닥으로 톱밥과 숲의 찬란한 정기가 전해졌다.

"좋은 저녁이에요."

"안녕하세요," 그가 대답했다. "전…… 샤를르라고 합니다."

"반가워요, 찰스……"

그녀는 그의 이름을 영어로 말했다, 찰스, 그리고 그 이름을 듣고서, 너무나 다르게 발음된 자신의 이름을 듣고서, 그는 이상하리만치 거북해져 버렸다.

마치 다른 사람이 된 기분. 더 가볍고, 더욱 자신 있는.

"제 이름은 케이트예요."라고 그녀가 덧붙였다.

"전…… 저는 뤼카와 함께 왔습니다. 이걸 전해주려고……"

주머니에서 작은 세면용품 주머니를 꺼냈다.

"알겠어요." 그녀가 아까와는 다른 미소를 지었다. 이번에도 드러나는 앞니, 고문 기계…… "그러니까, 당신은 르망 씨 가족의 친구분이시군요?"

샤를르는 머뭇거렸다. 예의상 그냥 넘어갈 수도 있는 일이었지만 이런 여자에게는 허튼수작을 부려보았자 아무 소용이 없을 것이라는 느낌이 들었다.

"아뇨."

"네?"

"한때…… 알렉시스의 친구였지요, 제 말은, 그러니까…… 아니…… 아무것도 아닙니다…… 오래 전 이야기예요……"

"알렉시스가 음악을 하던 때부터 아시는 분이시군요?"

"예."

위로 〈1〉   389

"이해해요…… 연주를 할 때, 그는 내 친구이기도 하지요……"

"연주를 자주 합니까?"

"아니요. 애석하게도……"

침묵.

다시 예의를 갖춘 대화.

"당신은 어디 분이시죠? 여왕폐하가 보낸 분이십니까?"

"그게…… 예스…… 아, 아니요. 저는……" 그녀가 팔을 쭉 뻗었다. "전 여기 사람이에요."

그녀의 팔 안에는 불, 아이들, 그들의 웃음, 개들, 말들, 목장, 숲, 강, 아독 선장, 지붕이 무너져 내린 집들의 마을, 투명한 초저녁 별들이 포함되어 있었다. 하늘에 원을 그리며 즐거이 지저귀는 제비들까지.

"아름다운 곳입니다." 그가 중얼거렸다.

그녀의 미소가 멀리 사라졌다.

"오늘 저녁은, 그러네요……"

다시 돌아온 미소.

"제프! 네 트레이닝복 바짓단 좀 걷어 올려라, 불이 옮겨 붙을 것 같잖아……"

"벌써 돼지 굽는 냄새가 나요!" 다른 목소리가 터져 나왔다.

"제프는 양 꼬치구이! 양 꼬치구이!" 앞쪽의 아이들이 합창을 했다.

그러자 제프는 제 차례가 되어 불을 뛰어넘기 전에, 무릎을 꿇고 100% 합성섬유 재질의 트레이닝복 바지를 접어 올렸다.

아디다스의 상징, 양쪽에 세 줄씩, 총 여섯 줄, 당황한 샤를르는 정확한 셈에 의지를 해 보기로 했다.

좋아, 여섯 줄. 하지만 우리한테까진 그럴 필요 없어……

무슨 소리야?

이봐…… '아름다운 곳'이 어쩌니 하면서 사실은 그녀의 팔을 열심히 훔쳐보고 있었잖아……

당연하지…… 얼마나 윤곽이 뚜렷한지 봤지? 그렇게 가느다란 팔이 온통 근육 투성이더라고, 어서 고백해, 솔직히 놀랍더라고, 내 말이 틀려?

아니, 맞아……

음…… 게다가 미안하지만 선이니 곡선이니 하는 것들은 내 전공이거든……

이봐, 하지만……

굉장한 웃음소리에 귀뚜라미 지미니(＊월트 디즈니의 애니메이션 〈피노키오〉에 등장하는 귀뚜라미. 피노키오를 따라다니며 계속 말을 걸어 양심에 호소하는 캐릭터. 이탈리아판 원작에서는 피노키오가 책을 던져 귀뚜라미를 죽인 것으로 되어 있다.)는 지우개로 싹싹 지워져버렸다.

부서진 갈비뼈 아래로 느껴지는 어지러움. 샤를르는 천천히 뒤로 돌아 폭포처럼 떨어지는 이 웃음소리의 근원을 찾아냈다. 그리고 여기까지 온 것이 헛수고가 아니었음을 알았다.

"아누크." 그가 중얼거렸다.

"뭐라고 하셨어요?"

"저기…… 저 아이……"

"네?"

"저 아이인가요?"

"누구 말씀이세요?"

"알렉시스의 딸……"

"그래요."

그녀였다. 공중으로 가장 높이 뛰어 오르는, 가장 큰 소리로 외치는, 가장 멀리까지 퍼져나가는 웃음을 웃던 그녀.

같은 눈길, 같은 입매, 같은 이마, 장난스러운 표정까지.

당장이라도 터질 것 같은 다이너마이트.

"예쁜 아이예요, 그렇지요?"

하늘에서 내려온 천사처럼, 샤를르는 고개를 끄덕였다.

예기치도 못한 행복, 가슴이 먹먹했다.

"예스…… 뷰티풀…… 하지만 얼마나 장난꾸러기인지 몰라요. 저 애 덕에 우리 친구 알렉시스가 웃지요…… 들어가지 않는 것들까지 악기 케이스 안에 꾹꾹 눌러 담아 가두어 두려고 애를 쓰는 사람인데. 이런 말을 그가 들으면 아마 헛웃음을 짓겠지만……"

"그건 무슨 뜻입니까?"

"악기 케이스요?"

"네."

"모르겠어요…… 그런 인상을 받았어요……"

"이제는 연주를 하지 않습니까, 전혀?"

"아뇨…… 술에 잔뜩 취했을 땐 악기를 불죠……"

"그런 일이 가끔 있나요?"

"절대로 없어요."

제프가 장딴지를 손으로 쓸면서 그들 앞으로 지나갔다. 이번에는 정말로 단내가 났다.

"저 아이를 어떻게 알아보셨어요? 알렉시스를 많이 닮진 않았는데……"

"그 애 할머니를……"

392   안나 가발다 장편소설

"아누크?"

"네. 그런데…… 아누크를 아십니까?"

"아뇨…… 잘은 몰라요…… 알렉시스와 함께 여기에 딱 한 번 오셨
었죠……"

"……"

"기억이 나요…… 모두들 부엌에서 커피를 마시는 중이었는데 빈
잔을 설거지통에 가져다둬야겠다고 하시면서 내 뒤로 오셨어요. 그
리고 내 목덜미를 쓰다듬어 주셨죠……"

"……"

"바보같이 들릴지도 모르지만, 그 손길에 난 울음을 터뜨리고 말았
어요…… 그런데, 내가 왜 이런 이야기를 당신에게 하고 있는 걸까
요? 용서하세요."

샤를르는 계속 하라고 했다.

"부탁합니다."

"그때가 참 힘든 때였어요…… 아마 내 이야기를 듣고 왔었던 것
같아요…… 내가 프리디케이먼트(궁지)에 몰렸다는 이야기를…… 프
랑스어에는 이런 단어가 없더라고요…… 모든 게 뒤죽박죽이었거든
요, 아무튼…… 그런 다음에 모두 차를 타고 떠났는데, 몇 미터 못 가
서 차가 다시 멈추는 거예요, 그리고 아누크가 내게로 걸어왔죠.

뭐 놓고 가셨어요? 하고 물었더니 그녀가 작은 소리로 중얼거렸어
요, 케이트, 혼자 술 마시지 말아요."

샤를르는 불을 바라보았다.

"그래요…… 아누크…… 기억하고 있어요…… 얘들아! 이제 동생
들이 뛰도록 해줘야지! 뤼카, 이쪽에서 뛰는 게 나을 거야…… 거기가

위로 〈1〉 393

조금 더 좁거든…… 젠장, 만약에 뤼카를 불고기로 구워서 제 엄마에게 돌려주면, 전 아마 법정에 불려가게 될 거예요……"

"말이 나왔으니 말인데요," 샤를르가 생각난 듯 말했다. "이제 가 봐야겠습니다. 알렉시스와 코린이 기다리고 있거든요, 함께 저녁을 먹으려고……"

"코린이 기다리고 있다면, 이미 늦으신 거예요." 그녀가 농담을 했다. "그런 사람들이 꼭 있더라고요. 제 시간에 맞춰 갔는데도 많이 기다리게 했다는 듯한 눈치를 주는…… 바래다 드릴게요……"

"아니, 아닙니다……"

"아뇨, 그렇게 할 거예요!"

그리고는 제일 큰 아이들을 불렀다.

"사뮈엘! 제프! 케이크를 보러 부엌에 갔다 올게! 누가 나 좀 도와줄래? 너희들, 내가 돌아올 때까지 불 옆에 앉아 있어야 한다! 아무도 뛰면 안 돼, 알겠지?"

"알았어요, 알았어." 메아리가 크게 울려 퍼졌다.

"제가 갈게요." 하얀 피부에 부스스한 머리카락이 온통 곱슬곱슬한 오동통한 소년이 나섰다.

"하지만…… 야신, 오늘은 너도 뛰고 싶다고 했잖아. 자, 어서 해봐. 너 뛰는 것만 보고 내려갈게……"

"그게, 저……"

"겁이 나서 그러는 거지!" 아이들이 놀렸다. "해봐, 야신! 어서! 와서 네 지방을 불태워보라고!"

아이는 어깨를 으쓱해 보이고는 뒤로 돌아섰다.

"아저씨, 아이스퀼로스(*BC 525-456, 그리스의 비극작가)를 아세요?"

"어……" 샤를르는 두 눈을 크게 떴다. "그게, 그러니까…… 혹시

394   안나 가발다 장편소설

개 이름이니?"

"아뇨, 비극적인 작품을 쓴 그리스의 작가예요."

"아! 대충 알고는 있어……" 그가 크게 웃었다.

"그럼 그 사람이 어떻게 죽었는지도 알아요?"

"……"

"있잖아요, 독수리들은요, 거북이를 잡아먹을 때, 굉장히 높은 데에서 거북이를 떨어뜨려야 했거든요. 등껍질을 깨야 하니까요. 그런데, 아이스퀼로스가 대머리였단 말이에요, 독수리가 그 사람 머리를 바위로 착각을 하고는, 탁, 머리 위에 거북이를 떨어뜨렸어요."

어째서 이런 얘기를 나에게 하는 거지? 그래도 난 완전한 대머리는 아니잖아……

"샤를르," 그녀가 그를 구해주러 왔다. "야신을 소개할게요…… 위키라고들 부르죠. 위키피디아라고…… 혹시 뭐든 궁금하시거나 인물 정보가 필요하시다면, 아니면 루이 16세가 살아생전에 목욕을 몇 번이나 했는지, 뭐 이런 게 알고 싶으시다면, 여기 이 야신에게 물어보시면 된답니다……"

"그래, 루이 16세가 목욕을 몇 번이나 했다니?" 야신이 내민 작은 손을 잡고 악수를 나누며 그가 물었다.

"안녕하세요, 40번이에요, 아저씨의 축일은 언제인가요? 혹시 11월 4일 아니에요?"

"달력을 모두 외우고 있니?"

"아뇨, 하지만 11월 4일은 굉장히 중요한 날이거든요."

"네 생일이니?"

아주 살짝, 살짝 경멸어린 눈초리로 쏘아보는 아이.

위로 〈1〉   395

"미터와 킬로의 생일이라고 하는 게 낫겠네요. 1800년 11월 4일, 프랑스가 무게와 치수 측정에 미터법을 적용하기로 공식 발표한 날이 거든요……"

샤를르는 케이트를 쳐다보았다.

"그래요…… 가끔씩 피곤할 때도 있지만, 곧 익숙해져요…… 자…… 어서 가죠…… 그런데 네드라는? 네드라가 없어졌네?"

야신이 나무 쪽을 가리켰다.

"제 생각에는……"

"아, 안 돼…… 불쌍한 것…… 아티! 잠깐만 이리로 와 봐!"

샤를르는 야신에게 눈짓으로 무슨 일이냐고 물었지만 아이는 이해를 못 한 것 같았다.

되돌아온 그녀가 몸을 굽혀 가지고 내려갈 물건을 챙겼다.

"놔두세요, 그냥 두세요." 그도 따라 몸을 굽혔다.

좋다. 거의 대머리에다가 거의 무식하다, 하지만 절대, 절대로 내 옆의 여자가 무거운 짐을 짊어진 채 걷도록 내버려두지는 않을 테다.

그렇게 무거울 줄은 상상도 하지 못했다. 괴로운 표정을 숨기기 위해 고개를 돌리고서 몸을 일으켰다. 그리고 음…… 발걸음도 경쾌하게 걷기 시작했다. 어금니를 악물고.

아, 빌어먹을…… 여태껏 살아오면서 여자들의 물건이라면 별의별 것들을 다 들어주어보았다…… 가방, 쇼핑백, 외투, 화판, 여행용 가방, 도면, 서류…… 하지만 절단기라니, 이건……

부러진 갈비뼈 부근에서 통증이 느껴졌다.

걸음을 늦추며 마지막 힘을 짜냈다. 아, 아, 남자다워 보이려고.

"이 벽 뒤에는 뭐가 있습니까?"

"텃밭이요." 그녀가 대답했다.

"텃밭이 이렇게 커요?"

"성에 딸린 것이었으니까……"

"그럼 당신이…… 직접 가꾸나요?"

"저보다는…… 르네 영감님이 특히 애착을 갖고 일구는 땅이지요…… 농부 일을 하시던 분이라……"

샤를르는 더 이상 말을 잇지 못했다. 너무나도 힘들었다. 등에 진 물건 때문에 그런 것만은 아니었다. 그의 등이, 다리가, 잠 못 이룬 밤들이……

옆으로 살짝 눈을 돌려 바로 곁에서 걷고 있는 여자를 보았다.

햇볕에 그을린 피부, 짧은 손톱, 머리카락에 붙은 잔가지들, 미켈란젤로가 빚은 듯한 어깨, 허리에 감은 스웨터, 날근날근한 흰 셔츠, 가슴팍과 등판에 난 땀자국. 자신이 너무나도 초라해보였다.

"당신에게서 초록 숲의 냄새가 납니다……"

미소.

"정말요?" 그녀가 양 팔을 몸에 가지런히 붙이며 말했다. "듣기 좋은 말이네요."

"그런데…… 르네 영감님 말예요, 이름이 왜 '르네'인지 알아요?"

휴우, 다행이다, 트리비얼 퍼수트 게임(＊세계적으로 유명한 보드게임. 잡학사전적인 지식을 묻고 답하는 형식으로 되어 있다) 챔피언이 지목한 대상은 케이트였다.

"아니, 어디 가르쳐줘봐."

위로 〈1〉 397

"영감님의 엄마가 영감님을 낳기 전에 남자아이를 낳았었는데, 낳자마자 죽었거든요. 그래서 다음 번 아기를 낳고서는 이름을 르(re:다시) 네(né:태어난)라고 이름을 지은 거예요."

샤를르는 질문공세가 자신에게 퍼부어질까봐 약간 앞서 걸었다. 그러나 뒤에서 속닥거리는 소리는 들을 수 있었다.

"야신, 이번엔 네가 대답할 차례야. 내가 왜 널 좋아하는지 아니?"

새들이 지저귀는 소리.

"그건 말이지, 인터넷에서도 알 수 없는 것들을 넌 다 알고 있기 때문이야……"

도저히 끝까지 갈 수 없을 것만 같았다. 물건을 지탱하던 손을 바꾸었지만 상황은 더 나빠졌다. 굵은 땀방울을 뚝뚝 흘리며 마지막 몇 미터를 사력을 다해 걸었다. 마침내 처음으로 나타난 헛간에 기계를 내려놓았다.

"좋아요…… 아무래도 체인을 풀어봐야겠네요……"

뭐?

어휴……

손수건을 찾아 꺼냈다. 그 안에 고통을 숨겨보려고.

젠장, 내가 한 일은 맹세컨대 기요메(＊생텍쥐베리의 친구, 우편비행기를 조종하다가 안데스 산맥에서 추락하여 실종되었지만 5일간 생사를 걸고 걸은 끝에 살아 돌아온 인물, 마중 나온 생텍쥐베리를 얼싸안으며 그가 한 말이 바로 '내가 한 일은 맹세컨대 그 어떤 동물도 할 수 없었던 일일 거야' 이다. 인간 극기의 절정을 보여주는 기요메의 이야기는 생텍쥐베리의 『인간의 대지』에 소개되어 있다.)조차도 할 수 없었던 일일 것이다. 그나저나…… 뤼카는 어디로 갔지?

그녀는 성의 다른 쪽까지 따라 나와 두 사람을 배웅했다.

그녀에게 하고픈 말이 수 톤쯤 있었으나, 다리는 곧 무너질 듯 약했다. '당신을 알게 되어 기뻤습니다.' 라고 하자니 그다지 적절한 말이 아닌 것 같았다. 묘한 미소와 거친 손 외에 그녀에 대해 아는 게 뭐가 있다고? 맞는 말이다, 하지만…… 이런 상황에서 달리 무슨 말을 할 수 있을까? 생각하고, 또 생각하다가…… 드디어 실마리를 찾았다.

뤼카에게 차 뒷문을 열어주고 뒤로 돌아섰다.

"당신을 알게 되었다면 좋았을 뻔했어요." 그녀가 짧게 말했다.

"저는……"

"상처가 심해요."

"네?"

"당신 얼굴."

"아, 네…… 잠깐 딴 생각을 하느라……"

"그러셨어요?"

"아니 내 말은…… 저도요, 저도 당신을 알게 되었다면 좋았을 뻔했습니다……"

네 번째 떡갈나무를 지났다. 그제야 그나마 정상적인 문장을 구사할 수 있게 되었다.

"뤼카?"

"응?"

"케이트 말이야, 결혼했니?"

　　　　　　　　　　　　　　*2권에 계속